Andrea De Carlo

Uto

Roman
Aus dem Italienischen von
Renate Heimbucher

Diogenes

Titel der 1995 bei Bompiani, Mailand,
erschienenen Originalausgabe: ›Uto‹
Copyright © 1995 R.C.S. Libri & Grandi Opere
Umschlagillustration: Edward Hopper,
›Railroad Sunset‹, 1929 (Ausschnitt)

Für Malina

*Ich weiß nicht, ob es möglich ist, sich
die eigenen Schwächen auszutreiben,
aber ich weiß, daß man Abscheu vor
den eigenen Fähigkeiten empfinden
kann, wenn man sie bei den anderen
wiederfindet.*

JULES RENARD, Tagebuch

Inhalt

Mailand, 25. November

Liebste Marianne,

ich schreibe Dir, weil ich nicht weiß, wie ich es Dir am Telefon beibringen soll, es ist etwas Schreckliches passiert, ich kann es immer noch nicht fassen. Wenn ich alles aufschreibe, kann ich vielleicht ein bißchen Abstand gewinnen oder wenigstens zu einer klaren und ruhigen Sicht der Dinge finden. Auf jeden Fall ist folgendes geschehen: Antonio hat sich umgebracht, vor vier Tagen. Er hat im Büro in der Kochnische den Gashahn aufgedreht, am Samstag nachmittag, als keiner seiner Angestellten da war. Das Büro liegt im Erdgeschoß, und das Gas ist von dort in den ganzen unteren Teil des Gebäudes geströmt, und als ein Missionspriester den Knopf am Aufzug drückte, um in den fünften Stock hinaufzufahren, wo er einer Frau Referenzen für ein paar junge Südamerikaner bringen sollte, die eine Wohnung mieten wollten, ist durch den elektrischen Kontakt alles explodiert wie eine fürchterliche Bombe. Die Stichflamme soll durch den Aufzugschacht bis zum Dach hochgeschlagen sein, der Fußboden im ersten Stock ist durchgebrochen und ein Stück der Fassade auf die Straße gestürzt, zwei Wohnungen sind völlig zerstört und vier weitere schwer beschädigt, der Priester ist tot, ebenso ein pensioniertes Lehrerehepaar, das in der ersten Etage über Antonios Büro wohnte, weitere drei Personen sind verletzt. Es hätte noch viel schlimmer ausgehen können, wenn nicht Samstag nachmittag gewesen wäre und nicht in Mailand ausnahmsweise die Sonne geschienen hätte, so daß die meisten Bewohner nicht zu Hause waren. Bei alledem haben wir nicht nur Antonio verloren, was an sich schon eine schreckliche Tragödie ist, sondern mußten auch noch mit ansehen, wie die Presse und das Fernsehen über ihn herfielen und ihn als eine Art Kriminellen oder Terroristen hinstellten. Dabei ist doch ganz klar, daß er überhaupt nicht daran gedacht hat, durch eine so private Tat, vielleicht die privateste, die man überhaupt begehen kann, ein so schlimmes kollektives Unglück auslösen zu können. Alle, die ihn kannten, wußten, daß er der netteste und ausgeglichenste Mensch der Welt war, und Du weißt es auch, obwohl er in letzter Zeit Anfälle von Depressionen hatte und immer wieder sagte, daß er keinen Sinn mehr im Leben sehen könne; aber er wollte eigentlich nie darüber reden, und so gab es zwischen uns kaum noch eine Kommunikation. Ich habe versucht, das auch der Polizei und den Journalisten und den Leuten vom Fernsehen klarzumachen, aber es sind die hartherzigsten Menschen, die Du Dir vorstellen kannst, sie sind nur daran interessiert, sich in den Bosheiten, Gemeinheiten und Allgemeinplätzen bestätigt zu finden, die sie sagen und denken. Jemand, der Antonio nicht kannte, könnte allerdings wirklich das Schlimmste vermuten, denn beim Anblick des eingestürzten Gebäudes kommt man sich vor wie in Beirut oder im ehemaligen Jugoslawien, es sieht aus wie nach einem Bombenangriff oder einem Raketenbeschuß; wirklich schrecklich, daß so etwas passiert ist. Die Kinder waren natürlich erschüttert, jedes auf seine Weise; sie sind ihrem Wesen nach ja sehr verschieden. Riccardo steckte schon vorher in einer Krise wegen Problemen in der Schule, er reagierte mit blinder Wut auf Uto, er sagt, Uto habe Antonio um seine innere Ruhe gebracht und ihn in eine Krise gestürzt. Das ist natürlich ungerecht, auch wenn es wirklich viele Probleme zwischen den beiden gab und der arme Antonio sehr darunter gelitten hat. Du weißt ja, wie sehr Antonio Uto mochte, er hat Riccardo nie bevorzugt, sondern immer alle beide als seine Söhne betrachtet. Vielleicht ist es genau das, was Riccardo nie richtig verstehen konnte, denn im Grunde hat er immer geglaubt, seinem Vater mehr zu bedeuten, und es nicht ertragen, daß er sich mit Uto messen mußte, der hübscher und brillanter ist und sich in allem, was er in Angriff nimmt, als begabter erweist. Eigentlich sollte ich das gar nicht sagen, aber Du weißt ja, daß ich beide wirklich gleich gern habe und trotzdem imstande bin, objektiv zu bleiben, vor allem in einem Augenblick wie diesem, denn auch wenn es um meine Söhne geht, kann ich die Dinge so sehen, wie sie sind. Allerdings mache ich mir zur Zeit vor allem Sorgen um Uto, weil er auf das, was passiert ist, äußerlich überhaupt nicht reagiert hat; er will nicht einmal darüber sprechen und tut gleichgültig und gelassen, aber ich bin sicher, daß er sich schuldig fühlt und daß es ihm sehr schlechtgeht. Seit ich wieder geheiratet und noch einmal ein Kind bekommen habe, hat er sich in dieser Familie immer als eine Art Eindringling gefühlt, obwohl er ganz genau wußte, wie sehr Antonio ihn mochte, trotz der Feindseligkeit und Ablehnung und Gleichgültigkeit, die Uto ihm immer entgegenbrachte. Ich bin sicher, daß er jetzt daran zurückdenkt, wie oft Antonio das Gespräch mit ihm gesucht hat und was für Gemeinheiten er sich dafür anhören mußte. Jetzt fühlt er sich verantwortlich, man merkt es ihm an, aber wir können nicht einmal darüber reden, weil er über nichts sprechen will und sich den ganzen Tag in seinem Zimmer einschließt und sich nur nachts etwas zu essen holt oder wenn niemand im Haus ist. Ich bin zu Tode erschöpft und völlig durcheinander, wie Du Dir vorstellen kannst; was passiert ist, ist so schrecklich, daß ich es noch gar nicht richtig glauben kann. Manchmal warte ich, daß Antonio nach Hause kommt oder mich gleich anruft, ich stopfe mich mit Beruhigungsmitteln voll, die mir der Arzt verschrieben hat, aber sie helfen nicht viel, und dazu habe ich noch diese Sorgen wegen Uto, am liebsten wäre es mir, wenn er für eine Weile weggehen könnte oder etwas finden würde, das ihn ganz in Anspruch nimmt; aber er sagt wie immer, daß er zu nichts Lust hat, obwohl er diese große Begabung besitzt und sein Klavierlehrer einmal zu mir gesagt hat, daß jemand wie er nur alle zwei, drei Generationen geboren wird. Alle, die ihn kennen, wissen, daß er überdurchschnittlich intelligent ist, nur war er immer so skeptisch und durch seine zu stark ausgeprägte Kritikfähigkeit blockiert, daß er es bisher leider nie geschafft hat, einfach loszulegen und etwas Konkretes und Positives zu machen, und das bringt mich jetzt zusätzlich zur Verzweiflung.

Entschuldige, daß ich Dir so mein Herz ausgeschüttet habe, aber ich mußte mich einfach jemandem anvertrauen, der mich versteht, und Du bist der einzige Mensch, der weder verurteilt noch Vorwürfe erhebt oder kühle und gleichgültige Ratschläge erteilt. Gut, daß es Dich gibt, sonst wüßte ich wirklich nicht, an wen ich mich wenden könnte, um ein bißchen echtes Verständnis zu finden.

Liebe Marianne, ich umarme Dich und Deine wunderbare Familie; wenn ich in dieser leidvollen und schwierigen Situation an Euch denke, kommt Ihr mir vor wie eine Insel der Ruhe und des Friedens.

Lidia

Peaceville, 4. Dezember

Liebste Lidia,

auch ich schreibe Dir, weil es mir rücksichtslos vorkommt, Dich gleich anzurufen, und ich die Entfernung zwischen uns lieber so behutsam wie möglich überwinden möchte. Zuallererst möchte ich, daß Du die Schwingungen von Frieden und Ruhe und Liebe aufnimmst, die Vittorio, Jeff, Nina und ich Dir, Uto und Riccardo mit unseren Herzen schicken. Denk daran, daß nichts geschieht, was nicht schon geschrieben steht, das sagt der Swami immer. Wir dürfen uns von dem Unglück, das uns im Leben zustößt, nicht allzu sehr aus der Fassung bringen lassen, auch wenn wir Menschen sind und es nur menschlich ist, daß wir Gefühle haben und Schmerz empfinden. Wir sollten aber immer daran denken, daß alles Teil eines großen Plans ist, alles verläuft in Zyklen und folgt vorbestimmten Wegen. Wenn wir von oben einen Blick auf unser Leben werfen könnten, sähen wir eine Reihe von Spuren, wie kleine Zeichnungen im Sand, verschlungene und gerade Linien, die von einem Punkt zum nächsten führen. Du mußt also stark und ruhig sein, Dich nicht von der Verzweiflung überwältigen lassen. Es war Antonios Karma, daß er sein irdisches Leben so beendete, auch wenn wir dafür keine Erklärung finden und uns alles schrecklich vorkommt. Die Erklärung liegt in seinem Lebensplan, dem zufolge sein Leben, wie wir jetzt wissen, auf diese Weise und genau zu diesem Zeitpunkt enden mußte.

Dann möchte ich Dir sagen, daß wir, nachdem wir Deinen Brief mit großer Anteilnahme gelesen hatten, alle vier lange miteinander geredet haben und am Ende beschlossen haben, Dir einen Vorschlag zu machen, der aus unseren Herzen kommt und den Du deshalb wirklich in Betracht ziehen solltest: Schick Uto für ein paar Monate zu uns, damit er einmal von zu Hause wegkommt und in der wunderbaren Atmosphäre hier aus dem Zustand, in den er verfallen ist, herausfindet und heiter und positiv wird. Wir sind alle vier ganz sicher, daß es ihm guttun würde, und uns wäre es eine große Freude, ihn als unseren Gast aufzunehmen und ihm die Wärme und das geeignete Klima zu bieten, in dem er sich seiner uns allen bekannten Begabung widmen kann. Ich und Vittorio erinnern uns noch, wie er uns damals bei Euch in Mailand Bach vorgespielt hat. Das war vor vier Jahren, er war also erst fünfzehn! Wir sind sicher, daß er Großes vollbringen wird, wenn er nur sein inneres Gleichgewicht findet! Deshalb bitte ich Dich, unser Angebot, das von Herzen kommt, ganz ernsthaft in Erwägung zu ziehen! Auch für Nina und Jeff wäre es herrlich, jemanden im Haus zu haben, der fast im gleichen Alter wie sie ist, ihnen altersmäßig zumindest näher steht als wir, denn wenn sie nicht gerade in der Schule sind, leben sie ziemlich isoliert, und obwohl es in Peaceville noch andere Jugendliche gibt, ist es doch nicht das gleiche, wie wenn man einen Gast im Haus hat.

Bis jetzt hat es noch nicht geschneit, aber den Wettervorhersagen nach ist es bald soweit, und dann wird es bei uns noch viel zauberhafter sein. Hoffen wir, daß der Schnee erst nach Utos Ankunft fällt, sonst könnte es schwierig werden, denn wenn der Schnee so hoch liegt wie letztes Jahr, sind die Flughäfen gesperrt. Aber ich bin sicher, daß es keine Probleme gibt.

Unser Swami ist noch auf dem Wege der Genesung. Du weißt ja, daß er eine schwere Herzoperation hinter sich hat. Er erholt sich gut, aber er ist ja schon sehr alt, und man muß vorsichtig sein. Es wäre jedenfalls schön, wenn er an Neujahr wieder unter uns sein könnte, das ist unser größter Wunsch, und ich bin sicher, daß es für Uto eine wichtige Erfahrung wäre. Nachdem wir seine Gegenwart so lange vermißt haben, wird natürlich alles noch viel eindrücklicher und magischer als sonst sein.

Also, überleg es Dir, sprich mit Uto darüber, und laßt uns bald wissen, wie Ihr Euch entschieden habt. Bis dahin umarmen wir Euch mit all unserer Herzlichkeit und Seelenruhe, die Dich und Deine Familie sicherlich auch über den Ozean hinweg erreichen und Euch Trost bringen werden.

Om Shanti Om
Kaliani (Marianne)

Die Ankunft

Uto Drodemberg auf seinem Platz im engen Rumpf der Boston Foxville, die hoch am Silvesterhimmel vibriert. Er blickt hinab auf die schneebedeckte Landschaft, die kleinen, zugefrorenen Seen, die winzigen Hausdächer. In der Maschine sitzen nur sechs, sieben Passagiere, Amerika wie im Film, und sie sehen wirklich aus wie Statisten, die nur da sind, um den Protagonisten besser zur Geltung zu bringen, ihn gleich in der ersten Szene ins rechte Licht zu setzen, ihm eine interessante Aura zu geben. Ab und zu blickt einer von ihnen verstohlen zu ihm hinüber, denn sein Aussehen und die Art, wie er gekleidet ist und sich bewegt, ist natürlich viel aufregender als die ihre. Er könnte gut ein Rockstar sein, der gerade zu seinem nächsten Konzert unterwegs ist: Er hat genau die lässige, gelangweilte Art, sich schräg auf den Sitz zu fläzen, sich zur Seite zu neigen, um ohne großes Interesse hinauszuschauen. Ein Rockstar auf seiner letzten Reise, einen Augenblick bevor das Flugzeug abstürzt und tausend Meter tiefer auf dem Boden im Schnee zerschellt. Wenn eine Fernsehkamera oder wenigstens ein Fotoapparat an Bord wäre, könnte man aufnehmen, wie er sogar noch beim Absturz Stil bewahrt, nicht die Fassung verliert, nicht schreit, sich nicht aufregt, sich nirgends festklammert, locker und entspannt bleibt, durch und durch dekadent.

Uto Drodemberg. Uto Drodemberg tot. Uto Drodem-

berg tot im Schnee, hinauskatapultiert aus dem zertrüm-
merten Flugzeug. Er liegt auf dem Rücken, ein dünner
Blutfaden rinnt ihm aus dem Mundwinkel, aber er ist nicht
entstellt: Stoff für einen Kitschroman des neunzehnten
Jahrhunderts. Blutleer und melancholisch, auf eine ganz
eigene Art klassisch, zeitlos, an keinen Stil gebunden, Spät-
romantik, Spätrock, wenn man unbedingt nach einer De-
finition suchen will. Die Fans würden aus allen Teilen der
Welt zu seinem Grab pilgern, wo immer es sein würde, mit
Blumen und Botschaften, ihm Tränen darbringen, hinge-
flüsterte Worte, sentimentale Erinnerungen, die an Bild-
fetzen, Ausschnitte von Filmen und Fotos anknüpfen, wenn
es denn Filme und Fotos von Uto Drodemberg gäbe, aber
es gibt noch keine, und da es noch keine gibt, wäre es sinn-
lose Verschwendung, wenn er gerade jetzt sterben müßte,
auch wenn letztlich vielleicht alles bedeutungslos ist, aber
es wäre eine Verschwendung, und vermutlich würde es
auch weh tun, vielleicht ist es besser, das Flugzeug bleibt in
der Luft und schafft es, noch einige Kilometer weiter durch
den opalenen, schneeträchtigen Himmel zu fliegen, schafft
es auch, problemlos und ohne allzu viele Erschütterungen
und sekundäre Vibrationen zur Landung auf der Piste an-
zusetzen, vielleicht wäre das für den Augenblick das Beste,
was geschehen könnte.

Jedenfalls ist jetzt der Flug zu Ende und mit ihm dieses
Dröhnen um mich her, meine Handflächen sind wieder
trocken, und ich verspüre einen Bewegungsdrang; wenn ich
das Kinn an die Brust drücke, um in meine Lederjacke hin-
einzuschnuppern, rieche ich Schweiß und Rauch und fein-

sten Fernreisestaub, den ich zwar bisher noch nie gerochen habe, der aber genau zu meinen Vorstellungen paßt und mich überhaupt nicht überrascht.

Draußen ist die Luft eisig und klar wie auf einem anderen Stern; das bißchen Licht, das noch da ist, verschwindet in den dreißig Sekunden, die ich brauche, um die asphaltierte Piste zu überqueren und zu den Glastüren zu gelangen. Als ich von drinnen hinausschaue, ist der Himmel bereits so schwarz, als wären Stunden vergangen, es jagt mir einen Schauer durch den Bauch. Ich versuche mir nichts anmerken zu lassen, versuche so geschmeidig und lässig zu gehen, wie ich kann, auch wenn es mich wirklich Nerven kostet; ohne meinen Blick irgendwo verweilen zu lassen, gehe ich mit meiner Reisetasche über der Schulter langsam durch die kleine Ankunftshalle, die nur von wenigen Leuten und ein paar Koffern belebt ist. Ich versuche nicht verloren zu wirken, nicht ängstlich, nicht fremd, obwohl kaum ein Publikum da ist, das das Ergebnis würdigen könnte.

Ich habe die Reise schon längst bereut; ratlos und zweifelnd ist gar kein Ausdruck für meinen Zustand. Ich habe nicht die geringste Lust, irgend jemandem aus der Familie Foletti zu begegnen und mich ihm als Geisel auszuliefern: Es kam mir idiotisch vor, so hier anzukommen, wie ein Postpaket, das über die schräge Ebene der Vereinbarungen gleitet, die meine Mutter mit ihrer lieben Freundin Marianne getroffen hat. Da ich nun schon mal in Amerika war, hätte ich irgendwo andershin fahren können, wenn ich nur früher auf die Idee gekommen wäre und mich schnell entschlossen hätte; ich hätte das Flughafengelände verlassen und einen Zug nach New Orleans oder New York nehmen können, um das Land und womöglich einen neuen Lebensabschnitt auf eigene Faust zu entdecken, anstatt einem von jemand anderem bestimmten Programm zu folgen. Aber so war ich eben: Ich hatte diese immer wieder auftretenden Phasen der Passivität, in denen ich meinte, keine unmittelbare Verantwortung für mein Leben zu haben, so wie ein Beifahrer im Auto, der leicht zerstreut aus dem Fenster schaut, während jemand anderes am Steuer sitzt; dieselbe Gleichgültigkeit dem einzuschlagenden Weg und den nötigen Lenkmanövern gegenüber, nicht aus Vertrauen zum Fahrer, sondern nur, weil man ja bloß der Beifahrer ist. Dann wieder war ich völlig am Boden, die Last der Welt auf meinen Schultern, und hatte das Gefühl, bisher unglaublich dumm und feige gewesen zu sein. Jetzt hätte ich gern irgend etwas getan, um wieder herauszukommen, aber zu spät. Ich darf gar nicht daran denken: Es löst immer noch einen Anfall von Ärger auf mich selbst in mir aus, läßt mich fast ausrasten.

Aber mir blieb nicht viel Zeit, zu überlegen oder mir auszumalen, wie schön es gewesen wäre, wenn die Folettis mich vergessen hätten oder wenn ihnen unterwegs etwas dazwischengekommen wäre, denn ich hatte sie schon erblickt, Vater und Sohn, sie warteten am Durchgang, neben den automatischen Glastüren, durch die ich auf jeden Fall gehen mußte, wenn ich hinaus wollte. Sie standen unbeweglich da, wie zwei gutmütige Kopfjäger, mit den gleichen Gesichtern wie auf den Fotos meiner Mutter, nur daß sie jetzt nicht lächelten, sondern gespannt das versprengte Häuflein der Passagiere aus meinem Flugzeug musterten. Unter den gegebenen Bedingungen war ich eine nur allzu deutliche Zielscheibe, zwecklos, sich zu tarnen oder zu verstecken; wie ein Lamm auf dem Weg zur Schlachtbank lief ich ihnen entgegen, mit einer undefinierbaren Mischung aus innerer Auflehnung und Gleichgültigkeit und Resignation und dem Wunsch, es zu Ende zu bringen.

Die beiden Folettis stehen immer noch mit suchendem Blick da: der Vater um die Fünfzig, vielleicht auch etwas jünger, stämmig und robust, das Haar nur leicht angegraut, in einer dick gefütterten grünen Jacke, der Sohn dreizehn, vierzehn Jahre alt, unsicher in seinem hellblauen Daunenanorak, während er versucht, die Haltung des Vaters nachzuahmen. Sie sehen in meine Richtung, während ich auf sie zugehe, immer noch eine Spur unsicher, ob ich es wirklich bin, schließlich ist es mehr als fünf Jahre her, seit wir uns das letzte Mal gesehen haben, und ich hoffe, daß ich mich seither dramatisch verändert habe. Die Unsicherheit im Blick des Vaters verringert sich jedoch mit jedem Meter, während er auf meine sehr dunkle Sonnenbrille und meine gelben, steil in die Höhe stehenden Haare starrt, auf meinen Ohrring, auf die Jacke und die Hosen aus schwarzem Leder und die hohen schwarzen Motorradstiefel; er gewöhnt sich allmählich an den Gedanken und spannt die Lippenmuskeln zu einem angedeuteten Lächeln. Ich könnte immer noch einen Satz auf eine der Glastüren zu machen und hinauslaufen, bevor sie merken, was passiert ist; aber ich müßte sehr schnell sein und fest entschlossen, und das bin ich nicht, weil mir diese Ankunft das Gefühl gibt, mich im Leeren zu verlieren, mir den Magen gefrieren läßt, mir die Luft aus der Lunge drückt und die roten Blutkörperchen aus dem Blut zieht.

Als ich nur noch zwei Schritte von ihnen entfernt bin, hebt der Vater die Hand und tritt ein wenig auf seinen dicken, kräftigen Beinen hin und her, sagt: »Du bist Uto, stimmt's?«

Ich bleibe vor ihm stehen, jetzt wirklich wie ein Strafgefangener, aber wenigstens mit der Würde eines Strafgefangenen. »Du bist Vittorio, stimmt's?« sage ich zu ihm, ohne meine Sonnenbrille abzunehmen oder zu lächeln oder sonst etwas, ohne mir irgend etwas zu vergeben.

Er lächelt trotzdem, plötzlich auf beinah aggressive Art gütig, sagt: »Herzlich willkommen.« Fester Händedruck einer harten, schwieligen, dickfingrigen Hand mit breitem Gelenk, ostentative Männlichkeit, freundschaftlich, offen, direkt, energisch, ohne jeden Zwischenton, ein Händedruck, der mir für eine Woche das Empfindungsvermögen in den Fingern zu ruinieren droht.

Auch der Kleine drückt mir die Hand und zeigt das gleiche Lächeln, aber zehnmal schwächer und zögernder. Sein Vater deutet auf ihn, sagt »Giuseppe«; der sagt fast gleichzeitig »Jeff«. Er nimmt mir die Reisetasche ab, mit halb geschlossenen Augen wie ein braver kleiner Lastesel; der Vater sagt zu mir: »Laß ihn nur!«, obwohl ich gar keinen Widerstand leiste. Jeff-Giuseppe hat sich die Tasche bereits umgehängt, unter dem Gewicht knicken ihm fast die Beine ein.

So wurde ich auf der gnadenlosen Woge von Wohlwollen und Herzlichkeit des männlichen Teils der Familie Foletti in die eisige, uferlose Dunkelheit der amerikanischen Nacht hinausgespült, und ich hatte Angst, obwohl ich meinen Besuch hier möglichst unbekümmert und gelassen zu sehen versuchte. Die Leuchtreklamen längs der Straßen kamen mir vertraut vor, ebenso der gemächliche Strom der Autos und die Mützen hinter den Windschutzscheiben und die Geräusche und Bewegungen ringsum, aber es war eine indirekte und in keiner Weise tröstliche Vertrautheit, die Materialisation der Kulissen aus Tausenden von Filmen, von Videoclips, Plattencovers und Werbespots, die ich seit meiner Kindheit gesehen hatte. Dreidimensional und in natürlicher Größe kamen sie mir beunruhigend wie wahr gewordene böse Träume vor; als wäre man irgendwo in der Zukunft aufgewacht oder auf dem Mond gestrandet. Ich blickte durch die Fenster des Range Rovers hinaus und las die Namen und Markenzeichen in Neonschrift; ich erschauerte im warmen Luftstrom der Klimaanlage, während Vittorio Foletti auf irgend etwas in der Landschaft deutete und dabei von der Seite meine Reaktionen beobachtete und auch Jeff-Giuseppe zum Reden zu bringen versuchte, der mit der krankhaften Schüchternheit des vom Vater unterdrückten Halbwüchsigen hinter mir saß und leise atmend auf meinen Nacken starrte.

Der Vater steuerte den Wagen mit einer Hand durch den spärlichen und langsamen Verkehr; der Achtzylindermotor lief auf niedrigsten Touren. »Wie steht es in Italien?« fragte er mich.

»Wie immer«, antwortete ich, nach draußen blickend.

»Aber jetzt muß sich doch mal irgendwas ändern«, redete er weiter. »Oder ist es immer noch der alte Sumpf?«

»Der alte Sumpf, glaube ich«, erwiderte ich ihm, ohne dem Mitteilungsdruck in seiner Stimme nachzugeben.

Vittorio Foletti sagte: »Du machst dir keine Vorstellung,

wie froh wir sind, daß wir aus Italien weg sind und dieses Trauerspiel nicht mehr mit ansehen müssen. Die Schlagzeilen, die Gesichter, die Namen. Hier ist Italien überhaupt kein Thema, es ist ein Land, das gar nicht existiert.«

Er sagt es ohne Emphase und ohne jeden Groll, wie eine Art Zen-Laienpriester, der aus einem angenehmen, behüteten Leben Heiterkeit und Gelassenheit und Sicherheit schöpft; er macht mich wütend.

Das Summen der Klimaanlage, das Summen des Motors. Das sanfte Rucken der Automatikschaltung. Geschmierte Kardangelenke, Öl, Gummidichtungen. Feucht gewordener, wieder getrockneter Autoteppich. Geruch nach sorgfältig gebadetem Hund. Wortleere. Gedankenleere.

An der letzten Ampel vor der Ausfahrt aus der Stadt deutete Vittorio Foletti auf meine Motorradjacke: »Ist das bequem, mit all den Reißverschlüssen?« Schwer einzuordnender Akzent, Mittelitalien möglicherweise, aber verfälscht und fast verlorengegangen auf den Reisen durch die Welt; übernachsichtiges, urteilendes-nicht-urteilendes Lächeln.

»Nein«, sagte ich. Ich hatte den Eindruck, daß ich mich in dem Auto, das wie eine Raumkapsel mit kontrolliertem Luftdruck durch die vertraute und doch fremdartige Landschaft glitt, Vittorios sondierenden Blicken und Fragen recht gut entziehen konnte.

Wir waren schon außerhalb der Stadt und fuhren auf einer leicht ansteigenden Straße durch die finstere und leere Nacht. Da und dort Einfamilienhäuser auf einer Wiese, die Giebel noch mit weihnachtlichen Lichterketten geschmückt, so daß sie wie mit Leuchtstift hingezeichnet aussahen. Ansonsten war der Raum leer und unergründlich;

der Blick fand keinen Anhaltspunkt, er stürzte waagrecht davon und wurde ins Unendliche fortgerissen, bis er aus der entgegengesetzten Richtung zurückkehrte.

Vittorio Foletti fährt gleichmäßig mit neunzig, ohne eine Spur von Anspannung, in perfekter Sitzhaltung, weder steif noch zu lässig, mit einer Ausgewogenheit, auf die er vermutlich ganz bewußt achtet. »Du bist in der besten Zeit des Jahres gekommen«, sagt er zur mir. »Es gibt herrliche Feste, und der Guru ist dabei, sich zu erholen. Bald wird es schneien. Und gestern haben wir nicht weit von unserem Haus wunderschöne Hirsche gesehen.«

»Fünf Hirsche«, sagt von hinten Jeff-Giuseppe, der im Halbdunkel nur aus Augen und einen Augenblick später im Scheinwerferlicht eines überholenden Autos nur aus großen, knorpeligen Ohren zu bestehen scheint.

»Wie schön«, sage ich mit null Wärme in der Stimme, mit null Begeisterung und Interesse. Ich möchte nur schlafen, nach den vielen durchwachten Stunden; ich würde mich dazu sogar hinten in den Kofferraum legen, wenn man mich ließe.

Aber die beiden waren wer weiß wie viele Kilometer gefahren, um die Geisel, die man ihnen aus Europa geschickt hatte, in Empfang zu nehmen, sie bombardierten mich weiter mit ihren Freundlichkeiten. »Du hast dich ziemlich verändert, in den letzten fünf Jahren«, sagte Vittorio. »Als wir uns das letzte Mal gesehen haben, warst du so alt wie jetzt Giuseppe. Wir waren zum Abendessen bei euch eingeladen, und bevor wir uns zu Tisch setzten, sagte deine Mutter: ›Jetzt spielt Uto euch etwas vor.‹ Du weißt schon, eine von den Situationen, in denen man sich sagt: ›Ach du lieber

Himmel, auch das noch.‹ Aber dann hast du dich ans Klavier gesetzt – du sahst jünger als vierzehn aus und warst viel magerer und kleiner als Giuseppe –, und dann hast du angefangen zu spielen, Chopin oder was, und Marianne und ich waren völlig von den Socken. Es hat uns die Sprache verschlagen.«

Er machte mit der Rechten eine Geste, die totale Verwunderung ausdrücken sollte, wandte sich lachend zu mir, sah mich forschend an, auf der Suche nach Aufmerksamkeit, Antworten, Publikum.

Ich drehte den Kopf zum Fenster und spähte hinaus; aber außer der schwarzen Nacht gab es nichts zu sehen, auch ohne Sonnenbrille wäre nichts zu erkennen gewesen.

»Ich weiß nicht, ob du dich an mich und Marianne erinnerst«, fuhr Vittorio fort. Schon wieder dieses übertrieben milde Lächeln, das er eigentlich nie ablegt; dazu die konstante Wärme in seiner Stimme, gleichmäßig verteilt auf mich und den Rest der Welt. Innere Mechanismen, die genauso reibungslos und ohne Störgeräusche funktionieren wie die seines Autos.

»Nein«, sagte ich und schaute wieder zum Fenster hinaus.

Jeff-Giuseppe sagte: »Zu Hause haben wir ein Klavier. Ein neues, seit einem Monat, das alte haben wir verkauft. Ein Weihnachtsgeschenk für die ganze Familie. Es klingt phantastisch.«

Er dagegen hört sich eher jämmerlich an; er ist gerade im Stimmbruch, und der amerikanische Akzent läßt seine Stimme noch unsicherer klingen. Mit seinen viel beschränkteren Mitteln versucht er so zu sein wie sein Vater, im gleichen warmen Ton zu sprechen, positive Absichten mitzuteilen, völlig offen zu sein.

Vittorio sagt: »Weißt du, wer alles zur Familie Foletti gehört? Hat deine Mutter es dir schon erklärt?«

»Nein«, sage ich, obwohl sie es mir mehrmals erklärt hat, aber ich habe nie aufgepaßt, und es interessiert mich auch jetzt nicht.

»Also«, beginnt Vittorio, als sei es eine wahre Freude für ihn, mich über seine privaten Verhältnisse ins Bild zu setzen. »Da ist Giuseppe, der Sohn von Marianne, dann natürlich Marianne selbst und dann meine Tochter Nina. Und Gino, der Hund. Geschrieben Geeno. Damit hast du die ganze Familie Foletti.«

Er redet wie der offizielle Sprecher der Familie, so als sei deren Eintracht so vollkommen und leicht und leuchtend, daß sie sich ohne die kleinsten Schattenseiten dem erstbesten Fremden offenbaren kann.

Ich höre schon gar nicht mehr zu, versuche mich ganz der Nacht und den Vibrationen des Motors zu überlassen, dem Summen, das ich vor Müdigkeit in mir spüre; ich schalte ab, ich bin nicht mehr zu erreichen.

Dann waren wir schon da: Der Range Rover ist im Dunkeln in eine kleinere Straße abgebogen, die durch einen dunklen Wald bergauf führte, unter den breiten Reifen knirschten Erdbrocken und kleine Steinchen; die Straße mündete auf einen kleinen Platz.

Unter einem großen, weihnachtlichen Lichterbogen, der wie ein Zirkuszelt über den Platz gespannt war, hielt Vittorio an. »Wir sind da, lieber Uto«, sagte er und schob mich hinaus, sprang selbst aus dem Auto und ging nach hinten, um die Einkaufstüten auszuladen; Jeff-Giuseppe nahm meine Reisetasche. Die Luft war noch klarer und leerer und eisiger als am Flughafen; das Leder meiner Jacke und meiner Hose war im Nu gefroren, wurde hart und brüchig wie die Haut eines Fisches, der im Fischgeschäft auf Eis liegt.

Das Haus gleicht einem großen Kasten aus hellem Holz und Glas, gelbes Licht beleuchtet Deckenbalken und helle Holzmöbel und einen Weihnachtsbaum und breitet sich nach draußen aus, flutet über den Platz bis zum Rand des dichten schwarzen Waldes, der ihn umschließt. Vittorio Foletti geht mit seinen Einkaufstüten voraus, Jeff-Giuseppe, gebeugt unter dem Gewicht meiner Reisetasche, hinter ihm her, ich folge als letzter und würde statt einem Schritt vorwärts am liebsten jedesmal einen Schritt zurück machen.

Jemand öffnet die Schiebetür aus Glas, ein großer heller Hund kommt herausgestürmt und begrüßt freudig Vittorio und Jeff-Giuseppe, steckt mir keuchend die Schnauze zwischen die Beine. Ich versetze ihm einen kräftigen Stoß mit dem Knie, so schnell, daß seine Besitzer es nicht sehen; der Hund stößt ein dumpfes Jaulen aus und rennt zu Vittorio zurück, der schon bei der Glastür angelangt ist.

Die zweite Hälfte der Familie Foletti erwartet mich gleich hinter der Tür, Vittorios Frau Marianne und Nina, Vittorios Tochter aus seiner ersten Ehe, wie mir meine Mutter erklärt hat, beide in fast gleichen, hellen Kleidern, aber vom Typ und von der Hautfarbe her ganz verschieden. Sie winken und lächeln, als ihre Männer mit mir im Schlepptau hereinkommen. Sobald wir alle drin sind, wird die Tür wieder zugeschoben; wir stehen in einem verglasten Windfang, einer Art Schleuse zwischen draußen und drinnen, mit Schränken und Bänken und Schuhregalen und einer zweiten Schiebetür, die ins Wohnzimmer führt. Die beiden Frauen rufen:»Hallo, da seid ihr ja endlich«, mit sich überlagernden, freundlichen Stimmen, herzlichem Lächeln, Willkommensgesten.

Uto Drodemberg streckt die Hand aus, er versucht gar nicht erst zu lächeln. Aber er hat Stil, er hat Stil, in solchen Dingen braucht er nur seinem Instinkt zu folgen. Obwohl er müde ist und noch benommen von der Reise und vom Jetlag, geht von seiner mageren, elastischen Gestalt eine Anziehungskraft aus, die ihr Ziel erreicht und erwidert wird: Man spürt es an den Reaktionen, an jedem Blick und jeder kleinsten Geste in dem Hin und Her von Blicken und Bewegungen, an den Worten, die ausgerufen oder beiläufig fallengelassen werden. Er ist zu allem fähig, wenn er nur ein Publikum hat, und sei es noch so klein; nur darf man ihn nicht mit einem Familienoberhaupt voller kaum verhohlener Urteile-Nichturteile und einem untertänigen, vom Vater hoffnungslos unterdrückten Sohn in einem Auto einsperren.

Das Familienoberhaupt zog sich die Schuhe aus, öffnete die zweite Schiebetür und betrat das Wohnzimmer, drängte im Vorbeigehen seine Frau Marianne noch näher zu mir hin. Seine Tochter, brünett und mager, mit großen Augen und Gesichtszügen, die denen des Vaters ähneln, hat sich nach der ersten Begrüßung in den Hintergrund zurückgezogen.

Vittorio konnte es nicht lassen, uns vorzustellen, obwohl es wirklich nicht mehr nötig war; er übertönte die Stimmen der anderen, machte ausladende Gesten mit seiner großen Hand.

VITTORIO Uto, Kaliani, Nina. Marianne heißt jetzt Kaliani.

MARIANNE Aber du kannst mich nennen, wie du willst, Uto. Wie es dir leichter fällt. Willkommen!

NINA Willkommen!

(Sondierende Blicke von Marianne auf meine Frisur, meine Jacke und Hose aus Leder und auf die Stiefel, die Stiefel!)

MARIANNE Würde es dir was ausmachen, sie auszuziehen? Wir ziehen immer die Schuhe aus, hier drinnen.

(Sie lächelt dabei, genau das gleiche Lächeln wie ihr Mann, und ihre Stimme ist erfüllt von Milde und Gelassenheit, doch ihre Forderung klingt deshalb keineswegs weniger streng.)

Uto gibt keine Antwort, er nickt nur leicht, als spräche er eine andere Sprache und verstünde die genaue Bedeutung der Worte nicht, und es ist ja wirklich beinahe so, er ist an einem fremden Spieltisch und kennt die Regeln des Hauses nicht. Mariannes Ton ist so freundlich und liebenswürdig, daß ihre Frage wie eine richtige Frage klingt, auf die er antworten könnte: »Ach ja? Ich lasse meine aber lieber an, tut mir leid«, doch ihr Blick, so strahlend er ist, hat viel mehr Schärfe als ihre Worte; er ist ein regelrechter Prinzipienwächter, dem schwer zu entrinnen ist.

Also schnallt Uto seine Motorradstiefel auf, mit vor Müdigkeit und Wut und dem Gefühl der Demütigung ungeschickten Fingern, zieht sie aus und stellt sie in das Schuhregal, als koste es ihn nicht die geringste Mühe.

Dann geht er mit dem festesten Blick, den er zustande bringt, ins Wohnzimmer, obwohl seine Aufmerksamkeit von seinen so unbedeckten und verletzlichen Füßen abgelenkt wird. Ihm scheint, daß durch den Verlust der Stiefel seine ganze Gestalt unproportioniert wirkt, daß ohne das Gewicht der Schuhe und ohne ihren Halt das Gesamtbild einen kläglichen Ansehensverlust erleidet. Noch dazu hat er Löcher in den Socken, dem einzigen Paar, das er mitgebracht hat, deutlich sichtbare Löcher an den Spitzen, und die ledernen Hosen sind ohne die dicken Stiefelsohlen zu lang, er muß sich bücken und sie umschlagen, damit sie nicht am Boden schleifen. Zum Ausgleich nimmt er den Ausdruck eines christlichen Märtyrers an, einen erhabenen, gleichmütigen Ausdruck, der es ihm verwehrt, das geringste Interesse für das Wohnzimmer und die Möbel und das Klavier und die anderen Gegenstände im Raum zu zeigen. Der Teppichboden ist so weich, wie er noch keinen unter den Füßen gespürt hat, da muß eine Schaumgummischicht darunter sein, die jeden Schritt dämpft, aber das gibt ihm erst recht das Gefühl, zum falschen Zeitpunkt am falschen Ort zu sein.

Vittorio machte sich zwischen Kühlschrank und Küchenschränken zu schaffen, und Jeff-Giuseppe half ihm, Nina hielt sich mit hängenden Armen in ein paar Metern Entfernung, der Hund Geeno lief von einem Familienmitglied zum anderen, mir blieb er zum Glück fern. Marianne lächelte mich unentwegt an, produzierte freundliche Sätze und Willkommensgesten, klopfte Kissen auf den Sofas zurecht, fixierte mich mit ihrem unverhüllten, himmelblauen Blick mit unbewegten Wimpern.

MARIANNE Und wie geht es deiner Mutter?

(Teilnahmsvoller Ton, Rührung und Trauer im Blick.)

UTO Bestens.

Nina sieht zu uns herüber, sie hat sanftere Züge und ist keineswegs häßlich, obwohl sie ihre Körperformen unter einem mindestens vier Nummern zu großen Pullover versteckt. Die beiden Männer sind immer noch am Kühlschrank beschäftigt, Vittorio gibt Jeff-Giuseppe Anweisungen im Ton perfekten Wohlwollens. Wieder Mariannes sondierender Blick. Mitleid-Verständnis-Rührung, edle Gefühle vereinen sich zu einem einzigen Strom. Sie kommt auf mich zu, streicht mir mit der Hand über die Schläfe, umarmt mich mit einem schrecklich sanften und tiefen Seufzer.

MARIANNE Furchtbar muß das für euch gewesen sein. Aber so war es vorbestimmt, wir müssen es akzeptieren. Du wirst sehen, hier geht es dir bald besser, dieser Ort ist so voller spiritueller Energie. Wir mögen dich, wir alle.

Glücklicherweise zieht sie sich wieder zurück, wenn auch nur ein kleines Stück. Ihren deutschen Akzent hat sie genauso unter Kontrolle wie ihr Mienenspiel, er klingt so abgeschwächt und mild, daß ihm kaum noch etwas von seiner Natur als Angriffswaffe bleibt. Offener Blick, offene Gesten, offene Bewegungen, die alle ineinanderzufließen scheinen.

Blicke von Vittorio vom Kühlschrank her. Verstohlene Blicke der Kinder. Lächeln von allen Seiten; ich bin dem hoffnungslos ausgeliefert; auf so etwas war ich nicht vorbereitet, obwohl ich mich doch auf das Schlimmste gefaßt gemacht hatte.

UTO Mir geht es bestens, danke.

MARIANNE Natürlich. Aber wir möchten, daß es dir noch besser geht.

Ich nehme meine Sonnenbrille ab, um ihr zu zeigen, wie gut es mir geht: Das warme Licht dringt mir zusammen mit ihren lächelnden Blicken in die Augen, läßt mich fast taumeln. Ich muß meinen Blick auf irgendeinen Gegenstand heften, mich an irgend etwas festhalten.

Neben dem Kamin steht ein Weihnachtsbaum, bunte Glaskugeln und Schleifchen und Sternchen an jedem Zweig, darunter eine Krippe, noch dazu selbstgebastelt, aus Sperrholz ausgesägt, daneben ein paar Päckchen und Pakete; bei ihrem Anblick erfaßt ihn plötzlich ein so heftiges Gefühl der Nichtzugehörigkeit, daß er sich am liebsten Stiefel und Jacke anziehen und hinaus in die Nacht laufen und rennen, rennen, rennen möchte, ohne stehenzubleiben.

MARIANNE Du wohnst in Jeffs Zimmer. Da oben.

(Sie deutet auf die helle Holztreppe, die auf einer Seite des Wohnzimmers nach oben führt.)

UTO Ach nein, ich kann doch auf dem Sofa schlafen, oder im Keller.

NINA Im Keller?

(Sie lacht: die Wölbung ihrer Stirn, eigenwillig und auch sinnlich, wie bei einem jungen, nur scheinbar unschuldigen Wal.)

MARIANNE Es ist schon so abgemacht, das Bett ist bereits bezogen. Jeff schläft unten im Gästezimmer. Er freut sich, wenn er ein kleines Opfer für seinen Nächsten bringen kann. Es ist für uns alle ein wunderbares Geschenk, daß du gekommen bist.

Ein sicheres Mittel, mir seinen Haß zuzuziehen, noch bevor ich ihn richtig kenne, dachte ich. Ich zuckte nur leicht mit den Schultern, um Nichtanteilnahme zu bekunden, Nichtschätzung einer Geste, die ich nicht verlangt hatte.

MARIANNE Willst du dir die Hände waschen, dich ein bißchen frisch machen? Da drüben, Uto. Oben hast du natürlich dein eigenes Bad, aber hier unten kannst du das von den Kindern benutzen.

Sie legt mir eine unendlich leichte und zielsichere Hand auf die Schulter, um mich in die richtige Richtung zu schieben und mir Wärme und Anteilnahme zu vermitteln.

Ich schloß die Badezimmertür hinter mir und drehte zweimal den Schlüssel um, ließ das Wasser laufen, betrachtete mich im Spiegel; ich war nicht einmal sicher, ob ich mich wiedererkennen würde. Ich spürte immer noch die Vibrationen des Flugzeugs in mir: immer noch dieses Dröhnen in den Ohren, das Gefühl, auf schwankendem Boden zu stehen, unter mir nichts als Leere. Wenn ich mich so im Spiegel sah, hätte ich jeder x-beliebige andere sein können; kein Detail meines Gesichts gab mir die absolute Gewißheit, daß es zu mir gehörte. Ich machte meine Haare naß, richtete sie mit ein paar raschen Handbewegungen wieder auf, blickte mir fest in die Augen, aber das änderte nicht viel.

Dann lümmelte ich mich auf das Sofa, in diesem makellosen Haus fremder Leute, und verfolgte beiläufig das Hin und Her der Familie Foletti zwischen der Küche und den Zimmern und dem Kamin und dem Weihnachtsbaum, umgeben von dem Harzgeruch, der aus den Balken, den Paneelen und Möbeln drang. Nina war in ihrem Zimmer irgendwo im Haus, auch Vittorio und Marianne hatten sich zurückgezogen, Jeff-Giuseppe saß mit gekreuzten Beinen auf dem Boden vor dem Fernseher, in dem eine Quizsendung lief, unscharf und flimmernd, fast nichts war zu erkennen.

»Kommt nichts Besseres?« frage ich ihn, so wenig freundschaftlich wie ich kann, mit dem Blick zum Fernseher, nicht zu ihm.

Er dreht mit verzweifelter Miene die Handflächen nach oben, sagt: »Das ist das einzige Programm, das wir empfangen können. Meine Mutter wollte keine Parabolantenne. Sonst sitzen wir den ganzen Tag vor dem Fernseher, sagt sie.«

»Und was sagst *du*?« frage ich ihn.

Er sieht mich an, als ob er den Sinn meiner Frage nicht verstünde, und bewegt nur die Lippen wie ein hilfloser Fisch.

Inzwischen ist seine Mutter hereingekommen, anders gekleidet als vorher, aber immer noch in Weiß und hellen Aprikosentönen; sie sagt: »Schalte das Ding aus und mach dich fertig, wir wollen gleich gehen.« Jeff-Giuseppe gehorcht und läuft schnell hinaus; seine Mutter macht eine halbe Umdrehung zu mir hin. »Bist du zu müde, oder hättest du Lust, mit uns zur Kundalini Hall zu kommen?«

Auch dies nur eine Scheinfrage, sie zog gar nicht in Betracht, daß ich wirklich antworten könnte, ich sei zu müde und wolle lieber dableiben. Ihr Lächeln, ihre blauen Augen, ihre nervöse Gestalt unter den weichen wollenen Kleidern drückten unbeugsame Erwartung aus: bedingungslosen Einsatz für ein Programm, ohne Spielraum für Kompromisse oder Änderungen. Vittorio und Nina erschienen im Wohnzimmer, und einen Augenblick später folgte Jeff-Giuseppe, auch sie in anderen, aber ebenfalls hellen Kleidern; mit langen Blicken und immer neuem Lächeln gingen sie an mir vorbei in den Windfang hinaus.

Ich stand auf und zog mir Stiefel und Jacke an, folgte Familie Foletti in die kristallklare Nachtkälte hinaus und dachte mit Bedauern an das Sofa in dem geschützten und gut isolierten Raum. Ich fragte mich, ob es Feigheit oder Trägheit oder so etwas wie eine passive, formlose und ziellose Neugier war, die mich trieb, in Situationen, in die ich geraten war, bis zur äußersten Grenze zu gehen, mich immer weiter und immer tiefer hineinziehen zu lassen. Auch wenn ich innerlich vor Unduldsamkeit und Ärger kochte, dauerte es eine ganze Weile, bis ich mich entschloß, ein Ende zu machen. Ich mußte mein Terrain und die anderen Figuren auf dem Terrain erst genau kennen; ich war langsam, wenn es darum ging, Signale zu entschlüsseln, Situationen zu verändern.

Erneut im Range Rover, diesmal auf dem Rücksitz zwischen Jeff-Giuseppe und Nina, immerhin ermutigt durch die Motorradstiefel, die wieder fest an meinen Füßen sitzen, und meine Lederjacke, die wie ein millimeterdicker Schutzpanzer für meine Wesensart war. Die Folettis duften nach Neutralseife und Mandelmilch, nur ich rieche nach Schmutz und nach Moschus, aber es mißfällt mir nicht.

Während wir die ungeteerte Straße entlangfahren, gibt

Marianne vorne neben Vittorio Erläuterungen, die für mich bestimmt sind: Sie deutet ins weiße Scheinwerferlicht hinaus, nach rechts und nach links, sagt: »Der ganze Wald gehört der Gemeinschaft, fünfhundert Hektar. Hat Vittorio dir eigentlich schon etwas über Peaceville erzählt?«

Vittorio verneint mit einer ruhigen und gelassenen Kopfbewegung: der perfekte Ehemann in einer Atmosphäre ungetrübter Zuverlässigkeit und Eintracht und Harmonie.

»Da ist einmal der Tempel, in dem gebetet und meditiert wird«, erklärt Marianne. »Dann die Kundalini Hall, wo gegessen wird und Ansprachen und Konzerte und Feste veranstaltet werden. Dann das Ashram, dort leben diejenigen, die schon auf einer höheren Stufe sind, oder Alleinstehende oder Leute, die nur für kurze Zeit hierbleiben. Alle anderen wohnen in ihren eigenen Häusern.«

»Das ist das Besondere hier«, fügt Vittorio an. »Jede Familie hat ihr eigenes Leben und ihren eigenen Bereich und alles, jeder kommt zum spirituellen Zentrum, wann er will. Das ist das Geniale an der Idee des Gurus. Peaceville ist keine spirituelle Kolonie, wie so viele andere Gemeinschaften. Auch nicht so was wie ein Feriendorf oder eine spirituelle Wohngemeinschaft, sondern eine spirituelle Siedlung mit einem Zentrum. Du sitzt nicht ständig den anderen auf der Pelle. Dazu besteht gar keine Notwendigkeit.«

»Aber du weißt, daß die anderen da sind«, sagt Marianne mit beseelter Stimme. »Und du weißt, daß der Swami da ist, immer. Auch jetzt, während er sich erholen muß und nicht in der Öffentlichkeit erscheinen kann. Er ist der Mittelpunkt von Peaceville, alles dreht sich um ihn. Er braucht sich gar nicht zu zeigen. Er braucht nichts zu sagen. Seit er die letzte öffentliche Ansprache gehalten hat, sind fast zwei Jahre vergangen, und trotzdem erfahren wir von ihm alles, was wir brauchen.«

Sie dreht sich um und sieht mich an, um sich zu vergewissern, daß ihre Informationen mich auch erreichen; dann zeigt sie wieder hinaus. »Dort wohnt ein Freund von Jeff, und da unten ist das Haus von Saraswati.«

Auf der holprigen Straße stößt mein rechtes Knie dann und wann an das linke Knie von Nina; sie zieht es jedesmal schnell weg, aber ich spüre trotzdem einen kleinen elektrischen Schlag vom Bein über die Leistenbeuge die Wirbelsäule hinauf. Sie riecht nach grünem Apfel, herb und fruchtig. Wenn sie sich bewegt, geht eine laue Wärme von ihr aus. Ich vermeide es, sie anzusehen, ich blicke geradeaus auf die zwei Lichtkegel der Scheinwerfer, auf die Straße, die durch den Wald zur Staatsstraße hinabführt.

Gerade als ich mich ans Halbdunkel und an die halben Berührungen und tiefen Atemzüge und an das Vermeiden direkter Kontakte gewöhnt habe, sind wir schon da: Die Räder hören auf zu rollen, Bremsen werden gezogen, Türen geöffnet: eisige Luft, Bodenberührung, weite Nacht, grenzenloser Raum; die Beine in Bewegung setzen, Haltung und Gesichtsausdruck wieder unter Kontrolle bringen. Wenn ich könnte, würde ich am liebsten immer nur in Zwischenstadien leben, ohne Ausgangs- und Zielpunkte und ohne Zwecke, die erfüllt werden müssen, in ungewisses Taumeln versunken, vor der Welt beschützt, mit vage kreisenden Gedanken, ohne auf etwas Bestimmtes zu warten (oder auf alles wartend: auf plötzliche Veränderungen und Wandlungen und von einer Sekunde zur anderen sich eröffnende, überraschende Horizonte, auf einen Brief im Briefkasten oder irgendeinen Gegenstand auf dem Boden vor mir, auf eine unverhoffte Begegnung, die Kettenreaktionen nach sich zieht).

Wir gingen einen gepflasterten Weg hinunter und kamen zu einer Art großer Scheune, die mit bunten Lichtern geschmückt war; Marianne und Vittorio und Jeff-Giuseppe und Nina blieben stehen, drehten die Köpfe in alle Richtungen, lächelten, faßten einander an den Armen, strömten über vor Begeisterung und Festtagsstimmung.

Marianne klopfte mir auf die Schulter: »Willkommen in Peaceville, Uto!« – »Ja, willkommen!«, sagte Vittorio. – »Willkommen, willkommen«, wiederholten Jeff-Giuseppe und Nina etwas schüchterner. Leute gingen an uns vorbei auf den großen geschmückten Bau aus Holz zu, alle lächelten und teilten unterschiedslos liebevolle Gesten aus.

Vor der Tür würde ich am liebsten kehrtmachen, mich wieder ins Auto setzen und schlafen; sollen die Folettis doch Silvester feiern, soviel sie wollen; vielleicht würde ich erfrieren, ohne daß es jemand merkt, und ihnen nachträglich das Fest verderben, wenn sie mich auf dem Rücksitz finden, steif wie ein Denkmal der Nichtzugehörigkeit; sie würden sich bestürzt ansehen und zu den anderen Teilnehmern der Feier eilen, um Hilfe zu holen – zu spät.

Statt dessen folge ich ihnen durch den mit kleinen flimmernden Lämpchen geschmückten Eingang in einen großen Raum, der erfüllt ist von gelbem Licht und Wärme und dem Geruch nach indischen Räucherstäbchen und Gewürzen, Curry und Ingwer und Zimt und Nelken. Frauen und Männer in hellen Kleidern in ländlichem oder indischem Stil ziehen sich die Schuhe aus und stellen sie auf lange Schuhbänke und hängen ihre Mäntel an die Garderobe, sehen sich in Strümpfen um und lächeln sich an und berühren sich an den Armen und sprechen flüsternd miteinander wie in einer großen Höhle oder Kirche oder Bibliothek oder in einem Refektorium, während sie mit leisen, gedämpften Schritten auf die nächste Tür zugehen.

Uto Drodemberg, der sich durch die Halle voll flüsternder und lächelnder Leute bewegt, ähnlich einer Fliege, die in der Milch schwimmt. In Lederkleidung unter all diesen weichen Wollstoffen, mit Sonnenbrille inmitten all dieser ungefilterten Blicke, schwarz in einem Meer von blaßrosa und pfirsich- und aprikosen- und creme- und elfenbein-farbenen und weißen Tönen, seine gebleichten, steil in die Höhe stehenden Haare mitten unter den kurzgeschorenen oder kahlen grauen Köpfen, den Bärten und Pferdeschwän-zen und Zöpfchen und Mönchskappen. Keiner dreht sich nach ihm um, aber er spürt genau den Strom der Aufmerk-samkeit, die heimliche Neugier und Verwunderung. Da ist dieser krasse Gegensatz zwischen ihm und den anderen: wie ein Gewalttäter in einem Porzellangeschäft, wie ein vom Overdrive verzerrter E-Gitarrenton in einem Streich-orchester. Nicht schlecht, bis auf die tonnenschwere Lange-weile: Der Kontrast löst einen Adrenalinstoß in ihm aus, der seine Muskeln am Bauch und an den Beinen und am Rücken strafft und seinen Gang noch federnder und elegan-ter, seinen Gesichtsausdruck noch faszinierender als sonst macht.

Marianne zog sich wie in einer eigens für mich bestimmten Pantomime die gefütterte Jacke und die Schuhe aus und zeigte mir die Schuhbank und die lange Reihe Kleiderhaken, wo ich meine Sachen lassen sollte. Ich gehorchte so gleichgültig, wie ich konnte, ohne auf die anderen Mitglieder der Familie Foletti zu achten, die ihre Jacken und Schuhe ablegten und dabei nach allen Seiten unablässig Grußgesten und Lächeln und leise Glückwünsche austeilten.

Hinter der zweiten Tür war ein noch größerer und höherer Saal, er glich einer mystischen Scheune mit einer hellen Balkendecke und Teppichen auf dem Fußboden. In langen Reihen waren schmale, niedrige Tische aufgestellt, vorn gab es eine kleine Bühne, darauf einen von einer Lampe angestrahlten Sessel und die lebensgroße Pappfigur eines alten, weißbärtigen Inders, bekränzt mit Girlanden aus echten weißen und gelben und roten Blumen. Intensiver Duft von indischen Gewürzen, vermischt mit dem Geruch von Suppe und Kokosmehl; ein monoton murmelnder Chor, begleitet von einem an- und abschwellenden Singsang. Ich stellte mich mit Marianne und Vittorio und den beiden Kindern in die Warteschlange vor der Theke, an der Teller mit rohem Gemüse und Linsen und Nudeln und Sesampaste und anderen fleischlosen Gerichten gefüllt wurden. Ich hatte nicht die geringste Lust mich anzustellen, ich wollte auch nichts essen; von der Reise und der Zeitverschiebung hatte ich einen metallischen Geschmack im Mund, und das Summen in meinen Ohren ließ nicht nach; ich drückte meine Sonnenbrille fester auf die Nase, versuchte wenigstens eine gute Haltung zu bewahren.

Vorn im Saal ist eine ältere Frau in pfirsichfarbenen Kleidern, die wie eine Nonne aussieht, auf die kleine Bühne gestiegen und beginnt eine eintönige Melodie ins Mikrophon zu summen, die über die Lautsprecher an den Wänden in den Saal übertragen wird. Sie legt die Hände aneinander und neigt immer wieder den Kopf, murmelt irgend etwas über das Jahresende und das neue Jahr vor sich hin, so leise, daß es fast nicht zu verstehen ist, wie eine Großmutter, die ihr Enkelkind in den Schlaf lullen will. Ein merkwürdiger Widerhall läßt die Töne noch gedehnter klingen, macht die begleitenden Gebärden der Frau noch langsamer. Die Leute im Saal sehen aus, als würden sie gleich einschlafen, so versunken und entspannt und still sitzen sie alle mit gekreuzten Beinen auf den Teppichen und beugen sich mit rhythmisch wiegenden Bewegungen über die langen, niedrigen Bänke, um ihre Teller voller Gemüse und Getreidekost zu erreichen.

Eine schwammige Dame häufte mir die gleichen Speisen auf den Teller wie den anderen und fragte mich lächelnd: »Wie geht es dir?«, so als hätte sie einen besonderen Grund für ihr Wohlwollen. Ich gab keine Antwort, ich horchte auf das kollektive Summen, mit dem die Leute im Saal ab und zu auf den Singsang der nonnenähnlichen Alten am Mikrophon antworteten. Marianne wich nicht von meiner Seite, als meine eifrige Betreuerin zeigte und erklärte sie mir alles und versuchte mich aufzumuntern. Zu der schwammigen Dame sagte sie: »Unser Freund Uto ist heute aus Italien gekommen.« – »Wie schön«, antwortete diese mit einem breiten Lächeln, so als sei die Nachricht von höchster Wichtigkeit und doch völlig unbedeutend.

Ich wünschte mir nur, sie würden mich in Ruhe lassen,

ich war zermürbt vor Müdigkeit, die Augen taten mir weh, mein ganzes Gesicht schmerzte bei der bloßen Vorstellung, wieviel Muskelanspannung das dauernde Lächeln erfordern mußte, das ich ringsherum sah.

Dann sitze ich mit gekreuzten Beinen zwischen Marianne und Vittorio auf dem Teppich vor einem der niedrigen schmalen Tische; wenigstens sieht man so die Löcher in meinen Strümpfen nicht. Ich bin nicht hungrig, und auf meinem Teller sehe ich auch nichts, was einen richtigen Hunger stillen könnte: nur Körner und Grünzeug und schlappe, fade, kalte Nudeln. Ich beobachte die anderen beim Essen.

Links von mir ißt Marianne mit gezielten kleinen Gabelbewegungen, sie macht den Mund kaum auf und kaut ausgiebig, ab und zu löst sie ihren Blick von der Nonne auf der Bühne, um ihrem Mann und den Kindern und mir zuzulächeln. Vittorio rechts neben mir schaufelt mit gesenktem Kopf und gefräßiger Energie alles auf seinem Teller in sich hinein, der doppelt so voll ist wie die anderen. Er wirkt unter all den sanftmütigen und blutleeren Leuten leicht deplaziert, ein bißchen zu erdnah und impulsiv, mit einem Hang zu kräftigeren Speisen und Tonlagen als dem friedlichen und wohlwollenden Gemurmel um ihn herum. Doch dann wendet er sich seiner Frau zu und streift lächelnd ihren Arm, und man merkt, wie hart er an sich gearbeitet hat, um seine wahre Natur unter Kontrolle zu bringen, einzudämmen und umzulenken. Er ist überzeugt, sich gründlich gebessert zu haben, und ist sicher stolz darauf; manche seiner Gesten sehen aus, als mache er sie nur, um seine Fortschritte zu überprüfen, sich ihrer zu vergewissern.

Jeff-Giuseppe ist beim Essen genauso linkisch wie bei allem, was er tut: Mit dem Gesicht fast im Teller stopft er sich den Mund so voll, wie es nur geht, schlingt alles fast unzerkaut hinunter; nur wenn seine Mutter mit wohlwollend-prüfendem Blick zu ihm hinübersieht, reißt er sich zusammen, kaut die nächsten fünf Minuten auf einer kalten Maultasche herum. Nina dagegen ißt gar nichts: Sie stochert nur mit der Gabel auf dem Teller herum, schiebt das Essen zu einem Häufchen zusammen, legt die Papierserviette darauf, um es zu verstecken. Marianne sieht es genau, aber sie sagt nichts, schüttelt nicht einmal den Kopf, sie atmet nur tief durch.

Viel gesprochen wird nicht; jeder scheint sich an die Regel »Viel lächeln und wenig reden« zu halten, alle folgen versunken dem Geschehen auf der kleinen Bühne, wo die alte Nonne gerade von einer jüngeren abgelöst worden ist, die wie eine Japanerin aussieht. Marianne beugt sich zu mir und flüstert mir ins Ohr: »Die Hauptassistentin des Swamis.« Ausdrucksvolles »S«. Warmer Atemhauch. Leichte Berührung. Geruch nach Mandelmilch. Oberflächliche Hautreaktion.

Die Assistentin spricht über den Swami, berichtet, daß es ihm bessergehe und er, so Gott wolle, bald wieder unter uns weile, dann erzählt sie, was er an früheren Silvesterabenden gesagt hat, daß jedes Fest seine Wichtigkeit habe, weil es ein Anlaß ist, sich mit anderen zu treffen und zu freuen, und ein großes Ereignis für die Kinder. Ich höre zu und schaue hin und wieder zu ihr hinauf, knabbere an den salzlosen Speisen; der Kopf dreht sich mir, und in meinen Ohren rauscht es; ein paarmal steigt eine Welle von Übelkeit in mir auf, ich fühle mich der Ohnmacht nahe. Marianne bemerkt es schließlich, sie fragt: »Fühlst du dich nicht wohl, Uto? Du bist blaß.«

»Mir geht es ausgezeichnet«, antworte ich, und sofort verschwindet die Besorgtheit wieder, die auf ihren Zügen erschienen war, sie lächelt, lauscht erneut hingerissen den Worten der Guruassistentin. Im Saal herrscht soviel edle Gesinnung und gegenseitige Achtung und höfliche Zurückhaltung, daß einer stundenlang halbtot auf dem Boden liegen könnte, bevor sich jemand entschließen würde einzugreifen. Ich bin müde, erschöpft und benommen wie ein deportierter Kriegsgefangener, ich würde viel lieber im Bett liegen, statt hier auf dem Boden zu sitzen und nicht einmal meinen Rücken anlehnen zu können. Soviel ich mich auch umsehe in diesem mystischen Schuppen, ich kann niemanden in meinem Alter erblicken, alle sind dreißig, vierzig, fünfzig oder wirklich steinalt, dazu ein paar Kinder. Nur ein Junge in Ninas Alter ist darunter, und natürlich tauschen sie ab und zu Blicke aus der Ferne; einige der Kinder sind in Jeff-Giuseppes Alter. Ich kann mir vorstellen, was für ein Alptraum es für sie sein muß, hier zu leben, als Gefangene ihrer Eltern in dieser Atmosphäre einer von der Welt abgeschnittenen Insel; ich glaube, an ihrer Stelle würde ich alles tun, um von hier wegzukommen.

Abgezehrt, bleich, frei von allen Zweifeln saß die Guru-Assistentin im Lotussitz auf einem Kissen und erzählte ganz alltägliche Episoden aus dem Leben des Gurus, als handle es sich um die erstaunlichsten Geschichten. In einem milden und süßlichen Ton, der vielleicht bei kleinen Kindern oder Halbidioten angebracht gewesen wäre, hauchte sie ins Mikrophon, das sie sich so dicht vor den Mund hielt, daß den Leuten im Saal jede kleinste Zungenbewegung und jedes Atemholen vielfach verstärkt in den Ohren hallte, und begleitete ihre Worte mit kleinen Grimassen. »Und nun sehen wir einen kurzen Film mit unserem lieben Swami, der hoffentlich sehr bald wieder persönlich zu uns sprechen kann«, schloß sie.

Am Bühnenrand standen ein großer Fernseher und ein Videorekorder, die Guruassistentin gab zwei Swamijüngern Anweisungen; sie schoben den Apparat nach vorn und schalteten ihn an. Auf dem Bildschirm erschien der Guru, der alte Inder, dessen Abbild auf der Bühne stand. Er saß auf dem beleuchteten Sessel, der neben dem Fernseher leer geblieben war.

»Der Swami«, flüsterte mir Marianne überflüssigerweise ins Ohr; jedesmal, wenn sie mir ins Gesicht atmete oder mich auch nur ansah, raubte mir ihr leidenschaftlicher Eifer die Kraft wie ein Aderlaß. Ich fragte mich, wie jemand wie Vittorio mit ihr leben konnte; die Vorstellung, was für eine Widerstandsfähigkeit er haben mußte, machte mich wütend.

Der Guru auf dem Bildschirm sprach mit indischem Akzent mit hoher, aber ziemlich melodischer Stimme und häufigen Pausen, in denen er nur lächelte und Gebärden allumfassenden Wohlwollens machte. »Erst vor ein paar Tagen war Weihnachten, und da haben wir uns alle bemüht, besser zu sein, nicht wahr? Wir haben Geschenke gemacht und Geschenke erhalten, nicht wahr? Wir haben an unsere Freunde und Verwandten gedacht, nicht wahr? Auch an die entferntesten, nicht wahr? Und wir *waren* wirklich besser.

Wir waren durchdrungen von edlen Gefühlen. Sie lagen in der Luft. Aber jetzt, wo Weihnachten vorbei ist? Heute, am einunddreißigsten Dezember, am letzten Tag des Jahres? Da sind wir schon in einer ganz anderen Stimmung, nicht wahr? Wir sind voller guter Vorsätze, aber die haben alle mit uns selbst zu tun, nicht wahr?«

Ich blickte umher, und es kam mir unglaublich vor, daß Hunderte von Leuten in tiefem Schweigen auf dem Boden sitzen und mit dieser fokussierten Aufmerksamkeit solche nichtssagenden Banalitäten in sich aufsogen. Ihr kollektives, synchrones Atmen, als säßen sie in einem wunder wie außergewöhnlichen Konzert, machte mich wütend; wütend machte mich auch Marianne, die mit ihrem langen Hals, ihrem Profil mit der gnadenlos geraden Nase konzentriert vornübergebeugt dasaß; wütend machte mich Jeff-Giuseppe, der sich wie ein braver Schüler kein Wort entgehen lassen wollte, und Nina, die den gleichen, allerdings etwas scheinheiligen Schülerblick hatte und vielleicht an etwas ganz anderes dachte, sich das jedoch nie anmerken lassen würde.

Der einzige, der sich nicht ganz perfekt in dieses Meer von Anteilnahme einfügte, war wiederum Vittorio: Er saß zwar ganz still da, den Blick genau auf den Fernseher gerichtet, aber irgend etwas an ihm wirkte leicht verfehlt, genau wie vorhin beim Essen. Vielleicht war es die Art, wie er seinen Unterkiefer anspannte und die Augen zusammenkniff, um schärfer zu sehen, wie er den Kopf schrägstellte und ein Ohr vorstreckte. Der Teller vor ihm war leer bis auf den letzten Krümel, er hatte nicht das kleinste welke Salatblättchen liegenlassen und saß jetzt mit gerunzelten Brauen vornübergebeugt da. Plötzlich wandte er sich zu mir und fragte leise: »Verstehst du alles?«

»Ja«, sagte ich; der einzige Vorteil, den ich davon hatte, ohne nationale Identität in drei verschiedenen Ländern aufgewachsen zu sein, war, daß ich fast gleich gut Deutsch, Spanisch, Englisch und Italienisch sprach.

Er nickte und sah wieder zur Bühne, wo der Bildschirm stand. Dann drehte er sich erneut zu mir und sagte zwischen zusammengepreßten Lippen: »Ich verstehe manchmal kein Wort. Vor allem, wenn es Kassetten sind. Oder abends, wenn ich müde bin.«

Seine Frau drehte sich um und warf ihm einen strengen Blick zu; sofort setzte er sich wieder gerade hin wie ein gemaßregelter Schüler. Eine Sekunde später streckte sie hinter meinem Rücken den Arm aus und strich ihm über die Schulter, um die leichte Spannung sofort wieder aufzulösen und sich einen Kuß auf die Hand geben zu lassen. Ich beugte mich vor, um ihnen nicht im Weg zu sein; eine Welle purer Unduldsamkeit schoß in mir hoch, trotz Müdigkeit, Jetlag und dem Summen in meinen Ohren.

Der Guru auf der Videokassette sagte: »Und was heißt schon, das Jahr geht zu Ende? Meint ihr etwa, der morgige Tag wird ganz anders sein als der heutige? Wirklich ein ganz neuer Tag? So wie ein neues Automodell, mit einem nagelneuen Motor und einer nagelneuen Karosserie? Man kann es kaum erwarten einzusteigen, nicht wahr?«

An dieser Stelle lachte Vittorio mit, und Marianne sah ihn immer wieder an, um Sinn und Inhalt der Ansprache zu bekräftigen, aber er war immer noch angespannt, hielt den Kopf gesenkt und die Augen halb geschlossen.

»Dabei ist jeder Tag ganz anders als der andere«, fuhr der Guru auf dem Video fort. »In Wirklichkeit ist nämlich jeden Tag Silvester, jede Stunde ist Silvester. Wir aber betrachten den einunddreißigsten Dezember als eine wichtige Grenze, als eine Art Deich, der zwei große Wassermassen voneinander trennt. An Silvester können wir in das frische Wasser springen und das alte, das schon ganz verschmutzt ist, hinter uns lassen.«

Sein Ton war liebenswürdig, ja beinahe kokett, wie er nach rechts und links blickte, um zu sehen, welche Wirkung seine Worte erzeugten; er zog die Pausen bewußt in die Länge, als müsse er seine Gedanken aus weiter Ferne herbeirufen. Ich fragte mich, ob die Folettis diese Ansprache live miterlebt hatten; wieviel sie davon jetzt, drei oder vier Jahre später, noch in Erinnerung hatten.

»Wir dürfen ruhig sagen, daß heute das Jahresende ist, aber nur, wenn wir es als ein symbolisches Datum sehen. Oder als ein Fest. Sonst liegt zwischen einem Jahreswechsel und dem nächsten zuviel Zeit, viel zuviel, soviel, daß wir alle unsere guten Vorsätze wieder vergessen, uns an keinen einzigen erinnern. Und nach einer Weile sagen wir dann: ›Nun ja, dieses Jahr ist so gelaufen, nächstes Jahr probiere ich es noch einmal‹, nicht wahr?«

Das Publikum auf der Videokassette lachte, das Live-Publikum lachte ebenfalls, alle waren viel konzentrierter, als ich je irgend jemanden vor dem Fernseher oder im Kino oder auch in einem Konzert gesehen hatte; es herrschte eine seltsam fließende Art von Aufmerksamkeit, bei der es sogar schwierig war, zwischen Objekt und Subjekt der Aufmerksamkeit zu unterscheiden.

Der Guru auf dem Bildschirm sagte: »Ihr solltet so tun, als ob jeden Tag Silvester wäre. Als ob das Jahr jede Stunde zu Ende wäre. Jede Minute. Jede Minute solltet ihr denken, daß das Jahr zu Ende geht, und euch fragen: ›Habe ich alles getan, was ich hätte tun sollen? Bin ich zufrieden?‹ Ihr solltet euch fragen: ›Habe ich meine guten Vorsätze eingehalten?‹ Das Leben ist nämlich kein Tennismatch, bei dem ihr einen Satz habt, noch einen und vielleicht noch einen dritten; wenn es beim Tennis im ersten schiefgeht, könnt ihr im nächsten besser spielen. Das Leben ist auch kein Theaterstück, das eine bestimmte Zeit dauert, kein Film, der zwei Stunden läuft, und ihr könnt auf die Uhr schauen und wißt genau, wieviel Zeit noch bleibt. Das Leben dauert so lange, wie es dauern muß, aber wir erfahren es erst in dem Augenblick, in dem es zu Ende geht. Wenn Gevatter Tod kommt, können wir nicht sagen: ›Was willst du von mir, es ist noch zu früh. Ich habe noch so viel zu tun, geh derweil zu einem anderen, der älter ist als ich.‹«

Vittorio sah Nina an und deutete mit fragender Miene auf ihren Teller. Sie schaute weg, versteckte sich hinter der allgemeinen Aufmerksamkeit für den Guru. Marianne warf Vittorio einen tadelnden Blick zu; Vittorio wandte sich wieder zur Bühne.

Aber die Ansprache auf der Kassette ist zu Ende; die Guruassistentin schaltet den Rekorder aus und verabschiedet sich mit einer Verbeugung, ein Mann steigt auf die Bühne und spielt auf einem akkordeonähnlichen Instrument einen schwingenden Dauerton und singt dazu in verschiedenen Modulationen: »Hare Om. Hare Om. Hare Hare Hare Om.« Alle in dem mystischen Bau wiederholen seinen Singsang, Marianne leicht tiefer werdend, Nina nur jedes zweite Mal, Jeff-Giuseppe in seinem Stimmbruchton, Vittorio hoffnungslos dissonant. Ich höre stumm zu und beobachte die anderen; ich schäme mich für sie, für ihren Mangel an kritischem Verstand und an Humor, für ihre Unfähigkeit, sich mit den Augen eines Außenstehenden zu sehen.

Kurz vor Mitternacht steigt der Akkordeonspieler von der Bühne, und die alte Nonne, die am Anfang gesprochen hat, kommt wieder herauf; sie blickt auf eine alte Uhr in ihrer Hand und sagt: »Gleich ist es soweit.« Sie beginnt den Countdown der letzten dreißig Sekunden, alle zählen im Chor mit. An jedem der langen niedrigen Tische steht jemand mit einer Sektflasche in der Hand, nestelt am Korken und zählt dabei mit.

Bei Null ruft die alte Swamijüngerin ins Mikrophon: »Gutes neues Jahr!«; alle anderen rufen ebenfalls: »Gutes neues Jahr«, springen auf und umarmen und küssen und streicheln sich, während die mit den Flaschen den Sekt in Plastikbecher gießen und sie herumreichen. Marianne und Vittorio umarmen mich und umarmen sich gegenseitig; auch Jeff-Giuseppe und Nina umarmen mich, etwas gehemmt und verlegen, dann zieht Marianne mich zu den anderen Leuten und sorgt dafür, daß ich in dem friedlichen, ruhigen Gewimmel von möglichst vielen begrüßt und beglückwünscht und angelächelt werde.

Schon immer haben mich Silvesterfeiern todtraurig gemacht, diese aber ist noch trister als sonst, wegen der unendlichen Entfernung von der Welt und der Gedämpftheit und Nachdenklichkeit, die wie ein Schleier über jeder Gefühlsäußerung liegt, als müsse man sich auch in einem Augenblick wie diesem tausend tiefschürfende Gedanken machen und alles in einer viel umfassenderen Perspektive sehen, so daß die kleine Freude des Augenblicks noch kleiner und geringfügiger und nichtiger wird. Der Sekt ist auch kein richtiger Sekt, sondern moussierender Traubensaft ohne eine Spur von Alkohol und macht das Anstoßen und die Glückwünsche noch trostloser.

Dann sind die Folettis endlich müde, Vittorio jedenfalls ist es; vorsichtig, als handle es sich um einen riskanten Vorschlag, fragt er seine Frau: »Gehen wir?« Marianne zögert, blickt abwechselnd auf ihn und auf mich, blickt über den von vielfältigem Lächeln erfüllten Saal; schließlich nickt sie zustimmend. Lächeln, Lächeln, Lächeln von und nach allen Seiten, während wir aufstehen, nochmals Neujahrswünsche hierhin und dorthin, Winken und Armestreicheln, während wir uns zum Ausgang durchschlängeln.

Im Windfang ziehen wir uns Schuhe und Jacken an, wie Schnecken sich in ihr Häuschen zurückziehen; mit wütenden Fingern schnalle ich mir die Stiefel zu. »Na?« sagt Marianne mit fragendem Blick, um festzustellen, ob ich beeindruckt bin von den Leuten und dem Saal und allem anderen, ob ich schon bekehrt oder wenigstens auf dem Weg zur Bekehrung bin, mit wenigstens einem kleinen Flämmchen der Erleuchtung in den Augen. Doch damit kann ich ihr nicht dienen, ich erwidere weder ihr noch Vittorios Lächeln. Ich beobachte Nina und Jeff-Giuseppe, die an den Regalen voller Bücher über Joga und makrobiotische Küche und die Gedanken des Swamis vorbei zum Ausgang schlurfen, und denke, daß ihnen dieser Ort insgeheim wohl ziemlich auf die Nerven geht. Der Gedanke tröstet mich, so wie es mich tröstet, daß Vittorio ein wenig verfehlt wirkt und Probleme mit dem Englischen hat; die Bastion der Familie Foletti scheint also doch kleine Risse zu haben.

Am Ausgang legt Vittorio drei Zehndollarnoten in ein Spendenkörbchen. Ich ziehe einen Dollar aus meiner Hosentasche und tue so, als ob ich ihn in das Körbchen legen wolle, statt dessen schnappe ich mir, während ich als letzter hinausgehe, rasch die dreißig Dollar von Vittorio und schiebe sie in die Jackentasche, als Teilentschädigung für das Schuheausziehen und die gedämpften Stimmen und das Dauerlächeln von allen Seiten und die Moralpredigt, für die Müdigkeit, die sich zusammen mit dem Fremdheitsgefühl bis in meinen Kopf ausgebreitet hat. Nicht, daß ich mich vor mir rechtfertigen oder der Angelegenheit einen Sinn geben will; ich tue es instinktiv, mit der größten Selbstverständlichkeit, ohne mir dabei zusammenhängende Gedanken zu machen.

Draußen lag eine Vorahnung von Schnee in der Luft, wie die Vorahnung einer Explosion, nur die grimmige Kälte hielt alles blockiert, mit der Folge, daß es dann, als es soweit war, um so heftiger losging.

Die Geisel am Neujahrstag

Ich schlafe. Ich schlafe tief und komme dann nach und nach an die Oberfläche, treibe unaufhaltsam hinauf wie ein Stück Kork, das vom schlammigen Grund durch das allmählich heller werdende Halbdunkel aufsteigt bis dicht an die silbrig flimmernde Lichtebene. Ich bin fast wach, aber mit etwas Mühe schaffe ich es, wieder abzutauchen ins Dumpftrübe der Nichtverantwortung und Nichtbewegung, und noch tiefer hinunter, wo meine Konturen verschwimmen und sich mit meinen Gedanken auflösen. Aber ich habe schon so viel geschlafen, daß es immer schwieriger wird; mein Gehirn und meine Nerven, alle Muskeln und Knochen sind erfüllt von einer Kraft, die mich wieder nach oben treibt, sosehr ich mich auch anstrenge, möglichst schwer und träg unten zu bleiben. Ich bewege meine mentalen Flossen, versuche mit Gewalt, wieder zum Grund zu gelangen, ich drücke den Kopf nach unten und stemme die Füße in den Boden, versuche die ganze Bleischwere der Langeweile und Gleichgültigkeit und Enttäuschung zu spüren, den ganzen Weltüberdruß, der in mir steckt. Ich will, daß die Zeit vergeht, die Stunden verstreichen, bis ich das Zeitgefühl verliere und den ganzen Neujahrstag durchschlafe bis zur nächsten Nacht, ohne von dem Feiertag und den lächelnden Blicken und allem anderen irgendwas mitzukriegen.

Es gab lange Phasen in meinem Leben, in denen ich mich nur gut fühlte, wenn ich schlief. Morgens ließ ich mich von meiner Mutter oder meinem Bruder oder meinem Stiefvater gewaltsam aus dem Schlaf reißen, um in die Stadt zu fahren, zum Konservatorium oder zu irgendeiner Privatstunde, wo ich aufrecht stehen oder aufrecht am Klavier sitzen und Blicken standhalten und Attitüden und Positionen einnehmen mußte, und ich empfand das alles als unerträgliche Vergewaltigung. Den ganzen Tag bewegte ich mich wie ein Tier auf feindlichem Territorium, in einem fort bedrängt von unverständlichen Geräuschen, unverständlichem Hin und Her, ermüdet und zermürbt und aufgerieben von all den Kanten und rauhen Oberflächen des organisierten Lebens, mit schmerzenden Ohren von den jede Sekunde auf mich einprasselnden Millionen Wörtern und geblendeten Augen von den unaufhörlich auf mich zukommenden Forderungen und Drohungen und Angeboten und Ratschlägen und Erwartungen. Ich versuchte, mich dagegen zu schützen wie vor einem Bombenangriff und meine Haut zu retten; ich strich dicht an den Häuserwänden entlang und versteckte mich hinter Ecken, bis es endlich dunkel wurde und sich in meinen Nervensträngen so viel Müdigkeit angesammelt hatte, daß ich wieder in den Schlaf gleiten konnte. Ich schlüpfte ins Bett und löschte das Licht, tauchte kopfüber ins Kissen wie ein Seehund, der ins Wasser zurückkehrt, nachdem er lange auf dem Trockenen festgehalten worden ist, oder wie ein freigelassener Siebenschläfer, der sich endlich wieder in seine Höhle verkriechen kann. Der Dämmerzustand zwischen Halbschlaf und Schlaf war der einzige Teil meines Lebens, an dem ich Gefallen finden konnte in einer Wohnung und einer Familie und einer Stadt und einem Land, die nicht die meinen waren. Ich ließ mich ganz langsam hinabsinken und kostete jeden Augenblick des Eintauchens aus, und wenn ich so in den Schlaf glitt, fühlte ich mich befreit von der Zeit und von der unerträglichen Last der Dinge. Mehr brauchte ich nicht, ich brauchte überhaupt nichts; ich dachte, wenn ich mich eines Tages im Wachzustand so fühlen könnte wie im Schlaf, dann wäre mein Leben angenehm, und ich müßte nicht mehr so viel schlafen.

Auch jetzt möchte ich mit aller Kraft schlafen, aber es gelingt mir nicht mehr. Ich drücke mich tief in die Matratze, kneife die Augen zu, bis mir die Lider weh tun, versuche das Licht und die Geräusche auszublenden, die in dem Holzhaus wie in einer großen Kiste gefangen sind. Ich versuche, mir die große Müdigkeit des vergangenen Tags in Erinnerung zu rufen, eine dichte, neutrale Schicht zwischen mich und den Rest der Welt zu schieben. Aber es hilft alles nichts, die Stimmen und Bewegungen der Familie Foletti dringen durch die Wände zu mir wie die Schwingungen von Gitarrensaiten durch die Resonanzdecke: das Stimmbruchregister von Jeff-Giuseppe und das Timbre von Nina, das genauso sanft ist wie ihr Gesicht, Mariannes strenger und zugleich milder Schulmeisterton, Vittorios tiefe Frequenzen, Geräusche von Türen, die auf- und zugemacht werden, Stühlerücken, Wasserrauschen in den Abflußrohren, Klaviergeklimper, das sofort wieder aufhört, damit ich nicht gestört werde. Ich möchte noch tiefer ins schützende Federbett kriechen, durch die Schaumgummimatratze und den Fußboden in den Keller und wie ein Maulwurf in die Erde unter dem Wald, mit geschlossenen Augen, platt und träge, weg von dem mit bunten Lichterketten geschmückten Holzhaus der Familie Foletti. Am liebsten würde ich nichts mehr hören und nichts mehr sehen, mich tot stellen, wenn sie mich rufen, so wenig atmen wie möglich, unsichtbar sein, nicht mehr wahrnehmbar.

Aber auch in diesem Zustand höre ich die Schritte, die auf dem weichen Läufer die Holztreppe heraufkommen. Ich versuche nicht daran zu denken, versuche die Konsistenz der Laute und ihre Bedeutung aufzulösen, aber sie kommen durch die immer dünneren Schichten meines künstlichen Schlafs unaufhaltsam näher. Eine Weile ist es still, dann macht es *tok tok* an der Tür, und Jeff-Giuseppes unsichere Stimme fragt: »Bist du wach?«

Ich antworte nicht, nicht einmal mit einem Grunzen oder Murmeln; ich verhalte mich so still, wie ich kann, atme noch flacher, verdränge den Gedanken, daß jemand draußen ist und auf Antwort wartet. Leicht ist das nicht, und einen Augenblick später werde ich schon wieder in die Welt der Wahrnehmungen zurückgezerrt, noch schlimmer als zuvor. Durch die Tür spüre ich Jeff-Giuseppes Unsicherheit, die noch lauter ist als sein Atem und das Rascheln seiner Kleider; ich sehe förmlich, wie er oben an der Treppe steht und, auf Anweisungen wartend, zu seiner Mutter oder Vittorio hinunterschaut. Ich kann seinen Blick spüren und die Blicke, die von unten auf ihn gerichtet sind, die aus dem Wohnzimmer hinaufschwappende Erwartung und Rat-losigkeit, die durch das Holz der Tür und die Füllung des Kopfkissens, unter dem ich mich verstecke, bis zu mir gelangen.

Ich mache keine Bewegung; ich höre, wie Jeff-Giuseppe verlegen aufgibt, wie seine unbeschuhten Füße zögernd kehrtmachen und die Treppe hinuntertappen, jedes leise Knacken und Rascheln so verstärkt, daß mir fast das Trommelfell weh tut. Ich beginne wieder zu atmen, aber es ist das gehetzte Atmen eines Tiers in der Heide, das sich flach und reglos hinter das Gesträuch kauert, wenn es weiß, daß die Jäger mit ihren Hunden in der Nähe sind und es nirgendwo sonst Schutz finden kann.

Und tatsächlich kommen jetzt andere Schritte herauf, doppelt so deutlich und entschieden wie die ersten, sie drücken die Luft gegen meine Tür, noch bevor eine Hand daran klopft. Das ist Marianne, ich wußte es, noch bevor ich ihre Stimme höre, sie sagt: »Uto? Schläfst du noch? Hörst du mich?«

Ich versuche flach und reglos liegenzubleiben, drücke mir das Kopfkissen an die Ohren, aber meine Taktik verfängt immer weniger, Mariannes Atmen und ihre guten Absichten rücken mir hoffnungslos zu Leibe: Forderung und Erwartung, Forderung und Hilfsangebot, Forderung und Aufmerksamkeit, wie der Sog einer Wasserpumpe. Vom langen Liegen tun mir schon die Gelenke weh wie nach einer endlosen Grippe, ich habe keine Kraft mehr, Schlaf vorzutäuschen oder gar zu versuchen, wirklich zu schlafen. Aufgescheucht, schutzlos in die Enge getrieben, bleibt mir nichts übrig, als die Augen zu öffnen.

Ich fahre hoch, als würde ich gerade aufwachen, und sage: »Ja?«

Marianne hat schon die Tür aufgemacht, steht schon halb im Zimmer, im grellen Licht, das ihre Haare und ihre

Augen und die hellen Kleider noch heller erscheinen läßt. Das ganze Zimmer ist voller Licht, das durch die Fenster ohne Rollos und durch das Oberlicht genau über meinem Kopf hereinflutet, mir wird klar, wie aussichtslos mein Kampf ums Weiterschlafen gewesen ist.

Marianne ruft: »Gutes neues Jahr! Bist du endlich wach! Wir haben uns schon Sorgen gemacht.«

Dynamische Energie, spirituelle Kraft in jeder Bewegung und jedem Wort und jedem Lächeln, ihr Blick raubt mir auf sanfte Weise die Kraft. »Ich stehe gleich auf«, sage ich, in Verteidigungsposition, mit angewinkelten Knien.

»Wir warten auf dich«, antwortet sie und schließt die Tür hinter sich, aber mir ist, als sei ein Stück von ihrem Blick im Zimmer geblieben, während ich unter dem Federbett hervorkomme und meine Kleider auf dem Boden aufsammle.

Uto Drodemberg in Amerika. Hier hat er die Bühne, die wie für ihn geschaffen ist. Irgend etwas in der Luft bringt sein Gesicht und seine Gestalt, die Bewegungen, die er vor dem Spiegel an Jeff-Giuseppes Schrank macht, ganz anders zur Geltung. Seine Haare sehen gelber und greller aus denn je, seine Beine in den schwarzen Lederhosen länger und gerader, auch ohne die Motorradstiefel. Er braucht nur dicht vor dem Spiegel eine Braue hochzuziehen und die Lippen etwas vorzuschieben, und schon meint man ihn auf einer riesigen Leinwand in einem Saal voller Leute zu sehen. Er tritt einen Schritt zurück, zieht ein Knie hoch und hebt einen Arm, läßt ihn kreisen: Unglaublich, welche Ausdruckskraft eine so simple Bewegung in diesem Licht gewinnt; er schwenkt ein Bein zur Seite und beugt den Oberkörper vor, die Aufmerksamkeit Tausender gibt seinen Bewegungen etwas Fieberhaftes. Da ist diese geballte potentielle Erwartung rings um ihn: diese Blicke Blicke Blicke, die nur darauf warten, sich zu materialisieren. Er hat eine Verantwortung, die ihn bremst und anspornt, ihm Herzklopfen verursacht und seinen Ausdruck noch rätselhafter macht. Er lächelt, aber es ist ein schwer zu deutendes Lächeln; man sähe ihn gern noch größer und noch näher, im Sog der Aufmerksamkeit, die er erregt. Er ist im Begriff, den Dämmerzustand zu verlassen, in dem er bis jetzt verharren mußte: Er ist bereit, seine provisorischen Grenzen zu sprengen, Energie im Reinzustand auszustrahlen, jeden mitzureißen, der in seine Nähe kommt. Sein Herz schlägt noch heftiger, aber das Blut in seinen Adern ist kalt, fast gefroren, als fahre er an einem Januarmorgen ohne Jacke und ohne Helm mit Höchstgeschwindigkeit auf einer Harley-Davidson. Es ist alles unter Kontrolle, auch wenn er eine Gänsehaut hat; er braucht nur mit geblähten Nasenlöchern tief durchzuatmen, seiner Nase einen noch edleren Ausdruck zu geben, als sie von Natur aus hat.

Ich ging so langsam und gemessen wie ich konnte die Treppe hinunter, ohne den Blick auf einem bestimmten Punkt verweilen zu lassen, während ich in das große Wohnzimmer hinabschwebte, durch dessen breite Fenster das Licht hereinflutet. Wie in einem Videoclip, die Kamera folgt mir mit einer perfekt fließenden Bewegung, auf die Blicke aller zu, aber so, als würde mich keiner ansehen, ganz im Gleichgewicht mit mir selbst.

Die versammelte Familie Foletti sieht mir entgegen, auch der Hund und Vittorio, der gerade ein selbstgebackenes Brot aus dem Backofen zieht. Marianne ruft: »Gutes neues Jahr!«, Jeff-Giuseppe und Nina rufen: »Gutes neues Jahr!« Alle lächeln über beide Ohren und mit leuchtenden Augen, als hätten sie es gestern abend nicht oft genug gesagt; der Hund wedelt mit dem Schwanz, Vittorio stellt das heiße Brot auf der Theke der amerikanisch eingerichteten Küche ab und sagt: »Gutes neues Jahr!«

»Jahr«, sage ich so ausdruckslos ich kann und schaue in Richtung Vorraum, wo meine Jacke hängt, mit der Sonnenbrille in einer der Taschen.

Aber sie lassen mir keine Zeit, sie zu holen, sie kommen auf mich zu und umarmen und küssen mich, schauen mich mit den liebevollsten Mienen an. Vittorio in einer rot-weiß-gewürfelten Schürze und mit einem Küchenhandschuh in der Form eines Giraffenkopfs an der Rechten, Nina mit einer braven Pagenfrisur und noch magerer, als sie mir am Abend zuvor erschienen war, Jeff-Giuseppe mit immer wieder zu den Päckchen und Paketen unter dem Weihnachtsbaum wandernden Blicken, Marianne, die die ganze Zeit jede Bewegung ihres Mannes und der Kinder überwacht und lenkt und dirigiert. Für sie alle muß es sein, als spiele sich ihr Leben auf einer kleinen Theaterbühne ab: mit einem kleinen Scheinwerfer und einem garantierten Publikumsanteil für jeden der Schauspieler, einem bewährten und gehaltvollen Regiebuch und einer Regisseurin, die auf das Gesamtbild und den Rhythmus und die richtige Dosierung der Begeisterung achtet, stets bereit, bei der geringsten Unsicherheit auch noch Souffleuse zu sein.

Vittorio zeigt mit ausgestrecktem Zeigefinger auf eins der großen Fenster: »Hast du's schon gesehen? Extra zu deinen Ehren.«

Ich hatte noch gar nicht hinausgeschaut, mir war nur die ungewöhnliche Helligkeit der Luft und die tiefe Stille aufgefallen. Ich drehe mich zum Fenster: Dicke weiche Schneeflocken schweben langsam vom Himmel und legen sich auf die weiße Schicht, die die Lichtung vor dem Haus und die Bäume im Wald bedeckt. Eher Walt Disney als Wirklichkeit, dieser Neujahrstag und die ganze Helligkeit in dem großen Wohnzimmer aus hellem Holz, mit dem dicken hellen Teppichboden, auf dem man wie auf einer Wolke geht, dazu die hellen Kleider und das Dauerlächeln der Familie Foletti, die flauschigen hellen Wollstrümpfe an ihren Füßen, während sie um mich herumstehen.

»Zu Tisch!« ruft Marianne, die ihren Blick unentwegt durch den Raum wandern läßt. »Es ist fast Mittag!« Sie schneidet das Brot auf, und die anderen schieben mich zu dem gedeckten Tisch in eine Art Wintergarten mit Blick auf die verschneite Lichtung. Goldene und silberne Schleifchen und Sternchen auf den Tellern und Untertassen und auf der faltenlos glattgebügelten Tischdecke, Servietten in mit Namen versehenen Holzringen, Gläser voll Honig und hausgemachter Marmelade, selbstgemachte Kekse in Körbchen, die mit kleinen bestickten Tüchern ausgelegt sind, eine große Teekanne unter einem Teewärmer in Schneemannform; vermutlich haben sie immer weitere Details hinzugefügt, während sie warteten, daß ich endlich aufwachte. Eine Familienszene wie aus dem Bilderbuch, fast zu makellos und anheimelnd, alles wohlüberlegt bis in die kleinste

Einzelheit, wie im Film oder vielleicht eher wie in einem Werbespot für Kekse, nur ist hier alles dreidimensional, mit Gerüchen und Geräuschen und Luftbewegungen, die die Situation viel echter und zugleich unwirklicher machen.

Marianne brachte auf einem hellen Weidentablett das in Scheiben geschnittene Brot, stellte es mit der Behutsamkeit eines Minenentschärfers in die Mitte des Tischs wie ein Symbol des Familienglücks. Sie setzte sich, faltete die Hände und sprach mit halbgeschlossenen Augen ein Gebet auf deutsch, mit so inbrünstigem Ton, daß ich mich noch mehr für sie schämte als am Abend zuvor wegen des gemeinsamen Singsangs. Die anderen saßen stumm da und starrten auf ihre Teller, Jeff-Giuseppe mit gefalteten Händen wie seine Mutter, Nina mit etwas distanzierterem Blick, Vittorio mit einem leisen Lächeln um die Lippen; aber er spielte das Ritual genauso mit wie die anderen, saß still und reglos da, bis seine Frau mit einem erneuten »Euch allen ein gutes neues Jahr!« schloß. Die anderen erwiderten im Chor: »Gutes neues Jahr!«, und dann stürzten sich die beiden Männer auf das Essen.

Auch ich aß, trotz des Gefühls des Gefangenseins und der Nichtzugehörigkeit, von dem ich erfüllt war, und trotz meiner instinktiven Abneigung gegen jede Art von organisierten menschlichen Beziehungen. Ich hatte Hunger, aber ich leistete passiven Widerstand, ich lächelte nicht zurück, wenn sie mich anlächelten, sah ihnen nicht in die Augen, wenn sie mit mir sprachen, bedankte mich nicht, obwohl sie mir unentwegt irgend etwas anboten. Ich biß betont zerstreut kleine Stückchen von den selbstgebackenen Keksen ab, knabberte an dem selbstgebackenen Vollkornbrot mit selbstgemachter Marmelade und den amerikanischen Süß-kartoffeln. Essen hat mir noch nie viel bedeutet, aber diese nach denselben ideologischen Kriterien wie das Essen am Abend zuvor in der Kundalini Hall ausgewählte, rigoros vegetarische Kost ohne Fleisch, ohne Eier, ohne Milchpro-dukte und Salz war mir genauso zuwider wie die prüfenden und gefälligen Blicke, die Marianne darüberwandern ließ. Aus Widerspruch bekam ich Appetit auf Wurst und in fettem Speck gebratene Eier, auf Schweinshaxen, gekochte Ochsenköpfe und anderes ungesundes Zeug.

Marianne erzählte mir von der Rede, die der Guru vor seiner Herzoperation gehalten hatte. Noch wenn sie den banalsten Satz von ihm zitierte, ging ein Leuchten über ihr Gesicht: Sie schloß halb die Augen und sprach so ver-zückt, als ob sie das herrlichste Gedicht rezitierte. »Er hat diese unglaublich einfache Ausdrucksweise, diese wun-derbar klare Art, Wahrheiten mitzuteilen. Jedes Kind ver-steht, was er meint, ohne jedes sprachliche Hindernis.«

Vittorio nickte zustimmend; mit vollem Mund sagte er: »Du mußt ihn unbedingt kennenlernen, sobald es ihm bes-sergeht. Er ist ein großer Mann, du wirst schon sehen.« Aber er war genauso mit dem Essen beschäftigt wie Jeff-Giuseppe, sie waren ausgehungert, nachdem sie stunden-lang auf mich gewartet hatten; sie hantierten mit Messer und Gabel und strichen sich Brote, schenkten sich ein und bissen ab und kauten und schluckten.

Marianne hingegen aß langsam und beherrscht Marme-ladenbrot und Kekse, immer noch ganz erfüllt von spiritu-eller Verzückung, die ihre Augen glänzen und ihre Stimme beben ließ. »Ich bin so *froh*, daß du gekommen bist. Es ist so *wichtig* für dich und für uns«, sagte sie. Ihr deutscher Akzent war genauso angepaßt und abgemildert wie ihre Bewegungen, weich und etwas gedehnt, fast alles Eckige war weggeschliffen, auch wenn die Seele aus Holz blieb.

»Habe ich nicht recht? Ist es nicht *wunderbar*?« wandte sie sich Zustimmung heischend zu ihren Angehörigen.

»Und ob!« sagten Vittorio und Jeff-Giuseppe lächelnd, ohne aufzuhören zu essen. Das Essen schien für sie eine Art Schutzschild gegen Marianne zu sein, deren rettungslose Genügsamkeit die anderen dazu trieb, um so gieriger zu essen.

Nina trank nichts als Tee und nahm nur mit halbherzigem Lächeln am allgemeinen Frohsinn teil. Ihr Vater und Marianne schoben ihr ständig irgend etwas zu essen hin; sie tat, als bemerke sie es nicht, biß von einem Keks allenfalls eine Ecke ab und legte ihn gleich wieder weg, als hätte sie damit schon zuviel gewagt. Vittorio hielt ihr eine Scheibe Brot mit Pflanzenmargarine hin, reichte ihr Marmelade, reichte ihr einen Korb mit Früchten, das Kännchen mit Sojamilch, fragte: »Möchtest du?« Sie schüttelte den Kopf, hob ihre Teetasse an den Mund; ich sah, wie dünn ihre Arme unter dem Pullover waren. Marianne warf ihr ständig prüfende Blicke zu, ein paarmal streckte sie die Hand aus, um ihr übers Haar zu streichen. Nina lächelte, aber ich sah, wie sich dabei ihre Halsmuskeln spannten.

Im schneeigen Morgenlicht betrachtet sind die beiden Frauen zwei völlig verschiedene Typen: Marianne blond, eckig, nervös, fast durchscheinend blaß, übertrieben kontrolliert bei allem, was sie tut, rational-irrational, pausenlos angespannt und zielgerichtet; Nina mit weicheren Zügen und dunklerem Teint, aber mit unstetem Blick und mager, ja unterernährt, ihres Körpers unsicher, den sie hinter weiten Kleidern und bunten Stoffarmbändern versteckt. Immer wieder glaube ich kleine Konfliktfunken zwischen ihnen zu bemerken: winzige Splitter von Rivalität oder Gereiztheit, die für kurze Augenblicke zwischen zwei Gesten aufblinken und sich sofort wieder auflösen wie bloße Eindrücke. Ich kenne mich in solchen Dingen so gut wie kaum jemand aus; aber ich brauche Zeit, um meiner Sache sicher zu sein, ich möchte es noch nicht beschwören.

Vittorio greift über den Tisch nach diesem und jenem und sichert sich alles Eßbare, kaut mit mahlendem Unterkiefer energisch auf jedem Bissen herum und schluckt betont langsam, vielleicht um den Mangel an Geschmack und Gaumengenuß auszugleichen, streicht mit beinahe wütenden Bewegungen die Krümel vom Tischtuch. Er wendet sich zu Marianne und berührt ihre Hand, wendet sich zu seiner Tochter und zerstrubbelt ihr das Haar, fordert sie immer wieder zum Essen auf, packt Jeff-Giuseppe an der Schulter und schüttelt ihn, wendet sich zu mir und sagt: »Na, Uto? Wie geht's?«, wendet sich an die ganze Familie und sagt: »Seid ihr froh, daß ihr hier seid?«

»Ja!« ruft die ganze Familie.

»Wie froh?« fragt er weiter mit seiner durchdringenden Stimme, die wie ein gut eingestelltes Megaphon klingt. »Ein bißchen oder sehr?«

»Sehr!« antworten Jeff-Giuseppe und Nina und blicken zu den immer noch unter dem Weihnachtsbaum liegenden Päckchen und Paketen hinüber.

»Sehr sehr sehr!« ruft Marianne fanatisch.

»Möchtet ihr in diesem Augenblick irgendwo anders auf der Welt sein?« fragt Vittorio.

»Nein!« ruft die ganze Familie.

»Peaceville ist mir der liebste Ort auf der ganzen Welt!« sagt Nina und versetzt mir damit einen kleinen Stich der Enttäuschung ins Herz.

»Es ist der tollste Neujahrstag in der tollsten Familie der Welt!« sagt Jeff-Giuseppe, die Augen in Richtung auf die Päckchen mit den Geschenken.

»Hoffen wir, daß in diesem Augenblick alle Menschen so glücklich sind wie wir!« sagt Marianne mit einem Blick, der unter den Abermillionen Bewohnern der Erde auch mich mit einschließt.

Mir ist speiübel, und ich würde am liebsten auf ihren Bilderbuchtisch auf dieser Honigkuchenbühne kotzen: ihnen das Fest verderben, zuschauen, wie sie mit Lappen und Wassereimern hin und her rennen und sich abmühen, um ihren superweichen Teppichboden wieder sauberzukriegen.

Aber Jeff-Giuseppe ist schon aufgestanden und läuft zum Weihnachtsbaum: »Wollen wir jetzt die Geschenke auspacken?« Ich könnte ihn erschlagen wegen seiner Hartnäckigkeit und frage mich, wieso zum Teufel sie mit dem Geschenkeauspacken bis Neujahr warten mußten. »Natürlich«, sagt Marianne, und jetzt steht auch Nina auf; Vittorio sagt: »Na schön, packen wir sie aus.«

Ich ging zur Treppe, um möglichst schnell wieder in mein Zimmer zu kommen und mir die Familienszene mit den Weihnachtsüberraschungen zu ersparen. Marianne fing mich ab, als ich mich schon fast in Sicherheit glaubte: »Willst du denn nicht auch deine Geschenke anschauen?«

Mit fürsorglicher Hand faßte sie mich am Arm und zog mich zum Weihnachtsbaum, und so blieb mir nichts anderes übrig, als mich zusammen mit den anderen über die vier Päckchen zu beugen. Auf jedem stand *Uto*; abgrundtiefes Unbehagen erfaßte mich.

Mit zusammengekrampftem Magen und einem fast unwiderstehlichen Drang davonzulaufen wickelte ich das erste Päckchen aus. Die ganze Familie umringte mich und rückte mir mit Blicken und Gesten, mit übertriebenen und völlig unangemessenen Gefühlsäußerungen zu Leibe; ich konnte nicht einmal mehr erkennen, was daran echt und was Theater, was belehrend und was selbstgefällig war.

Im ersten Paket ist ein Holzkistchen, im zweiten ein Buch mit den Gedanken des Gurus, im dritten sind Bleistifte aus unbehandeltem Holz, im vierten ein Paar pfirsichfarbene Wollsocken. Das Auspacken ist eine Art Tortur, denn die Folettis beobachten gespannt meinen Gesichtsausdruck und jede meiner Bewegungen; mir brennen die Finger und mir brennt das Gesicht, so liebevoll und gnadenlos bedrängen sie mich.

Und es sind so passende Geschenke: so nützlich und natürlich, ohne Firmenaufdrucke und umweltschädliche Plastikverpackung, jedes einzelne mit Bedacht ausgewählt und doch alle der gleichen Gesinnung entsprungen. Keine Zufalls- und Verlegenheitsgeschenke, sondern eher Teile einer Übung zu einem Thema, bedeutsam wie Grundsatzerklärungen; unter den Weihnachtsbaum gelegt als Illustration einer Lebensauffassung.

Ich stehe zwischen den Folettis, mit den Sachen in der Hand, die ich als materialisierte Vorwürfe empfinde, weil ich ihnen nichts mitgebracht habe und ihre Gaben nicht zu schätzen weiß; ich weiß nicht, wohin damit, und weiß nichts damit anzufangen.

Marianne deutet auf das Holzkistchen: »Das hat Vittorio gemacht. Du kannst etwas darin aufbewahren. Durch die Löcher im Deckel kommt Luft hinein, nicht wahr?«

Sie sagen alle ständig »Nicht wahr?«, genauso wie der Guru; vielleicht merken sie es gar nicht, vielleicht ist es Absicht. Vittorio sieht zu mir herüber, in Erwartung eines Danks oder eines Kompliments; ich schweige und schaue weg.

»Die Strümpfe habe ich gestrickt«, fährt Marianne fort, »hoffentlich in der richtigen Größe. Aber die Wolle ist elastisch, du wirst sehen, sie passen sich den Füßen an.«

Ich wünsche mir nur, daß sie aufhört, mich endlich gehen läßt mit ihrem Geschenk und denen ihrer Angehörigen, aber ihr blauer Blick voller guter Absichten läßt mich nicht los. »Die Bleistifte sind von Nina, und das Buch von Jeff.«

Ich nicke so wenig begeistert ich kann, versuche ihre Stimme und die Blicke der anderen auszublenden. Es ist mir unbegreiflich, wie ich so idiotisch gewesen sein konnte, hierherzukommen, ohne zu ahnen, was mich erwartete, ohne es mir gründlicher überlegt zu haben. Ich schaue zur Treppe wie ein Tier in der Falle, ich schaue zur Glastür mit dem verzweifelten Drang, draußen zu sein, weit weg von diesem Haus, weit weg von dem Idioten, der ich bin.

Marianne bemerkt es, sie ist ja immer so feinfühlig und wachsam, und dadurch komme ich mir erst recht wie in einer Falle vor; sie sagt: »Du hast Vittorios Atelier noch gar nicht gesehen und seine Werkstatt und die Gewächshäuser.«

Auch Vittorio und die Kinder haben das Geschenketheater satt. »Wenn du willst, zeige ich dir alles«, sagt Jeff-Giuseppe mit dem Schwung der Begeisterung, die ihm noch in den Adern kreist.

»Gehen wir alle zusammen«, schlägt Vittorio vor. »Machen wir einen kleinen Rundgang.«

Er ist schon halb im Windfang, Jeff-Giuseppe und der Hund laufen hinterher, bevor ich sagen kann, daß es mich nicht interessiert und daß ich keine Lust habe.

Ich versuche die Geschenke vorzuschieben, die ich immer noch in der Hand habe, hebe sie mitsamt dem Papier, in das sie eingepackt waren, in die Höhe, aber Marianne sagt: »Gib her, ich mach das schon. Geh du ruhig.« Sie nimmt mir alles aus der Hand, schiebt mich zur Tür. »Geht nur. Ich räume inzwischen mit Nina den Tisch ab.« Nina wirft ihr einen raschen Blick zu, sie scheint nicht ganz einverstanden, aber gleich darauf gibt sie Marianne lächelnd einen Kuß. Widerstrebend gehe ich durch das Wohnzimmer und durch die Schiebetür hinaus.

Draußen fällt immer noch Schnee in dicken Flocken, die Stille ist noch tiefer als am Abend zuvor, das grelle weiße Licht bremst die Bewegungen, dämpft und blendet. Ich zog meine Sonnenbrille aus der Tasche und setzte sie auf. Mein Gang war ganz anders, wenn ich sie aufhatte: Ich gewann durch sie eine Art höheres Gleichgewicht, das unempfindlicher gegen den ständigen Druck der Außenwelt war.

Vittorio, Holzfällerstiefel an den Füßen, die kräftigen Beine in breitgerippten Kordhosen im Künstler- oder Handwerkerstil, entfernte sich etwa zwanzig Schritte vom

Haus, drehte sich mit ausgestreckten Armen ein paarmal um sich selbst, das Gesicht zum Himmel, um sich die Schneeflocken auf Stirn und Augen und in den Mund fallen zu lassen.

»Ist das nicht irre? Ist das nicht ein richtiges Wunder?« rief er laut, aber die dicke Schneedecke schluckte seine Worte, kaum daß sie ausgesprochen waren, ohne den kleinsten Widerhall. »He!« schrie Vittorio zu mir und Jeff-Giuseppe und in die stille Landschaft.

Der Hund bellte, Jeff-Giuseppe rief »Ja« mit seiner mutierenden Stimme. Aber Vittorio brauchte eigentlich gar keine Antwort, er schrie: »HEEEEEE!«, überschäumend vor Energie und vor Staunen und vor Genugtuung über seine Energie und sein Staunen; wenn er sich umdrehte, sah er auf seiner Waldlichtung mitten in seinem Wald sein großes Holzhaus mit seinen Frauen darin; er war wie ein erwachsenes und selbstverwirklichtes Kind, das es sich auf seinem eigenen geschützten Terrain ruhig erlauben kann, kindisch zu sein. Der Hund Geeno bellte immer lauter, wurde dabei jedesmal ein paar Zentimeter zurückgedrückt. Vittorio hob mit beiden Händen ein Häufchen Schnee hoch und schrie: »Ist das nicht phantastisch?«

»Doch!« kreischte Jeff-Giuseppe zurück. Er hüpfte im Kreis herum wie ein junges Känguruh, bückte sich, um ebenfalls Schnee aufzuheben, aber Vittorio war schneller als er und schleuderte seinen Schneeball auf ihn, bevor Jeff-Giuseppe sich einen formen konnte.

Sie verfolgten sich im tiefen Schnee, warm eingepackt und gegen die Kälte gerüstet wie sie waren, prusteten und kicherten, bliesen weiße Atemwolken aus, während sie versuchten, sich gegenseitig zu treffen und den Schneebällen auszuweichen. Jeff-Giuseppe packte Vittorio am Arm, und Vittorio schleuderte seinen Schneeball auf mich anstatt auf Jeff, rief: »Volltreffer!«

Er erwischte mich am Hals, und ich war so wenig auf den jähen Schmerz und die feuchte Kälte gefaßt, daß sich mein Gesicht vor Wut verzerrte.

»Hab ich dir weh getan?« fragte Vittorio betroffen. Atemloses Lächeln und wieder Lächeln, Schichten von Gutwilligkeit in seinem Blick, die mich zwingen, einzulenken und so zu tun, als nähme ich es ihm nicht übel.

»Nein, nein«, beschwichtigte ich ihn, aber ich hätte ihn erschossen, wenn ich eine Pistole gehabt hätte. Statt dessen formte ich selbst einen Schneeball, warf ihn aus Rache mit aller Kraft und aus wenigen Metern Entfernung auf Jeff-Giuseppe. Jeff-Giuseppe rief »Autsch« und griff sich an den Hals; seine Ohren waren rot.

Es schneite immer weiter, Flocke um Flocke um Flocke wuchs die weiße Schicht und die Stille und das Gefühl der Weltabgeschiedenheit. Mir wurde angst; ich fragte mich, wozu ich hier war, ohne Pläne und feste Absichten, den Tatsachen ausgeliefert wie ein richtiger Schiffbrüchiger.

Vittorio blickte weiterhin über die Landschaft, mit zumindest teilweise nach den Anweisungen seiner Frau und des Gurus gespieltem, zumindest teilweise nach Belieben ein- und ausschaltbarem Staunen. »Na, Uto?« fragte er mich. »Was sagst du zu dem Schnee?«

»Hm«, sagte ich, alle Muskeln angespannt angesichts seines übertriebenen Theaters.

Er blickte erneut in die Höhe, als käme ein Wunder von

dem weißen Himmel herab, und sagte zu mir: »Wieso hast du immer diese blöde Sonnenbrille auf?«

»Um mich vor dem Licht zu schützen«, antwortete ich und versuchte es nicht wie eine Rechtfertigung klingen zu lassen.

»Aber an so einem Tag?« fragte er mit seiner lauten Stimme weiter. »Wieso mußt du dich vor einem solchen *Wunder* schützen?« Und wie bei Marianne spürte ich auch bei ihm diesen ständigen Strom von Prinzipien und angenommenen Überzeugungen, mit dem er mich bedrängte, diese Ausstrahlung, der Jeff-Giuseppe und Nina permanent ausgesetzt sein mußten. »Da sollte man sich lieber von jedem Schutz befreien! Von allen Filtern und Scheuklappen, die einen daran hindern zu *sehen*! Schmeiß doch diese Scheißbrille weg, *Uto*!«

Natürlich nahm ich die Brille nicht ab und blickte weiterhin mehr nach unten als nach oben, die Hände in den Taschen vergraben.

Jeff-Giuseppe beobachtete mich aufmerksam wie ein junges Tier auf der Suche nach Bezugspunkten. Sein Vater schüttelte den Kopf, zuckte die Achseln; zu tief von Verständnis und allumfassendem Wohlwollen durchdrungen, um länger zu insistieren.

Er ging auf einem schmalen Pfad, den er freigeschaufelt hatte, am Haus entlang; Jeff-Giuseppe, der Hund und ich folgten ihm. Vittorio betrachtete die Holzwände des Hauses so liebevoll besorgt, als habe er einen Menschen oder ein Tier vor sich. »Vor vier Jahren war hier nichts als Wald«, erklärte er mir und machte dabei eine Handbewegung, als wolle er das Haus wegwischen.

Ich zuckte kaum merklich die Schultern, blickte zum Wald und schob meine Hände noch tiefer in die Taschen; ich hoffte, Vittorio würde auf dem abschüssigen Weg ausrutschen und auf dem Hintern landen.

»Ich hab fast alles ganz allein gemacht. Stück für Stück. Ich wollte es nicht von jemand anders bauen lassen, einen Architekten und ein Bauunternehmen und Maurer und Handwerker und Spezialisten beauftragen. Hinterher beklagt man sich dann, daß nicht alles so geworden ist, wie man wollte. So aber bin ich ganz allein verantwortlich. Ich hab die Pläne gezeichnet und das Holz gekauft und gesägt und jeden Nagel eigenhändig eingeschlagen.«

Er betrachtete das Haus und betrachtete mich und Jeff-Giuseppe und wartete auf ein Echo.

»Nur für das Fundament und die Stützbalken und die Sachen, die ich nicht allein schleppen konnte, habe ich mir Hilfe geholt. Und Giuseppe hat natürlich auch fleißig geholfen.«

Jeff-Giuseppe lächelte bei diesem Lob, aber es war ein unsicheres Lächeln, er blickte ständig zwischen mir und Vittorio hin und her, scharrte mit den Füßen im Schnee.

Vittorio redete weiter: »Ich wundere mich immer wieder, wenn ich daran denke, was für eine *Arbeit* es war, das alles aufzubauen. Was für eine Mühe. Da, wo vorher nur Wald war, einen geschlossenen, geschützten Raum zu schaffen, in dem du alles unterbringen kannst, was dir lieb und teuer ist. Dinge und Menschen.« Er sah mich an: »Das grenzt schon an ein Wunder, findest du nicht?«

Ich zuckte erneut die Achseln; die Sonnenbrille schützte mich vor seinen Vereinnahmungsversuchen.

Er nahm eine Schneeschaufel, die an der Wand lehnte, und begann, den Schnee vor sich wegzuschippen. Ich stellte mir vor, wie er weiter oben schon in aller Frühe damit begonnen hatte, als die ganze Familie, außer vielleicht Marianne, noch in tiefem Schlaf lag: das Gesicht von der Blutzufuhr gerötet, die Hände fest um den Holzgriff, mit einem heftigen Atemstoß bei jedem Schaufelstoß.

Der Schnee fliegt in hohem Bogen davon und fällt auf die noch unberührte Schneedecke vor uns. Der Hund und Jeff-Giuseppe bleiben ihm auf dem freigeschaufelten Pfad dicht auf den Fersen, ich folge mit ein paar Schritten Abstand, vorsichtig, damit ich nicht rutsche; auf der Spur seiner Belehrungen in puncto Familienglück auszugleiten würde mich allzu wütend machen.

Er schippt Schnee, bis er die Nordseite des Hauses erreicht hat, wo ein Stück Außenwand noch nicht ganz fertig ist und unter einer Plastikplane das Isoliermaterial über der Innenwand zu sehen ist. Er stellt die Schaufel weg und macht kehrt, zwingt uns dadurch, in umgekehrter Reihenfolge zur Westseite zurückzugehen, wo er eine Tür öffnet; der Hund, Jeff-Giuseppe und ich gehen hinter ihm hinein.

Drinnen ist es nicht weniger kalt als draußen, doch zum Glück ist der Fußboden aus rohem Fichtenholz, und man muß die Schuhe nicht ausziehen wie sonst überall im Haus. Große, schon fertig gemalte und halbfertige und gerade skizzierte Bilder lehnen an den Wänden oder liegen übereinandergestapelt auf dem Boden oder stehen auf großen Staffeleien. Farbtöpfe, neue und schon halb ausgedrückte Tuben, Pinsel in allen Stärken, Fläschchen mit Lösungsmittel, Lappen, Schalen und Gläser mit angetrockneten

Farbresten. Geruch nach Terpentin und Öl und Holz. Ein noch hellerer Raum als das Wohnzimmer: durch die großen Fenster und ein doppeltes Oberlicht ist er wie ein einziger Glaskasten, von Licht durchflutet, das die Farbpigmente auf den Leinwänden und in den Töpfen und an den Tuben flimmern läßt.

Vittorio macht eine weitausholende Geste. »Da sind wir.« Er ist zurückhaltender als draußen, nicht so laut und aufdringlich, eher zögernd, verglichen mit der blechernen, wie ein aus voller Lunge geblasenes Saxophon vibrierenden Überzeugung, die er noch vor wenigen Minuten an den Tag legte, als er von seinem selbstgebauten Haus sprach. Fast schüchtern zeigt er auf ein Bild auf einer der Staffeleien: »Ich weiß noch nicht mal, was das werden soll.«

Ich sehe mir das Bild aus der Nähe an: die Pinselstriche und Farbkleckse, die auf der Leinwand eine Art umgekehrte, lichtflirrende Landschaft erscheinen lassen, die immer weniger erkennbar ist, je näher ich komme. Keine schlechten Bilder, auch wenn ich mir das nur ungern eingestehe: Sie strahlen eine beinahe primitive Kraft jenseits aller Erklärungen aus. Meine Mutter hatte mir gesagt, daß Vittorio einer der bedeutendsten Maler nicht nur in Italien, sondern auch in Amerika und im Rest der Welt ist, aber das besagt natürlich nicht viel, ich habe genug Mist von bedeutenden Malern gesehen.

Ohne mich anzusehen, geht er zwischen seinen Gemälden umher, zieht da und dort eins hervor, um es mir zu zeigen. »Manchmal fange ich zwei oder drei oder auch vier gleichzeitig an, bevor ich weiß, welches davon ich unbedingt malen muß.«

Jeff-Giuseppe kennt diese Sprüche und jedes einzelne Bild vermutlich auswendig; er sieht sie kaum an, beugt sich hinunter und krault den Hund am Hals, spricht mit ihm, als interessiere er sich hauptsächlich für ihn.

Vittorio zieht ein paar der übereinander an der Wand lehnenden Gemälde hervor, gerade weit genug, um mich einen Blick darauf werfen zu lassen; dann zeigt er mir einige der auf dem rohen Holztisch aufgestapelten kleineren Bilder. »Alles, was ich male, ist von der Atmosphäre hier beeinflußt. Früher hab ich es nie geschafft, mit einer so positiven Einstellung zu arbeiten«, erklärt er.

Ich nickte, indem ich den Kopf nur ein paar Millimeter nach unten bewegte; ich wollte ihm auf keinen Fall zustimmen. Bei mir hatte die ganze Kraft und Ruhe hier in Peaceville, die sie dauernd priesen und von der sie so erfüllt schienen, nur zur Folge, daß ich mir noch verlorener und ausgeschlossener vorkam, gewaltsam von der Welt ferngehalten. Aber die Bilder waren wirklich nicht übel: Ich ließ meinen Blick noch einmal darüber schweifen, nahm die je nachdem, wie weit ich davon entfernt stand, immer wieder wechselnden Farbschwingungen in mich auf.

Uto Drodemberg, der Star und Kunstsammler. Ein messerscharfer Blick für Malerei. Er braucht nur seine Augen über ein Bild gleiten zu lassen, und schon weiß er, ob es interessant oder wertlos ist. Er hat keine Geduld: Er fällt sekundenschnell sein Urteil und geht weiter. Ein unerbittliches Urteil, ein Laserstrahl purer Intuition. Auch ein so berühmter Maler wie dieser Foletti erkennt das, seine Mitteilsamkeit und Sicherheit schwinden wie bei einem Dilet-

tanten, sosehr er sich bemüht, sich nichts anmerken zu lassen. Uto Drodemberg verbietet sich jede verbale Äußerung, sein Urteil zeigt sich an winzigen Veränderungen des Gesichtsausdrucks. Er könnte auch selbst malen, wenn er Lust dazu hätte. Besser als jeder andere, wenn er es nur schaffen würde, lang genug bei der Sache zu bleiben.

Vittorio belauerte meinen Ausdruck mit kurzen raschen Blicken, während er in dem großen Raum auf und ab ging. Er schaltete einen kleinen elektrischen Heizofen an, machte ihn wieder aus, bevor er in der eisigen Kälte des Ateliers die geringste Wärmewelle erzeugen konnte. Er ordnete die Pinsel in einem Glas, pustete über ein mit Sägemehl bedecktes Bild. Vielleicht erwartete er irgendeine Bemerkung von mir, und es machte ihn nervös, daß ich stumm und ohne erkennbare Regung blieb; schließlich sagte er: »Eigentlich wollte ich dir ja nur das Atelier zeigen, nicht die Bilder«, schob Jeff-Giuseppe und mich und den Hund hastig hinaus.

Sobald die Tür hinter uns zu war, verfiel er wieder in sein altes Verhalten, blickte ins Schneegestöber und auf die dicke Schneedecke, die über der Landschaft lag, und rief laut: »Was ist das schönste Bild gegen DAS DA?«, aber es klang wie ein Eingeständnis seiner Schwäche.

Die Geisel wird aktiv

Schon vor sechs Uhr morgens endgültig wach und so nervös und aus dem Lot, daß ich einfach nicht mehr im Bett bleiben konnte. Ich mußte aufstehen und mich anziehen, aus dem Fenster schauen, vor dem es noch dunkel war, in den Büchern und Heften von Jeff-Giuseppe blättern, die in den Regalen standen: Vier Bücher des Gurus, mit persönlicher Widmung in breiter und nicht sehr sicherer Handschrift – ich konnte mir Mariannes Gluckenblick vorstellen, während der Guru ihm die Bücher signierte. Eine amerikanische Jugendenzyklopädie, Geschichts- und Geographiebücher für die Schule; ein paar italienische und amerikanische Romane, vermutlich ein Geschenk von Marianne mit ihrer Art der wohlwollenden Bevormundung. Ein Tagebuch, das nur aus Daten und Namen und Schulnotizen bestand, ohne irgendwelche Enthüllungen über das, was hinter der Fassade der Familie Foletti geschah; zwischen den letzten Seiten ein aus einer Zeitschrift herausgerissenes Bild einer nackten blonden Schönheit, mit Weichzeichner fotografiert. Eine fast leere Dose Kokosplätzchen. Familienfotos, zum Teil in kleinen Rähmchen: die strahlend lächelnden Folettis mit dem Guru vor der Kundalini Hall; Familie Foletti auf dem Markusplatz in Venedig; auf einer Terrasse, vielleicht in Mailand, alle sehr blaß; an einem tropischen Strand, ohne Nina, Vittorio mit stolzgeblähtem Brustkorb.

Ich stellte mir das Leben dieses Vierzehnjährigen vor, mit seiner Mutter und seinem Stiefvater und dem Guru und der Schule, abgeschnitten von der Welt, und hätte ihm gern irgendwie geholfen, dem hellen und gemütlichen Gefängnis zu entkommen, in das er eingesperrt war. Dann sah ich mich im Spiegel an Giuseppes Schrank, und mir wurde klar, daß ich in keiner viel besseren Situation als er war. Ich sah mich fast ebenso träge und tatenlos und unzufrieden wie er, dazu fünf Jahre älter und mit der Bürde meiner viel schwerer aufrechtzuerhaltenden Attitüden, Daseinsmühe von den Zehen bis in die Haarspitzen.

Ich legte mich wieder auf das Bett und blätterte in einem der Gurubücher, aber ich konnte in den Sätzen kaum einen Sinn erkennen, es wimmelte derart von Wörtern wie Seele und Suche und höheren Werten und Wahrheit, daß mich schon nach fünf Minuten ein unangenehmes Gefühl von Überdruß erfaßte.

Ich lag flach auf dem Rücken, starrte ins Dunkel über dem Oberlicht hinauf und suchte nach einem Ausweg aus meiner Situation, aber mir fiel nichts ein. Ich dachte an die Zeit, die ich bisher vergeudet hatte, an meine kläglichen und halbherzigen Versuche, eine Richtung zu finden: Wie jemand, der sich lächerlich kleine Barrikaden errichtet und sich in schönen Posen obendrauf stellt, um gegen eine grenzenlose und unaufhaltsame Flut der Langeweile anzukämpfen. Ich fühlte mich unendlich müde, obwohl ich nichts getan hatte, und zugleich voller Genugtuung, daß ich müde war, und angeekelt von meiner Genugtuung, daß ich müde war. Ich war von einer Art Nebel erfüllt, der mir vom Magen ins Herz und in den Kopf stieg, dicht und milchig trüb wie der allmählich heller werdende Himmel über mir.

Ich stand auf und ging vorsichtig, damit die Holzstufen nicht knarrten, ins Wohnzimmer hinunter. Der Labrador kam schwanzwedelnd aus seiner Ecke hervor und wollte gestreichelt werden; ich stieß ihn weg. Es roch nach Zucker und Zimt und biologischem Insektenpulver für Hunde, am Weihnachtsbaum flimmerten die bunten Lämpchen. Ich zog den Stecker des Transformators aus der Dose: Die Lichter erloschen. Die große Lichterkette draußen im Hof dagegen war noch an, im Zwielicht der Morgendämmerung sahen die roten und grünen und blauen Lichtkreise fast unheimlich aus. Es schneite nicht mehr, aber die Schneedecke war viel höher als am Abend zuvor, die Pfade, die Vittorio freigeschaufelt hatte, und die Fußstapfen waren wieder zugeschneit. Die Stille war fast unerträglich; ich hätte am liebsten laut geschrien, irgendwelche Gegenstände auf dem Boden zerschmettert, auch wenn das auf dem weichen Teppich etwas schwierig gewesen wäre.

Ich ging durch das Wohnzimmer in die Küche, öffnete den großen Kühlschrank und blickte auf die von Marianne in ihrer peniblen Art säuberlich eingeräumten Gläser und Flaschen und Päckchen wie auf eine innere Landschaft unter perfekter Kontrolle. Ich dachte an die Rollenverteilung zwischen ihr und Vittorio, und wie jeder ständig an seinem im Lauf der Jahre perfektionierten Part arbeitete, und wie sie sich gegenseitig ergänzten, damit der andere noch besser und wirkungsvoller spielen kann. Ich horchte auf das leise Brummen des Kühlschranks, ließ meinen Blick über die verchromten Abstellroste gleiten und dachte dabei an das

Rollenspiel zwischen meiner Mutter und ihrem zweiten Mann, zwischen ihrem zweiten Mann und meinem Halbbruder, zwischen ihnen und mir. Ich dachte an die vordergründigen Bündnisse und heimlichen Strategien, Mogeleien und Täuschungen und vermeintlichen Mißverständnisse, an die guten Absichten und ihre üblen Folgen, an die geäußerten Gefühle und die unterdrückten Impulse. Ich dachte, daß jede Familie so etwas wie eine kriminelle Vereinigung ist, in der jeder seine schlimmsten Fehler rechtfertigen und seine begrenzten Fähigkeiten übertrieben zur Geltung bringen kann; ich dachte an die Verstärkungs- und Dämpfungsmechanismen, die sich jede Familie zu diesem Zweck schafft, an die doppelten und dreifachen schalldichten Mauern, mit denen sie sich gegen die Außenwelt abschottet. Ich stellte mir die Familie als Mechanismus vor, der ebenso einfach und doch kompliziert ist wie ein Kühlschrank mit Kabeln und Leitungen, Temperaturregler, Wärmetauscher, Verdampfer, Kondensator, Isolierschichten, Kühlsystem, Dichtungen, Gehäuse und Außenverkleidung. Bei diesem Gedanken wurde mir schwindlig, als würde sich das, was ich eben noch deutlich vor mir sah, wie in einem umgekehrten Teleskop immer weiter entfernen.

Ich schloß den Kühlschrank, ging ein paar Schritte durch das Wohnzimmer und bemühte mich dabei, in den Knien möglichst weich nachzugeben, schob ein Bein weit vor, während ich so tat, als hätte ich ein Mikrophon in der Hand. Das Kaminfeuer war erloschen, aus den Heizungsschlitzen in der Wand kam nur noch ein Hauch Wärme. Ich bewegte mich über diese Kleinbühne für Familienstücke wie ein Virus in einem schlafenden Organismus: eine Vorstellung, bei der ich teils Genugtuung, teils Angst, teils Frustration empfand, und zwischen diesen Gefühlssplittern schwankte ich immer rascher hin und her.

Leise öffnete ich die Tür neben der Küche, durch die Familie Foletti die Bühne des Wohnzimmers betrat und verließ, und blieb im Flur stehen. Durch eine der Türen war ein leicht schnarchendes Schnaufen wie von einem Siebenschläfer zu hören, Nina oder Jeff-Giuseppe in ihren Nebenrollen als Gefangene, eingetaucht in die unbeschwerte Tiefe ihres Schlafs.

Durch die nächste Tür kam ich in ein kleines Büro mit einem Faxgerät und zwei Telefonen, auf dem Schreibtisch Papier und Ordner, Kontoauszüge und Scheckhefte und Rechnungskopien, eingetroffene und abzuschickende Faxe, Fotokopien von Auslandsüberweisungen. Ich hatte dabei das Gefühl, in den Maschinenraum eines Schiffs zu blicken: Dies war der Motor, mit dessen Hilfe sich die Familie Foletti vorwärtsbewegen und in der Welt auftreten, sich mit positiv-konstruktiven Taten, mit Worten und Lächeln nach außen wenden und ihre Selbstdarstellung inszenieren konnte.

Ich verließ das Büro wieder, ging ein paar Schritte über den weichen Teppich im Flur, und da hörte ich hinter der Tür von Vittorio und Marianne ein zweifaches Keuchen: in einer tiefen und einer höheren Tonlage, unterbrochen von unverständlichen Wortfetzen und leisen Seufzern. Rasch machte ich kehrt, stieß dabei gegen ein Tischchen im Flur, das mit einem Knarren umkippte, ich spürte den Luftzug. Ich stellte das Ding hastig wieder auf, schlich durch den Flur und das Büro ins Wohnzimmer zurück, griff mir irgendein Buch aus dem Regal, ließ mich rückwärts aufs Sofa fallen und blätterte hastig ein paar Seiten um.

Fotos von einem prähistorischen Meteoritenkrater in Sibirien. Beschleunigter Atemrhythmus. Gedanken, die wie Hasen in zehn verschiedene Richtungen jagen. Ich, wie ich hinausrenne und in großen Sprüngen durch den Schnee laufe, Marianne, die mir mit gewaltsam unterdrücktem Abscheu und kaltem Lächeln erklärt, wie häßlich es ist, sich wie ein Dieb in die Intimsphäre anderer einzuschleichen; Vittorio im Schlafanzug, er hat sein weltumgreifendes Wohlwollen endlich abgelegt und brüllt mich an, daß ich ein Eindringling und Voyeur sei, und jagt mich aus dem Haus.

Nicht, daß es mir viel ausmachen würde, im Gegenteil. Vielleicht war das Eindringen in ihren Bereich und das umgekippte Tischchen nur ein unbewußter Versuch, mich aus meiner unerträglichen Lage als Gast und Geisel zu befreien. Eigentlich bin ich mein ganzes Leben lang Gast und Geisel gewesen; ich hatte noch nie ein eigenes Territorium gehabt, das viel größer als ein Zimmer gewesen wäre. Neunzehn Jahre gefangen im Netz fremder Leben, mit fremden Rhythmen und Stimmen und Zeitplänen und Anrufen, Fremden, die kommen und gehen; das einzige, was ich dagegen getan hatte, war, immer wieder zu kompensieren und zu kompensieren, innere Schutzwände zu errichten, hinter die ich mich zurückziehen konnte. Ich hatte mich so daran gewöhnt, daß ich manchmal glaubte, nichts zum Leben zu brauchen, gegen jede Einmischung resistent zu sein. Manchmal kam ich mir wie mein eigener kleiner Guru vor, mit einem fast unerschütterlichen Gleichgewicht.

Jetzt aber konnte ich mich recht gut von außen sehen, wie ich kläglich auf dem Sofa der Folettis saß, mitten in einem Wald im tief verschneiten Connecticut kilometerweit von der nächsten, von normalen Menschen bewohnten Ortschaft entfernt, und meine Lage schien mir nicht eben großartig. Ich kam mir müde und verletzlich vor, von allen Seiten belagert, von Unsicherheit unterminiert.

Aber Vittorio und Marianne erschienen nicht, die Luft im Wohnzimmer blieb unbewegt und still, ich hörte nur den Hund, der an seinem Büffelhautknochen nagte. Mein Herzrhythmus verlangsamte sich, ich hatte mich wieder unter Kontrolle; ich stand auf, richtete mit einem Handgriff meine Haare auf, machte eine Pirouette. Das Weiß der Landschaft draußen wurde immer intensiver, je mehr Licht darauf fiel, und innerhalb von Sekunden schoß eine kalte wilde Kraft in mir hoch, und ich war geblendet von dem ganz deutlichen Gefühl, im Mittelpunkt der Bühne, im Mittelpunkt der Welt zu stehen, und alle Augen waren auf mich gerichtet.

Uto Drodemberg, der mit größter Selbstverständlichkeit bei Morgengrauen aufsteht, wenn die anderen noch in dumpfestem Schlaf versunken sind. Er braucht keinen Schlaf und nichts zu essen, er braucht nichts, man sieht es an seiner Magerkeit und Beweglichkeit, ohne ein Gramm Übergewicht. Das Resultat eines schwierigen Lebens, und doch hat er gerade daraus seine besten Qualitäten gewonnen, seine Fähigkeit, auf feindselige Situationen unkonventionell zu reagieren. Sein Wesen hat etwas Asketisches, in seinem leichten Körper steckt unbegrenzte Kraft; er

85

könnte von Luft leben, eine Hand ins Feuer legen, ohne den Schmerz zu spüren, barfuß durch den Schnee laufen. Er könnte die unbeweisbarsten Thesen beweisen, jeder Herausforderung trotzen, Wetten hundert zu eins anneh-men. Er hat nichts zu verlieren, keinen Besitzstand zu ver-teidigen, ihm ist kein Risiko zu hoch. Er ist ein Held. Mu-sik steigt auf, eine Rocksymphonie oder ein Klaviersolo. Mozart, oder auch etwas Indisches. Legt ruhig eine andere Platte auf, sie paßt sich den Bewegungen von Uto Drodem-berg, der auf die Glastür zugeht, schon an.

Es ist keine Eingebung, ich denke nichts dabei, konstruiere mir keine mentalen Bilder. *Die Bilder* denken mich, oder es ist die Musik oder die Landschaft oder das Licht oder sonst-was. Jedenfalls gehe ich in den Windfang, aber statt in Jacke und Stiefel zu schlüpfen, ziehe ich die Socken aus, ziehe die Weste und das Hemd aus und lasse nur Unterhemd und Slip an, schiebe die Glastür auf und gehe barfuß in den tiefen Schnee hinaus.

Komischerweise war ich überhaupt nicht darauf gefaßt, daß ich die Kälte spüren würde, so vollkommen war meine Sorglosigkeit, aber die Kälte springt mich so heftig und böse und eisig an, daß ich nach drei Schritten erstarre. Sie prallt mir wie eine Welle entgegen, schießt mir von den Fußsohlen in den Körper wie ein jäher, sehr heftiger Schmerz, fährt mir in den Kopf und in die Ohren und den Rücken und die Hüften und den Magen wie eine Million zehn Zentimeter lange Nadeln.

Aber jetzt ist es zu spät, ins Haus zurückzukehren, auch wenn mich niemand sehen kann. Ich versuche meine unmittelbaren Empfindungen abzukoppeln, über sie hinweg zu empfinden und über sie hinauszublicken, so wie es der Guru in seinem Buch, in dem ich geblättert habe, für die Wahrheitssuche empfiehlt, aber es ist nicht so einfach, die Kälte weicht nur für Sekundenbruchteile und attackiert mich dann um so wütender. Ich tue, als ob nichts wäre, schreite weiter durch den Schnee, der mir fast bis an die Knie reicht, atme durch die Nase ein und durch den Mund aus, versuche meine Aufmerksamkeit über die weite weiße Fläche streichen, sie horizontal durch die völlig unbewegte Luft gleiten zu lassen.

Allmählich klappt es: Ich bekomme mit jedem Schritt eine Art Schutzschicht, mein Blut fließt in umgekehrter Richtung, aber es ist nicht mehr kalt, es ist weißglühend. Ich habe keine Ahnung, warum ich es tue, ob ich irgendwem irgendwas beweisen oder eine Schau abziehen will, oder ob dieser Ort mit all seinen spirituellen Erwartungen und Gurubildern und Gurusprüchen zu solchen Handlungen inspiriert. Vielleicht gibt es auch überhaupt keinen Grund, so wie für die meisten Dinge, die in meinem Leben passieren, vielleicht ist es bloß ein Impuls, dem ich folge, ohne viel zu fragen oder lang nachzudenken.

Ich versuche, wenigstens mit Elan zu gehen: Ich hebe rhythmisch Knie und Arme wie ein orientalischer Stelzvogel, der durch ein Reisfeld stakt. Es macht Spaß; ich habe das Gefühl, daß ich den Schnee kaum berühre, mühelos hüpfe ich über die weiche Fläche, mit doppelt so langen Schritten wie sonst. Auf einem Videoclip einer australischen Rockgruppe habe ich einmal etwas Ähnliches gesehen, aber im Sand und in Zeitlupe und mit wer weiß was für Spezialeffekten; das hier ist viel natürlicher und wirkt hundertmal besser. Ich fühle mich leicht, meines Körpers bewußt und doch körperlos, jeden kleinsten Muskel unter Kontrolle und doch auf einer Woge purer Imagination. Ich gehe geradeaus auf die dreifache bunte Lichterkette zu, ich gehe im Kreis herum, springe in die Höhe. Ich kann mir jede beliebige Bewegung vorstellen und sie ausführen; sie ausführen und sie mir um einen Sekundenbruchteil verspätet vorstellen, es gibt keine Grenze. Es macht Spaß.

Plötzlich ertönt in der perfekten Stille ein Knall, den der tiefe Schnee ringsum gleich wieder verschluckt, es ist wie ein jäher Schnitt durch die reglose Luft, der mir einen eigenartigen Schrecken einflößt. Ich halte mitten in der Bewegung inne, mein Herz bleibt fast stehen: Ich erstarre in der weißen Wolke meines Atems, während mir die verrücktesten Gedanken durch den Kopf wirbeln. Ich frage mich, ob es der Ruck beim Übergang in eine andere Dimension war, ähnlich dem Knall, wenn ein Düsenflugzeug die Schallmauer durchstößt, oder ob ich vielleicht zufällig irgendeinen unwiderruflichen Prozeß ausgelöst habe; was mit mir passiert ist, wo ich bin.

Doch dann höre ich einen zweiten Schlag, ebenso deutlich wie den ersten, und als ich mich umdrehe, sehe ich Vittorio, der mit einer Axt Holzscheite spaltet. In Wirklichkeit sehe ich ihn kurz vor dem zweiten Schlag, auch wenn ich aus irgendeinem Grund den Laut früher wahrnehme als das Bild: Mit ausgestrecktem Arm schwingt er die Axt und läßt sie auf das Holzstück vor sich niedersausen, spaltet es zielsicher und ohne Gleichgewichtsprobleme entzwei. Die beiden Hälften fallen jede auf einer Seite herab wie ein gelöstes

Problem oder eine verdoppelte Tatsache – mit der gleichen neutralen und gnadenlosen Objektivität wie die Kälte, die mich plötzlich wieder von allen Seiten anfällt.

Vittorio hat mich gesehen, auch er hält mitten in der Bewegung inne. Er sagt nichts, wahrscheinlich hat er sich in den vier Jahren hier an Darbietungen aller Art mit möglichem spirituellem Hintergrund gewöhnt, aber man sieht ihm an, daß er beeindruckt ist. Wir beobachten einander aus etwa zwanzig Metern Entfernung wie zwei Tiere unterschiedlicher Gattung, von denen keins genau weiß, wie gefährlich das andere ist. Er mit rotglühendem Gesicht, geschützt durch seine Daunenjacke und seine Muskeln und sein Körperfett und die dicken Stiefel und Handschuhe, ich barfuß und in Unterwäsche, mager und vermutlich weiß wie der Schnee; wir hätten uns nichts zu sagen, selbst wenn wir es probieren würden. Keiner von beiden wechselt den Gesichtsausdruck; dann wendet er den Blick ab, wirft die zwei gespaltenen Holzscheite zur Seite.

Ich kehre zum Haus zurück, im Eilschritt und ohne jeden suggestiven Rhythmus, denn jetzt, wo die Stimmung weg ist, umschließt mich erneut die beißende Kälte. Hinter dem Eßzimmerfenster sehe ich Marianne, die mich anstarrt, eine Hand an der Hüfte. Ich hatte nicht daran gedacht, daß sie mich sehen konnten; ich wollte keine Schau für irgend jemanden machen. Es ist mir furchtbar peinlich, jetzt dieses ganze Publikum zu entdecken, ich wollte, ich wäre nicht hinausgegangen, am liebsten würde ich die Rücklauftaste drücken und alles löschen. Aber diese Empfindungen bremsen keineswegs meinen Sprint durch den Schnee auf die Haustür zu, mit Herzstechen von der Anstrengung, mein

Blut gegen den erbitterten Widerstand der eisigen Kälte, die mich erstarren läßt, in Bewegung zu halten.

Marianne kommt mir schon im Vorraum mit einer hellen Wolldecke entgegen. »Da, nimm«, sagt sie teils besorgt, teils bewundernd, teils unsicher, ob sie ihren Augen trauen darf.

Ich lehne dankend ab, auch wenn mein Blick über das wolligweiche Gewebe der Decke gleitet und sich darin wie in einer Fata Morgana verliert. Ich muß mich anstrengen, aufrecht stehenzubleiben und mich nicht zusammenzukauern, normal zu atmen und nicht sichtbar zu zittern und mit den Zähnen zu klappern.

»Da draußen hat es fünfzehn Grad minus«, sagt Marianne. »Ich hab es auf dem Thermometer am Schlafzimmerfenster gesehen.«

»Wirklich?« sage ich und versuche, eine möglichst gelassene Miene zu machen, aber meine Zunge löst sich kaum vom Gaumen, meine Ohren sind von der Kälte zu betäubt, um das Ergebnis beurteilen zu können. Ich ziehe mein Hemd wieder an, mit so steifen und gefühllosen Händen, daß ich die Knöpfe nicht durch die Knopflöcher schieben kann.

Marianne beobachtet mich mit dem freundlichsten und teilnahmsvollsten Blick. »Ich hab dich gesehen, vorhin«, sagt sie nach draußen deutend.

»Ja?« sage ich, kaum deutlicher als vorhin, während ich versuche, das Zittern meiner Kinnlade zu beherrschen.

Sie betrachtet mich mit einem Blick, in dem sich Respekt und Rührung und tiefgründige Erwägungen spiegeln, als fände sie, daß Worte nicht genügen. In ihren Augen ist keine Spur von Mißtrauen oder Skepsis, nicht der leiseste Spott, keine Fremdheit, und trotzdem verstehe ich sie nicht; mir läuft ein Kribbeln durch den Körper, als ob ich niesen oder in Lachen ausbrechen müßte, aber ich niese nicht und lache nicht. Ich lasse die Knöpfe an meinem Hemd bleiben, stopfe es so in die Hose. Mit einer sparsamen Bewegung meines immer noch kältestarren Arms deute ich hinaus und sage: »Ein herrlicher Morgen.«

»Ja«, nickt Marianne lächelnd. Feinfühlig, aufmerksam, gewissenhaft und nachdenklich, wie sie ist, sieht sie eine tiefere Bedeutung, wo ich keine sehe.

Ich streife nacheinander meine Füße an den Beinen meiner ledernen Hose ab, um sie zu trocknen, balanciere dabei auf einem Bein und merke, daß ich fast kein Gefühl mehr darin habe; mit fahrigen Bewegungen ziehe ich meine löchrigen Socken an.

Marianne beobachtet mich immer noch, öffnet halb die Lippen, als ob sie mich etwas fragen wolle, aber sie fragt nicht. Sie ist nervös in ihrer Eindringlichkeit, die mir lächerlich oder pathetisch oder ärgerlich vorkommen würde, wenn ich nicht halb erfroren wäre.

Ich ging an ihr vorbei in das von dichter Wärme erfüllte Wohnzimmer, mit mühsam gemäßigten Schritten schnurstracks zum Kamin und ließ mich in den Sessel fallen, der dem Feuer am nächsten stand.

Viel später stand Marianne immer noch mit der hellen Wolldecke in der Hand an der Glastür. »Möchtest du einen Kaffee?« fragte sie mich.

Ich sagte nur: »Hm«, nickte dabei ganz leicht mit dem Kopf.

Im Tempel

Gegen elf Uhr morgens träg und gelangweilt im Bett, die Antennen nach außen gerichtet. Ich horchte auf die Geräusche im Haus, blätterte achtlos im Buch des Gurus, das Marianne mir von einem der Kinder hat schenken lassen. Ich hatte zwei, drei Bilder von mir vor Augen, wie ich mich durch die Welt bewegte, aber ich konnte ihnen nicht lange folgen, sie lösten sich mittendrin auf, und ich mußte sie immer wieder neu zusammensetzen. Ab und zu betrachtete ich mich im Schrankspiegel; ich wäre mir der Wirkung meines Mienenspiels gern etwas sicherer gewesen.

Schritte auf der Holztreppe. Angespannte Muskeln, höchste Alarmstufe, schon stehe ich in Abwehrpose mitten im Zimmer: Kopf gesenkt, Schultern hochgezogen, ein Bein vorgestellt. Es wird Vittorio sein, um Witze über meine Trampolinsprünge im Schnee zu machen, während er Holz hackte, und mich zu fragen, wie es mir geht, und ob ich das Bedürfnis habe, über irgend etwas zu reden. Hilfe anbietender Blick, eindeutig und unerbittlich, die demütige Arroganz des guten Menschen, der nichts entbehrt. Die Tür aufreißen und ihm, bevor er etwas merkt, meinen Kopf mit voller Wucht ins Sonnengeflecht rammen; oder mich auf den Boden legen und mich tot stellen und dann aus dem Haus rennen, während er hinunterläuft, um Hilfe zu holen. Oder aus dem Fenster springen, obwohl das Fenster ziemlich hoch liegt und ich mir trotz all dem Schnee darunter fast mit Sicherheit irgendeinen Knochen brechen würde und mich elend wegschleppen müßte.

Aber es ist nicht Vittorio, der an die Tür klopft und »Uto?« sagt. Es ist Nina, schüchtern und mit anderen Gedanken beschäftigt. »Bist du da?« fragt sie, verlegen, weil sie geschickt worden ist.

Also sage ich: »Komm nur rein«, löse mich in der Zehntelsekunde, die sie zum Türöffnen braucht, aus meiner Abwehrstellung, streiche mir mit der Hand die Haare hoch.

Als sie zwei Schritte im Zimmer ist, wirkt sie weniger verlegen als eben noch ihre Stimme. Sie sieht mir ziemlich offen in die Augen, sagt: »Marianne läßt fragen, ob du Lust hast, mit uns zum Tempel zu kommen.«

»Zu welchem Tempel?« frage ich, um einen nichtneugierigen, nichtzögernden Ton bemüht. Es mißfällt mir nicht, daß gerade sie heraufgekommen ist, mit ihrem Geruch nach Radiergummi und grünem Apfel.

»Na zum Tempel eben«, sagt sie achselzuckend. Sie ist knochendürr, viel magerer könnte sie bei ihrer Statur gar nicht sein. Wenn sie essen würde, wäre ihr Körper wahrscheinlich fest und kräftig, wie die breiten Wangenknochen ahnen lassen, die sie vom Vater geerbt hat; vermutlich ist es das, wovor sie Angst hat. Sie kaut zuckerfreien Kaugummi mit Fluor und Vitamin C; die Packung habe ich auf dem Wohnzimmertisch liegen sehen; es ist unmöglich, in diesem Haus etwas Ungesundes zu finden.

Ich war nah daran, irgendeine Floskel der Art »Setz dich doch einen Augenblick« zu ihr zu sagen, aber ich brachte es nicht über die Lippen. Ich war nie besonders gut gewesen, wenn es darum ging, mit Mädchen anzubändeln; ich konnte nur an meinem Image arbeiten, mich bemühen, so interessant und aufregend wie möglich werden, damit sie die Initiative ergriffen. Wenn sie es dann nicht taten, war ich am Boden zerstört, ich hatte keine Ersatzgesten oder -worte, auf die ich zurückgreifen konnte.

»Ist es lustig im Tempel?« fragte ich und beobachtete mit halb gesenktem Kopf ihre Reaktion, bereit zu lächeln. Sie preßte nur die Lippen aufeinander und zuckte erneut mit den Schultern; ihr Blick streifte über die Wand und den Fußboden, dann war sie schon wieder draußen.

Ich ging hinter ihr die Treppe hinunter, blickte dabei auf ihren mageren Po unter dem Hosenstoff; auf den unteren Stufen versuchte ich mir vorzustellen, was für einen Eindruck ich vom Wohnzimmer aus machte.

Jeff-Giuseppe saß auf dem Boden und puzzelte, eine Ansicht von London; er sprang sofort auf, als Marianne hereinkam und fragte: »Gehen wir also?« Nervöse Beine, bei jeder Beckenbewegung leicht mitschwingende Arme: Leidenschaftlichkeit, Elan, Unberechenbarkeit, Eifer, vielleicht uneingestandene Wünsche und Bedürfnisse, die aus geschützten Tiefen an die lichte Oberfläche drängten.

Ohne sie eines Blickes zu würdigen, ging Nina in den Windfang und zog sich an. Marianne folgte ihr mit angespannter Miene, halb besorgt, halb mißbilligend, aber alles mit Wohlwollen verbrämt; sie drehte sich zu mir um und sagte: »Schön, daß du auch mitkommst.«

Ich nickte, setzte mir die Sonnenbrille auf.

»Geh Papa rufen«, sagte Marianne zu Jeff-Giuseppe, der

in seiner linkischen und eifrigen Muttersöhnchenart sofort losschnellte, Stiefel, Jacke und Mütze anzog und ums Haus lief, um an Vittorios Atelier zu klopfen.

Ich dachte daran, wie auch meine Mutter mich jahrelang dazu bewegen wollte, ihren zweiten Mann Papa zu nennen, und ich jedesmal »Wen meinst du?« gefragt hatte. Bei den Folettis dagegen hatte jede Beziehung und jede Geste und jedes Gefühl das richtige Etikett, jeder schien sich in seiner Rolle wohl zu fühlen; das beunruhigte mich und machte mich wütend.

Schließlich stiegen wir alle in den Range Rover. Marianne bestand darauf, daß ich mich vorn neben Vittorio setzte; mir war nicht klar, ob aus Höflichkeit gegenüber mir als Gast oder damit ich nicht Knie an Knie neben Nina saß. In solchen Dingen war ich trotz meiner Sensibilität für weibliche Stimmungsschwankungen und Entscheidungsänderungen nie ganz sicher; ich nahm so etwas nur verschwommen wahr, wie ein Fischer, der intuitiv spürt, daß es in einer bestimmten Meeresregion Fische gibt, aber es nicht erklären und auf der Karte keine genauen Angaben machen kann; mir blieben immer Zweifel und Unsicherheiten, bis ich dann vor vollendeten Tatsachen stand.

Vittorio ging ganz in seiner Rolle als Chauffeur und Chef der Familie auf, die Hände fest am Steuerrad, blickte er auf die Straße. Auf dem Rücksitz begann Marianne hingebungsvoll »Hare Om« zu singen, und er stimmte ein, ebenso Jeff-Giuseppe und Nina, das ganze Auto vibrierte von harmonischen Klängen.

Als wir fast am Ende der Privatstraße angelangt waren, bremste Vittorio plötzlich, der Range Rover schlitterte meterweit über den Schnee. Vittorio deutete rechts zum Fenster hinaus: »Guckt mal, da drüben.«

Wir schauten alle hinüber: Ein Rudel von vier, fünf Hirschen stand reglos und unschlüssig am Waldrand.

Vittorio schaltete den Motor ab; wir saßen unbeweglich da und beobachteten die Hirsche, die genauso reglos waren wie wir; mit vorgestreckten Köpfen und angespannten Muskeln starrten sie witternd zu uns herüber. Auch die Landschaft war unbewegt unter der im hellen Licht gleißenden Schneedecke. Wir waren alle zu einer Art Panoramafotografie erstarrt, die unsere Bewegungen und Gedanken und Befindlichkeiten und die Komplikationen zwischen uns blockierte; wir hätten ewig so sitzen bleiben können.

Dann kurbelte Jeff-Giuseppe sein Fenster herunter, und die Hirsche schossen in Sekundenschnelle zwischen den Bäumen davon, nur ihre Hufabdrücke blieben im Schnee zurück.

Marianne legte mir von hinten eine Hand auf die Schulter. »Hast du das gesehen? Sie sind deinetwegen gekommen.«

»Ja. Sie wollten dich begrüßen«, fügte Vittorio hinzu und warf dabei einen raschen Blick auf Mariannes Hand, die sie im selben Augenblick wegzog. Zwischen ihnen herrschte eine tiefe, lang erprobte und beharrliche Eintracht, die jeden winzigen Riß sofort wieder kittete, noch bevor ihn jemand bemerken konnte.

»Ein richtiges Wunder, was?« sagte Marianne und lächelte dabei ihrem Sohn und Nina und mir zu, versuchte ihr belehrendes Staunen auf uns zu übertragen. Mir war unbegreiflich, wieso alle so ergriffen waren; in einer über

Hunderte von Kilometern mit Wald bedeckten Gegend ein paar Hirschen zu begegnen schien mir kein so außergewöhnliches Ereignis. Bei den Folettis jedoch wurde Staunen mit größter Sorgfalt kultiviert; sie betrachteten jedes noch so unbedeutende Ereignis als ein Zeichen, das gedeutet und ausgelegt werden mußte, bis man einen tieferen Sinn dahinter entdeckte.

Vittorio wartete noch ein paar Sekunden, bevor er den Motor wieder anließ und zur Hauptstraße und von dort zum Tempel weiterfuhr.

Der Tempel oben auf dem Hügel ist eine Art Riesenpilz aus Holz, ähnlich einem Flugkontrollturm, nur viel größer und mit Fenstern anstelle der verglasten Kuppel, wie ein Ufo, das auf einem aus der Ebene herausragenden Punkt gelandet ist.

Wir ließen das Auto stehen und gingen das letzte Stück zu Fuß; Marianne und Vittorio zeigten hierhin und dorthin und erklärten mir die Geschichte des Bauwerks, ohne daß ich irgend etwas davon aufnahm. Jeff-Giuseppe und Nina blieben ein paar Schritte zurück, sie waren weniger mitteilsam als ihre Eltern, aber brav und fügsam. Wir stiegen eine hölzerne Freitreppe hinauf und traten in eine Art Eingangs- und Umkleideraum, in dem es warm wie in einem Hallenbad war.

Auch hier müssen die Schuhe ausgezogen und zusammen mit den Jacken zurückgelassen werden. Bevor wir den Innenraum betreten, flüstert mir Marianne ins Ohr: »Wenn man drinnen sitzt, muß man so still sitzen und so leise sein, wie man nur kann.« Sie ist bei solchen Anlässen aufgeregt wie ein Kind, ihre Stimme und ihr Blick vibrieren auf einer raschen Frequenz. Vittorio geht mit seiner massigen Gestalt an mir vorbei, ohne daß ich in seinem Blick irgend etwas erkennen kann. Die beiden Kinder vollführen träge die vorgeschriebenen Gesten.

Der Grundriß drinnen ist kreisförmig, durch einen langen schmalen Spalt im Dach fällt ein Lichtstreifen auf einen Kreis aus rötlichem Zedernholz in der Mitte des großen unbeleuchteten Saals. Ältere Damen mit Elefantenhintern, gealterte, angegraute Hippies, nicht mehr ganz junge Mädchen mit gebleichten oder hennagefärbten Haaren, kurzgeschorene Gurujüngerinnen, amerikanische Durchschnittstouristen sitzen mit gekreuzten Beinen und blicken stumm in das Licht auf dem Zedernrund.

Marianne gibt mir durch Zeichen zu verstehen, daß ich mich wie Vittorio und Jeff-Giuseppe und Nina und alle anderen unter die Kuppel auf den Boden setzen soll. Ich tue es lustlos, es macht mir keinen Spaß; ich komme mir vor wie bei einer Schulaufführung. Der Fußboden ist mit dem gleichen weich gepolsterten Teppichboden bedeckt wie zu Hause bei den Folettis; die Stille wird nur vom Geraschel der Leute durchbrochen, die noch hereinkommen und sich einen Platz suchen, um sich im Lotussitz niederzulassen. Atemzüge, Schnaufen, Zurechtsetzen. Dann ertönt eine Glocke, und alle erstarren; die Stille wird beängstigend tief, als hätte sich der große runde Saal vom Boden gelöst, würde wirklich wie ein Ufo ins All aufsteigen.

Ich bemühe mich, so still dazusitzen wie die anderen, und betrachte den von oben einfallenden Lichtstreifen, der das rote Holz zum Leuchten bringt, betrachte die darin schwirrenden Staubkörnchen, aber ich kann mich nicht konzentrieren. Es würde mir sogar gefallen, ich wäre froh, wenn ich irgendeinen starken Zauber spüren oder in Trance oder einen Zustand mystischen Staunens versetzt würde und plötzlich außergewöhnliche Dinge wahrnehmen könnte. Aber ich sehe allzu deutlich die Grenzen der Situation, die Elefantenhintern der Damen, die vor mir sitzen, die häßlichen Glatzen der gealterten Hippies, die steife Haltung von Vittorio, der, seine Fußknöchel mit den Händen umfassend, in angestrengter Konzentration zehn Meter von mir entfernt sitzt. Vielleicht bräuchte ich eine weniger prosaische Umgebung, eine raffiniertere Szenographie, bessere Komparsen, hübsche junge Mädchen. Ich bräuchte ein richtiges großes Publikum, um wirklich bei der Sache sein zu können.

Uto Drodemberg, der von der Erde abhebt, mit gekreuzten Beinen, so wie er auf dem Boden saß. Anfangs löst er sich nur ein paar Millimeter vom Teppich, man merkt es kaum, aber er hebt wirklich ab, schwebt frei über dem Boden. Er lächelt, mit an den Hüften anliegenden Ellenbogen, die Hände auf den Knien, mit den Handflächen nach oben, Daumen und Zeigefinger berühren sich. Alle Blicke sind auf ihn gerichtet. Langsam und gleichmäßig steigt er in der Mitte der Holzkuppel weiter hinauf, schwebt in halber Höhe und wird von der Verblüffung der unter ihm Sitzenden noch ein Stück emporgehoben. Staunende Bewunderung, konzentrierte Aufmerksamkeit, die so dicht ist wie die Luft unter einem Flugzeugflügel, sie hält ihn in der Schwebe und erzeugt in ihm eine Art diffuses Kribbeln bis ins Herz. In dem senkrechten Lichtstreifen, in dem er bis-

weilen fast transparent wirkt, steigt er höher und höher, mühelos und ohne einen Gedanken, es ist viel leichter als Schwimmen, viel aufregender. Als er dicht vor dem verglasten Schlitz oben in der Kuppel ist, durch den das Licht hereinfällt, blickt er nach unten, mit einem Lächeln, in dem alle Bedeutungen der Welt liegen. Die allgemeine Aufmerksamkeit, die ihn trägt, ist so intensiv, daß er bis zum Mond schweben könnte, wenn er wollte. Das ist mehr als jedes Rockkonzert, mehr als jede Romanszene, mehr als jeder Film oder Videoclip: Der Widerhall durchdringt ihn bis in die Seele mit reiner Energie. In diesem Zustand könnte er alles machen, es gibt keine Grenzen. Er könnte die Zeit vor- oder zurückstellen, alle Probleme der Welt lösen, die alten Gurujüngerinnen in ihren pfirsichfarbenen Gewändern wieder jung und die Damen mit den Elefantenhintern rank und schlank machen, die Haare der kahlköpfigen Hippies, die mit hochgereckten Nasen zu ihm heraufblicken, wieder wachsen lassen. Und dieser Zustand ist so leicht zu erreichen, so einfach und vergnüglich. Er wundert sich nur, daß er es nicht früher probiert hat, sich nie über all die Kanten und Hindernisse und rauhen Oberflächen und mechanischen Schwierigkeiten erhoben hat, die ihm das Leben auf der Erde bisher so schwer gemacht haben. Es ging nur darum, den Schlüssel zu finden, dann war es nicht mehr schwer, aufzusteigen und in der Luft zu schweben und mit diesem konzentrierten Vergnügen hinabzublicken.

Aber ich schaffe es nicht. Ich blicke in den Lichtstrahl, und es passiert überhaupt nichts. Ich schwebe nicht, ich spüre keine großen oder mittleren oder kleinen Veränderungen in mir. Ich bin zerstreut, beobachte weiter die anderen, die mit geschlossenen Augen und gekreuzten Beinen dasitzen: eine dicke Frau, die bei jedem Ausatmen einen dünnen Pfeifton von sich gibt, ein Überlebender der sechziger Jahre mit einem langen dünnen Pferdeschwanz, eine Swamijüngerin mit fast kahlem Kopf, der klein wie eine Glühbirne ist. Und über den Raum verstreut die Familie Foletti, Mutter und Sohn mit ihren so ähnlichen Profilen auf der einen Seite, Nina allein, in sich versunken, Vittorio angespannt, als bereite er sich auf eine Catchbegegnung oder einen chinesischen Ringkampf vor. Mit den Händen umklammert er seine Knöchel, ich glaube förmlich seine Anstrengung zu spüren, sich dem geläuterten und vergeistigten Ort anzupassen, seine Frau zufriedenzustellen und eine zusammengestückelte Familie zusammenzuhalten. Es scheint eine echte körperliche Anstrengung für ihn zu sein, die ihn an die Grenzen seiner Kräfte bringt und ihm keine Zeit für Pausen oder Ablenkungen läßt; wenn man ihn so sieht, erregt er Wut, ja beinahe Mitleid.

Ich sitze schon wer weiß wie lange in der gleichen Position da und halte es nicht mehr aus, die Muskeln an den Beinen und am Rücken tun mir weh, die andächtigen Mienen der um den senkrechten Lichtstreifen herumsitzenden Leute ärgern mich immer mehr. Ich habe nicht die geringste Lust, bis zum nächsten Glockenton still und reglos sitzen zu bleiben; ich würde gern so laut und schrill schreien, wie ich kann, irgend jemand einen Fußtritt versetzen und ihn in Rage bringen, all die guten Absichten zum Kurzschluß bringen.

Statt dessen beuge ich mich langsam vor, neige die Stirn bis zum Fußboden, lege die Hände flach vor den Kopf und fahre damit über die Wollfasern des Teppichs, gleite vor und zurück. Gelenkig bin ich ja, es gelingt mir ganz gut, ich spüre die verstohlenen Blicke der Leute um mich herum, die mit geschlossenen Augen mystische Versunkenheit vortäuschen; dann richte ich langsam den Oberkörper wieder auf und hebe die Arme, lege die Hände aneinander wie eine balinesische Tänzerin. Die Aufmerksamkeit ist da, wenn auch nicht so konzentriert, daß ich in die Kuppel hinaufschweben kann: nur eine mäßige Woge durch halbgeschlossene Lider und andächtige Körperhaltungen und kleine Konzentrationssphären hindurch, ich spüre, wie sie mich trifft. Ich strecke einen Arm nach vorn, den andern nach hinten, lasse beide Arme dicht über dem Boden kreisen, versammle die Blicke-Nichtblicke all der Leute auf mich, die mit gekreuzten Beinen unbeweglich dasitzen. Es ist nicht übel, auch als Video wäre es nicht schlecht, wenn jemand mit einer Kamera da wäre, die Bewegungen sind schon perfekt synchron mit der Musik, die ich im Kopf habe.

Marianne sondiert das Terrain

Nachmittags brachte Marianne mir Melissentee, als ich mich gerade mit einem Buch über die Geschichte der Religionen und ohne einen klaren Gedanken im Kopf auf dem Wohnzimmersofa fläzte.

Sie stellte die Tasse und eine Schale mit Mandelkeksen auf das Tischchen vor mir, schaute mich und das Sofa an, als ob sie sich gern gesetzt hätte, es aber nicht wagte. Ich sagte nichts, nahm mir einen Keks und tat, als würde ich lesen.

Ich hatte eine spezielle Methode, mich unsichtbar zu machen, die darin bestand, den visuellen und mentalen Kontakt zu meinem Gegenüber verschwimmen zu lassen, mich innerlich so weit zu entfernen, bis ich auch äußerlich verschwand. Es klappte nicht immer, es hing auch von der Standhaftigkeit der anderen ab.

Mit Marianne funktionierte es zum Beispiel nicht: Sie setzte sich auf das Sofa, wenn auch nur auf die äußerste Kante, mit vorgebeugtem Oberkörper, die Unterarme auf den Knien. Kommunikationsbedürfnis, gutgemeinte Absichten, Erwartungen, Forderungen; geblähte Nasenlöcher, zarte, helle, leicht gerötete Nase, blauer Blick, der immer wieder aus nächster Nähe sondierte.

MARIANNE Findest du es interessant?

(Sie deutet auf das Buch in seiner Hand.)

UTO Nein.

MARIANNE Ah.

(Sie lächelt einmal mehr.)

MARIANNE Ich bin so froh, daß Jeff und Nina dich kennengelernt haben.

(Uto nimmt noch einen Keks aus der Schale, hält den Blick starr auf das Buch gerichtet.)

MARIANNE Jeff bewundert dich sehr, ich kenne ihn gut. Er ist in einer Phase, in der er erreichbare Bezugspunkte braucht, Vorbilder, denen er folgen kann. Auch Nina beobachtet dich, glaub mir. Sie ist so unsicher, zur Zeit. Sie weiß nicht recht, was sie mit der Schule machen soll, ob sie hierbleiben oder lieber zu ihrer Mutter nach Italien zurückkehren soll. Sie ißt nicht, sie hat eine ziemlich schwere Form von Magersucht. Wir machen uns große Sorgen um sie.

(Er nimmt einen Schluck Tee, ohne sie anzusehen oder das Buch zuzuklappen.)

MARIANNE Magersucht ist eine Art der Erpressung auf der Gefühlsebene, das steht in jedem Psychologiebuch. Wir waren mit ihr schon bei vier Ärzten, aber so was läßt sich nicht medizinisch behandeln, und zu Psychologen hat sie kein Vertrauen. Der einzige, dem sie vertraut, ist der Swami, wie sie sagt, aber bis jetzt hat nicht einmal er es geschafft, sie zum Essen zu bewegen. Vittorio denkt, daß er an allem schuld ist, er ist schon ganz verzweifelt. Er gibt sich solche Mühe, ein glückliches Leben für uns alle aufzubauen, er versteht nicht, was er bei ihr falsch gemacht hat.

Meine Methode, mich unsichtbar zu machen, funktionierte überhaupt nicht, ich konnte es auch gleich aufgeben. Ich legte das Buch weg und setzte mich etwas gerader hin.

»Dir geht es gut?« fragte Marianne.

»Bestens«, sagte ich und lehnte mich mit der schönsten Leidensmiene zurück, die ich zustande brachte.

Marianne erforschte weiter meine Gesichtszüge. »Für dich ist das sicher alles sehr schlimm gewesen. Toll, wie du damit fertig geworden bist.«

»Ja?« fragte ich und mußte fast lachen.

Sie deutete zum Klavier auf der anderen Seite des Wohnzimmers. »Du kannst spielen, wann du willst. Jederzeit. Du sollst dich bei uns ganz frei fühlen und genau das tun, was du willst.«

»Danke«, sagte ich ganz ohne Begeisterung, mit farbloser Stimme. Manchmal ist das mit dem Unsichtbarwerden auch nur eine Frage der Zeit, der andere muß erst merken, daß man gar nicht da ist.

»Auch wenn du über irgendwas reden möchtest. Wir sind immer für dich da«, fuhr Marianne fort. »Wir wollen dich zu nichts zwingen, es ist uns lieber, wenn es von dir ausgeht.«

»Was gibt es da schon zu sagen«, antwortete ich. Ich wollte sie vor allem loswerden, wenn ich es schon nicht schaffte, mich unsichtbar zu machen.

Endlich erhob sie sich. »Auf jeden Fall sind wir glücklich, daß du bei uns bist, das wollte ich dir nur sagen.«

Während ich sie am Rande meines Blickfelds entschwinden sah, fragte ich mich, ob meine Lage als Geisel mit der Zeit wohl immer schlimmer wurde.

Vittorio sucht Kontakt

Vittorio steht in einer dicken karierten Jacke, mit Schal und Wollmütze im Windfang und klopft an die Schiebetür zum Wohnzimmer, macht Gesten in meine Richtung.

Ich bin im Zustand absoluter Untätigkeit, sein Klopfen stört mich auf wie ein kriegerischer Akt. Ich versuche, nicht zu reagieren, abzuwarten, bis sich seine Präsenz auflöst; er aber öffnet die Tür und ruft: »Uto! Könntest du mir helfen, draußen ein paar Paneele anzunageln?«

Natürlich gibt es tausend Dinge, die ich lieber tun würde, als ihm im Freien bei der Arbeit zu helfen, aber zugleich empfinde ich eine seltsame, umgekehrte Genugtuung bei dem Gedanken, mir von ihm und seiner Familie und diesem bescheuerten spirituellen Ort den Rest geben zu lassen. Es ist ein Gefühl, das ich gut kenne: eine Art Hingezogensein zu Unannehmlichkeiten, ein Bedürfnis, immer mehr Gründe für meinen Groll anzuhäufen. Also stehe ich auf und gehe in die relative Kälte des Windfangs hinaus, ziehe Jacke und Stiefel an und trete hinter Vittorio ins Freie.

Auf dem Weg, den er schon wieder freigeschaufelt hat, folge ich ihm um das Haus, ohne den Kopf zu drehen, wenn er mir etwas zeigt, ohne auf seine Bemerkungen zu antworten.

An der Nordseite des Hauses lehnen bereits einige Paneele und eine Leiter an der Wand, daneben steht ein Werkzeugkasten. Vittorio nimmt eine Handvoll Nägel heraus, schiebt sich einen Hammer in die Tasche und steigt auf die Leiter. Er zeigt von oben auf die Bretter und sagt: »Reichst du mir eins herauf?«

Ich nehme ein Brett, und die eisigen, rauhen Kanten tun mir an den Fingern weh, sie steigern meinen Ärger und meinen Groll, meine perverse Freude an Ärger und Groll um das Zehnfache. Am liebsten würde ich an der Leiter rütteln, damit er mit all seinen konstruktiven guten Absichten hinunterstürzt.

Ich reiche ihm ein Brett; er steckt sich die Nägel in den Mund und zieht es mit einer Hand hinauf, drückt es in der richtigen Position gegen die Leisten an der Hauswand, nimmt einen Nagel und beginnt energisch zu hämmern.

Das erste Brett ist gerade festgenagelt, da fängt es an zu schneien: große, dicke Flocken, eine nahezu lautlose weiße Kaskade. Vittorio blickt zum Himmel und scheint kurz davor, so etwas wie »Verdammte Scheiße« zu sagen, aber er verkneift es sich; ich sehe, wie der Impuls seine Gesichtsmuskeln erreicht und dann gestoppt wird, sich fast sofort auflöst. Er bläst nur die Luft hinaus; zwei Sekunden später gelingt es ihm sogar, mich anzulächeln. »Was soll's. Wir nageln eben die an, die schon da sind, den Rest machen wir ein andermal.«

Es beeindruckt mich, wie er sich dazu dressiert hat, sogar seine schnellsten Instinkte unter Kontrolle zu halten: Er bringt sie dazu, auf Befehl zu kuschen wie der Hund Geeno, brav bei Fuß zu gehen, wenn sie lieber losstürmen würden, sich auf den Rücken zu legen und wehrlos die Beine in die Luft zu strecken, wenn sie lieber zubeißen würden. Ich frage mich, wie lange er dazu gebraucht hat, wie schwer es ihm fällt. Seine Veranlagung treibt ihn so sichlich in eine ganz andere Richtung; ich frage mich, wie sich diese Selbstkontrolle wohl auf Dauer auswirkt.

Er starrt noch ein paar Sekunden ins Schneetreiben, dann sagt er: »Gibst du mir das nächste Brett?«

Ich reiche es ihm, von neuer Wut vergiftet, weil es ihm überhaupt nicht in den Sinn kommt, daß ich vielleicht nicht die geringste Lust habe, mitten im Schneegestöber seinen Handlanger zu machen.

Ihn jedoch plagte nicht der leiseste Zweifel, er zog die Bretter zu sich hoch und hämmerte mit aller Kraft, nagelte sie an die Holzleisten, um die silberne Schicht Isoliermaterial abzudecken.

»Ganz einfach, was?« nuschelte er. Dann nahm er die Nägel aus dem Mund, um deutlicher zu sprechen, und steckte sie in die Hosentasche. »Häuserbauen ist hier in Amerika ein Kinderspiel. In Italien, mit Ziegelsteinen und Beton und Mörtel ist alles so *endgültig*. Das ganze Land ist mit diesen endgültigen Monstrositäten überzogen, von den Alpen bis zur Südspitze.«

Ich betrachtete ihn von unten her, mit den dicken Profilsohlen seiner Winterstiefel vor mir, während ich am Rücken fror und mir die Kälte bis in die Knochen drang. Ich bewegte mich ja kaum, außer wenn ich ihm auf Verlangen ein Brett oder neue Nägel hinaufreichte; jedenfalls wurde mir dabei nicht so warm wie Vittorio, der keinen Augenblick stillhielt.

»Das hier sind eher Blockhütten als richtige Häuser. Auch wenn manche so stabil und wuchtig wirken mit ihren neoklassischen Kolonnaden und den präsidialen Innenhöfen und allem. Wenn du kräftig gegen eine Wand schlägst, fällt das ganze Haus ein, so wie in der Geschichte von den drei kleinen Schweinchen, weißt du noch?«

Solche Sätze klingen seltsam aus seinem Mund, während er selbst mit soviel physischer Energie, keuchend und mit krampfhaft angespannten Muskeln an seinem Haus arbeitet. Ich glaube aus seinem Ton einen kaum spürbaren Groll auf das Haus herauszuhören, der sich wie ein leichter Schleier auch auf die Vorstellung erstreckt, es in diesem Land für diese Familie gebaut zu haben. Aber es ist so wenig wahrnehmbar, daß ich mir keineswegs sicher bin; trotzdem läßt es einen winzigen Hoffnungsschimmer in mir aufzucken.

»So ein zerbrechliches Haus ist auch irgendwie rührend«, redet er weiter. »Du hast nichts als diese dünne Holz- und Glaswand zwischen dir und der Außenwelt und bist vor der Kälte und vor der Dunkelheit geschützt, aber nur bis zu einem gewissen Punkt, und das weißt du auch. Du weißt, daß du nicht allzusehr und allzu lange darauf vertrauen kannst. Wenn du aufhörst, es zu beheizen und instandzuhalten, ist es bald nicht mehr als eine aus Brettern zusammengenagelte große Kiste, die irgendwann wieder auseinanderfällt.«

Er blickte von der Höhe der Leiter auf mich herab, um zu sehen, ob ich ihn verstanden hatte, dann klopfte er weiter Nägel ein wie eine Furie. Ich gab dem Schnee einen Fußtritt vor Kälte und vor Wut, daß ich da stehen und sein metaphorisches Geschwätz und seinen lebensklugen Ton über mich ergehen lassen mußte. Der Schnee fiel mir auf den Kopf und die Ohren und die Hände, hängte sich mir mit gnadenlos eisiger Langsamkeit an die Haut.

»Das nächste«, sagt Vittorio und läßt sich ein Brett hinaufgeben. »Nägel«, sagt er, und ich reiche ihm fünf, sechs Nägel. Er nimmt mit einer Hand das Brett, ohne den Hammer wegzulegen, den er in der anderen hält, hebt es auf die richtige Höhe wie bei einer ganz nüchternen und konkreten Gleichgewichtsübung. Er hat keine Angst, von der Leiter zu fallen, und es ist völlig klar, daß auch gar nicht die Gefahr besteht: Ihm passiert so etwas nicht. Die Kraft seiner Beine, die Kraft seiner Überzeugungen, die ohne Risse sind und von nichts überschattet, hält ihn fest.

»Stell dir vor, als Marianne mir zum ersten Mal von Peaceville erzählt hat, dachte ich, das sei der letzte Ort der Welt, wo ich leben möchte.«

Bum bum bum, der Baumeister solider Beziehungen zur Welt belehrt den schmächtigen, armen, aus der Bahn geworfenen Waisenknaben, der schneeverkrustet und voll weißglühender Wut den Kopf zu ihm hinaufreckt.

»Fern von jeder Stadt, fern von all dem Kram, den ich am Hals hatte. Fern von all den Schwierigkeiten und Anrufen und Verabredungen, von dem ganzen Netz von Beziehungen, das ich mir aufgebaut hatte, und all den möglichen Überraschungen. Allein schon der Gedanke erschien mir tödlich.«

Ist er auch, hätte ich gern gesagt, wenn ich damit nicht meinen Widerstand gegen seinen unerträglichen Mitteilungsdrang aufgegeben hätte. Ich fragte mich, ob es ihm in seiner Unerschütterlichkeit überhaupt in den Kopf kommen könnte, wie ungern ich ihm seine Bretter hinaufreichte; ob er sich wenigstens als kleine geistige Übung einen winzigen Teil meines Ärgers und meines Grolls vorstellen konnte.

Er hämmert und nagelt weiter, steigt die Leiter hinauf und hinunter, schiebt sie ein Stück weiter und steigt wieder hinauf, macht Schlag um Schlag die Außenwand des Hauses dicht, das er sich gebaut hat. Er könnte tagelang so weitermachen, ein ganzes Dorf um seine felsenfesten Überzeugungen herum zusammennageln.

»Wirklich«, fängt er wieder an. »Ich kam mir so frei und mobil vor, nur weil ich keinen festen Ort hatte. Der Künstler ohne Bindungen und ohne Verpflichtungen, nicht wahr? Ich hatte jahrelang wie auf einem Korridor gelebt und war überzeugt, daß ich frei war, bloß weil ich nie ein *Zimmer* betreten hatte.«

Bum bum bum bum. Ich wüßte auch gern, wer von beiden, er oder Marianne, mit dieser eindringlichen Redeweise, den doppelt unterstrichenen Bedeutungen angefangen hat: Wer wen damit angesteckt hat.

»Allenfalls hab ich mal in eins hineingeschaut, aber ohne den Türpfosten loszulassen. Immer mit dem Gedanken, daß es sowieso nicht das Zimmer war, das ich suchte, und daß es ja noch so viele andere gab, daß das Künstlerleben eine ständige Suche sein muß und es vielleicht das Schicksal des Künstlers ist, draußen zu bleiben. Ich bin jahrelang wie ein Hamster im Rad gelaufen und habe gar nicht gemerkt, daß ich dabei allmählich draufging.«

Dann waren zum Glück die Bretter alle: Er schaute hinunter, aber es waren keine mehr da; er schien trotz des Schneegestöbers enttäuscht, daß er nicht die ganze Wand fertig machen konnte.

Ich entferne mich ein Stück, um außer Reichweite zu sein, falls er mich bitten würde, ihm weiter zu helfen.

Er steigt von der Leiter, tritt ein paar Schritte zurück, um die Gesamtwirkung zu begutachten, sieht zu mir, um eine Äußerung von mir zu hören.

Ich äußere mich nicht. Es scheint ihm aber nichts auszumachen; er nimmt lächelnd die Schachtel mit den Nägeln und geht zu einer der Türen: »Du hast meine Werkstatt noch gar nicht gesehen.«

In der Werkstatt ist es beinahe so kalt wie draußen, sie ist so groß wie sein Atelier, aber nicht ganz so hell, mit einem Schreinerwerktisch und einer Kreissäge und einer Hobelbank; an der Wand hängen Sägen und Hämmer und Feilen und Hobel in unterschiedlichen Größen, auf langen Konsolen gibt es Sperrholzplatten und Bretter und Holzblöcke, daneben Leimtöpfe, Dosen mit Wachs und Lack.

Auf dem Tisch und an der Wand sehe ich insgesamt vier akustische Gitarren in unterschiedlichem Fertigungszustand. Vittorio trocknet sich die Hände an einem Lappen ab und nimmt eine komplette herunter, reicht sie mir.

Sie ist groß, einer Gibson J 200 nachgebaut, aber leichter und mit mehr Verzierungen, einer Holzintarsie auf dem Griffbrett und einer kreisförmigen Perlmuttintarsie um das Loch herum. Auch bei näherem Hinsehen recht gut gearbeitet, ein fast professionelles Stück, wenn die etwas unsaubere Verleimung, die mit Holzkitt korrigierten Verbindungen nicht wären.

Vittorio reicht mir den Lappen: »Würdest du dir bitte die Hände abtrocknen?«

Ich gebe ihm die Gitarre zurück, wische mir mit vor Wut

und Ungläubigkeit stockenden Bewegungen die Hände ab. Schließlich sind nicht nur meine Hände naß; ich bin von Kopf bis Fuß durchnäßt und halb erfroren, es ist schon irre, daß er nicht merkt, daß es seine Schuld ist.

Er sieht mich an und hält mir die Gitarre hin: »Willst du sie nicht ausprobieren?«

»Ich spiele nicht Gitarre«, sage ich zwischen zusammengepreßten Lippen, »ich spiele Klavier.«

»Schon, aber du bist doch Musiker. Sag mir, wie du sie findest.« Er schiebt mir das Instrument zwischen die Hände.

Mit steifgefrorenen Fingern drücke ich auf die Saiten, zupfe mit der Rechten: Es tönt wie eine Obstkiste, laut, aber ohne jeden Wohlklang.

Vittorio schaut mich strahlend an, bezweifelt keinen Augenblick, daß ich begeistert bin. »Na?« fragt er.

»Na ja«, sage ich. Ich probiere einen Akkord weiter oben auf dem Griffbrett: Die Stimmung ist leicht verschoben, wahrscheinlich sind die Bünde nicht ganz im richtigen Abstand. Das Griffbrett ist zu breit, die Saiten lassen sich nur mühsam drücken. Hauswände gelingen ihm eindeutig besser. Ich gebe ihm die Gitarre zurück.

Er dreht und wendet sie voller Stolz. »Anfangs war es eher eine Spielerei. Irgendwann hab ich mal einen Werbeprospekt einer Firma gesehen, die Bausätze für Musikinstrumente herstellt, und hab mir einen kommen lassen. Mit dem Haus war ich so gut wie fertig, da brauchte ich was, um meine Hände zu beschäftigen. Dann ist mir die erste Gitarre so gut gelungen, daß ich mich gleich an die nächste gemacht habe, diesmal ohne Bausatz. Ich hab mir

Holz und Werkzeug gekauft, und jetzt mache ich alles selbst.«

Er stellte die Gitarre in die Halterung zurück, zeigte mir ein Biegeeisen, Zwingen in verschiedenen Größen. »Die erste hab ich dem Guru geschenkt, obwohl er gar nicht spielen kann. Aber er hat sich so darüber gefreut, er sagte, es sei das schönste Geschenk, das er je bekommen hat. Die anderen verschenke ich auch. An irgendwen, der ein paar Töne darauf klimpern kann. Hier spielen viele ein Instrument. Letzten Monat gab es in der Kundalini Hall ein Konzert mit drei Gitarren, alle von mir.«

Ich konnte kaum glauben, daß er auch in so etwas noch Kraft investierte und derart begeistert über so mittelmäßige Instrumente sprechen konnte, ohne zu merken, daß er kein besonderes Talent für den Instrumentenbau hatte. Es mußte eine Folge der übertriebenen Nachsicht und Begeisterung sein, die in Peaceville allenthalben herrschten: Wahrscheinlich verliert man in einer solchen Umgebung jede Kritikfähigkeit und ist am Ende überzeugt, daß allein schon die guten Absichten für die Qualität des Ergebnisses bürgen.

Er verschiebt ein paar Werkzeuge auf dem Arbeitstisch, verschiebt Leimtöpfe, streift mit der Hand Sägespäne weg, blickt mit viel mehr Stolz umher als am Tag zuvor, als er mir die Bilder in seinem Atelier zeigte. »Vor allem gefällt mir die Vorstellung, ein Instrument zu bauen, das ich gar nicht spielen kann. Es für andere zu bauen, nachdem ich so lange alles nur für mich selbst gemacht habe, wie Marianne sagt. Das ist wunderbar, findest du nicht?«

Ich gebe keine Antwort; ich finde vor allem, daß Marianne es geschafft hat, einen Trottel aus ihm zu machen, und ihm das Gehirn gewaschen hat, bis er überzeugt war, der zu sein, der er sein wollte, und nicht der, der er war. Die Kälte hier drinnen ist unerträglich, sogar noch schlimmer als draußen; es gibt zwar einen kleinen Elektroofen, aber er ist kalt, und Vittorio kommt nicht auf die Idee, ihn anzuschalten. Ich frage mich, wie er es schafft, nicht zu frieren, ob ihn seine Fettschicht und die kräftigen Muskeln schützen oder ob es an den konkreten, positiven Absichten liegt, die ihn pausenlos durchströmen.

»Inzwischen verbringe ich fast mehr Zeit in der Werkstatt als im Atelier. Ich glaube, letzten Endes kommt etwas *Schöneres* dabei heraus«, sagt er.

Er zeigt mir die diversen Hölzer, die als Bretter und dicke Blöcke auf den Regalen aufgestapelt sind: »Indischer Palisander, Mahagoni, Ahorn, Nußbaum, für den Korpus und die Zargen. Kanadische Sitkatanne, europäische Tanne, Engelmanntanne für die Resonanzdecken. Jedes Holz tönt anders, jedes hat seine eigene Klangfarbe. Ahorn zum Beispiel klingt trocken und hell, Mahagoni weicher. Palisander klingt brillant in den hohen Lagen und liefert gleichzeitig weiche Baßtöne. Es sind ganz feine Unterschiede, aber sie sind da.«

Auf seinen Gitarren hört man, glaube ich, ohnehin nicht viel davon; und sein Wissen ist wohl auch nicht sehr fundiert, denn hinten auf dem Tisch sehe ich *Wie baue ich eine akustische Gitarre* stehen und auf einem Regal *Gitarrenbauen heute* und *Alles über den Gitarrenbau*. Wahrscheinlich zieht er diese Bücher zu Rate, während er an einem Instrument baut, betrachtet die Zeichnungen, um zu sehen, wie es geht; er hat sich einreden lassen, daß es schön ist, alles erst lernen zu müssen, und glaubt daran.

Er zeigt hierhin und dorthin, sagt: »Aber ich baue auch viele andere Sachen. Alles aus Holz. Holz ist eine eigene Welt. Ein phantastisches Material, man findet immer wieder neue Möglichkeiten.«

Ich streiche mit der Hand über den Tisch, und schon habe ich einen kleinen Spreißel in der Hand stecken. Ich ziehe ihn mit den Zähnen heraus, aber ich schäume innerlich, ich koche vor Wut.

Vittorio zeigt auf zwei Kiefernholzhocker in einer Ecke, nimmt einen davon und stellt ihn mitten ins Zimmer. »Setz dich«, sagt er.

Ich sehe mir das Ding von weitem an, es ist ein ganz gewöhnlicher, vielleicht etwas plumper dreibeiniger Hocker.

»*Setz dich*«, drängt er mich. Er ist einfach nicht zu bremsen, er muß sich pausenlos regen und bewegen, gucken und schauen, mit Gesten und Gebärden Aufmerksamkeit und Intentionen durch den Raum dirigieren, als wären es Schafe oder Kühe auf einer Wiese.

Ich setze mich, damit er Ruhe gibt: Es ist ein Hocker wie jeder andere, nicht einmal sehr bequem, es ist wirklich nichts Besonderes daran.

Vittorio aber umkreist mich, als hätte er ein kleines Wunder vor Augen. »Sieh mal, wie schön. Dabei ist es bloß ein Hocker. Er ist besser als die Gitarren, es steckt viel mehr darin als in einem Instrument, nicht wahr?«

Ich stand auf und ging im Zimmer umher, nahm einen Hobel in die Hand und ließ ihn fallen, denn er war schwerer, als ich erwartet hatte. Vittorio stürzte sich darauf, hob ihn auf, probierte an der Handfläche die Klinge aus, um zu prüfen, ob sie kaputtgegangen war. Auch diesmal schaffte er es, jeden vorwurfsvollen Blick und jede ärgerliche Geste zu vermeiden.

»Macht nichts«, sagte er, und es klang ganz ehrlich. Er stellte ein paar andere Werkzeuge an den richtigen Platz, verschob ein paar Schachteln, schraubte ein paar Haken fester in die Wand. Er konnte nicht länger als einige Sekunden untätig sein, und je mehr er sich bewegte, um so mehr schien es ihm zu gefallen, um so mehr neue Tätigkeiten kamen ihm in den Sinn. Es genügte ihm auch nicht, sich auf sich selbst zu konzentrieren; er hielt immer wieder inne, um meine Reaktionen zu beobachten, spitzte die Ohren genau wie seine Frau. »Kaliani hat mir erzählt, daß du auch geschickt mit Holz bist. Deine Mutter hat es ihr geschrieben.«

»Ich hab nur mal eine Hundekiste gebaut«, sagte ich. »Aber sie ist nichts geworden, und den Hund hat eine Woche später die Straßenbahn überfahren. Er war völlig zermalmt.«

Vittorio machte nur eine knappe Kopfbewegung. »Tut mir leid«, sagte er. Er war nicht so leicht wirklich zu erschüttern.

Ich frage mich, ob auch er sich einen indischen Namen zugelegt hat; was für einer es ist, warum er ihn nicht benutzt. Ich war noch nie einem Menschen begegnet, der so sichtlich mit sich und seiner Situation zufrieden war und einen so starken Drang hatte, ständig Propaganda für seine Lebensweise zu machen, so als besitze er ein Rezept für das Glück und wolle es gratis an alle verteilen. Mich kostet so etwas echte körperliche Anstrengung, es ist, als säße man in einem kleinen Boot, auf das von der Seite her permanent die Wellen prallen.

Aber er merkt es nicht einmal, oder es ist ihm egal, oder er will gerade diese Wirkung erzielen; während er weiter aufräumt, sagt er: »Als wir noch in Mailand lebten, war ich diesbezüglich total frustriert, du machst dir keine Vorstellung. In meinem Haus in der Toskana hatte ich zwar eine kleine Werkstatt, aber alles dort war eng und beschränkt. Außerdem hielt ich es für besser, mich mit ganzer Kraft der Malerei zu widmen, mich nicht zu verzetteln.«

Ich lehnte an der Wand, den Blick genau auf die Mitte zwischen meinem Standort und ihm gerichtet, genug Wut im Bauch, um nicht zu erfrieren.

Vittorio sagte: »Normalerweise zieht man diese scharfe Trennlinie, nicht wahr? Auf der einen Seite die Arbeit, und auf der anderen die Freizeit. Das eine machst du für den Ruhm und das Geld, das andere, um dich zu amüsieren und zu erholen. Du findest diese Trennung ganz normal und richtig, schließlich muß es ja etwas geben, womit du sublimierst, damit du um so intensiver arbeiten kannst. Wenn du im Grunde immer unzufrieden bist, dann denkst du, du müßtest nur mehr arbeiten. Noch besser verdienen, dir noch mehr kaufen. Ein größeres Haus, ein besseres Auto. Eine neue Frau erobern, nicht wahr?«

Ich nickte nicht einmal, obwohl er mich ständig mit seinem Bestätigung heischenden Blick bedrängte. Probleme dieser Art hatte ich bei all meinen Problemen nie gehabt, und ganz bestimmt habe ich nie irgend etwas sublimiert, um intensiver arbeiten zu können. Ich hatte ja noch nie gearbeitet, es sei denn, man betrachtet das Konservatorium als

Arbeit. Es schien mir absurd, daß er gar nicht daran dachte; er war nur darauf aus, sich spiegeln zu können und Resonanz zu finden; wenn er mich nur einmal richtig angesehen hätte, wäre ihm klargeworden, daß zwischen uns Welten lagen.

»Als ich Marianne kennenlernte, malte ich wie ein Irrer«, begann er wieder. »Ich steckte alles in meine Bilder: meine Kraft und meine Ängste und unbefriedigten Wünsche. Aber wenn dann in den Galerien alles verkauft war und ich gute Kritiken bekommen hatte und meine Bilder noch höher gehandelt wurden und Anfragen von Museen in Tokio und Hamburg kamen und sich meine Genugtuung etwas verflüchtigt hatte, dann fragte ich mich: ›Wozu das alles? Zu welchem Zweck?‹«

Mir schien, daß auch in diesen Sätzen eine gute Dosis Genugtuung steckte, wenn wir schon von Genugtuung sprachen; sein Ton ging mir gegen den Strich, rieb mir die Nerven auf.

Er sah mich an, als erwarte er sich einen kleinen stummen Applaus oder wenigstens ein zustimmendes Nicken, bevor er fortfuhr. »Ich malte wie ein Verrückter, um meine Zweifel zu überspielen. Und je mehr Zweifel ich hatte, um so verrückter malte ich. Ich grenzte alles andere aus, versuchte nicht daran zu denken. Die Probleme mit Nina und mein permanentes Unglücklichsein und die Sinnlosigkeit der Beziehungen, die ich hatte. Meine Arbeit war wie eine örtliche Betäubung, damit ich leben konnte, ohne dort, wo Herz und Seele liegen, etwas zu spüren. Die Arbeit half mir, die ungelösten Probleme in meinem Leben zu vergessen, und obendrein schien mir die Welt dafür auch noch *dankbar* zu sein. Alle sagten mir, wie wichtig meine Bilder seien, so als malte ich zum Wohl der Menschheit und nicht für mich selbst.«

Ich kehrte ihm den Rücken zu und schaute aus dem Fenster, aber ich spürte, wie er mich fixierte, er hatte ein verzweifeltes Bedürfnis, den Kontakt aufrechtzuerhalten.

»Ich vernachlässigte meine Seele und interessierte mich nur noch für die Arbeit. Manchmal reichte es nicht einmal mehr, um abends Nina anzurufen oder bei einem Freund vorbeizuschauen. Jeden Morgen setzte ich alle meine Kräfte in Bewegung und pferchte sie dann den ganzen Tag in das enge Gehege eines Gemäldes ein. Wenn der Adrenalinschub vorbei war, stand ich da und schaute ins *Nichts*. Mein Leben war verdorrt wie eine Wiese ohne Wasser, wie der Guru sagt. Da war *nichts*, im Grunde. Ich hatte nichts aufgebaut, ich hatte nichts kultiviert, ich hatte den Menschen, die mir nahestanden, nichts von mir gegeben. Ich war so was wie ein Gespenst, Uto. Als mir das klar wurde, überfielen mich fürchterliche Depressionen. Es war wirklich schrecklich. Ich saß stundenlang da und überlegte, wie ich mich umbringen konnte. Wenn ich es nicht getan habe, dann nur, weil ich Marianne kennengelernt habe.«

Ich versuche, nicht auf das Spiel einzugehen, jede Spur von Anteilnahme in meiner Haltung zu vermeiden, aber das ist nicht leicht bei jemandem, der aus drei Metern Entfernung mit seiner ganzen Stimmkraft auf dich einredet wie ein bis in die letzte Faser von Mitteilungsdrang erfüllter Propagandist seines eigenen Lebens.

»Marianne hat die Bücher des Gurus durch eine Freundin entdeckt und ist für einen Monat nach Connecticut gegangen. Als wir uns begegneten, war sie schon entschlossen, nach Peaceville zurückzukehren. Sie wollte nur noch so lang in Mailand bleiben, bis für Giuseppe das Schuljahr zu Ende war, aber natürlich auch, weil sie mich kennenlernen mußte und ich mit hierherkommen sollte. Das wußte ich damals aber noch nicht, das erkannte ich erst später. Damals sah ich nur eine schöne blonde Deutsche mit einer so heiteren Gelassenheit in den Augen, wie ich es noch bei keiner anderen Frau gesehen hatte.«

Er lacht, mit einem Holzklötzchen in der Hand: »Aber ich hab mich wahnsinnig dagegen gewehrt, das kannst du dir nicht vorstellen. Ich hab meinen ganzen Spott und Rationalismus aufgeboten, um sie ihr mit kalter Nüchternheit zu demolieren, ihre Heiterkeit und Gelassenheit. Als sie mir eines der Gurubücher zu lesen gab, habe ich es mit meinen Kommentaren versehen, es Zeile für Zeile, Satz für Satz ins Lächerliche gezogen. Als würde man einen herrlichen Blumengarten mit der Machete zerstören oder so.«

Von Kälte und Groll zermürbt wie ich war, rückte ich immer weiter von ihm ab, bis ich mit der Hand nach der Klinke greifen konnte. Am liebsten hätte ich die Tür aufgerissen, ihm ins Gesicht geschrien: »IST MIR DOCH SCHEISS-EGAL, WIE DU ZU DIESEM SUPERGLÜCKSZUSTAND GE-LANGT BIST MITSAMT DEINER GLÜCKLICHEN FAMILIE!«, um dann hinauszulaufen und ohne anzuhalten bis zum nächsten Dorf zu rennen und dort den erstbesten Bus oder Zug zu nehmen oder das erstbeste Auto anzuhalten und mich irgendwohin fahren zu lassen, ganz gleich in welche Richtung, nur weit weg von hier.

Er jedoch redete unverdrossen weiter: »Aber Marianne

ließ sich nicht beirren, obwohl ich es mit allen Mitteln versuchte. Sie ist eine so starke Frau. ›Ich und Jeff gehen auf jeden Fall, mach du nur, was du willst‹, hat sie immer wieder erklärt.«

Pause, um zu sehen, ob irgendeine Reaktion von mir kommt. Vermutlich erwartet er, daß ich Erstaunen oder Bestürzung zeige, vielleicht auch Bewunderung. Ich verändere meine Miene nicht um einen Millimeter.

»Und sie ist allein mit Giuseppe hierhergekommen«, fährt er fort.

Erneute Pause. Er ist sich sicher, daß seine Geschichte von weltbewegender Bedeutung ist, daß sie mir Anstöße gibt, mir Lehren erteilt für ein besseres Leben. Ich könnte vor Wut einen Hobel nehmen und ihm an den Kopf werfen; aber ich ziehe nur meine Sonnenbrille aus der Tasche und setze sie ganz langsam auf.

»Zuerst war ich richtig erleichtert, aber nur ein paar Tage lang. Eine Woche vielleicht. Dann fühlte ich mich völlig *verloren*. Wie ein Hund, der ausgesetzt worden ist und verstört umherirrt, weil ihm jeglicher Bezugspunkt fehlt, verstehst du? Ich habe versucht, weiterzuleben wie bisher, aber ich konnte nicht. Ich arbeitete doppelt soviel, ging mit allen Frauen aus, die ich kannte, ich trank und rauchte und sniffte, was ich in die Finger bekam, alles schien mir absolut sinnlos. Ich fühlte mich wie ein Marsmensch auf der Erde, sogar die Namen der Dinge waren mir unverständlich. Ich hatte gar nicht gemerkt, was Marianne mir bedeutete. Dann hab ich sie angerufen und war sicher, daß sie nichts mehr von mir wissen wollte, nachdem ich mich so unmöglich benommen hatte. Aber statt gleich wieder aufzulegen, sagte sie nur: ›Wir warten auf dich.‹ Im sanftesten und natürlichsten Ton der Welt, nicht die Spur überrascht. Und am nächsten Morgen bin ich ins erste Flugzeug gestiegen, das ich bekommen konnte, und seitdem bin ich hier.«

Er unterbrach sich erneut und wartete auf Reaktionen, aber jetzt merkte er, daß ich zerfressen war von Nichtteilnahme, wie eine alte Autobatterie an einem Januarmorgen; er fragte: »Ist dir kalt? Wenn du willst, gehen wir ins Haus.«

Im Licht draußen verwischten sich hinter den dunklen Gläsern meiner Brille wenigstens die Konturen der Gegenstände, die Bewegung hielt meinen Blutkreislauf besser in Gang als die blanke Wut. Wir gingen durchs Schneegestöber um das Haus herum; die Luft erschien mir jetzt, nachdem ich der Umklammerung von Vittorios Gerede entkommen war, beinahe warm.

»Ich spüre die Kälte nie«, erklärte er mir. »Ich denke überhaupt nicht daran. Der Guru noch weniger als ich. Du solltest ihn sehen, er trägt bei jedem Wetter nur seine leichte Wolltunika. Und das in seinem Alter! Er sagt immer, daß es nur auf deine geistige Einstellung ankommt, ob du Hitze und Kälte spürst oder gar nichts davon merkst.«

»Ich spüre sie jedenfalls«, sagte ich mit dünner, brüchiger Stimme, nachdem ich so lange geschwiegen hatte; es war mir ganz egal, ob ich damit die Wirkung von heute morgen, als ich halbnackt durch den Schnee gelaufen war, wieder zerstörte.

Vittorio wollte auch hier im Freien nicht von seinem Thema ablassen. »Ich bin also hierhergekommen«, erzählte er weiter, »und habe den Guru kennengelernt und die Leute, die hier leben; und plötzlich war alles ganz anders.

Ich sah zum ersten Mal in meinem Leben einen *Sinn*. Es war überwältigend. Eine Art Wiedergeburt, verstehst du? Und du entdeckst, daß alles schon da war, vor deinen Augen, aber du hast es einfach nicht gesehen.«

Wenn er nur auch sehen würde, was er mir mit seinem unerträglichen Geschwätz antut. Der Schnee fällt mir auf die Brille, die Flocken lösen sich auf und rinnen über die Gläser; ich tappe wie ein halsstarriger Blinder weiter.

Vittorio stampft mit den Füßen; seine dicksohligen Stiefel greifen mit der gleichen positiven Arroganz im Schnee wie seine Worte in der Luft. »Es ist der gleiche Unterschied wie zwischen Vorwärtskommen und Stehenbleiben. Wie zwischen einer elektrischen Eisenbahn, die in deinem Wohnzimmer im Kreis herumfährt, und einem echten Zug, der dich in eine ganz neue Landschaft bringt, immer höher hinauf.«

»Und welches ist diese Landschaft?« fragte ich ihn unvermittelt, aufgebracht von seinem Ton und seinem Gehabe, von seiner als höchste Sensibilität getarnten Dickfelligkeit.

»Na *das* hier«, sagte er mit einer heftigen Gebärde seiner breiten Hand. »Diese Spiritualität, die Suche, das immer Neue, Überraschende.«

Ich stapfte hinter ihm her, mit schmerzenden Ohren, schmerzenden Händen in den Taschen meiner Lederjacke, die so hart war wie ein steifgefrorener Tierkadaver. In meinen Augen war alles seine Schuld: die Kälte und mein Unbehagen, mein Gefühl, ein Fremdling zu sein, im Exil. Ich dachte an all die amüsanten Situationen, die es genau in diesem Augenblick überall auf der Welt geben mußte, es kam mir völlig sinnlos vor, jemandem zuzuhören, der einem erklärt, wie perfekt und erleuchtet sein Leben ist. Ich sagte: »Das hier ist also das Paradies?«

Vittorio bedachte mich mit einem raschen, feindseligen Blick, einem kurzen Aufblitzen der Augen, das so wenig zu seinem sonstigen Verhalten paßte wie ein Kampfhund in eine Konditorei. Einen Augenblick schien mir, als wolle er mich wütend anfahren oder mir sogar einen Tritt oder Fausthieb versetzen, sich auf mich stürzen und mich in den Schnee werfen: Ich spannte schon die Muskeln, stellte mich ihm abwehrbereit entgegen.

Aber gleich darauf lächelte er von neuem: »Das auch wieder nicht. Es ist nur ein sehr ruhiger und heiterer Ort mit Leuten, die versuchen, besser zu werden. Die versuchen, nachzudenken, sich zu öffnen, Werte zu finden und zu bewahren. Wenn du erst einmal den Guru gesehen hast, wirst du es besser verstehen.«

Ich sagte nichts mehr, ich folgte ihm noch ärgerlicher und mit steifen Schritten zur Haustür.

Marianne sucht Kontakt

Marianne ist feinfühlender als ihr Mann, obwohl es sich bei ihr um ein gegen den Strom ihrer wahren Natur mit großer Beharrlichkeit einstudiertes Feingefühl handelt. Ihr heller Blick, ihr sanfter Ton und ihr Dauerlächeln sind manchmal fast beängstigend.

Auch sie geht mit mir ins Freie, zur Südwestseite des Hauses, wo ein gut isoliertes, beheiztes Gewächshäuschen steht. »Wir haben hier unseren eigenen Salat und Spinat, und Mangold und alles. Im Frühling sogar Erdbeeren und Spargel. Der Guru ißt unser Gemüse besonders gern. Er sagt, es schmeckt ganz anders als das der anderen, obwohl sie es nach derselben biodynamischen Methode anbauen wie wir. Er behauptet, daß die Milde des Mittelmeers darin steckt und daß es besonders zart ist.«

Ich sage nichts dazu, aber mein Blick ist nachgiebiger als gegenüber Vittorio, ich mauere nicht die ganze Zeit, blocke nicht jedes Gefühl ab. Ich hatte zu Frauen schon immer einen besseren Draht als zu Männern, ich kann nichts dagegen tun. Ich weiß nicht, ob das etwas mit Verführung zu tun hat oder damit, daß ich bei ihnen den Erklärungen und gegenseitigen Vergleichen und dem Positionsgerangel, das die Beziehungen zwischen Männern verschleißt, wenigstens teilweise ausweichen kann.

Außerdem ist Marianne immer noch eine schöne Frau,

auch wenn sie vielleicht zwanzig Jahre älter ist als ich, und hin und wieder glaube ich hinter ihrer so lauteren spirituellen Heiterkeit einen Funken sinnlicher Anziehung zu erkennen: ein hintergründiges Flackern, das für einen Sekundenbruchteil in ihrem Blick aufleuchtet. Da ist dieses subtile Interesse, wenn sie sich mir zuwendet oder auch nur irgendeine Geste macht: eine magnetische Neugier, die mich wie kleine Nadeln an den Augen und Beinen und Haarspitzen pikst. Ansonsten behandelt sie mich wie ein armes, hypersensibles Waisenkind, sie möchte, daß ich mich wie zu Hause fühle, die Nestwärme ihrer Familie spüre. Sie spricht nie über das, was mit dem Mann meiner Mutter passiert ist, aber natürlich hat sie den Gedanken daran immer im Hinterkopf, wenn sie mit mir zu tun hat, und behandelt mich deshalb noch behutsamer.

»Schön, nicht wahr?« sagt sie und deutet ringsumher auf den Schnee, in die Luft, auf das Haus, den Wald, den Winter, den ganzen Kontinent. Sie und Vittorio sind so sorgfältig aufeinander geeicht, sie sagen dasselbe mit denselben Worten, es gibt keinen Raum für die kleinste Unstimmigkeit. »Und so *einfach*«, sagt sie. »Wenn du bedenkst, daß es Leute gibt, die nie dahin gelangen. Die vielleicht ihre Energie in tausend verschiedene Richtungen verzetteln und nie dahin gelangen.« Sie sieht mich an und fügt hinzu: »Es ist wunderbar, daß wir das alles mit dir teilen können.«

Ich drücke mir die Sonnenbrille auf die Nasenwurzel und versuche mir vorzustellen, wie sie früher miteinander umgegangen sind, bevor sie hierherkamen: Vittorio teils zerstreut, teils fasziniert, sie teils zerbrechlich, teils entschieden, schon mit diesem fanatischen Glanz in den Augen. Ihre Auseinandersetzungen, bevor sie hierher kamen: Vittorios rationaler Bärenwiderstand, ihre wahrscheinlichen Tränenausbrüche; das wahrscheinliche Gejammer von Giuseppe, der noch nicht wußte, daß er bald Jeff-Giuseppe sein würde, es aber vielleicht schon ahnte. Ich denke an das doppelte Keuchen in ihrem Schlafzimmer neulich morgens um halb sieben und frage mich, was für eine Art Anziehung zwischen ihnen besteht, ob sie auch so korrekt und geläutert und abgeglichen ist wie ihre übrigen Gefühle, seit sie hier in Peaceville leben.

Im Haus stehe ich dann neben ihr an der Theke ihrer amerikanischen Küche, während sie Weizen- und Kokosmehl und Mandelcreme und Honig mischt, um Kekse daraus zu machen. Nina in ihrem Zimmer eingeschlossen wie fast immer, Jeff-Giuseppe mit Vittorio bei Nachbarn, um ihnen bei ich weiß nicht was für einer Arbeit zu helfen. Das Haus in Stille getaucht wie ein im All schwebendes Raumschiff.

»Wir sind jetzt so glücklich«, sagt Marianne, und dieser Satz würde fast perfekt mit dem Licht in dem großen Raum, mit dem hellen Holz, mit der Ungetrübtheit der Luft harmonieren, wäre da nicht ein kaum merkliches Flakkern in ihren Augen. »Aber leicht ist es nicht gewesen«, fügt sie an. »Es war ein harter Kampf für mich, bis wir endlich hier waren.«

»Vittorio hat es mir erzählt«, sage ich und beobachte versunken, wie sie den Plätzchenteig in die Stern- und Halbmond- und Delphinformen streicht.

»Ach ja?« sagt sie, ohne zu zweifeln, daß ihre beiden Versionen übereinstimmen. »Wir waren dabei, uns endgültig zu trennen. Praktisch hatten wir uns schon getrennt. Vittorio sagte, er könne sein Leben nicht aufgeben, und ich wußte, daß ich nicht so weiterleben konnte. Ich wollte mich nicht länger vom Verkehrslärm, von Ehrgeiz und Konkurrenzkampf, von Eifersucht und Neid und allem auffressen lassen. Und Jeff war auf dem besten Weg, sich die schlimmsten Untugenden anzueignen, er hing den ganzen Tag vor dem Fernseher und ließ sich wahllos berieseln. Er redete nur noch von Jeans- und Schuhmarken, wollte nur noch die Tiefkühlkost und die Schokoriegel essen, die er immer in der Werbung sah. Er las nicht und dachte nichts, er wuchs ohne Seele und ohne Substanz auf, ohne sich für irgendwas auf der Welt wirklich zu interessieren.«

»Du lieber Himmel«, sagte ich und betrachtete ihre gerade Nase, die zarte weiße Haut an ihren Schläfen, wo ein paar bläuliche Äderchen durchschimmerten. Vor lauter ostentativ zur Schau gestellter Heiterkeit wirkten ihre Gesichtszüge und ihr Blick entrückt, beinahe steril.

»Tja«, sagte sie. »Deshalb beschloß ich, mit Jeff auf jeden Fall zu fahren, auch wenn das hieß, daß ich Vittorio nicht wiedersehen würde. Es war eine Frage des Überlebens.«

»Und Vittorio?« fragte ich und beobachtete dabei ihre Hände, die Bewegungen ihrer Schultern unter dem weichen Wollpullover. Sie machte jeden Handgriff mit erprobter Sicherheit, die so vertrauenerweckend war, als beruhe sie auf einer generationenalten Tradition von Keksbäckern und Hütern heller Holzhäuser; und doch glaubte ich auch in diesen Bewegungen eine winzige Spur von Zweifel zu erkennen, einen schmalen Spalt, der von einem Moment auf den anderen aufreißen und ihr Verhalten auf die dramatischste Weise erschüttern konnte.

»Am Anfang war Vittorio schrecklich, er hat eine Mauer zwischen uns aufgebaut. Aber es war nur eine Art Abwehr, er hatte Angst vor der Veränderung, weil er sie noch dringender brauchte als ich. Du machst dir keine Vorstellung, wie er damals war. Ein völlig anderer Mensch.«

Sie sah mich an, als sei klar, worauf sie sich bezog; zwischen uns herrschte inzwischen eine Art selbstverständliches Vertrauen, das mir ein süßliches Gefühl in den Knochen hervorrief.

»Zwei Wochen später war er hier. Er hat den Guru und die anderen Leute kennengelernt und war plötzlich wie verwandelt. Von einem Tag auf den anderen. Er hat beschlossen, ein Stück Land zu kaufen, und hat das Haus hier fast ganz allein gebaut; du hättest sehen sollen, wie er geschuftet hat. Fast ein Jahr lang hat er nichts gemalt, das Haus und alles hier war ihm viel wichtiger. Er hat sich mit dem Swami angefreundet, du solltest die beiden zusammen sehen. Er ist inzwischen einer der Hauptgeldgeber für das spirituelle Forschungszentrum und den Ashram. Er hat gemerkt, daß wir hier nur einen kleinen Teil von dem brauchen, was uns in Italien als lebensnotwendig erschien, und beschlossen, alles übrige für andere zur Verfügung zu stellen. Ich hatte geglaubt, ihn besser als jeder andere zu kennen, aber sogar für mich war es, als käme ein ganz neuer Mensch zum Vorschein. Phantastisch, wie Leute sich verändern können.«

Ich nickte kaum merklich, aber ich war alles andere als

überzeugt. Ich dachte ganz im Gegenteil, daß sich die Leute wahrscheinlich überhaupt nicht ändern, sie kehren nur verschiedene Seiten von sich hervor, je nachdem, mit wem sie es zu tun haben, je nach der Situation und dem Augenblick. Wenn ich meine Erinnerungen zurückspulte, kam es mir vor, als sei ich seit meinem dritten Lebensjahr immer noch genau derselbe, mit genau demselben hochkonzentrierten Frustrationsgefühl.

»Die Leute entwickeln sich weiter«, meinte Marianne. »Das sagt auch der Swami immer. Aber sie brauchen dazu die richtige Nahrung und das richtige Klima. Genau wie Pflanzen. Wenn du eine Pflanze in ein dunkles Zimmer stellst oder auf das Fensterbrett an einer verkehrsreichen Straße, kümmert sie fahl und kraftlos vor sich hin. Wenn du sie aber ans Licht stellst und ihr soviel Wasser gibst, wie sie braucht, dann siehst du, wie sie gedeiht.«

»Wieso, wie war Vittorio denn vorher?« frage ich sie, obwohl es mich eigentlich nicht interessiert, aber nun habe ich mich auf diese Vertraulichkeit zwischen uns eingelassen. Ich erinnere mich überhaupt nicht an ihren Besuch bei meiner Familie vor fünf Jahren, als meine Mutter mich zwang, meine Nummer als Dressuraffe am Klavier abzuziehen.

Marianne sagt: »Er war so mit sich und seiner Arbeit beschäftigt und hatte nie genug Zeit für mich und Jeff. Nicht mal für Nina. Wenn ich ihm das klarmachen wollte, wurde er wütend und schob die Schuld auf mich. Er behauptete, ich wolle seinen Bildern Konkurrenz machen und meinen Sohn in Konkurrenz zu seiner Tochter setzen, ich sei eifersüchtig und unreif und verbohrt. Er hat mich sogar für verrückt erklärt. Er hat gesagt, er brauche seine Freiheit und ich wolle ihn nur einsperren. Er hat mich zur Verzweiflung getrieben, ich fühlte mich so gedemütigt und erniedrigt. In ihm steckte schon immer diese unglaubliche Energie, nur hat er sie damals ausschließlich in seine Malerei und seine gesellschaftlichen Beziehungen investiert, in sein Bedürfnis, zu verführen und belohnt zu werden, und wir spielten in seinem Leben nur eine ganz kleine Rolle.«

Ich rücke ein Stück von ihr ab, um nicht den Eindruck zu erwecken, daß ich ihr allzu interessiert zuhöre; ich lehne mich gegen den Spülstein, sehe zur Seite.

Marianne fährt sich mit ihren mehligen Fingern durch das Haar und beginnt die Kekse in den Förmchen mit Nüssen und Mandelsplittern zu verzieren. »Außerdem trank er. Er trank fürchterlich, nicht aus Genuß, sondern um die Kontrolle zu verlieren und auszuflippen. Er kiffte auch, er nahm alles, was er kriegen konnte, und rechtfertigte sich damit, daß er ja schließlich ein Künstler sei. Und er trieb mich fast zum Wahnsinn mit anderen Frauen. Er tischte mir in einem fort Lügen auf, bemühte sich dabei nicht mal um Glaubwürdigkeit. Einmal bin ich eine halbe Stunde zu früh in sein Atelier gekommen und habe ihn mit einer erwischt; sie ist halbnackt davongelaufen wie eine Diebin. Auf einer Party hat er sich einmal mit einer Journalistin ins Bad eingeschlossen, praktisch vor meinen Augen, er war total betrunken. Nicht mal entschuldigt hat er sich am nächsten Tag. Er hat nur gesagt, daß er seine Freiheit brauche, und wenn es mir nicht passe, könne ich ihn ja verlassen. Er habe sich schon von Ninas Mutter scheiden lassen, um tun zu können, was er wolle. Seine Stimme klang furchtbar, wenn er diese Dinge sagte, kalt und hart und unerbittlich.«

Sie schildert höchst lebhaft, was sie damals empfand, und mitten in ihrer lebhaften Erzählung hält sie plötzlich inne und lächelt, um mir zu zeigen, wie sehr sie sich über diese niederen Gefilde erhoben hat, was für eine wunderbare Distanz sie zu sich selbst gewonnen hat. Ich habe keine Lust mehr, dieses Spiel mitzumachen; ich spüre eine merkwürdige Müdigkeit, die mir weiche Knie macht.

»Ich war schon soweit, daß ich mich nicht mehr in sein Atelier getraute, aus Angst, ihn dort mit einer zu ertappen oder Spuren zu entdecken«, erzählt sie weiter. »Ich glaubte ihm überhaupt nichts mehr, jede Frau, mit der er zu tun hatte, erschien mir als Bedrohung. Ich war schrecklich eifersüchtig. Der Swami sagt immer, Gefühle sind eine Form reiner Energie. Mit meiner Eifersucht hätte man ein ganzes Stadtviertel beleuchten können. Sie brannte mir in den Eingeweiden, sie verzehrte mich bei lebendigem Leib. Ich war kurz davor durchzudrehen, wirklich.«

Es kommt mir lächerlich vor, daß sie von sich und Vittorio wie von zwei ganz anderen Personen spricht; ich frage mich, inwieweit das, was sie über ihre Verwandlung erzählt, wirklich wahr ist, und inwieweit es beschönigt ist wie die Fotos vor und nach einer Abmagerungskur.

»Ich war mies und kleinlich geworden. Ich maß die Zeit, die Vittorio mir widmete, und verglich sie mit der, die er mit anderen zusammen war. Ich rechnete nach, wie viele Minuten er mit Nina verbrachte und wie viele mit Jeff. Ich rechnete und kontrollierte wie eine Art Buchhalter der Gefühle. Ich las heimlich seine Briefe und suchte in seinem

Notizbuch nach Namen von Frauen. Ich lebte nur noch für die Uhr und für das Telefon. Ich war furchtbar kleinherzig geworden und hatte fast alles vergessen, was ich bei meinem ersten Besuch hier in Peaceville gelernt hatte.«

Sie hatte mittlerweile die Kekse fertig verziert, holte ein Backblech heraus und stellte die Aluminiumförmchen darauf. Sie lächelte erneut, ähnlich einer Möwe, die hoch in der Luft segelt und hinabblickt, dorthin, wo sie sich vorher mühsam trippelnd fortbewegt hatte. »Als wir dann hier waren, wurde alles anders. Plötzlich kam ein Teil von uns ans Licht, den wir jahrelang in uns verschlossen hatten. Und Vittorio ist ein ganz anderer Mensch geworden.«

»In welchem Sinn«, fragte ich sie mit halbgeschlossenen Lidern.

»Das siehst du doch«, sagte Marianne, nach draußen deutend. »Er ist *hier*. Mit uns. Zuvorkommend, großzügig, liebevoll. Er will nicht mehr weglaufen, andere Frauen interessieren ihn nicht mehr. Er hat höhere Werte und glaubt daran, versucht sie in die Praxis umzusetzen.«

»Ein wahres Wunder, nicht wahr?« sage ich, genau in dem Ton, in dem sie immer »nicht wahr?« sagen.

Sie drehte sich zu mir um, und wir standen dichter beieinander, als es mir vorgekommen war; und ihren Worten und ihrem Tonfall und ihrem Lächeln zum Trotz sah ich erneut dieses leichte Zögern in ihrem Blick aufflackern. Sie sagte: »Ja, wirklich«, schluckte, atmete durch ihre nervösen Nasenlöcher ein, fuhr sich erneut mit der Hand durch die Haare.

Ich betrachtete die Plätzchen auf den Blechen, die Mehlspuren auf der Küchentheke.

Marianne sagte: »Ich weiß, daß du nicht so skeptisch bist, wie du gern scheinen möchtest, Uto.«

»Was veranlaßt dich zu dieser Annahme?« fragte ich zurück.

»Das, was ich sehe«, antwortete sie. »Du sagst kaum ein Wort und beobachtest alles und durchleuchtest es wie mit Röntgenstrahlen, aber innerlich bist du ein zutiefst spiritueller Mensch.«

»Wenn du es sagst«, entgegnete ich. Es gefiel mir, daß sie von mir sprach, ganz gleich, was sie sagte: ihre beharrliche, ungeteilte, lückenlose Aufmerksamkeit.

»Ich sage es nicht, ich *weiß* es«, sagte sie, so entschieden, so sicher, die richtigen Dinge zu sehen, aus den richtigen Gründen, auch über alle Schutzmechanismen und materiellen Hindernisse hinweg. Zugleich aber auch behutsam: jede Tonnuance, jeder Gesichtsmuskel unter Kontrolle, um ja nicht zu verletzen oder Besorgnis zu wecken, mir nicht das Gefühl zu geben, auf der Anklagebank zu sitzen oder verurteilt zu werden. Gesteuerte Heiterkeit, die sich auch in ihren flinken, genau bemessenen Bewegungen ausdrückt, in der Art, wie sie Strenge und Fürsorge und Kontrolle miteinander verbindet, bruchlos und ohne allzu starken Druck.

»Dann weißt du mehr als ich«, antworte ich ihr.

Ich wäre auf diesem schmalen Grat zwischen halb spielerischer, halb humorloser Stichelei, Neugier und Spekulation noch weitergegangen, doch vom Windfang her hörten wir ein Scharren und Trampeln.

Es war Vittorio, der gleich darauf mit seinen Holzfällerstiefeln in der Hand hereinkam, rot im Gesicht von der körperlichen Anstrengung in der Kälte, bis zu den Haaren mit Sägemehl bedeckt. »Störe ich?« fragte er in so plump scherzhaftem Ton, daß sich mir die Magenmuskeln zusammenkrampften.

»Und wie«, sagte Marianne im gleichen Ton und schob mit einer vielleicht etwas zu hastigen Bewegung das erste Blech in den Backofen.

Kontakte mit den Kindern

Jeff-Giuseppe spielt Klavier, er spielt schlecht. Wie ein Sack sitzt er an dem weißen japanischen Piano, streckt den Hals vor, um die Noten des Chopinstücks besser lesen zu können, schleift mit den hängenden, zu schlaffen Handgelenken über den Rand der Tastatur. Ich schaue ihm zu, ohne etwas zu hören; ich habe eine Kassette mit Perkussionisten aus Madagaskar auf voller Lautstärke in meinem Walkman und lese ein Buch über den Ersten Weltkrieg, das ich aus dem Regal hinter mir genommen habe, aber ich habe nicht den geringsten Zweifel, daß er schlecht spielt.

»Halt den Rücken gerade und die Schultern locker«, fordere ich ihn auf. »Heb die Handgelenke, und spreiz die Ellenbogen nicht so ab.« Wahrscheinlich schreie ich, mit diesen hämmernden Holzklängen in den Ohren; Jeff-Giuseppe strafft sich augenblicklich, als hätte ihm jemand einen elektrischen Schlag versetzt, er drückt die Ellenbogen an den Oberkörper. Er spielt ohne Schwung und Talent, ohne Spaß daran zu haben, man merkt ihm an, daß er es nur seiner Mutter zuliebe tut. Aber so wie er mir aufs Wort folgt, hat er es wohl allmählich satt, das gewissenhafte, gut dressierte Söhnchen zu spielen. Vermutlich sieht er zum ersten Mal seit vier Jahren, daß es auch noch andere Vorbilder geben kann als die, die ihm seine Eltern vorsetzen. Er beobachtet mich unablässig, prägt sich genau ein, wie ich angezogen bin und wie ich mich bewege; sicher bin ich an diesem Ort der guten Absichten und guten Taten und guten Worte und geballten Langeweile für ihn eine Art Held.

Ich nehme die Kopfhörer ab, lege das Buch weg und gehe zum Klavier.

Natürlich ist Uto Drodemberg ein Held, man sieht es schon an seinem Gang, an seinen energisch federnden Schritten, am Fehlen erkennbarer Absichten. Er durchquert das Zimmer, er sucht nichts und fragt nichts, und doch könnte niemand behaupten, daß er kein Ziel hat. Für einen von der Welt abgeschnittenen Vierzehnjährigen muß er so etwas wie eine Offenbarung sein. Ein lebendiger Bezugspunkt, in Reichweite und unerreichbar, im gleichen Raum, in dem er selbst sich so linkisch und unsicher bewegt. Auf demselben Sofa, auf dem er sitzt und sich das Geschwätz der Erwachsenen anhören muß, an dem Klavier, das ihm sein Stiefvater gekauft hat, um den künstlerischen Ambitionen seiner Mutter entgegenzukommen. Das Herz klopft ihm vor Bewunderung und Unsicherheit, vor verzweifelter Angst, aus dem Feld von Uto Drodembergs Aufmerksamkeit ausgegrenzt zu werden.

Uto Drodemberg gibt ihm einen kleinen Klaps ins Kreuz, wie einem Hund, der dressiert werden muß.

UTO Sitz gerade. Mit etwas mehr Würde.

JEFF-GIUSEPPE (brüchige Halbwüchsigenstimme) So?

UTO So ist es zu steif, du siehst wie ein ausgestopfter Hund aus. Aufrecht, aber locker, schaffst du das nicht?

JEFF-GIUSEPPE Na ja, ich versuch's.

UTO (mit dem Zeigefinger oben links auf den Noten)
Jetzt noch mal von vorn, los.

Jeff-Giuseppe probiert es. Seine hellen Fingerkuppen
kriechen wie junge Wasserschnecken über die Tasten, ver-
krampfen sich vor Angst, nicht den Erwartungen zu entsprechen.

Uto Drodemberg hört nur ein paar Takte lang zu, dann
zieht er ihn am Arm weg: eine gedehnte Bewegung, wie ein
Blick im Vorbeigehen in einen Garderobenspiegel.

UTO Geh mal weg. Ich zeig es dir.

Er setzt sich auf den Hocker, stellt die Höhe richtig ein.
Er lockert die Handgelenke, holt Luft, legt los. Seit fast zwei
Wochen hat er nicht mehr gespielt, aber die Musik kommt
so heraus, wie er sie im Kopf hat, nur ein bißchen kühler,
weil es ein japanisches Klavier ist. Zu weiche Mechanik, mit
Infrarotstrahlen getrocknetes, keimfrei gemachtes Holz;
wie ein japanisches Motorrad im Vergleich zu einer Harley-Davidson, absolut zuverlässig, jedoch ohne Charakter.
Aber schlußendlich kommt es darauf an, wer es steuert,
auch aus einem japanischen Motorrad läßt sich einiges her-
ausholen. Uto Drodemberg schaukelt mit dem Oberkörper
ein wenig hin und her; er könnte auch ganz still sitzen, aber
er mag diesen Effekt, die Woge, die durch ihn hindurchgeht
und schäumende Töne erzeugt. Auch sein Kopf bewegt sich
mit ungestümen kleinen Rucken, die fast senkrecht hoch-
stehenden gelben Haare unterstreichen jede Veränderung
des Ausdrucks. Die Finger laufen sicher, rasch und elastisch,
kräftig, wo Kraft, zart, wo Zartheit gefordert ist, Meister
der Tasten; die mangelnde Übung hat ihnen keineswegs
geschadet. Die mangelnde Übung tut ihm sogar gut: Um

so größer ist die Herausforderung, seine Nerven sind in Alarmbereitschaft, er wächst über sich selbst hinaus. Er hat es nicht nötig, ständig zu üben, er braucht keine Noten, er braucht ein Stück nur einmal durchgelesen zu haben, und schon ist es seins; das war schon immer so, seit er spielt, er kann es hervorholen bis zum letzten Ton, bis zur letzten, kaum noch wahrnehmbaren Schwingung.

Im Konzert könnte er einen schwarzen Umhang tragen, kniehohe Stiefel, weißes Hemd mit Jabot. Und die Beleuchtung darf nicht so diffus und langweilig sein wie in klassischen Konzerten: Ein Spotlight allein auf ihn, wechselnde Farbfilter je nach den Empfindungen, die in der Musik ausgedrückt werden. Das Publikum aufwühlen, die mumifizierten Liebhaber der versteinerten und verstaubten Klassik ebenso wie die Zombies der im Käfig eingesperrten und an ihren Stereotypen und ewig gleichen Attitüden zugrundegegangenen Rockmusik. Der erste transmusikale Star, Millionen und Abermillionen Platten, verkauft an Leute, die früher nicht im Traum daran gedacht hätten, sich so etwas Komplexes anzuhören. Sie werden mitgerissen unter die Oberfläche der Musik, hinein in den ständig wechselnden, beunruhigenden und vielfältigen Strom, der dem Ohr keine tröstlichen Bezugspunkte, keine festen Gewißheiten mehr läßt. Uto Drodemberg, der am Klavier alle Grenzen und verfestigten Formen sprengt, der reine Energie entfesselt wie eine Art Schamane der Musik. Die Leute weinen und lachen und lassen sich mitreißen, verlieren jede Kontrolle über ihre Gefühle.

Mitten in einem Lauf brach ich ab und stand mit einer recht gelungenen Bewegung auf. Beschleunigter Herzschlag, mittelschneller Atem, aber das sieht man mir, glaube ich, nicht an. Jeff-Giuseppe stand wie versteinert neben dem Klavier, in den Augen mehr Bestürzung als Bewunderung. Ich tat, als bemerkte ich es gar nicht, tat, als sähe ich Nina nicht, die ins Wohnzimmer gekommen war und jetzt in der Nähe der Tür stand.

»Mein Gott«, sagte sie. »Ich hab gedacht, das sei Jeff. Ich hab meinen Ohren nicht getraut.«

Jeff-Giuseppe lachte, aufgewühlt wie er war, und krächzte mit seiner Zwitterstimme: »Haha, schön wär's.«

Ich sagte nichts, ich schaute durch die großen Fenster hinaus. Vittorio und Marianne waren zum Einkaufen in die Stadt gefahren, die Landschaft war zugeschneit, unbewegt. Ich versuchte meinen Blutkreislauf zu verlangsamen, den Atem zu verlangsamen, eine unbeteiligte Miene zu machen. Um die wahre Unerschütterlichkeit des Genies zu erlangen, mußte ich noch ein bißchen an mir arbeiten.

Nina kam näher zum Klavier, betrachtete die Tasten, betrachtete mich, als ob sie mich zum ersten Mal sähe. »Irre, wie du spielst«, sagte sie, plötzlich außerhalb der Rolle als Vittorios Tochter und schwieriger, magersüchtiger Teenager, hinter der sie sich sonst verschanzte, außerhalb ihres Zimmers, in das sie sich den ganzen Tag einschloß, außerhalb ihrer distanzierten Schüchternheit; fast dreist, nachdem sie sich so hervorgewagt hatte. Ihrem Vater sehr ähnlich, wenn auch viel anziehender, hatte sie sich vor mir aufgepflanzt und musterte mich mit geradezu aufdringlichem Interesse: ich sah, wie eigensinnig die Wölbung ihrer Stirn war.

»Ich hätte nicht gedacht, daß du dich für Musik interessierst«, sagte ich. Mein Ton war herausfordernd, voller Widerhaken, aber ich spürte eine Art Kribbeln im Blut, als ich sie so fixierte.

Sie senkte nur leicht ihre eigensinnige Stirn und sagte: »Und wieso nicht?«

»Einfach so.« Wir stehen uns jetzt fast auf Tuchfühlung gegenüber, alle beide teils zudringlich, teils verlegen und gehemmt, teils vorwärtsgetrieben und teils zurückhaltend, während Jeff-Giuseppe als stummer Zuschauer den dumpfen Widerhall unserer Empfindungen verstärkt. »Man weiß ja nie, was du eigentlich denkst«, sage ich. Leichtes Flattern in der Herzgegend, warmes Gefühl im Bauch.

»Du kannst ganz still sein«, meint sie und rückt mir noch dichter auf die Pelle, mit dem Blick einer jungen Ziege. »Du sagst selbst kaum einen Ton.«

»Soll ich vielleicht in einem fort reden?« frage ich. »Live über alles berichten, was mir durch den Kopf geht?« Aber ich befinde mich keineswegs auf so festem Boden, ich bin mir weder meines Blicks noch meiner Stimme sicher, mein Ton ist für dieses zweideutige Spiel fast zu arrogant. Vielleicht ist es auch zu hell, und ich habe wieder mal meine Sonnenbrille nicht bei mir, vielleicht habe ich mich am Klavier zu sehr verausgabt und kann jetzt nicht die richtige Balance finden.

Nina schüttelte den Kopf, hielt den Blickkontakt weitere zwei Sekunden und wandte sich dann ab, kehrte in ihr Zimmer zurück und ließ mich wie einen Trottel mit Jeff-Giuseppe stehen.

Jeff-Giuseppe starrte mich immer noch mit seinem Blick

bedingungsloser Bewunderung an; er deutete auf das Klavier und fragte: »Wie lang muß man üben, bis man so spielen kann?«

»Überhaupt nicht«, sagte ich, aber ich dachte daran, wie ich mich gegenüber Nina von Unsicherheit hatte überwältigen lassen; ich schaffte es einfach nicht, meine Bilder von mir und die Sätze, die ich mir ausgedacht hatte, dann einzusetzen, wenn ich sie am dringendsten brauchte.

»Wow!« rief Jeff-Giuseppe. »Dann bist du ja ein echtes Naturtalent!«

Er tat mir leid und machte mich wütend mit seinem Blick, dem jedes eigenständige Urteil fehlte, mit seiner Redeweise, die er Marianne und dem Guru und den Gurunachahmern abgelauscht hatte. »Ach was, es ist eher eine Art Krankheit. So wie wenn man farbenblind ist oder ein Spastiker oder Legastheniker oder etwas in der Art. Ich hab es mir bestimmt nicht ausgesucht. Ich kann gar nichts damit anfangen. Ich mach mir überhaupt nichts draus.« Ein Gefühl totaler Unsicherheit war in mir aufgestiegen, formlos und ohne zusammenhängende Bilder, verschwommene Sehnsüchte, die sich schon wieder auflösten, bevor sich auch nur Perspektiven auftaten, wie sie sich verwirklichen ließen. Ich dachte, daß ich neunzehn war und zwischen mir und den Dingen immer noch eine Art Graben lag, der, statt sich mit der Zeit zu verkleinern, immer tiefer und breiter wurde. Die Wirklichkeit kam mir wie ein altes verstimmtes Klavier vor, dessen Tasten auf eine leichte Berührung, einen zarten Anschlag überhaupt nicht reagierten; man mußte auf feinere Nuancen verzichten und bis zur Schmerzgrenze darauf einhämmern, um etwas herauszuholen.

Dafür halte ich mich jetzt an Jeff-Giuseppe schadlos: »Wie zum Teufel kannst du hier leben?« frage ich ihn unvermittelt.

»Wie meinst du das?« antwortet er mit einem Blick, der sich von meinen Lippen aus wie ein verirrter Fisch durchs Wohnzimmer bewegt.

»Meine Güte, das hier ist doch so was wie eine Kolonie auf dem Mond.«

»Das ist nicht wahr«, sagt er in panischem Ton. »Man lebt gut hier.«

»Was heißt denn, man lebt gut?« plage ich ihn weiter. »Warum redest du so allgemein? Betrachtest du dich etwa als Vertreter deiner Familie und nicht als eigenständigen Menschen?«

»Ich bin doch erst vierzehn«, sagt er und zieht verlegen die Stirn in Falten. Seine Fügsamkeit und bewußte Verletzlichkeit, die Art, wie er sich als entscheidungsunfähiges Opfer darstellt, das nicht einmal eigene Wünsche hat, bringt mich in Rage.

»Mit vierzehn ist man doch kein Kind mehr. Wenn du weiter so den braven Jungen spielst, kommst du nicht mehr davon weg. Dann bleibst du dein Leben lang der Dumme.«

»Aber was soll ich denn machen?« jammert er mit seiner Zwitterstimme in seinem amerikanisierten Italienisch. Er versucht gar nicht erst, eine Verteidigungslinie zu halten, und zieht sich auch nicht zurück: Er steht da und glotzt mich an, linkisch und unsicher in den hellen Kleidern, in die ihn seine Mutter gesteckt hat, und seine Augen betteln um Instruktionen.

»Du solltest aufhören, immer so *brav* zu sein. Alles zu

schlucken, was dir deine Eltern vorsetzen. Den ganzen Quatsch mit dem Guru und dem Tempel und der Spiritualität, und daß man den Nachbarn helfen muß, und wie glücklich wir sind, und wie einfach und schön alles ist, und das Gebet vor jedem Essen. Du solltest dir überlegen, wie du möglichst bald von Peaceville wegkommst, wenn du nicht für immer hier hängenbleiben willst.«

Jeff-Giuseppe tritt von einem Fuß auf den anderen, stützt sich mit den Händen auf das Klavier. Ohne mich anzusehen, fragt er: »Wohnst du in Mailand nicht mehr bei deinen Eltern?«

»Ich habe nicht mal Eltern«, entgegne ich ihm, wild wie ein gereizter Hund in seinem Zwinger. »Mein Vater hat meine Mutter sitzenlassen, als ich sechs war. Er hat uns kurzerhand aus Chile fortgeschickt, immerhin war er so nett, uns zum Flughafen zu bringen. Der zweite Mann meiner Mutter hat sich mitsamt dem Gebäude, in dem sein Büro war, in die Luft gesprengt, das größte Stück, das man von ihm gefunden hat, war ein Fuß. Mein Stiefbruder haßt mich, und meine Mutter ist eine Neurotikerin. Schöne Familie.«

Er senkt den Blick noch tiefer, dreht sich halb zur Wand und sagt: »Ich wollte wirklich nicht...«

»Und auch wenn ich zu Hause war«, schnitt ich ihm das Wort ab, »war es, als ob ich gar nicht da wäre. Ich hätte jederzeit gehen können, und das wußten sie genau. Ich redete nicht mal mit ihnen. Mein Essen holte ich mir nachts aus der Küche; wenn ich tagsüber zu Hause war, sperrte ich mich in mein Zimmer ein. Klavier spielte ich nur, wenn niemand daheim war.«

Ich weiß, daß ich mir selbst etwas vormache und mich an Jeff schadlos halte: Ich schiebe die Verhältnisse vor, um mir nicht eingestehen zu müssen, daß ich es nur meiner Feigheit und Trägheit zuzuschreiben habe, wenn ich jetzt ausgerechnet hier in Peaceville festhänge, wo es doch so viele andere Orte gibt, wohin ich hätte fahren können. Es macht nicht mal sonderlich viel Spaß, seinen Ärger an einem Heranwachsenden voller Identitätsprobleme auszulassen, ich fühle mich dabei nicht besonders stark oder edel; meine Bosheit verkehrt sich auch sofort in ätzend scharfe Bitterkeit, zieht mir die Luft aus den Lungen.

Jeff-Giuseppe bemerkt es gar nicht, er steht betreten da, weil er auf so ungeschickte Weise meine Familie ins Gespräch gebracht hat, nach allem, was ihm seine Mutter erzählt haben muß. Er meint Gott weiß was für Wunden wieder aufgerissen zu haben, weiß nicht, wie er sich jetzt verhalten soll. Er kratzt sich am Kopf, schaut zum Fenster hinaus, ob nicht vielleicht zufällig seine Eltern kommen und ihm aus der Patsche helfen.

Ich sage nichts mehr, winke ihm mit einer filmreifen Handbewegung zu und gehe auf dem weichen Wohnzimmerteppich davon und mit dem lässigsten Gang, den ich zustande bringe, die Treppe hinauf.

Erste Begegnung mit dem Guru

Am Kamin mit einem Buch über Aikido. Die Bibliothek der Folettis wirkt auf mich wie eine Fischhandlung, die hauptsächlich ungenießbare Fische in der Auslage hat: Ich muß lange stöbern, bis ich etwas finde, das wenigstens einer Brasse oder Sardine nahekommt. Die lesbaren Bücher scheinen unter den Sammlungen von Gurureden und den Texten über Zen-Buddhismus und die Geschichte des Hinduismus und der Veda-Enzyklopädie und den Gleichnissen und erbaulichen Geschichten für Kinder rein zufällig überlebt zu haben. Ab und zu stoße ich auf eins, das vielleicht noch aus Vittorios früherem Leben stammt oder auf irgendeine Weise in das streng geprüfte Sortiment hineingeraten ist, das in der Kundalini Hall verkauft wird. Ich lese es in meiner üblichen sprunghaften Weise zuerst von hinten bis zur Mitte, dann die ersten Seiten, und wenn mein Interesse bis dahin überlebt hat, auch noch die Kapitel dazwischen. Es steckt keine Methode dahinter, denn ich gebe nur meiner Trägheit und meinem Instinkt nach, aber ich komme fast jedesmal zu dem Eindruck, daß der Anfang haltlos wird, wenn man den Schluß kennt, und der ganze Eifer dazwischen nutzlos, bei Romanen nicht anders als bei Essays. Ein Nebeneffekt dieser Lesemethode ist, daß ich mich später an jedes Wort, oder wenn es eine Partitur ist, an jede Note erinnere: Über die Sehnerven geht alles auf mich über, und ich werde es nicht mehr los, es steht abrufbereit zur Verfügung. Meine Lehrer am Konservatorium machte das schier verrückt, denn sie waren überzeugt, daß ich meine Lustlosigkeit vortäuschte und dahinter gnadenlosen Lerneifer verbarg. Sie merkten nicht, daß ich wirklich keine Lust hatte, daß ich mich mit Noten und Informationen und Fakten vollsog, ohne es zu wollen.

In einem Kapitel des Buchs über Aikido hieß es, daß sich das Energiezentrum der Welt zehn Zentimeter unter dem Bauchnabel jedes Menschen befände, nur wüßten es die meisten nicht. Ich fand das einerseits lächerlich, wenn ich mir vorstellte, wie viele Menschen überall auf der Erde leben, jeder mit dem Mittelpunkt der Welt unterhalb des Nabels, auch an den entlegensten Orten; andererseits regte es meine Phantasie an. Ich glaube, ich habe schon immer eine ziemlich orientalische Lebensauffassung gehabt, frei vom Streben nach materiellen Dingen, von Emotionen und Bindungen ans Irdische. Und da gab es eine reiche Auswahl an Philosophien und sich darauf beziehenden Religionen, man brauchte nur die Bücher im Haus der Folettis und in der Kundalini Hall durchzusehen, mit ihren Strahlenkränzen oder magischen Blattranken oder verträumten Augen auf den Umschlägen und lauter ähnlich klingenden Titeln. Mir schien, daß das alles nur verschiedene Etiketten für ein und dasselbe Produkt waren; sicher war es gar nicht schwer, sich noch eins dazu auszudenken. Es hätte mir Spaß gemacht, aus den diversen Quellen dieses und jenes herauszupicken, eine neue Version daraus zu mixen und unter meinem Namen das Urheberrecht dafür zu beantragen. Eine spirituelle Show mit Musik auf die Beine zu stellen und

damit ein jüngeres Publikum zu ködern. Kung-Fu mystisch. Ich blätterte in dem Aikidobuch, in meinem Kopf
vervielfältigten sich die Bilder.

*Man könnte Demonstrations- und Überzeugungsveran-
staltungen machen. Zum Beispiel versuchen, Uto Drodemberg hochzuheben, wenn er nicht auf das Ki konzentriert
ist. Dazu braucht es nicht viel, er wiegt nur dreiundfünfzig
Kilo, obwohl er einsfünfundsiebzig groß ist. Jeder schafft es.
Ein Muskelprotz mit einer zwei Zentimeter hohen Stirn
meldet sich, er faßt ihn unter den Achseln und hebt ihn
mühelos hoch. Dann setzt er ihn wieder ab und geht vier
Schritte zurück, läßt die Muskeln schwellen, postiert sich
mit gespreizten Beinen wie ein Riesenfrosch. Uto Drodemberg konzentriert sich auf das Ki, seinen eigenen Schwerpunkt. Er schließt halb die Augen, holt tief Luft, beugt
ganz leicht die Knie, schiebt das Becken vor und spannt das
Gesäß an. Er spürt das unendlich stabile Gewicht der Welt
zehn Zentimeter unterhalb des Bauchnabels, einen unsicht-
baren Strom kosmischer Energie, der ihn von oben bis
unten durchfließt und ihn im Boden verankert. Es hat
nichts mit Sex zu tun, es liegt höher, da ist nichts Zweideu-
tiges dabei. Uto Drodemberg nickt ganz leicht mit dem
Kopf, und der Muskelprotz tritt wieder vor, teilnahmsloses
Gesicht, Bürstenhaarschnitt. Er verbringt seine Tage im
Fitneßcenter, ist es gewöhnt, Hundertkilogewichte zu stemmen, die Muskelmaschinen ächzen zu lassen. Seine Beziehung zum Leben gleicht der eines Stiers, unanfällig für
Zweifel und Suggestionen. Die dicken Schenkel streifen
aneinander, als er vortritt, die Oberarme sind prall wie*

wassergefüllte Ballons. Man stelle ihn sich mit einer Frau oder im Kino vor, oder wie er aus seinem Auto steigt und jemanden einzuschüchtern versucht, der nicht so dumpf und bullig ist wie er. Man sieht ihn vor sich, wie er ißt, Steaks und Eier und Kraftnahrung, Anabolika für Zuchtvieh. Er stellt sich hinter Uto Drodemberg und packt ihn genau wie vorher unter den Achseln, geht ein wenig in die Knie, um Schwung zu holen. (Natürlich sind Hunderte von Zuschauern da, ein volles Theater oder ein Stadion am Abend. Ungeteilte, geballte Aufmerksamkeit. Blicke Blicke Blicke, die alle auf Uto Drodemberg und den Muskelprotz gerichtet sind, Tausende von Menschen halten den Atem an.) Dann versucht der Muskelprotz mit der ganzen Kraft seiner anabolikagemästeten Muskeln Uto Drodemberg hochzustemmen, aber er bringt ihn nicht einen Millimeter vom Fleck. Er wendet seine ganze Kraft auf, drückt mit den Beinen, mit den Bauch- und Rückenmuskeln, mit Bizeps und Trizeps, beißt die Zähne zusammen und wird rot im Gesicht, aber es nützt ihm nichts. Uto Drodemberg ist fest im Boden verwurzelt, er läßt sich keinen Millimeter hochheben. Völlig gelassen, ja ausdruckslos bis auf ein kaum angedeutetes Lächeln, seine leichte Gestalt ist weder angespannt noch verkrampft. Der Muskelprotz probiert es mit äußerster Kraftanstrengung, preßt in animalischem Stolz krampfhaft Unter- und Oberkiefer aufeinander, er sieht aus, als würde er gleich platzen. Am Ende gibt er unvermittelt auf und läßt die Arme sinken, violett vor Anstrengung und unterdrückter Wut geht er unter dem Gelächter und den Spottrufen des Publikums hinaus. Uto Drodemberg macht die Augen wieder auf, kommt nach vorn bis zum Bühnenrand, verbeugt sich wie nach einem Konzert. Die Tausende von Leuten klatschen, so laut sie können, in die Hände, sie weinen und lachen und rufen seinen Namen. Uto Drodemberg lächelt, nimmt den Strom kollektiver Energie in sich auf. Eine Woge, die jemanden zum Heiligen machen könnte, auf ihr könnte er wirklich fliegen.

Das Telefon klingelt und klingelt. Nina kommt ins Wohnzimmer gerannt, stürzt sich auf den Apparat, um noch rechtzeitig abzunehmen, wer weiß, was für einen Anruf sie erwartet. Sie sagt: »Ja, schön. Na klar. Danke.« Sie legt auf und sieht mich an: »Hast du es nicht klingeln hören?«

Ich hebe das Buch hoch, um ihr zu zeigen, daß ich gerade gelesen habe; sie sagt, ohne darauf einzugehen: »Wir sollen den Sonnenuntergang anschauen kommen«, und ist schon wieder aus dem Zimmer.

Ich schaue durch das Fenster, aber ich sehe nur den weißen Schnee und den opalenen Himmel, von dem sehr rasch das Licht weicht, wie von einem eben ausgeschalteten Fernsehbildschirm. Aus dem Flur, der zu den weiter hinten gelegenen Zimmern führt, höre ich Ninas Stimme: »Krishna hat angerufen, wir sollen schnell kommen und den Sonnenuntergang anschauen!«

Zwei Sekunden später ist Marianne mit Jeff-Giuseppe schon im Wohnzimmer, mit hektischen Bewegungen schiebt sie ihn zur Tür. »Lauf schnell und sag Papa Bescheid!« Zu mir sagt sie: »Beeil dich, Uto, es dauert immer nur ein paar Minuten!«

Ich stehe nur auf, weil sie in einem Zustand unaufhaltsamer Erregung ist, mit blitzenden Augen und fliegenden blonden Haaren; mit flinken Beinen läuft sie zur ersten Schiebetür und gleich wieder zurück, um sich zu vergewissern, daß Nina und ich folgen. Nina stürzt in den Windfang, zieht sich in derselben Zeit, die ich brauche, um meine Stiefel zuzubinden, Schuhe, Schal, Mantel, Mütze und Handschuhe an. Jeff-Giuseppe und Vittorio kommen ums Haus gestürmt, als gelte es, einem Erdbeben zu entrinnen, Marianne ruft erneut: »Los, macht schnell!« Ich werde von der allgemeinen Hast zum Range Rover mitgerissen, ich versuche gar nicht erst, Widerstand zu leisten.

Im Auto keinerlei Versuch, eine Unterhaltung anzufangen, nur gespannte, konzentrierte Erwartung. Vittorio fährt sehr rasch auf der schneebedeckten Straße, Marianne und die beiden Kinder schauen hinten zum Fenster hinaus. Von Sonnenuntergang keine Spur, und selbst wenn es einen gäbe, wäre mir der Grund für die ganze Hast unverständlich. Ich suche in Vittorios Profil nach Zeichen von Ärger, weil er bei seiner Arbeit unterbrochen wurde, aber ich sehe keine: Er scheint zu sehr von seiner Rolle als schneller und zuverlässiger Fahrer der Familie in Anspruch genommen, ganz auf die erforderlichen Manöver und die Straße vor sich konzentriert.

Dagegen ist Marianne hinten ganz flirrig vor Aufregung, sie schaut zwischen mir und den Kindern hin und her und zum Fenster hinaus, verdreht den Hals, um den Himmel zu sehen, sitzt keinen Augenblick still. Jeff-Giuseppe trommelt sich mit den Händen auf die Knie, als spiele er Schlagzeug, auch er schaut immer wieder hinaus und wird ganz verlegen, als er bemerkt, daß ich ihn mit strenger Miene beobachte. Nina ist da und doch nicht da, sie nagt an ihren Lippen, schaut hinaus, senkt aber gleich darauf den Blick, zieht sich die Schirmmütze in die Stirn.

Ich glaube zu bemerken, wie sie und Marianne unentwegt stumm um Vittorios Aufmerksamkeit wetteifern: den jeweiligen Wechselstrom hinter ihrem ständigen Lächeln und der zur Schau gestellten Familieneintracht. Nina, die kaum ein Wort sagt und nichts ißt und immer dünner wird, Marianne, die redet und redet und ihre Bemühungen und Bekundungen des Wohlwollens vervielfacht, Vittorio, der so tut, als bemerke er den Konkurrenzkampf nicht, und seine Gunst gleichmäßig auf seine beiden Frauen und den Jungen verteilt. Er hat sich ein Gehäuse für seine Gefühle gebaut und schützt es wie ein Wachhund mit blinder Verbissenheit vor allen Zweifeln, ohne Feinheiten erkennen zu wollen. Ich frage mich, wie lange sich dieses Spiel in der normalen Welt außerhalb von Peaceville durchhalten ließe. Ich frage mich auch, ob es nicht an mir liegt, ob ich vielleicht alles falsch sehe, weil ich innerlich zu vergiftet bin; ob ihr Leben vielleicht wirklich perfekt ist.

Vittorio verließ die Privatstraße und dann auch die Staatsstraße und fuhr auf einer kleineren Straße einen Hügel hinauf; oben hielt er auf einem Platz vor einer großen Villa aus weißen und roten Backsteinen. »Macht schnell, steigt aus«, trieb Marianne uns an. Wir sprangen aus dem Auto, und der ganze Horizont vor uns war mit flammendroten Wolken überflutet, die Sonne, die bereits hinter der weiten weißen Ebene versunken war, hatte diese roten Ströme und Seen zurückgelassen.

Wir lehnten uns an eine kleine hölzerne Balustrade und

schauten auf die tieferliegende Ebene hinab. Marianne sagte nichts, sie beobachtete uns nur mit raschen kleinen Blicken, suchte nach einem besseren Aussichtspunkt, atmete mit hochgereckter Nase und geweiteten Nasenlöchern, so als wolle sie dieses Naturschauspiel mit der Luft einsaugen.

Vittorio betrachtete den Horizont mit den Augen des Malers, verschränkte die Arme, nickte zustimmend. Die Kinder standen unterschiedlich aufmerksam zwischen ihm und Marianne. Nina gedankenversunken, Jeff-Giuseppe teils begeistert, teils verunsichert, ständig spähte er zu mir herüber, um zu sehen, wie ich mich verhielt. Ich stand ganz ruhig und ausgewogen da, versuchte mich auf das Ki zu konzentrieren, den Schwerpunkt tief zu halten.

Dann sank die Sonne ganz hinter den Horizont und riß das Rot mit sich hinab, zog es aus den Wolken heraus, die hellgrau und dann immer dunkler und schließlich tintenschwarz wurden. »Aus«, sagte Vittorio, wie nach einem Konzert oder einem Theaterstück: mit genau der gleichen, von Sehnsucht durchsetzten Erleichterung. Marianne klatschte in ihrer kindlichen und schwärmerischen Art in die Hände, in ihren Augen standen Tränen. »Mama«, sagte Jeff-Giuseppe zu ihr und sah mich von Verlegenheit gepeinigt an. Nina tat, als merke sie nichts, an solche Szenen, die auch ihr unangenehm sein mußten, war sie vermutlich gewöhnt.

Vittorio legte einen Arm um die Schultern seiner Frau, tätschelte ihr die Wange, küßte sie aufs Haar.

Dann wandte sich Nina zur Villa und stieß ein merkwürdig erstauntes »Oh ...« aus. Wir drehten uns alle um und sahen auf der Terrasse vor der Villa einen kleingewachsenen alten Inder mit langen weißen Haaren und weißem

Bart stehen, der eine malvenfarbene Tunika trug. Seine Oberassistentin und eine andere seiner Jüngerinnen standen dicht hinter ihm und machten eine leichte Verbeugung in unsere Richtung.

Mariannes Gesicht war innerhalb einer Sekunde so weiß geworden wie der Schnee ringsherum: Ich sehe, wie ihr das Blut auch aus den Lippen weicht. Sie geht auf den alten Inder zu, und Vittorio folgt ihr, wir gehen alle hinterher.

Die Begrüßung ist etwas schwierig, denn der Guru steht auf der anderen Seite eines niedrigen Holzgeländers, und Marianne kann ihn nicht ganz erreichen, aber wahrscheinlich würde sie aus Respekt ohnehin einen gewissen Abstand zu ihm einhalten. Sie legt die Hände aneinander und verbeugt sich voll tiefer Ehrerbietung, sagt: »Wie schön, dich wiederzusehen, Swami!«

Der Swami erwidert den Gruß mit dem verschmitzten und wohlwollenden Lächeln eines alten Gnoms. Er murmelt etwas wie »Schön, schön«, bewegt dabei auf seltsame Weise die Kinnlade, als kaue er auf etwas herum.

Vittorio deutet eine respektvolle Verbeugung an und streckt ihm über das Geländer die Hand hin; statt sie zu drücken, legt der Guru seine zierliche, verrunzelte Hand auf die von Vittorio, darauf streicht er Nina und Jeff-Giuseppe, die sich ihm mit lammfrommen Mienen entgegenneigen, über die Köpfe.

Dann schaut er zu mir, ein paar Schritte hinter der Familie Foletti, unsere Blicke treffen sich und beginnen ein geistiges Tauziehen: Er zieht, und ich ziehe, es entsteht eine dichte Schwingung zwischen uns, und wir versuchen alle beide, bei diesem Kräftespiel ganz heiter und entspannt zu wirken. Ich weiß nicht, woran es liegt, am Zauber des Orts oder der Stunde oder an meiner Überraschung oder ganz einfach daran, daß er ein sonderbarer und exotischer alter Mann mit einem ziemlich durchdringenden Blick ist, aber ich kann wirklich nicht behaupten, daß es eine alltägliche Begegnung wäre, daß ich so was schon oft erlebt hätte.

Marianne zieht mich am Arm ein Stück weiter vor, was dem Guru mit seinem Blick nicht gelungen war, und sagt: »Swami, das ist Uto, ein Freund aus Italien. Er ist bei uns zu Besuch.«

Der Guru schaut mir weiter unverwandt in die Augen, er lächelt und bewegt ganz leicht den Unterkiefer mit einer kleinen inneren Vibration, die einen leisen, kehligen Ton erzeugt wie das Summen einer gutmütigen Hornisse. Er legt die Hände aneinander, führt sie zur Stirn und macht eine leichte Verbeugung zu mir hin.

Ich überlege nur einen Augenblick, vielleicht überlege ich auch gar nicht und meine Gedanken setzen einen Augenblick aus; ich lege die Faust der rechten Hand an die Handfläche der linken zu einem Gruß, den ich im Aikidobuch gesehen habe, senke den Kopf und hebe ihn sofort wieder. Kämpferisch, aber auch ziemlich spirituell, jedenfalls ein orientalischer Gruß, auch wenn er aus Japan stammt, auch wenn ich am Rand meines Gesichtsfelds die vor Bestürzung erstarrten Blicke von Marianne und Vittorio und den Kindern spüre.

Der Guru scheint nicht beleidigt; er ist nur ernster geworden, als würde er seine ersten Eindrücke von mir überdenken, als würden neue Gedanken in sein Lächeln eindringen.

In Wirklichkeit ist das alles sehr schnell gegangen, unser geistiges Tauziehen ist bei einem Zustand mittlerer Spannung zum Stillstand gekommen, mit den Folettis auf meiner und den beiden Assistentinnen auf seiner Seite als stumme Zuschauer, voneinander getrennt durch das niedrige Holzgeländer. Dann nähert sich die Hauptassistentin dem Guru und sagt leise in sein Ohr: »Wir müssen hineingehen, es ist sehr kalt.« Der Guru löst seinen Blick von mir, verteilt ihn wieder auf die Folettis, lächelt etwas entspannter, murmelt »Schön, schön« mit seiner nuschelnden leisen Stimme, macht eine halbe Verbeugung und geht ins Haus, gefolgt von den beiden Frauen, die sich mit raschen, winkenden Handbewegungen verabschieden.

Wir blieben allein auf dem schneebedeckten Platz neben der Villa; in dem verbliebenen spärlichen Licht schaute Marianne mich und ihren Mann und die Kinder mit leuchtenden Augen an. »Habt ihr gesehen?« sagte sie schließlich. Sie war ganz zappelig vor Aufregung und warf immer wieder blitzende Blicke zur Verandatür, wo der Guru verschwunden war, und zum Horizont, wo das Rot versunken war, drehte sich um sich selbst, streifte meinen Arm. Vittorio sah mit einigem Abstand zu, ohne eine Miene zu verziehen; sie lief zu ihm und gab ihm einen Kuß auf die Wange, küßte Jeff-Giuseppe und Nina, die sich ein bißchen steif auf ihren Beinen wiegte, und dann auch mich.

Auf der Rückfahrt im Range Rover beugte sie sich zu mir vor und sagte: »Hast du gemerkt, wie der Swami dich angeschaut hat? So schaut er fast nie jemanden an.«

Ich nickte nur, ich hatte keine Lust, ihr Deutungen anzubieten.

Vittorio einen Schritt näher

VITTORIO Uto?

(Energiegeladen wie immer, mitten im Wohnzimmer, Mitteilungsdrang in den Augen, Besitzanspruch des Gastgebers gegenüber dem Gast.)

Uto Drodemberg gibt keine Antwort, er liest und liest doch nicht in dem Buch über Zen und die Kunst des Bogenschießens, das er in der Hand hat.

VITTORIO Uto? Entschuldige.

UTO Ja?

(So als würde er ihn erst jetzt bemerken, aber auch nur wie durch einen Filter.)

VITTORIO Könntest du nicht mitkommen und mir helfen? Alle verfügbaren Männer sind im Einsatz, um die eingeschneiten Häuser freizuräumen.

UTO Wenn es sein muß.

(Er lächelt nicht, springt nicht auf, legt das Buch nicht weg. Vater-Sohn-Beziehungen oder Onkel-Neffe- oder Stiefvater-Stiefsohn-Beziehungen haben ihm nie gefallen; er mag die Kumpanei unter Männern nicht, das stumme Einverständnis in bezug auf ein praktisches Vorhaben. Die Kampfeslust, den wetteifernden Einklang, die kodifizierten Herausforderungen, die Scheinattacken, die Hackordnung, die anspornenden, vergleichenden, prüfenden Blicke.)

VITTORIO Du mußt nicht, wenn du nicht magst.

(Das sind die Fesseln, die der Geist des Ortes ihm auferlegt; wenn er seiner angeborenen Neigung folgen dürfte, wäre er imstande, ihn anzubrüllen: »Na mach schon, du Faulpelz!«, ihn am Arm mitzuzerren. Es muß ihn permanente Anstrengung kosten, sich tolerant und feinfühlend und aufmerksam zu geben, wie es von ihm verlangt wird, und man spürt es auch jedesmal, wenn er sich an Uto oder Jeff-Giuseppe oder an seine Tochter Nina wendet, man spürt es an dem wie mit Filz gedämpften Klang, den seine Stimme dann hat.)

Schließlich legt Uto Drodemberg das Buch weg und steht auf, folgt Vittorio Foletti in den Windfang, zieht sich ohne ein Wort Stiefel und Jacke an. Dieses Ritual jedesmal macht ihm allmählich das Hinaus- und Hineingehen unerträglich: Am liebsten würde er immer drinnen oder draußen bleiben, lieber ersticken oder erfrieren. Er geht so schnell hinaus, wie er kann, ohne sich die Stiefel richtig zugeschnürt und den Jackenreißverschluß geschlossen zu haben, denn seine Finger sind vor Wut so ungelenk wie Prothesen.

Draußen ist alles unter einer mindestens anderthalb Meter dicken Schneeschicht begraben, die Pfade, die Vittorio um das Haus herum und zum Hof geschaufelt hat, sind tief wie Schützengräben in einem arktischen Krieg; die Luft ist durch die Kälte so verdichtet, daß man sich nur mit Mühe hindurchbewegen kann.

Hinten im Auto liegen schon zwei Schneeschaufeln; Vittorio fährt im Schrittempo, wenn nicht rechts und links Wald wäre, könnte man die Straße nicht mehr erkennen.

»Das Schöne hier ist, daß du nie im Stich gelassen wirst«, erklärte Vittorio. »Wenn du irgendwas brauchst, kommen alle und helfen dir. Dabei hast du bis dahin vielleicht gar nichts von ihnen gesehen. Von außen sieht Peaceville gar nicht wie eine Gemeinschaft aus.«

Unter all dem Schnee sieht es nach gar nichts aus; man hat den Eindruck, mit einem Schiff durch Milch zu fahren, die einzigen optischen Anhaltspunkte sind die Bäume.

»Als ich hierher kam, dachte ich anfangs, alles sei miserabel organisiert. Dabei ist das gerade das Geniale hier. Der Guru wollte eben nicht eine Art Institution aufbauen. Er wollte, daß die Leute ganz normal leben und Zeit und Raum für ihre eigenen Gedanken haben, ihren eigenen Weg finden, ohne sich alles erklären zu lassen.«

Wir rutschen durch die Schneemassen zur Staatsstraße hinunter; trotz seiner mächtigen Antriebsräder hat der Range Rover keine gute Bodenhaftung, Vittorio scheint nur mit Müh und Not den Kurs halten zu können.

»Hast du gesehen, was für ein Typ der Guru ist? Was für einen Blick er hat? Er sieht alles, auch wenn er nichts sagt. Sein Blick hat mich dazu gebracht hierzubleiben, damals vor vier Jahren.«

Wir haben die Staatsstraße erreicht. Hier ist wenigstens ein Schneeräumer durchgekommen, an jeder Seite der Fahrbahn türmt sich eine kompakte, hohe Mauer.

»Ich war so mißtrauisch, als ich hierherkam«, sagte Vittorio. »Ich glaubte, hier seien lauter Leute, die aus tausenderlei persönlichen Gründen frustriert oder unglücklich sind und meinen, ihnen fehlt nur die spirituelle Dimension, und sich deshalb irgendeine orientalische Religion aussuchen.«

Vor dem ersten Haus, an dem wir vorbeifahren, steht ein

Jeep; zwei Männer, die im Innenhof Schnee wegschaufeln, winken uns zu.

»Außerdem war ich sicher, daß ich an so einem Ort nie genug Anregungen hätte, um zu malen«, fuhr Vittorio fort. »Und anfangs war es wirklich so. Wir hatten etwas hier in der Nähe gemietet, eine Art großen Wohnwagen ohne Räder, der die ganze Trostlosigkeit Durchschnittsamerikas ausstrahlte. Marianne ging in den Tempel, um den Guru zu hören, und meditierte stundenlang und kam dann mit diesem erleuchteten Blick nach Hause, Lichtjahre von mir entfernt. Der Guru, den sie mir irgendwann vorgestellt hat, war in meinen Augen nichts als ein gewiefter alter Inder. Das habe ich auch zu Marianne gesagt, sie hat sich dadurch überhaupt nicht aus der Ruhe bringen lassen. Zwischen uns gab es keine Verständigung mehr, null. Ich stand vor meiner Leinwand am Fenster und schaffte es nicht, zu malen. Ich ging stundenlang mit Geeno spazieren, damals war er noch jung, der Ärmste, er war immer völlig erledigt.«

»Und Jeff?« fragte ich und dachte, daß diese Version von seiner ersten und von der Mariannes ziemlich stark abwich.

»Giuseppe ging in Foxville zur Schule und verstand überhaupt nichts«, sagte Vittorio. »Er saß jeden Tag stundenlang im Bus und sprach kein Wort Englisch, und seine Schulkameraden machten sich die ganze Zeit über ihn lustig. Marianne nannte ihn nur noch Jeff, als ob ihm das viel nützen würde. Wenn ich ihm abends gute Nacht wünschte, sagte ich mir, daß er ja nicht mal mein Sohn ist, und fragte mich, was ich hier eigentlich suche. Mir fehlte Nina, und mir fehlte das Leben, das ich kannte, mir fehlten meine Frauen und meine Freunde und meine Wohnung und meine

Musik und mein Auto und Wein und Whisky und Fleisch, alles. Mir fehlte Italien, mir fehlte Europa. Mir fehlte das Chaos, und mir fehlten die Überraschungen. Du weißt schon, die Überraschungen, die man erleben kann, wenn man in der Stadt wohnt, und auf die man immer wartet. Vielleicht fühlst du dich durch sie erst lebendig, nicht wahr? Es kam mir vor, als sei ich plötzlich taub und blind geworden, als würde ich überhaupt nichts mehr fühlen. Ich saß stundenlang am Telefon und versuchte aus der Ferne, irgendwas am Laufen zu halten.«

Er biegt in eine Seitenstraße ab, der Range Rover wühlt sich mühsam durch den Tiefschnee.

»Ich war immer noch ein Gefangener der Welt. Ihr Sklave«, sagt Vittorio.

Fünfhundert Meter weiter kommen wir zu einem niedrigen Haus, das unter der bis zum Gartentor reichenden Schneeschicht noch niedriger wirkt. Vittorio drückt auf die Hupe; die Haustür wird ein Stück geöffnet, ein glatzköpfiger Typ erscheint und winkt uns freudig zu.

»Siehst du?« sagt Vittorio, vermutlich mit Bezug auf das, was er vorher über die aus dem Nichts auftauchenden Helfer gesagt hat. Er springt aus dem Auto und ruft: »Hallo, Ranapurti!«

»Hallo!« ruft der Glatzkopf röhrend wie ein Hirsch. »Viel Spaß, Jungs!« fügt er hinzu, als erweise er uns damit, daß wir sein Haus freischaufeln dürfen, einen Gefallen und freue sich darüber.

»Danke!« ruft Vittorio zurück, wie um ihn in dieser Vorstellung zu bestätigen.

Der Kahlköpfige hat eine Schachtel getrockneter Feigen

in der Hand und kaut mit vollen Backen; er winkt uns noch einmal zu und zieht sich in sein unter dem Schnee begrabenes Haus zurück. Er bietet uns nicht mal seine Hilfe an, er scheint es ganz normal zu finden, daß wir ihn allein vom Schnee befreien. Am liebsten würde ich ins Haus gehen und ihn hinausscheuchen und zwingen, eine der Schneeschaufeln zu nehmen, die wir mitgebracht haben.

Vittorio muß meine Gedanken gelesen haben, denn er sagt: »Ranapurti ist ein Heiliger, praktische Arbeit ist nichts für ihn. Er schreibt ein wichtiges Buch.«

Wichtig nach welchem Kriterium, würde ich ihn gern fragen. Weil Marianne es gesagt hat und weil alle es meinen oder einfach deshalb, weil er es in Peaceville schreibt?

»Ohne Hilfe bliebe er weiß Gott wie lang eingeschlossen, der Ärmste«, sagt Vittorio. Auch er findet es ganz natürlich, Sklavenarbeit für einen glatzköpfigen Schlappschwanz zu verrichten, der in der Zwischenzeit drinnen im Warmen sitzt und sich mit Feigen vollstopft. Ich frage mich, ob seine Toleranz, seine erworbene Nachsicht eine Grenze hat und wo sie liegt: wie man soweit kommen kann.

Ich steige ebenfalls aus und versinke bis zu den Oberschenkeln im Schnee. Es ist wirklich wie Schwimmen in Milch, aber in einer sehr dicken Milch, wir brauchen Minuten, um zur Hecktür zu gelangen.

Vittorio reicht mir eine der Schneeschaufeln, nimmt selbst die andere und schippt zuerst den Schnee rings um das Auto weg, dann schaufelt er einen Pfad vom Auto zum Gartenzaun. Er macht es auf geradezu professionelle Weise, mit einer Art Dreschmaschinenrhythmus: Schaufelstoß – Atemzug – halber Schritt nach vorn, nach einer Minute hat er bereits ein ordentliches Stück geschafft. »Du mußt sie so nehmen«, sagt er und zeigt mir, wie ich die Schaufel richtig halten soll. »Am besten gehst du da, wo ich geräumt habe, noch mal mit der Schaufel drüber.«

Ich folge ihm, ohne viel Wirkung zu erzielen, die Schaufel ist schwer, und ich habe nicht die geringste Lust, meine Arme anzustrengen, ich schaffe es gerade eben, ein bißchen Schnee um mich herum aufzuwirbeln. Mehr ist angesichts von Vittorios Eifer und Energie und Systematik auch gar nicht nötig; es ist ziemlich klar, daß er mich vor allem mitgenommen hat, um mir vorzuführen, was für ein wunderbarer Geist der Solidarität hier herrscht.

Er räumt den Schnee vorm Gartentor weg, klopft und schabt mit der Schaufel daran herum, bis das Holz zum Vorschein kommt, dann öffnet er das Tor und macht weiter, schaufelt einen breiten Pfad als Zugangsweg zum Haus. Schaufelstoß nach links – Atemzug – halber Schritt vor – Schaufelstoß nach rechts; perfekt bemessene Bewegungen, perfekter Muskeleinsatz, perfekte Zielstrebigkeit; er könnte kilometerlang so weitermachen, eine ganze Autobahn freischaufeln, wenn man ihm genug Zeit ließe.

»Macht das nicht Spaß?« ruft Vittorio. »Ist das nicht eine echte Befriedigung? Viel besser, als ein Bild zu malen, eingeschlossen im Atelier, findest du nicht?«

Ich finde, daß es sinnlose Kraftverschwendung ist; ich würde ihm gern mit der Schaufel eins über den Rücken geben, bloß damit er endlich mit diesem unerträglichen Theater aufhört. »Und wie hast du's dann geschafft, aus der Trostlosigkeit Durchschnittsamerikas rauszukommen?« frage ich ihn.

»Ich hab eines Tages beim Spazierengehen den Guru getroffen. Er war ganz allein unterwegs. Zu Fuß, genau wie ich. Wir haben kaum miteinander gesprochen. Aber es genügte schon sein Blick. Damit hat sich alles geändert. Auf einmal war mir klar, was Marianne gefunden hatte. Und was mir fehlte.«

Ich schaute auf seinen Rücken, starr vor kristallisierter Wut, wie ich war, und es kam mir alles unglaubwürdig vor, seine ostentative Demut schien mir künstlich, die Schlichtheit seiner Worte beabsichtigt und gefiltert und deshalb so unerträglich.

Er schippte in seinem gleichmäßigen Rhythmus den Schnee weg, redete dabei in den Pausen zwischen zwei Schaufelstößen, wodurch seine Worte rhythmisch und abgehackt klangen. »Wirklich«, sagte er. »Von einem Augenblick auf den anderen. Ich war erdrückt vom Gefühl der Leere. Verzweifelt. Ich wollte nur weg von hier. Ich war verkrampft und schwerfällig. Völlig am Boden. Und dann hab ich ganz plötzlich diese unglaubliche Leichtigkeit gespürt. Ich glaubte zu fliegen. Mein Leben lang hatte ich die Dinge immer wieder aus einer anderen Perspektive betrachtet. Aus dieser und jener Distanz. Morgen. Übermorgen. Vielleicht. Wenn. Und dann gab es plötzlich überhaupt keine Distanz mehr. Keinen Filter. Nichts. Ich war einfach *hier*.«

Keuchend vor Anstrengung dreht er sich zu mir um, seine Augen leuchten vor Tatkraft und vor Eifer, mir seine Wahrheiten zu offenbaren. Ich frage mich, ob er weiß, daß er genau die gleichen Worte benutzt wie Marianne; ob er es absichtlich oder ganz automatisch tut. Ich halte seinem

Blick stand, wie bei einem Zweikampf in einem billigen Film, ich weiche keinen Millimeter.

»Ich hab an alle meine Frauen überall auf der Welt geschrieben. Allen den gleichen Brief. Ich hab ihnen geschrieben, daß es schön mit ihnen war und daß es aus ist. Ich hab meinen Freunden geschrieben, ›Jungs, ich bin jetzt hier‹. Ich hab an Nina geschrieben und ihr gesagt, daß sie weiß, wo sie ihren Vater findet, wenn sie bei ihm leben will, und daß ihr Zimmer und ihre Familie hier auf sie warten. Ich hab aufgehört, zu trinken und zu rauchen und Fleisch zu essen. Meine Galeristen hab ich gebeten, sich so selten wie möglich zu melden. Zu Marianne hab ich gesagt, daß mein Leben zu ihrer Verfügung steht und sie alles von mir haben kann, was sie will. Meine uneingeschränkte Zeit und Kraft und Aufmerksamkeit.«

»Und jetzt?« hätte ich ihn fragen können, und vielleicht wartete er auch darauf, aber ich fragte ihn nicht. Sein Blick und seine Stimme kündeten von soviel Glück, von soviel Selbstverwirklichung, daß sich meine Frage erübrigte, er brauchte keinen weiteren Ansporn.

Er begann wieder zu schaufeln, im gleichen Rhythmus wie vorher: »Ich weiß, daß dir das alles verrückt vorkommt. Obwohl du so intelligent bist. Und dir vorstellen kannst, daß man auch anders leben kann als du. Aber du bist noch weit davon entfernt. So wie ich damals. Es braucht seine Zeit, bis man es erreicht.«

»Bis man was erreicht?« fragte ich ihn, denn ich hatte nicht die Absicht, mit der Schneeschaufel in der Hand weiter schweigend diese Art Religionsunterricht über mich ergehen zu lassen. Ich hatte es satt, und ich fror und war müde.

Er wandte sich mit einer Art Heiligenblick zu mir und sagte: »Das *Glück*.« Überzeugt, mich zu bekehren, ohne den leisesten Zweifel; überzeugt, mich aufzurühren, mich zum Nachdenken, zur Erkenntnis zu bringen.

Ich rückte meine Sonnenbrille zurecht, in diesem ganzen Meer von Weiß stand ich schwarz und so reglos wie möglich da.

Vittorio sagte: »Bis man begreift, daß man es sich hart *erarbeiten* muß, das Glück. Man muß es aufbauen wie ein Haus. Brett für Brett und Nagel um Nagel, man muß ständig überprüfen, ob alles in Ordnung ist, und alles ringsum sauberhalten. Es verlangt eine Menge Wartung und Pflege, Uto. Allein schon das Zusammenleben zwischen einem Mann und einer Frau kostet Arbeit. Am Anfang kommt es dir vielleicht wie das genaue Gegenteil vor, du glaubst, alles ist Zufall, Instinkt, eine Art Geschenk des Schicksals. Leichter und natürlicher als alles andere im Leben. Aber das ist ein Irrtum. Wenn du nicht gleich anfängst, daran zu arbeiten, geht alles in die Brüche, ehe du es merkst. Wenn du nicht deine ganze Aufmerksamkeit und Sorgfalt und Zeit und Energie und Phantasie hineinsteckst. Ich hab das ziemlich spät gemerkt, aber es ist wirklich so.«

Wir waren jetzt fast auf halbem Weg zwischen dem Gartentor und der Haustür des feigenkauenden Weichlings; ich schlug mit der Schaufel in den Schnee: mit großer Wut, aber geringer Wirkung.

Vittorio sah mich an. »Du mußt natürlich auf vieles verzichten, um dieses Glück zu finden. Du mußt darauf verzichten, das Prinzip des Sowohl-als-auch zu kultivieren. Eine Sache und zugleich ihr Gegenteil zu wollen, das eine zu sagen und das andere zu tun. Du mußt einen klaren Schnitt machen. Du brauchst eine Axt, bevor du mit Hammer und Nägeln beginnen kannst. Aber es lohnt sich, Uto.«

Ich schlug erneut mit der Schaufel in den Schnee, der ringsum aufwirbelte. Und irgendwie hatte ich das Gefühl, daß er, wenn er tatsächlich die Formel für das Glück gefunden hätte, nicht so viele und so enthusiastische Worte darüber verlieren müßte und nicht noch einen Zuhörer bräuchte, zusätzlich zu den schon vorhandenen. Allerdings hatte ich in meinem Leben auch noch nicht viele Leute gesehen, die dabei waren, das Glück aufzubauen. Ich hatte bisher vor allem Leute gesehen, die von den Tatsachen erdrückt wurden oder sich auf die Umstände stützten oder im immergleichen Trott versanken oder wie von einer Brücke aus in eine wunderbare Zukunft blickten.

Was Uto Drodemberg betrifft, gibt es kaum Zweifel, daß er unglücklich ist. Uto der Unglückliche. Nicht aus einem besonderen Grund, der genau umschrieben wäre wie ein behandelbares Symptom, sondern aus Milliarden besonderer Gründe, die ein Ganzes bilden, so formlos und maßlos, daß seine Bestandteile nicht mehr auszumachen sind. Man müßte auch eine Definition für Unglück finden, feststellen, ob es sich am besten mit Unzufriedenheit oder mit Unbefriedigtsein oder mit Weltschmerz oder mit Mangel oder mit sonstwas deckt; und natürlich müßte man auch Glück definieren. Ob es bedeutet, das zu sein, was man sein will und wo man es sein will, oder das zu haben, was man haben will, und zwar dann, wenn man es haben will, oder ob es viel mehr ist oder viel weniger. Aber das ist Peace-

ville-Ton, er wird wütend, daß er auch schon darauf her-
einfällt, daß er sich in das alberne Spiel hineinziehen läßt.
Zum Glück kann er sich mit einem Hüftstoß in die Höhe
schwingen, in die Luft aufsteigen wie im Wasser eines
Schwimmbeckens, die Beine bewegen und bis halb in
den Himmel schweben, von oben herabschauen auf Vitto-
rio mit seiner Schaufel in der Hand in diesem Meer von
Schnee, der das niedrige Haus und den Wald und die ande-
ren Häuser und den pilzförmigen Tempel und die ganze
Landschaft ringsum zugedeckt hat. Das ist zum Beispiel
eine Form von Glück: Es gibt nicht viel, was dem gleich-
käme. Jedenfalls nicht, sein Leben Marianne zur Ver-
fügung zu stellen oder seine Kraft darauf zu verwenden,
Nägel in Holzbretter zu schlagen, als gelte es eine Weltsicht
festzuklopfen, bevor die Kälte der Zeit oder der Wind
anderer Denkweisen sie hinwegfegen. Da ist es doch viel
besser, in der hellen Januarluft zu kreisen (auf den Lippen
das Lächeln dessen, der sein eigener Guru ist), zur Bewun-
derung und Verblüffung aller, die mit hochgereckten Nasen
unten stehen. Schrauben und Kapriolen, weite Saltos rück-
wärts, er wirbelt im Kreis herum, ist mit dem Kopf da, wo
eben noch die Hände waren. Musik, eine Rocksinfonie,
steigt aus einer gewaltigen Reihe von Marshall-Verstärkern
auf, die über die Hügel verteilt sind. Oder Beethoven: der
zweite Satz der Neunten. Vielleicht auch ein Divertimento
von Mozart, aber dirigiert von Karajan, der sich durch-
setzt, wenn es zu powern gilt (laß die Streicher rauskom-
men, kümmere dich nicht um den Takt).

Weitere Kontakte mit den Kindern

Vittorio und Marianne draußen bei irgendeiner guten Tat. Die Luft im Haus steht still, die Wände vibrieren nicht, die Gegenstände sind ruhiger, die Leere ist leerer.

Nina ist mit einem kleinen Rucksack aus ihrem Zimmer ins Wohnzimmer gekommen. Überrascht senkt sie den Kopf, deutet auf das Buch über transzendentale Meditation in Utos Hand.

NINA Hast du's immer noch nicht ausgelesen?

UTO (ohne den Blick ganz zu heben) Ich lese Bücher nie aus.

NINA Ach so.

UTO Wohin gehst du?

NINA Zu Krishna, ich lerne mit ihm.

(Ausweichender Blick, schon wandert er zur gegenüberliegenden Wand.)

UTO Zu Krishna, dem Gott?

NINA Nein. Er wohnt zwei Häuser weiter.

(Spuren von Gereiztheit in der Stimme, Spuren von Neugier.)

UTO Und was lernt ihr?

(Seine Stimme hat nur ein paar Worte lang ein schönes Timbre, dann wird sie höher, klingt schrill. Wenn er besser darauf achten würde, könnte er sie länger stabil halten, aber seine Aufmerksamkeit ist woanders.)

NINA Englisch und amerikanische Geographie. Aber in Italien rechnen sie mir die Schule hier sowieso nicht an. Ich werde das Jahr wiederholen müssen.

(Knochendürr unter den Kleidern. Wenn sie äße, wäre sie so kräftig wie ihre Wangenknochen, kompakt, aber gewiß nicht dick.)

UTO Und wieso lernst du dann noch? Wenn es dir nichts nützt?

(Schwacher elektrischer Strom im Blut, warm und träge, zwischen Leistenbeuge und Magen und Seele.)

NINA Marianne will es unbedingt. Aber im Juni gehe ich nach Mailand zurück.

(Achselzucken, seitlicher Blick.)

UTO Warum? Gefällt es dir hier nicht?

(Halb auf dem Sofa zurückgelehnt, aber er hält den Rükken aufrecht, achtet auf seine Füße.)

NINA Na ja.

(Schnaubt, blickt hinaus, verlagert das Gewicht auf den Füßen.)

UTO Kann ich mir vorstellen.

NINA Was kannst du dir vorstellen?

(Kneift abwehrend die Augen zusammen.)

UTO Daß du die Nase voll hast. Vom Guru und vom Tempel und von dem ganzen spirituellen Kram.

NINA Nein, den Guru finde ich gut. Er ist in Ordnung. Auf ihn lasse ich nichts kommen.

UTO Aber das ganze Theater, das sie um ihn machen? Und mal abgesehen vom Guru. Marianne ist ja viel schlimmer. Mit ihrem fanatischen Blick und den ständigen Anweisungen und Erläuterungen und Belehrungen. Dabei ist sie nicht mal deine Mutter. Der arme Jeff beziehungsweise Giuseppe kann ja nicht viel machen, aber warum mußt du dir das alles gefallen lassen?

NINA Na und du? Wieso bist du eigentlich hier?

UTO Ich gehe bald weg.

(Er stellt die Worte in den Raum wie scharfkantige Klötze. Er wirkt weder naiv noch träge noch abhängig noch mitteilungsbedürftig; er wirkt nicht einmal aufmerksam.)

NINA Wohin?

(Wenigstens ihre hellen Lippen sind nicht dünn; sie schiebt sie auf eigenartige Weise vor, wenn sie neugierig oder nachdenklich ist.)

UTO Nach Los Angeles. Oder nach Madagaskar.

(Töne, aneinandergereihte Bilder. Er versucht nicht, Eindruck auf sie zu machen; er verfolgt kein bestimmtes Ziel.)

Nina mitten im Wohnzimmer. Unsicher, mit gesenktem Blick. Ein elektrisches Kribbeln unter der Haut, durch das Herz.

Uto Drodemberg, der Abenteurer. Halb auf dem Sofa zurückgelehnt, in seinen Zügen etwas Leidendes, Welterfahrenes. Ein schwer zu deutendes Lächeln liegt auf seinem Gesicht, er zieht Gefühle an wie ein Magnet. Das Mädchen Nina sieht ihn unverwandt an, ihr inneres Beben dringt an die Oberfläche. Er verschiebt ein Bein, verändert seine Sitzposition auf dem Sofa, verändert den Blick. Ein Gefühlsmagnet mit variablem Kraftfeld, er kann anziehen oder blockieren oder abstoßen, je nach der elektromagnetischen Ausstrahlung seines Gegenübers. Das Mädchen Nina zum Beispiel strahlt eine umgekehrte Kraft aus, er muß gegen den Strom schwimmen, um da zu bleiben, wo er ist. Anscheinend strahlt jedes Tier eine elektromagnetische Kraft aus, Haifische orientieren sich daran, wenn sie sich einer Beute nähern, sie brauchen nicht einmal die Augen offenzuhalten. Uto der Haifisch. Eine hochentwickelte Art, er hat keinen Jagdinstinkt und ist doch ein Raubtier. Er hat einen Fisch zwei, drei Meter vor sich, nimmt seine elektromagnetischen Schwingungen auf, kostet den Abstand aus, den er im Nu überwinden könnte. Ein etwas ungleiches Spiel, nicht unangenehm, es ist einer der Faktoren der Anziehung.

Staubsaugersummen hinter der Wohnzimmertür, die Saugbürste stieß gegen den Wandsockel. Nina biß sich auf die Unterlippe, sagte: »Ich muß los.«

Ich nickte ihr nur leicht zu, mein Blick war schon wieder auf die aufgeschlagenen Seiten des Buchs gerichtet.

Trotzdem nahm ich ihre Bewegungen wahr, als sie sich im Windfang die Stiefel und die dicke Jacke anzog, und obwohl ich mich nicht umdrehte, spürte ich ein paar rasche Blicke von ihr, bevor sie die zweite Glastür aufschob und auf dem Pfad, den ihr Vater freigeschaufelt hatte, davonging.

Ich machte mich über das Trockenobst in einem Korb im Eßzimmer her, mit dem krankhaften Hunger und dem Leeregefühl, das bei streng vegetarischer Kost sogar jemand so wenig am Essen Interessierten wie mich befällt. Ich nahm mir eine Dattel nach der anderen aus einer schmalen länglichen Schachtel und vertilgte sie, dann aß ich die Packung getrocknete Feigen leer, knackte die Nüsse mit einem leichten Karateschlag, wie ich es in einem Film gesehen hatte. Ich dachte dabei an Ninas halb verlegen, halb herausfordernd geschürzte Lippen, an ihren Radiergummigeruch, den man nur bemerkte, wenn man dicht bei ihr war. Ich fragte mich, ob ich mehr zu ihr hätte sagen, irgendeine Annäherungsgeste oder Berührung hätte wagen sollen. Ich fragte mich, ob sie mir gefiel oder ob ich mich nur mit ihr abgab, weil ich eine Geisel ihrer Familie war; ob bei dem elektromagnetischen Spiel zwischen uns vielleicht auch Rachegelüste gegenüber Vittorio mitwirkten. Draußen im Schnee waren nur noch ihre Fußspuren zu sehen, ich war erleichtert und zugleich niedergeschlagen, weil ich nichts riskiert hatte.

Ich stopfte Erdnüsse und Cashewkerne, unbehandelte, braun verfärbte Dörraprikosen, geröstete und gezuckerte Mandeln in mich hinein. Alles schien mir gleich klebrig und unbefriedigend süßlich und fad. Ich aß, um deutlich sichtbare Lücken im Korb zu hinterlassen, damit meine Gastgeber merkten, welchen Heißhunger ihre ideologische, gesunde, asketische Kost in mir weckte. Ich aß kandierte Ananas, die mir an den Zähnen klebenblieb, kandierte Kumquatstückchen, die zu stark nach Nelken schmeckten, Rosinen, die mir inzwischen Brechreiz verursachten.

Jeff-Giuseppe trat ins Wohnzimmer, in der Hand das Staubsaugerrohr mit der Bürste. Aus Angst, mich zu stören, schlich er auf seinen weißen Wollsocken wie auf leisen Hasenpfoten zum Staubsaugeranschluß neben dem Kamin.

»Was habt ihr denn da für ein Staubsaugersystem?« fragte ich ihn.

Mit einem Ruck fuhr er herum. »Hat Vittorio gebaut.«
Er zögerte, ob er einschalten sollte, sah mich unsicher an.

»Dich haben sie gut abgerichtet, was?« sagte ich. »Der
brave kleine Hausmann.«

Jeff-Giuseppe lächelte schrecklich verlegen; um gekränkt
zu sein, hatte er keine genügend gefestigte Meinung von
sich. »Wir wechseln uns mit der Hausarbeit ab. Heute
bin ich dran. Jeder hilft mit, außer dir, weil du nur zu Besuch bist.«

Während ich die Ingredienzen auf einem Päckchen bio-
dynamischer Johannisbrotwaffeln las, fragte ich weiter:
»Und wenn du heute keine Lust hättest?«

Er sah mich ratlos an; er wußte nicht, was er antworten
sollte.

Aber ich hatte nicht vor, das Thema fallenzulassen; in mir
war eine Art erbitterte Wut auf seine Familie aufgestiegen.
»Würden sie dir eine Szene machen? Und wer? Marianne
oder Vittorio? Oder alle beide? Oder würden sie bloß versuchen, dich zu überreden, sanft lächelnd und vernünftig?
Dir erklären, daß es nur gerecht ist, wenn jeder seinen Teil
beiträgt?«

Jeff-Giuseppe kratzte sich am Kopf, er legte das Staubsaugerrohr nicht weg, drückte aber auch nicht auf den
Schalter. »Es ist doch keine große Mühe. Ich brauche nur
eine halbe Stunde für das ganze Haus. Und nur alle vier
Tage, jetzt, wo Nina da ist.« Wenn man ihm so direkte Fragen stellte, wurde seine Stimme noch schriller: In der Mit-
tellage schnappte sie ihm viel öfters über als mir damals, das
bereitete mir eine kleine, kurze Genugtuung.

»Mag sein, aber wenn du gerade an diesem Tag was

Besseres vorhast? Oder wenn dir überhaupt die Lust vergeht, dich im Haus nützlich zu machen?« bohrte ich.

Jeff-Giuseppe öffnete die freie Hand, sagte »Hm«. Man konnte ihm an den Augen ablesen, in welchem Konflikt er steckte, zwischen Familiensolidarität und dem Wunsch, mich nicht zu enttäuschen. Er wußte nicht, wie er sich aus der Affäre ziehen sollte, sah hierhin und dorthin.

JEFF-GIUSEPPE Was war das, was du gestern mit deinen Kopfhörern gehört hast?

UTO Hideous Snakes. Streitest du eigentlich nie mit deiner Familie?

JEFF-GIUSEPPE Kommt drauf an.

(Er steht so viel unsicherer auf den Füßen als Vittorio, seine ganze Gestalt wirkt linkisch und unausgewogen. Es ist nicht sonderlich fair, ihn so zu piesacken, aber er ist selber schuld.)

UTO Du streitest nie. Das sieht man.

JEFF-GIUSEPPE Woran sieht man das?

UTO Daran, wie selbstverständlich es für sie ist, daß du tust, was sie wollen. Daß du die richtigen Sachen trägst, mit in den Tempel kommst, staubsaugst und dir ihren ganzen Quatsch anhörst.

JEFF-GIUSEPPE Was soll ich denn sonst tun?

(Auf und ab schwankender Blick, schwankende Gefühle.)

UTO Gehorch wenigstens nicht aufs erste Wort. Sag nicht immer gleich ja, wenn sie dich um etwas bitten. Lächle nicht immer zurück, wenn sie dich anlächeln. Spiel wenigstens nicht das dressierte Zirkushündchen.

JEFF-GIUSEPPE Ich spiele nicht das Zirkushündchen.

UTO Ist dir eigentlich klar, daß du nicht mal einen Namen hast? Deine Mutter nennt dich Jeff, und Vittorio sagt Giuseppe zu dir.

JEFF-GIUSEPPE Das macht mir nichts aus, ich hab mich dran gewöhnt.

UTO Du hast dich dran gewöhnt, das ist es ja gerade. Du läßt dir alles gefallen, nur damit sie zufrieden sind. Genau wie Geeno.

JEFF-GIUSEPPE Das ist nicht wahr.

UTO Ach nein? War es zum Beispiel deine Entscheidung, hierherzukommen? Oder hast du dich wie ein Paket mitschleppen lassen?

JEFF-GIUSEPPE Das ist doch was anderes. Ich war zehn, als wir hergekommen sind.

UTO Und hat es dir hier gleich gefallen?

JEFF-GIUSEPPE Eigentlich schon. Es ist schön hier. Die Leute sind nett.

UTO Findest du sie nett oder deine Familie?

JEFF-GIUSEPPE Hm, alle.

UTO Wer sind alle? Hast du dir Amerika so vorgestellt, als du hergekommen bist, im Flugzeug, vor der Landung?

JEFF-GIUSEPPE Weiß nicht. Ich hab mir gar nichts vorgestellt.

UTO Aber jetzt ist Peaceville für dich der interessanteste Ort auf der Welt?

JEFF-GIUSEPPE Weiß nicht. Darüber mache ich mir keine Gedanken.

UTO Es wird Zeit, daß du dir welche machst. Du bist vierzehn, nicht fünf. Du solltest allmählich aufwachen. Du kannst doch nicht immer so bleiben. Irgendeine Entscheidung mußt du treffen, früher oder später.

(Doch dann muß er daran denken, wie Nina spricht: so als müsse sie jedes Wort aus klebrigem Honig herausziehen, bevor sie an das nächste gehen kann.)

Jeff-Giuseppe kratzt sich den Kopf, kratzt sich die Nasenspitze, dann bückt er sich und schaltet den Staubsauger an, mit etwas weniger Skrupeln, als er vor unserem Gespräch gehabt hätte. Die Ecken läßt er aus, um die Sofas macht er einen Bogen; er fährt ziemlich unregelmäßig über den hellen Teppich, der so dicht ist wie das kurzgeschorene Fell eines wohlgenährten Hundes.

Ich sammle weitere Informationen

Beethoven auf dem Klavier um elf Uhr vormittags, mit dem furiosen Schwung, der mir in die Hände fährt, wenn ich eine Weile nicht gespielt habe. Jeder Finger wie ein nervöses, überreiztes kleines Pferd, das sich aufbäumt und an den Zügeln reißt, die es hindern, wild loszustürmen. Ich bin der Reiter, der zügelt und bremst und anspornt, verlangsamt und beschleunigt auf dem Weg durch das Stück, dessen Noten mir einen Sekundenbruchteil, bevor ich eine Taste anschlage, wieder ins Gedächtnis kommen. Mit genau richtigem Druck die Hämmerchen in Bewegung setzen, die die Saiten anschlagen, die Betonungen und Nuancen hervorbringen, so wie es mir mein Instinkt und mein gespeichertes Wissen sagt; der Musik folgen und sie in Trab halten, sich von ihr tragen lassen und sie hinführen, wo ich will. Es ist wirklich wie Galoppieren über Schlaglöcher und Bodenwellen und Kurven im Gelände, die mein Gehirn fast im selben Augenblick registriert, wie es die Entscheidungen treffen muß, um sie richtig zu nehmen, wobei der Raum vor jeder Tatsache zur winzigen Spanne schrumpft, die kaum mehr ist als ein schon wieder gelöschter, bestätigter oder verworfener Eindruck, den man zurückläßt, um sofort den nächsten aufzunehmen. Ich folge beim Spielen jener Zickzackspur zwischen Erinnern und Schauen und Tun, meine Reflexe sind so schnell, als würde ich um mein Leben spielen, der Kopf ist frei von geformten Gedanken, erfüllt von Impulsen und Bilderfetzen, vorweggenommenen Eindrücken, die zu rasch sind, um analysiert zu werden.

Manchmal macht es mir Spaß, manchmal spiele ich nur, weil ich nichts anderes zu tun habe oder zu nichts anderem fähig bin; manchmal vervielfältigt sich die Unruhe in mir, statt in die Musik zu fließen, bis sie mir den Atem nimmt und mir die Finger blockiert. Jetzt zum Beispiel ist es so, zuerst nur andeutungsweise, dann immer deutlicher; ich versuche in die Klänge eingetaucht zu bleiben, aber plötzlich sehe ich mich von außen in dem großen, mit weißem Licht erfüllten Zimmer am Klavier sitzen. Ich sehe, wie ich mich ohne Sinn und ohne Richtung an das Instrument klammere wie an eine Verteidigungswaffe; mein Blick stimmt nicht und mein Profil stimmt nicht, meine Bewegungen wirken manisch und haben etwas verzweifelt Mechanisches. Ich spiele wie ein Automat weiter; zu sehr auf den Takt und die mikrometrische Präzision des Anschlags konzentriert, um die Musik so frei atmen zu lassen, wie ich sollte; bei jedem Ton, den ich erzeuge, erscheint vor meinen Augen eine häßliche kleine Fratze, Dutzende, Hunderte, Tausende von häßlichen kleinen Fratzen tauchen auf und verschwinden wieder mit einer vorwurfsvollen Grimasse, weil ich so ziel- und richtungslos bin und ohne Energie und Mut und Antrieb durchs Leben gehe. Ich versuche, sie nicht zu beachten und einfach weiterzuspielen, aber es gelingt mir nicht, ihr Vorwurf steigt mir von den Fingern in die Arme und die Schultern und den Hals bis ins Gehirn; ich versuche den Takt zu halten und komme raus, finde wieder hinein, aber jetzt bin ich erfüllt von Trostlosigkeit und

Überdruß und einem Gefühl der Sinnlosigkeit, das so zäh wie Leim ist.

Mit einem Satz sprang ich auf, weg vom Klavier, und lief wie ein Zombie im Wohnzimmer herum. Ich wünschte mir, daß jemand im Haus wäre, um mir zu sagen, wer ich bin, aber nicht einmal der Hund war da, die ganze Familie Foletti war weg, meditieren oder gute Taten vollbringen oder Vorräte beschaffen oder weiß Gott was. Ich schaute umher und suchte nach einem Punkt, an den ich mich halten konnte, der nichts mit meinen Gedanken zu tun hatte, damit sie von mir abließen und sich in irgend etwas anderes verbissen; ich war von kalter, flüssiger und so konzentrierter Verzweiflung erfüllt, wie es mir nur selten im Leben passiert war. Mir war, als würde ich mich im nächsten Moment auflösen, jede Distanz zur Außenwelt verlieren; ich hatte solche Angst, daß ich hätte schreien können, wenn das nicht schon eine zu positive Geste gewesen wäre.

Ich schwebte lange über diesem Abgrund, zappelnd wie ein Fisch im Netz, der weiß, daß nicht mehr viel zu machen ist, aber seine motorische Panik trotzdem nicht bezähmen kann; dann blieb mein Blick an einer kleinen Porzellanvase auf einer Konsole hängen, und von diesem Punkt aus fand ich zwischen den Büchern und Gegenständen auf den Regalen, den Tellern und Tassen in den Vitrinen, Mariannes Strickzeug auf dem Sofa allmählich zurück.

Ich schaute in die Hängeschränke in der Küche: biodynamisches Weizen- und Gersten- und Hafer- und Amarantmehl, Akazienhonig und -sirup, Kokosmehl für Kuchen und Kekse, und jede Tüte, jede Dose schien mir unerbittlich die Lebensauffassung meiner Gastgeber widerzuspiegeln.

Alles strahlte Familieneintracht und Gemeinsamkeit der Ziele, Wirklichkeit gewordene Träume, faktisches Glück aus. Ich dachte an die Wohnungen und Orte, wo ich gelebt hatte: an die krasse Distanz zwischen mir und wo und wie ich gern hätte sein wollen. Mein Gefühl der Leere wich einer Art Übelkeit, wie sie einen vielleicht in zu dünner Luft auf einem anderen Planeten befällt: Ich spürte einen Druck auf der Brust und hinter den Augen, mein Kopf schmerzte bei jedem Blick und bei jedem Schritt.

Ich ging ins Büro neben dem Wohnzimmer: Telefon mit Fax, Telefon- und Stromrechnungen auf dem Schreibtisch, Rechnungen von Farben- und Leinwand- und Holzlieferanten. Sicher ist es Mariannes Aufgabe, das alles in Ordnung zu halten, zu sammeln, zu prüfen und abzuheften. Sicher war sie es, die die Rücken der Aktenordner mit Filzstift beschriftet hat: *Haus, Konto New York, Konto Zürich, Galerie New York, Galerie Mailand.* Ihre Schrift ist wie ihr Lächeln, wie ihr zielgerichteter, von guten Absichten getragener und genährter, abgemildert harter Ton.

In einem der Ordner Rechnungen für Vittorios Bilder, mit Titeln und Maßen. *Friedensblicke, 120 x 180, 50.000.–. Das Licht der Welt, 210 x 340, 85.000.–.* Vittorio Foletti ist so etwas wie seine eigene Zentralbank, er druckt sich sein Geld selbst. Er braucht nur eine weiße Leinwand auf den Rahmen zu spannen und Farbe daraufzupinseln, eine seiner wilden Landschaften hinzuklecksen, was ihm inzwischen vermutlich fast wie im Schlaf gelingt. Dann schickt er das Bild einem seiner Galeristen, und der Galerist schickt ihm soviel Geld, daß er so tun kann, als spiele Geld in seinem Leben eine ganz unwichtige Rolle.

Ich frage mich, was ich tun würde, wenn ich eine Arbeit hätte, mit der ich soviel verdiene wie er oder noch mehr, zehnmal mehr, hundertmal mehr. Ich würde mich ganz gewiß nicht an einen weltabgeschiedenen Ort wie diesen verkriechen und mich nicht so bemühen, unterwürfig und sanft und nett und rücksichtsvoll und um das Wohl der anderen besorgt zu scheinen. Ich würde bestimmt nichts einem alten indischen Guru spenden und keiner fast vierzigjährigen neurotischen Deutschen zu Willen sein und für keinen feigenfressenden Schlappschwanz in der Januarkälte Schnee wegschaufeln. Ich würde mich von meiner schlechtesten Seite zeigen, wenn ich es mir leisten könnte: Ich würde mich über alle Regeln des Anstands hinwegsetzen, über die Stränge schlagen, leben wie ein junger römischer Kaiser oder ein Rockstar der sechziger Jahre, mich zu jeder Maßlosigkeit und Abartigkeit hinreißen lassen. Ich würde junge Mädchen verführen und ihnen gleich wieder den Laufpaß geben, um die nächste zu verführen, ich würde mir Leute an meinen Hof holen und sie hinauswerfen, sobald sie mich enttäuschten oder langweilten, ich würde alles kaufen und, sobald ich es über habe, wegwerfen, Autos und Swimmingpools und Häuser in hundert verschiedenen Bauarten an hundert verschiedenen Orten, ganze Inseln; ich würde von einem Ende der Welt zum andern reisen und dabei nur den widersprüchlichen Wellen von Neugier und Langeweile folgen. Ich würde in keinem noch so kleinen Teil meines Lebens die kleinste Dosis Pflicht oder Maß oder Vernunft zulassen; ich wäre nicht nüchtern und bescheiden und still und zurückhaltend und respektvoll, ich würde nicht so tun, als sei ich gut und aufmerksam und besonnen;

ich würde in einem fort die Grenzen des Exzesses und der Nachsicht gegenüber mir selbst überschreiten, ohne mich darum zu kümmern, wie lang es gehen kann, mit welchen Folgen.

Uto Drodemberg der Schreckliche. Zynisch, brillant, rasant, ungeduldig. Ein Eisbrecher. Gipfel und Abgrund. Lauf ihm nach. Honigschlange. Schürzenjäger. Möbelzertrümmerer. Mit zweihundertzwanzig Sachen. Unvernünftig. Verantwortungslos. Unvorsichtig. Manchmal macht er auch großartige Gesten, wenn er will. Große, selbstlose Geschenke. Er verblüfft alle, läßt sie sprachlos zurück. Ein Nordafrikaner nähert sich mit flehender Miene seiner vor einer roten Ampel haltenden Luxuslimousine, um ihm die Windschutzscheibe zu putzen, und Uto Drodemberg steigt aus, gibt ihm die Schlüssel und sagt: »Ich schenke dir den Wagen.« Der Afrikaner ist völlig entgeistert, er weiß nicht, wie ihm geschieht, er kann nicht einmal fahren, er hat keine Aufenthaltserlaubnis und erst recht keinen Führerschein, der Verkehr staut sich, die Autos hinter ihm hupen. Uto Drodemberg geht mit der unbekümmertsten Miene der Welt davon. Das allgemeine Aufsehen, das er erregt, läßt jede seiner Bewegungen unglaublich gut herauskommen, macht ihn zur Legende. Uto Drodemberg, der für Millionen Werbezeit im Fernsehen kauft und dann Werbespots sendet, in denen die Leute aufgerufen werden, nichts zu kaufen, was in den Werbesendungen zu sehen ist. Die Fernsehanstalten weigern sich, seine Spots zu senden; Uto Drodemberg kauft einen Fernsehsender, nur um Antiwerbung auszustrahlen. Der Staat schickt das Militär, um ihn zu zwingen, sich zu ergeben; er aber stellt eine Privatarmee auf, erklärt dem Staat den Krieg. Oder, zweite Version: Er, wie er ganz allein und unbewaffnet auf die Armee zugeht. Ganz in Weiß gekleidet, mit ausgebreiteten Armen vor den auf ihn gerichteten Gewehren und Maschinenpistolen, und keiner wagt auf ihn zu schießen. Die Soldaten werfen die Waffen weg und weinen. Uto Drodemberg, der den Bürgerkrieg im ehemaligen Jugoslawien beendet, auf einem Platz im Grenzgebiet zwischen den feindlichen Armeen Mozart spielt, und alle fangen an zu weinen und werfen die Waffen weg. Er in der vordersten Linie, mit einer so starken Aura von Spiritualität, daß er unverwundbar ist. Ein Lichtschein umgibt ihn, wie ein Spotlight, aber es ist ein natürliches Phänomen, jeder, der es sieht, ist bewegt, findet keine Worte mehr. Er wühlt tiefe Gefühle auf. Dann ist er es plötzlich leid, kauft sich eine einsame Insel und fährt mit den hundert schönsten Mädchen der Welt dorthin. Er läßt sich auf einer Sänfte tragen, sich mit Palmblattwedeln Luft zufächeln. Orgien von morgens bis abends, es gibt keine Grenze.

Wie die Dinge standen, lungerte ich allerdings wie ein halb verhungerter Hund in der Wohnung der Folettis herum, suchte jeden Gegenstand auf den Regalen und jeden Buchrücken nach etwas von Interesse ab, nach einem Gegengift gegen meine Ängste, gegen die Leere in mir, gegen die Identitätszweifel, den Überdruß und das Gefühl des Gefangenseins.

Da gab es Fotoalben, jedes mit einer Jahreszahl auf dem Rücken, auch dies gewiß Mariannes Werk, man sah es schon an der peniblen Sorgfalt, mit welcher die durch transparente Trennblätter geschützten Seiten gestaltet waren.

Marianne Foletti neben einem Motorrad in einer vielleicht schottischen Heidelandschaft, Gesicht und Körper kaum fülliger als jetzt, das Haar nur wenig dichter. In einer Hand den Helm, die andere ruht auf dem Sattel. Darunter steht geschrieben *Glen Llaglan 1990.*

Vittorio und Marianne Foletti in einem kleinen Ruderboot auf einem See. Sie schauen mit neutralem Ausdruck ins Objektiv, aber ihre Blicke strahlen Gediegenheit aus: Sie sind die Herren des Augenblicks, in dem sie fotografiert werden. *Loch Ness 1990.*

Ich zog ein Album heraus, sah mir ein, höchstens zwei Fotos an, stellte das Album an seinen Platz zurück und nahm das nächste, schlug es auf irgendeiner Seite auf und klappte es gleich wieder zu. So sprang ich in der Familiengeschichte der Folettis von einem Punkt zum anderen, aber ich erhielt immer nur Informationssplitter, das, was ich nicht wußte, war immer mehr als das, was ich wußte. Und es war merkwürdig mühsam, es machte mich kurzatmig.

Vittorio und Marianne und Jeff-Giuseppe, damals nur halb so groß wie jetzt, aber mit genau demselben Gesicht, vor einem Frachtkahn posierend. *Bangkok 1991.*

Vittorio mit einem Gewehr in der Hand und Schneeschuhen an den Füßen, mit glatterem Gesicht und dunkleren Haaren als jetzt, in einer Schaffelljacke. Mindere Farbqualität, schlecht erhalten: zerfließendes Rot, graustichige Braun- und Gelbtöne. *Der Jäger. Schande! (82–83?).*

Marianne vor einem sehr blauen Meer, viel jünger, in

einem blauen Bikini. Ziemlich sexy, aber schon damals eher kalt, Kanten dicht unter der glatten Oberfläche. Im Hintergrund andere junge Mädchen, junge Männer, die wie Sardinen grinsen. *Idra 1978.*

Vittorio bei einer Vernissage, mager, mit langen Koteletten, um ihn herum Mädchen in Miniröcken und langhaarige Männer in engen Jacken, alte Damen. *The Struggling Young Artist. Paris 1969.*

Marianne und Jeff-Giuseppe neben dem Korb von Geeno, damals noch ein Welpe, wegen dem Blitzlicht alle drei mit roten Augen wie Laborkaninchen. *Peaceville, Weihnachten 91.*

Nina klein und pummelig, lange vor der Magersucht, an der Hand von Vittorio, lange vor Marianne, als ihm der Gedanke, in der verschneiten Wildnis von Connecticut bei einem indischen Guru das Glück aufzubauen, noch völlig fernlag. *Der vorbildliche Vater. Mailand 1987.*

Ich versuchte mir alle spöttischen Bemerkungen einfallen zu lassen, zu denen mich diese Bilder veranlassen könnten, aber mir fiel nichts ein. Statt dessen fühlte ich mich immer erschöpfter, es wurde mit jedem Foto schlimmer, wie bei einer Verfolgungsjagd ohne die geringste Chance, das einzuholen, was ich verfolgte.

Ich stellte das letzte Album ins Regal zurück und gab es auf; ich fragte mich, wie es sein mochte, ein so behütetes und wohlgeordnetes Leben zu haben, mit einer so exakten und sicheren Wahrnehmung der Vergangenheit wie der eines Raums von Wand zu Wand, Höhe mal Breite mal Tiefe.

Rechts das Zimmer von Nina. Radiergummigeruch. Puppen aus Stoff und Porzellan. Unordentlich herumliegende Kleider. Schachteln und Schächtelchen, Flakons. Fotos von ihr an den Wänden in unterschiedlichen Wachstumsphasen. Mit ihrer Mutter, die brünett und lockig ist, ganz anders als Marianne. Mit ihrem Vater. Mit Freunden. Ansichtskarten. Ein handgeschriebener Liedtext. Poster eines Sängers. Ein Foto vom Guru. Ein Foto der ganzen Familie Foletti mit dem Guru vor dem halbfertigen Haus, im Hintergrund aufgeschüttete Erdhaufen. Die Zeichnung eines Hirschkalbs in einem romantisch-kindlichen-disneyhaften Stil.

Auf dem Tisch das Polaroidfoto von einem mageren, harmlos aussehenden, verlegen grinsenden Jungen mit einem Hütchen auf dem Kopf und fettiger Haut. Daneben das Foto eines anderen, beunruhigenderen Jungen mit Ohrring und langen Haaren, Fransenlederjacke.

Ein Spiralheft, der geblümte Einband mit roten und silbernen Herzchen beklebt. Es ist ein Tagebuch, begonnen Mitte Juli mit den Worten *Mamma mia!* Runde, optimistische Handschrift, naiv, aber mit übertriebenen Schwüngen oder Gefühlsechos. Sätze wie *Erdkunde, was für ein Käse. Englisch lerne ich nie. Bauchweh. Abendessen in der Kundalini Hall.*

Sätze aus Liedern, Sätze aus Büchern. Das Gefühl der Leere packte mich erneut, verursachte mir Ohrensausen.

Fahrt ins Blaue mit Peter. Wir haben uns sogar geküßt, aber ich habe Angst, er ist zu aufdringlich.

Weiter hinten: *Papa sagt, wenn ich nicht esse, werde ich immer dünner und sterbe. Auch Marianne nervt mich ständig mit dem Essen, sie hat mich sogar zum Swami gebracht, um mich von ihm überreden zu lassen. Aber wenn ich mich im Spiegel sehe, bin ich fett wie ein Wal. Ich glaube, daß sie alle übertreiben.*

Weiter hinten: *Peter oder Gamesh?* Zwei gemalte Herzchen, ein häßliches, mit Filzstift gezeichnetes Porträt des langhaarigen Jungen mit dem Ohrring. *Gamesh ist immer so nett und aufmerksam, aber mir gefällt Peter, der mich nie anruft. Papa sagt, daß wir Frauen uns immer in Piraten verknallen und brave, vernünftige Kerle schlecht behandeln. Aber Piraten sind ja so romantisch!*

Diese Zeilen gefielen mir gar nicht, sie beruhigten mich keineswegs; sie verursachten mir neue Niedergeschlagenheit und ein noch stärkeres Gefühl der Leere. Ich fragte mich, wo ich war, als Nina ihr Tagebuch schrieb, als die Folettis ihre Fotos knipsten: was zum Teufel ich damals gerade machte. Wenn ich all diesen akkuraten Aufzeichnungen wenigstens irgendwelche wilden Vergnügungen oder spektakulären Zerstörungsakte entgegenzusetzen gehabt hätte, aber dem war nicht so. Ich war nirgendwo gewesen, ich hatte nichts gemacht.

Weiter hinten: *Papa ist beleidigt, weil Marianne behauptet, daß er falsch singt. Manchmal redet sie, als wäre sie selbst ein Guru, aber Papa hat eine Engelsgeduld und läßt sich alles gefallen.*

Schon besser: ein kleiner Hoffnungsstrahl, wenn auch nicht genug, um alles andere wettzumachen.

Weiter hinten: *Marianne sagt, daß ein Junge namens Uto aus Mailand kommt und eine Zeitlang bei uns bleibt. Seine Mutter ist eine gute Freundin von Marianne. Ihm ist etwas Schreckliches passiert, denn sein Stiefvater hat sich umgebracht und dabei ein ganzes Haus in die Luft ge-*

sprengt. Ich bin gespannt, wie er ist. Es ist schön, einen Jungen im Haus zu haben. Ob Peter eifersüchtig sein wird? Ich glaube nicht, denn er ist auf niemand eifersüchtig, nicht mal auf Gamesh.

Schon wieder schlechter; aber ich konnte nicht aufhören zu lesen, ich las zwanghaft weiter.

Weiter hinten: *U. hat einen seltsamen Blick. Er guckt die Leute immer so seltsam an. Auf jeden Fall ziemlich interessant, aber nicht so schön wie Peter, er ist magerer und hat gebleichte, fast weiße Haare. Eine Art Rowdy- oder Gangsterstil. Marianne sagt, daß unter der rauhen Schale ein weicher Kern steckt, und vielleicht stimmt es. Er rührt keinen Finger im Haus und liest alles, was er in die Hände kriegt, aber er spricht kaum ein Wort, Papa ärgert sich manchmal über ihn, läßt sich aber nichts anmerken.*

Viel besser. Viel, viel besser.

Jedoch Gepolter aus dem Wohnzimmer, die Stimme von Vittorio, der nach mir ruft. Das Tagebuch zugeschlagen, mit einem Satz aus Ninas Zimmer und wie in einem Trickfilm zurück in die Diele und ins Wohnzimmer. Vittorio war dabei, große Einkaufstüten hereinzuschleppen, Marianne trocknete dem Hund die Pfoten ab. »Kannst du mir mal helfen?« fragte Vittorio.

Ich ließ mir die Tüten reichen, die er genausogut selbst hätte hineintragen können, wenn er sich nicht so sklavisch an Mariannes heilige Regel des Schuheausziehens gehalten hätte. Aber die letzten Zeilen in Ninas Tagebuch und der Gedanke, daß Vittorio sich über mich ärgerte, freuten mich. So ein Versager war ich also doch nicht; nicht alle meine Bemühungen waren umsonst.

Als ich das zweite Mal hinauskam, fragte Marianne, ohne den Hund loszulassen, in ihrem umfassend verständnisvollen Ton: »Wie geht's?«

»Bestens«, sagte ich, während ich widerwillig einen Sack biodynamische Kartoffeln durchs Wohnzimmer schleppte. Ich hätte gern gewußt, warum Nina in ihrem Tagebuch nur die Anfangsbuchstaben meines Namens schrieb. Ob sie Angst hatte, sich zu kompromittieren, weil ich in ihren Phantasien eine ähnliche Rolle wie Peter spielte?

Als ich wieder zum Eingang zurückkam, sagte Marianne: »Du bist heute so komisch.«

Vittorio war schon wieder draußen im Schnee und lud mit seiner unaufhaltsamen Glückserbauerenergie weitere Tüten voller Lebensmittel und Heimwerkerartikel aus.

»Du auch«, antwortete ich.

In der Zwischenzeit ist sie an mir vorbeigehuscht: meinem Blick entlanggehuscht mit einem Blick, der mich in ihrem Gesichtsfeld festhält und mich erst losläßt, als sie weit weg ist. Als sie weit weg ist, bleibt sie stehen und dreht sich um, und im selben Augenblick drehe auch ich mich um; wir sehen uns aus zwanzig Metern Entfernung an, sie mit der Hand am Griff der Kühlschranktür, bereit, sie zu öffnen und mich auszublenden. Es herrscht eine regelrechte Wortleere; der Hund gähnt; am rechten Rand meines Blickfelds stapft Vittorio mit einem Sack auf dem Rücken durch den Schnee zu seiner Werkstatt hinunter.

MARIANNE Wieso komme ich dir komisch vor?
UTO Weil ihr gestritten habt, glaube ich.
MARIANNE Wer?
UTO Du und Vittorio.

MARIANNE Woher willst du das wissen?

UTO Stimmt es nicht?

MARIANNE Nein. Seit wir hier sind, haben wir noch nie gestritten. Hier kann man gar nicht streiten.

UTO Wie schön.

(Füße im richtigen Abstand, Schwerpunkt tief, da ist dieser Sog, aber Uto Drodemberg weicht nicht von der Stelle.)

Sie fährt sich mit der Hand durchs Haar, lacht gezwungen. Zerbrechlich, sobald sie sich unter dem Schirm ihrer spirituellen Heiterkeit hervorwagt, hilflos und unsicher, dünnes Haar und durchscheinende Haut, gerade Nase mit zartem Knorpel.

MARIANNE Wie merkst du so etwas bloß?

UTO Weiß ich nicht. Ich sehe es eben. Ich kann nichts dagegen machen.

MARIANNE Gott im Himmel.

(Schwaches Lächeln, erneut die Hand in den Haaren, aber es nützt nichts, es vergrößert nur den Riß in ihrem Verhalten.)

UTO Es ist einfach so. Eine Art Krankheit, glaube ich.

MARIANNE Wieso Krankheit?

(Unsicherheit oder Zweifel durchströmen sie, sie versucht mühsam, sich wieder zu fangen.)

UTO Vielleicht liegt es daran, daß ich seit meiner Kindheit immer fehl am Platz gewesen bin. Ich hab mich nie in einer Gruppe verstecken können. Ich konnte alles nur von außen analysieren.

(Seine Ohren glühen, wenn er so offen über sich spricht; er weiß selbst nicht, weshalb er es tut.)

MARIANNE Was hast du hier sonst noch registriert?

UTO Ach, nichts.

MARIANNE Wer weiß, wie viele unverzeihliche Fehler du an uns entdeckt hast.

UTO Das stimmt nicht.

MARIANNE Sag das nicht. Hier darf man nicht lügen.

UTO Und nicht streiten, nicht wahr?

MARIANNE Ach, hör auf.

(Sie wird rot, versucht es zu überspielen, verhaspelt sich aber in ihren eigenen Gebärden. Sie schaut in die braunen Einkaufstüten, schaut aus einem anderen Blickwinkel wieder zu mir.)

MARIANNE Jedenfalls ist es gut, wenn du so etwas siehst. Wo es so viele Leute gibt, die keinen Blick für solche Dinge haben. Die sich vielleicht sogar bemühen, alles zu verstehen, aber nie etwas merken.

Uto Drodemberg lächelt, nicht ganz sicher, ob sie Leute sagt und Männer beziehungsweise Vittorio meint.

Sie sieht ihn noch ein paar Sekunden lang unverwandt an, während sich ihre Lippen zu keinem Ausdruck entschließen können. Dann wendet sie schnell den Blick ab, öffnet den Kühlschrank, beginnt den Inhalt einer der Einkaufstüten einzuräumen.

Mit Nina im Wald

Früher Nachmittag, in Jeff-Giuseppes ehemaligem Zimmer oben an der Treppe; ich blättere ein bißchen in einer Autobiographie des Gurus in Interviewform herum, die sie mir geschenkt haben. Im Mittelteil gibt es Fotos, die den Guru in verschiedenen Lebensphasen zeigen: auf der internationalen Weltfriedenskonferenz, fülliger und kräftiger, als ich ihn gesehen habe, mit aneinandergelegten Händen grüßt er vom Podium herab. Mit dem Papst in einem vatikanischen Saal: Händedruck, ein vielleicht allzu großzügiges Lächeln, verglichen mit dem anderen, der kaum die Lippen verzieht. Im Lotussitz in einem tropischen Garten, zusammen mit anderen Gurus, die in Reih und Glied dasitzen. Vor dem noch im Bau befindlichen pilzförmigen Tempel, im Hintergrund Zimmerleute und ein Kran, Gestrüpp, wo jetzt ein gepflegter Garten ist.

In seiner frühen Jugend in einer Straße von Bombay, langer Vollbart und schwarze Haare, unter dem Sari aus dünnem Stoff stehen die Rippen hervor. Bei diesem Foto verweile ich länger: Unwillkürlich denke ich, was für ein Glück es für ihn war, nach Amerika gekommen zu sein und Leuten wie Vittorio und Marianne zu begegnen, die Kraft und Geld in seine Unternehmung stecken und ihm ihre Aufmerksamkeit schenken und ihn mit allem versorgen, was er braucht, Wohnung und Helferinnen und Tuniken aus gutem, schön gefärbtem Wollstoff. Ich denke auch, daß jeder mit ein wenig Charisma und Erfindungsgeist und mit dem richtigen Gespür das gleiche machen könnte, man muß nur das Bedürfnis der Leute nach einer Leitfigur und nach einfachen Erklärungen für ihr Leben kennen. Es gibt einen Markt dafür, wenn man es ganz krude ausdrücken will, und keiner schadet dabei dem anderen, jeder zieht seinen Nutzen daraus.

Von unten hörte ich Marianne nach mir rufen. Ich versuchte mir einzureden, ich hätte sie nicht gehört, niemand hätte gerufen. Ich fragte mich, ob das ging, ob man mit Hilfe einer geistigen Übung störende akustische Schwingungen ausschalten und dann bis zu ihrem Ausgangspunkt gelangen kann, um auch diesen auszuschalten.

Doch Mariannes Stimme war jetzt schon am Fuß der Treppe; sie rief: »Uto? Hörst du mich?«

So nah und dringlich erweckte sie nicht den Eindruck, als ob sie sich leicht ausschalten ließe; ich mußte aufstehen und die Tür öffnen.

Mit ihrem gute Absichten transportierenden Lächeln schaute sie zu mir auf: »Ich wollte dich nicht stören.«

Ich sagte nicht, daß sie mich gar nicht störe.

»Ich muß gleich weg. Hättest du nicht Lust, mit Nina zu einer Nachbarin zu gehen, die Grippe hat? Es ist nur ein Katzensprung, in zehn Minuten seid ihr dort.«

Ich sah sie noch ein paar Sekunden lang von oben an, ohne etwas zu sagen, sah auf den Hund Geeno, der schon schwanzwedelnd an der Tür stand, schaute durch das Fenster nach draußen, mit halbgeschlossenen Augen wegen der Helligkeit.

»Na gut«, sagte ich schließlich mit einer Art Seufzer.

»Vielen Dank, Uto«, sagte Marianne. Sie lächelte erneut, winkte mir zu und ging durch die Schiebetür hinaus wie eine emsige, weißgekleidete Heilige, die glücklich ist, ein Glied in einer Kette von guten Absichten zu sein.

Nina in ihrer roten Daunenjacke, die sie schützt und ihre extreme Magerkeit verbirgt. Breite, gerötete Wangen, eine Leinentasche mit einem Topf Suppe für die kranke Nachbarin; gefütterte Hosen und die gleichen Holzfällerstiefel wie ihr Vater, aber sie friert trotzdem, schaudert immer wieder.

Wir versinken bis zu den Knöcheln im Schnee, wir müssen die Knie hochziehen, um einen Schritt vor den anderen zu setzen. Ich versuche, schön zu gehen, obwohl das unter diesen Umständen nicht gerade leicht ist; ich achte auf den Bewegungsablauf. Ich habe eine ganze Liste mit Gangarten im Kopf, die ich unbedingt vermeiden muß: schlurfende, nichtssagende, angestrengte, demonstrative, pferdeartige, funktionelle, pfadfinder- und touristenmäßige, sportliche, trottelige. Was ich anstrebe, ist ein Gleichgewicht zwischen Lässigkeit und Präzision, ohne Vergeudung von Absichten und von Kraft. Ich habe dabei mögliche Bezugspunkte, wenn auch keine echten Vorbilder: die Art, wie Sänger über die Bühne, Schauspieler über den Bildschirm, Romanfiguren durch ein Buch gehen; wie ich selbst im Geist durch Musikstücke gehe, die ich gespielt habe, durch Träume, die ich geträumt habe. Eigentlich mache ich das bei allem so: Ich orientiere mich bei jeder Geste und jedem Wort an einem visuellen Bezugssystem, so wie sich ein Seemann, der keine

Karten hat, an den Sternen orientiert. Und ich tue es für ein Publikum, was nicht heißt, daß mir wirklich eine ganze Menschenmenge zuschauen muß; ich habe immer und zu jeder Zeit das Gefühl, pausenlos beobachtet zu werden, so daß ich mich nie gehenlassen kann. Es ist, als ob mein Publikum gewissermaßen in mir eingebaut wäre; überkritisch und krampfhaft konzentriert, achtet es auf die kleinsten Feinheiten und kann jederzeit das Interesse verlieren, sich langweilen und mich auspfeifen, sobald ich nachlasse.

Nina sieht mich kaum an; da sie in einer der beiden Spurrillen geht, die das Auto ihres Vaters hinterlassen hat, zwingt sie mich, die andere zu nehmen; mit diesem Sicherheitsabstand gehen wir nebeneinander her. Sie hat für ihre Gangart gewiß nicht viele Bezugspunkte, denn sie geht leicht gebeugt, den Blick auf den Schnee gerichtet, in der einen Hand den Beutel für die Nachbarin, die andere in der Jackentasche, wie um sie zu verstecken. Auch sie fühlt sich die ganze Zeit beobachtet, aber statt sie anzuspornen, sich schöner zu bewegen, macht es sie erst recht befangen, tränkt jeden Ausdruck von ihr mit Verlegenheit. Nur hin und wieder hat sie einen plötzlichen Ausbruch von Selbstbestätigung und wird beinahe frech oder herausfordernd; dann verschließt sie sich wieder in sich selbst wie in ein Kleid, von dem sie nicht überzeugt ist. Dabei geben die geröteten Wangen ihrem Gesicht eine hübsche, lebhafte Farbe, der weiße Atem, der aus ihren vollen rosigen Lippen kommt, fasziniert mich.

»Was zum Teufel sollen wir denn bei dieser Nachbarin?« frage ich sie.

»Ihr Suppe bringen und das Pferd füttern«, antwortet

Nina, fast ohne den Kopf zu wenden. »Und ihm Wasser bringen, denn das Wasser friert ein.«

»Hat man hier eigentlich nie seine Ruhe?« frage ich. »Wird einem immer irgendeine soziale Pflicht oder Arbeit oder sonstwas aufgehalst?« Ich würde gern dichter neben ihr gehen, aber dazu müßte ich meine Reifenspur verlassen, was meinen Gang beeinträchtigen würde; wir sind gezwungen, den Abstand einer Range-Rover-Achse einzuhalten.

»Es wird einem nicht aufgehalst«, widerspricht Nina, keuchend, weil wir ziemlich schnell gehen. »Es ist eine Freude, anderen zu helfen.«

»Glaubst du das im Ernst?« frage ich. »Würdest du nicht lieber zu Hause bleiben und tun, was dir gefällt? Wenn dir nicht Marianne und dein Vater und der Guru und alle die ganze Zeit sagen würden, wie wunderbar und schön es ist, anderen zu helfen?«

»Nein«, sagt sie und verzieht ganz leicht die Mundwinkel, so daß es fast wie ein Lächeln aussieht.

»Wenn Marianne nicht wie eine Heilige tun würde? Mit ihrem beseelten Blick und dem Eifer der Erleuchtung in der Stimme? Immer und unentwegt, sie vergißt sich ja nicht mal für eine Minute.« Dabei denke ich daran, wie sie sich doch einmal für eine Minute vergessen hat: welchen Blick und welchen Tonfall sie dabei hatte.

Nina sieht rasch zu mir herüber, ohne Antwort zu geben.

»Stimmt es oder nicht?«

»Ein bißchen schon«, gibt sie zu und lacht.

»Und dein Vater? Macht es dich nicht wütend, daß er ihr so zu Willen ist? Daß er alles mitmacht, obwohl er in Wirklichkeit gar keine Lust dazu hat?«

»Er macht nicht alles mit«, sagt Nina, schon wieder in der Defensive. »Er glaubt doch selbst an diese Dinge. Er hat sich unheimlich verändert, seit er hier ist.«

»Niemand ändert sich«, sage ich.

»Das stimmt nicht. Er hat sich geändert. Du hast ihn vorher nicht gekannt, woher willst du es wissen?«

»Ich weiß es«, sage ich. »Keiner ändert sich. Man kann höchstens zu einem anderen Verhalten kommen, sich anders kleiden oder anders reden. Aber innerlich ist und bleibt man, wie man ist, da ist nichts zu machen.« Ich stapfe durch den Tiefschnee, um näher bei ihrem Profil zu sein; kehre in meine Spurrille zurück, versuche wieder einen idealen Gang zu finden.

»Aber mein Vater hat sich geändert«, sagt Nina, ohne mich anzusehen. »Ich muß es schließlich wissen. In Italien hat er mich höchstens einmal im Monat angerufen. Und wenn wir uns gesehen haben, was ganz selten vorkam, dann war er so gelangweilt und zerstreut und nervös; ich konnte kaum erwarten, daß er mich wieder zu meiner Mutter zurückbrachte. Dann ist er hierhergekommen und hat mich plötzlich zweimal täglich angerufen und war lieb und nett zu mir, hat mir gesagt, daß er mich brauche und bei mir sein wolle. Anfangs konnte ich es gar nicht glauben. Jetzt wird es mir sogar fast zuviel. Dauernd hängt er an mir und sagt, ich soll essen, und fragt, wie es mir geht.«

Wir gehen ein Stück, ohne zu sprechen; rechts und links von uns liegt der tief verschneite Wald; man hört kein anderes Geräusch als unsere Schritte und unser Atmen, das Rascheln unserer Kleider.

»Siehst du?« sage ich. »Es ist alles nur Theater. Er hält

sich an seine Rolle, bemüht sich um den richtigen Ton und die richtigen Gesten. Er zwingt sich dazu, damit Marianne zufrieden ist. Vielleicht glaubt er sogar daran, aber es ist trotzdem nur eine Art Theater.«

Nina antwortet nicht; sie beschleunigt ihren Schritt, so daß ich zurückbleibe, als könne sie auch die Probleme mit ihrem Vater und Marianne und ihre Magersucht und alles andere zurücklassen.

»Merkst du denn nicht, wie nervös er manchmal ist, sogar wenn er lächelt? Manchmal tut er ganz friedlich und sanft und verständnisvoll, aber innerlich kocht er.«

Sie geht mit gesenktem Kopf immer schneller in ihrer Schneefurche und tut, als höre sie mich nicht.

Ich beschleunige ebenfalls, um nicht zu weit zurückzubleiben, auch wenn es gar nicht schlecht ist, hinter ihr in der reglosen Stille zu sprechen. »Siehst du nicht, wie sich sein Unterkiefer anspannt, wenn er Mariannes Geschwätz über sich ergehen lassen muß? Oder wenn er im Tempel still dasitzen muß und man ihm genau ansieht, daß er am liebsten aufspringen und jemand erwürgen möchte?«

Nina rennt jetzt beinahe, hart und verschlossen und verbissen, in ihre rote Daunenjacke eingehüllt wie in eine Schicht von Mißbilligung.

Ich laufe in meiner Spur hinter ihr her. »Sag doch. Ist es nicht so?«

»Kann schon sein«, sagt sie schließlich und wird ein wenig langsamer, sieht mich aber immer noch nicht an. »Und wenn schon?« fragt sie. »Das ist seine Sache, oder?«

»Auch deine«, entgegne ich. Ich weiß nicht, warum ich so auf dem Problem herumreite: um ihr zu helfen, die Dinge zu verstehen, oder um selbst der Wahrheit auf die Spur zu kommen oder aus irgendeinem weit weniger bewundernswerten Grund. »Er zwingt dich, auf seiner Bühne mitzuspielen, bei der Aufführung mitzuwirken. Beim Aufbau des Glücks und allem. Er läßt dich aus Italien hierher kommen und zwingt dir Marianne auf und Jeff beziehungsweise Giuseppe und den Guru und den ganzen anderen Kram, rund um die Uhr. Und das ganze Glückliche-Familie-Theater, nachdem er dir deine Familie kaputtgemacht hat. Nachdem er dich und deine Mutter sitzenlassen hat.«

Nina blieb mit einem Ruck stehen, sah mich mit plötzlich sehr lebhaftem Blick an, und meine so flott vorpreschenden Worte keilten sich ineinander wie Autos bei einer Massenkarambolage auf der Autobahn.

Wir blieben stehen und starrten uns an und atmeten uns gegenseitig weißen Dampf ins Gesicht, alle beide verkrampft vom anstrengenden Laufen gegen den Widerstand des Schnees und der Kälte und der Tatsachen. Ich konnte nicht erkennen, was ihr durch den Kopf ging: endgültige Urteile oder aufkeimende Zweifel oder Bewunderung, die nicht richtig Form annehmen wollte. Mein Scharfsinn ließ mich da ab und zu im Stich: Ich konnte Menschen und Situationen absolut klar sehen, jeden Hebel, jedes Rädchen eines Mechanismus erkennen, und dann hatte ich von einem Augenblick auf den anderen plötzlich keine Ahnung mehr, was die anderen dachten, und wußte nicht einmal, was ich selbst dachte.

Nina schien in der Schwebe, dicht vor einem Urteil oder einer Feststellung, aber es war keineswegs klar, ob das Funkeln in ihren Augen Bestürzung oder Wut oder Vergnügen oder Empörung bedeutete. Ich war auf jede Art Äußerung gefaßt, überlegte mir eine ganze Skala von Antworten, um auf ein Kompliment ebenso reagieren zu können wie auf einen Angriff, aber die in Frage kommenden Wörter kamen und gingen und überlagerten sich, bis sie unbrauchbar wurden; sie stauten sich und hoben sich in einem einzigen Gefühl der Ratlosigkeit auf. Ich stand auf der einsamen Straße in der schneebedeckten Landschaft, und es fiel mir schwer, eine einigermaßen gute Figur abzugeben.

Dann verließ Nina die Spurrille und stapfte durch den Tiefschnee den Waldhang hinunter. Ich ging hinter ihr her und versuchte dabei den Eindruck, ich würde ihr nachlaufen, möglichst zu vermeiden.

»Du bist doch nicht etwa sauer?« fragte ich.

Sie kämpfte sich durch den knietiefen Schnee, und vielleicht war darunter ein Weg oder sogar eine kleine Straße, aber es war nichts mehr davon zu erkennen. Plötzlich stolperte sie und rutschte ein paar Meter auf dem Hintern weiter.

»Vorsicht!« rief ich, und in diesem Moment rutschte ich selbst aus. Schnee in den Ärmeln, im Kragen, in den Haaren, im Mund. Feuchtes, eisiges Leder. Meine Motorradstiefel griffen nicht im Schnee, aber wenigstens waren sie dicht und hielten mir die Füße trocken.

Nina stapfte weiter, und ich stapfte hinter ihr her. Es wäre sogar lustig gewesen, wenn sie nicht ständig weggeschaut hätte und wenn es nicht so kalt und feucht gewesen wäre.

Aber wir sind schon beim Haus der Nachbarin, Nina verlangsamt ihren Schritt.

Das Haus liegt in einer Mulde im Wald, wohin vermutlich nie Sonne kommt, eine Art Holzbaracke, mit Fenstern und Türen aus Aluminium, halb versteckt zwischen den schneebedeckten Bäumen, mit einer vielleicht von Vittorio oder irgendeinem anderen wohltätigen Nachbarn vom Schnee befreiten Zufahrt von der anderen Seite her.

Vor der nicht sehr stabil wirkenden Tür bleiben wir stehen, Nina klopft. Wir warten eine gute halbe Minute, bevor drinnen schlurfende Schritte zu hören sind und eine Stimme fragt: »Wer ist da?«

»Nina Foletti«, sagt Nina. Ihr Name erinnert mich daran, wie wenig jemand für seinen Namen verantwortlich ist, trotzdem muß er ihn zusammen mit dem Gesicht und den Charakterzügen, die er geerbt hat, mit sich herumtragen wie ein Gepäckstück, das er sich nicht ausgesucht hat. Mir fällt ein, wie meine Schulkameraden und sogar meine Lehrer lächelten, wenn sie meinen Namen zum ersten Mal hörten. »Dro- was? Dro- wie? dem- dem- demberg?«

Die Tür wird einen Spaltbreit geöffnet, eine Art Stachelschwein mit einer Stola aus den sechziger Jahren und einem Tuch auf dem Kopf lugt heraus. Kleine, dunkle, eng zusammenstehende Augen, spitze Höhlenbewohnernase.

»Wie geht es dir, Saraswati?« fragt Nina. Herzlichkeit, die mühsam die Schüchternheit und den fehlenden Grund zum Herzlichsein überwindet. Ihr Ton ist das Echo von Mariannes Ton: der gleiche Strom guter Absichten, wenn auch schwächer und nicht so entschieden.

»So là là«, antwortet das Stachelschwein. »Ich habe immer noch Fieber.« Mit geröteter Nasenspitze und einem matten Glanz in den kleinen dunklen Augen musterte sie mich durch den Türspalt. Das Haus in dieser Mulde zu bauen war nicht gerade eine gute Idee; auf ihr Aussehen und ihre Krankheitsanfälligkeit hat sich das sicherlich nicht positiv ausgewirkt.

Nina deutet auf mich. »Das ist Uto. Er wohnt bei uns«, erklärt sie mit unbegründeter und unerwiderter Munterkeit.

Sie hält der Kranken den Beutel mit dem Suppentopf hin: »Das hat Marianne für dich gekocht.«

Das Stachelschwein murmelt ein knappes Danke, nimmt den Beutel, hält es aber keiner besonderen Erwähnung wert, daß wir zwanzig Minuten durch den Schnee gestapft sind, um ihn ihr zu bringen.

Ich mache ein paar Bewegungen auf dem kleinen freigeräumten Platz vor dem Haus, verlagere das Gewicht auf ein Bein, wie ich es in dem Buch über Aikido gesehen habe, komme dabei aber auf dem glatten, gefrorenen Boden ins Schlittern. Nina bemerkt es, obwohl sie immer noch mit der Kranken beschäftigt ist, und wirft mir einen raschen, mißbilligenden Blick zu.

»Komm herein, Wasser für das Pferd holen«, sagt das Stachelschwein mit von der Erkältung und vom Mangel an natürlicher Wärme gedämpfter Stimme. Nina geht ohne ein Wort und ohne einen Blick ins Haus, auch das Stachelschwein fordert mich nicht auf, ihr zu folgen; sie machen mir die Tür vor der Nase zu.

Es ist kalt. Ich probiere ein paar andere Aikidoübungen aus, die sich auch im Konzert gut machen würden: Ich lasse den Oberkörper kreisen, drehe den Kopf, strecke ein Bein nach hinten, passe auf, nicht wieder auszurutschen.

In Wirklichkeit ist alles eine Frage des Gleichgewichts, vielleicht ist es das, was mich daran so reizt. Ich glaube, ich habe mich mein Leben lang mit Gewichtsverlagerung und dem plötzlichen Verlust und Wiederfinden des Gleichgewichts, mit Vorwärts- und Rückwärtsbewegungen befaßt; außer Klavierspielen ist es wohl das, was ich am besten kann.

Die Tür wird wieder geöffnet, das Stachelschwein mustert mich erneut, ohne Freundlichkeit oder Interesse. Ich fühle mich gut, verglichen mit ihr, die vergrippt und eingemummt auf der Schwelle ihrer Baracke in der Waldsenke steht; ich fühle mich voll dynamischer Energie, attraktiv, zu großen Leistungen befähigt.

Nina kommt mit einem Eimer voll warmen Wassers heraus, das in der eiskalten Luft dampft. Das Stachelschwein zeigt zu einem kleinen Schuppen unweit vom Haus: »Heu und Stroh sind da drüben.« Sie schnieft, sagt ohne jede Begeisterung »Danke«, und schon ist die Tür wieder verschlossen und sie im Haus verschwunden.

»Hilfst du mir?« fragt Nina. Ernst und artig reicht sie mir den Eimer, ganz von ihrer wohltätigen Mission erfüllt.

Ich begleite sie zu der kleinen Hütte, gehe dabei so dicht neben ihr, daß ich ihre Schulter berühre. »Ganz schön mürrisch, was?« sage ich und ahme den Blick und die Haltung der hinter der Tür hervorlugenden Frau nach: Ich kneife die Lider zusammen, strecke den Kopf vor, krümme den Rücken.

»Sie hat es auch schwer, die Ärmste«, sagt Nina mit indignierter Miene. »Sie ist krank. Und letztes Jahr ist ihr der Mann davongelaufen.« Aber als sie mich so sieht, krumm und gebeugt mit zu schmalen Schlitzen verengten Augen und geweiteten Nasenlöchern, kann sie sich das Lachen nicht verkneifen: Sie wendet den Blick ab, aber sie lacht.

»Wie kannst du nur über die arme kranke Frau lachen«, sage ich. »Was würde da der Guru sagen, wenn er dich sehen könnte. Und erst Marianne.«

»Hör doch auf«, sagt Nina, während sie die Schuppentür öffnet. Sie lacht immer noch. »Du bist einfach schrecklich«, sagt sie kopfschüttelnd.

Das stachelt mich natürlich erst recht auf, verstärkt noch den elektrischen Strom in meinem Blut. »Na hör mal«, sage ich, »da kommen wir bei all dem Schnee hierher, um ihr zu helfen, und sie sagt kaum danke.«

Sie schüttet Hafer aus einem Sack in den Eimer, sagt: »Du hast überhaupt nichts von Peaceville kapiert, wenn du für das, was du tust, einen Dank erwartest. Wer dankbar sein muß, bist du.«

»Wieso denn das?« frage ich, ohne genau den Ton zu treffen, den ich möchte. »Wieso zum Teufel soll ich dankbar sein, wenn ich ihr einen Gefallen tue? Aus Masochismus? Glaubst du denn wirklich an den ganzen Unsinn?«

Sie nimmt mir den Eimer aus der Hand, deutet mit dem Kinn auf die Heuballen, sagt: »Hol mir einen davon.« Sie hat jetzt den gleichen Ton wie ihr Vater, ich glaube, nicht recht zu hören. Ich versuche herauszufinden, ob der Grund dafür ihr Missionseifer ist, oder ob ich ihr zu nahe gekommen bin und zuviel Interesse für sie zeige. Es ist immer dasselbe, in Null Komma nichts verscherzt man sich den Einfluß, den man sich in tage- oder monate- oder lebenslanger Arbeit an sich selbst aufgebaut hat: Eine vertrauliche Geste zuviel, und binnen einer Sekunde ist er weg, und du stehst grau und blaß und ohne jede Aura da, auf demselben Niveau wie jeder andere. Um das wettzumachen, muß man sich sofort zurückziehen, nichts mehr von dem, was einem durch den Kopf geht, durchblicken lassen, alles mehrfach filtern, und selbst das genügt oft nicht, meistens ist der Schaden schon da.

Ohne ein Wort holte ich den Heuballen und ging damit auf dem freigeräumten Weg am Haus entlang zur Koppel, wo ein geschecktes Pferd das Maul über den Holzzaun streckte. Nina folgte mir mit den zwei Eimern, sie versuchte mich einzuholen, schaffte es aber nicht.

Ich schüttete das Heu in die Futterkrippe; das Pferd steckte sofort gierig das Maul hinein, als hätte es eine Woche lang nichts gefressen. Nina stellte die zwei Wassereimer in die Koppel, beugte sich über den Zaun, um sie weiter hineinzuschieben, und ich betrachtete währenddessen ihren mageren Hintern; als sie sich umdrehte, schaute ich schnell weg und ging ohne ein Wort auf dem Pfad zurück zum Haus.

Hinter mir Schritte im Schnee, rasches flaches Atmen, Rascheln der Daunenjacke. Sie holt mich ein, als ich schon fast beim Haus bin, faßt mich am Arm, sagt: »Uto?«

Uto Drodemberg wendet sich mit einer perfekten Bewegung um: Oberkörper und Kopf und Blick drehen sich langsam im Sog der nicht unterbrochenen Vorwärtsbewegung. Auch das Licht in diesem Waldstück ist sehr suggestiv, weiß auf weiß auf weiß auf weiß, durchschnitten von

den dunklen Linien der Baumstämme. Die Hintergrund-
musik verstärkt noch die gefühleaufwühlende Wirkung, in
einer von einem Lichtschein umgebenen Woge.

UTO Ja?

NINA Bist du sauer?

UTO Wieso?

(Seitenblicke von ihm und von ihr, die das Waldstück in divergenten Linien durchschneiden. Ihr Atem bildet kleine Dampfwolken, keiner von beiden kann sich vorstellen, den eigenen Atem zu verbergen.)

NINA Wegen vorhin. Du redest aber auch immer so komisch. Ich weiß nie, ob du provozieren willst oder was.

(Prüfend-erwartungsvoller-unsicherer Blick, Lächeln-Nichtlächeln; in der Kälte fällt es ihr noch schwerer, die Lippen voneinander zu lösen und ein Wort nach dem anderen vom Stapel zu lassen. Sie hält den Kopf ein wenig gesenkt; da ist dieses Zucken einfacher Impulse, das leichte Funkeln in den dunklen Augen, der hastige, wißbegierige Atem.)

Uto Drodemberg sieht sie an, als erkenne er sie nicht rich-
tig wieder. Dann nimmt er völlig unerwartet die Sonnen-
brille ab und lächelt sie an: ein Lächeln voller Licht aus
der Tiefe des Universums, wie ein junger Heiliger oder ein
Prophet, Anziehungskraft jenseits aller Worte und jenseits
aller Gründe, jenseits vom Jetzt und vom Wie und vom
Wer. Ein einnehmendes Lächeln wie ein feinmaschiges
Netz, das in einer Meeresströmung ausgeworfen wird und
weit und breit alles erfaßt, was sich bewegt.

Er streckt die Hand aus, streicht ihr an der linken Schläfe übers Haar. Schrecken, Bestürzung, mit berauschender Geschwindigkeit rasende Nichtgedanken, ein regelrechter Freudenschauer, nur weil er es so weit gebracht hat.

UTO Danke.

NINA Wofür?

UTO Weiß nicht. Für deine Wangenknochen.

NINA Wieso für meine Wangenknochen?

UTO Sie sind schön. Danke danke danke. Sagst du nicht selbst immer, daß man dankbar sein soll?

NINA Doch, aber meine Wangenknochen hasse ich.

UTO Du bist blöd. Du bist blöd blöd blöd.

Belustigt-zaghaftes Überrascht- und Gekränktsein; sie macht den Mund auf, doch kein Wort löst sich von ihren Lippen. Seine Finger in ihren Haaren, die glänzend und glatt und fest wie lackierte Seidenfäden sind. Die beinah warme Zartheit ihres Halses, des kleinen, hübsch geformten, wenn auch etwas abstehenden Ohrs; unglaublich die Wölbung der Ohrmuschel. Zwei entgegengesetzte Magnetfelder, sie ziehen sie stärker zueinander hin als der elektrische Strom, der von den Fingern in Richtung Herz fließt. Aber sie stemmen beide die Füße mit ganzer Kraft in den beinahe knietiefen Schnee, um Widerstand zu leisten und die Balance zu halten; der Abstand zwischen ihnen ist der eines halb ausgestreckten Arms, und trotzdem ist noch zuviel Leerraum zwischen ihnen, in den ihre Gefühlsäußerungen abstürzen können. Er müßte auch den anderen Arm ausstrecken, sie um den Nacken fassen und an sich ziehen, den Abstand auf Null verringern und sie auf die Lippen oder wenigstens aufs Haar oder auf die Stirn oder den Hals küssen, ihre Magerkeit unter der Daunenjacke spüren und ihren Radiergummigeruch aus nächster Nähe wahrnehmen und ihr rasch aufeinanderfolgende Worte sagen, die Augen schließen, aufhören zu registrieren und zu analysieren, nicht mehr an den Eindruck denken, den er von außen gesehen macht, Gleichgewicht und Stil vergessen. Er müßte dem Instinkt folgen, der Strömung folgen, sich in den Augenblick hineinfallen lassen und sich überhaupt nicht um den Raum zwischen Vorher und Nachher, zwischen Wenn und Wann und zwischen Einfach und Kompliziert, zwischen Vorstellung und Tun kümmern. Er müßte *dasein*.

Statt dessen zieht er die Hand zurück, ein Schwindelgefühl steigt in ihm auf, er fühlt sich von der Leere angezogen; dann wendet er sich ab, geht durch den Tiefschnee weiter. Er denkt keineswegs, richtig gehandelt zu haben, auch wenn sich in seine Enttäuschung leise Genugtuung und in sein Bedauern ein Anflug von Stolz mischt; die Nerven in seinen Fingerspitzen sind so mit Empfindungen gesättigt, daß es fast weh tut. Zum Ausgleich geht er schneller, ohne auch nur eine Spur der Körperkontrolle, die er gern hätte; er rutscht die Böschung zur Straße hinunter, kippt zur Seite, steht zu hastig wieder auf, klopft sich zu energisch den Schnee aus den Kleidern, eilt zu schnell weiter. Nina geht im gleichen Rhythmus hinter ihm her, er dreht sich nicht nach ihr um, flüchtet vor ihrem Gesichtsausdruck.

Ich beeindrucke (nicht nur) den Guru

Marianne kam fiebernd vor Aufregung ins Wohnzimmer, zehnmal aufgekratzter als damals, als sie uns alle hinaustrieb, um den Sonnenuntergang zu sehen. »Ratet mal, wer heute kommt!« rief sie. »Der Swami! Heute abend! Er will uns besuchen und mit uns essen!«

Ich lag halb ausgestreckt auf dem Sofa, in der Hand eine Waffenzeitschrift, die ich auf dem New Yorker Flughafen gekauft und dann in meiner Reisetasche vergessen hatte: Automatikpistolen und Revolver und Pumpguns, Testurteile und Vergleiche und praktische Tips, durchlöcherte Zielscheiben, Werbespots, grüne Bestellnummern, mit denen man sich Maschinenpistolen und Bazookas per Post schicken lassen konnte. Jeff-Giuseppe saß in einem Sessel und hörte mit Kopfhörern eine Kassette der Scum Bags, die ich ihm geliehen hatte, er ließ den Fuß im Takt baumeln.

Seine Mutter ging zu ihm, drückte die Stoptaste, rief ihm aus wenigen Zentimetern Entfernung ins Ohr: »Hast du gehört? Heute abend kommt der Swami zu uns zum Essen!«

Jeff-Giuseppe sagte: »Super!«, als sei es die schönste Neuigkeit der Welt. Dann schaute er mit unsicherem Blick zu mir und machte sofort einen Rückzieher, nahm sein Lächeln weg, drückte wieder auf die Playtaste. Seit einigen Tagen gelang es ihm besser, sein Verhalten an meinem zu orientieren, er war dabei zwar noch unsicher und etwas unbeständig, aber er behielt mich im Auge und versuchte es mir gleichzutun.

Seine Mutter hatte mit dem Schwung purer Begeisterung, der sie erfaßt hatte, bereits zweimal das Wohnzimmer durchquert; sie rief: »Ist das nicht wunderbar? Ist das nicht phantastisch? Er ist wieder ganz gesund, es geht ihm ausgezeichnet!«

Ich sah sie kaum an, ich war in einen Artikel vertieft, in dem ein hundegesichtiger Typ erläuterte, daß der beste Aufbewahrungsplatz für die Zweitpistole im Haus das Eisfach im Kühlschrank sei. Foto des Hundegesichtigen, der vor einem mit einer Pumpgun bewaffneten Einbrecher zurückweicht; Foto des Hundegesichtigen, der das Eisfach öffnet, wie um dem Ganoven einen Aperitif zur Beruhigung anzubieten; Foto des Hundegesichtigen, wie er schießt. Am besten sei eine Pistole mit hoher Treffsicherheit, hieß es, wie die 44er Magnum, die auf den Fotos zu sehen ist. Bei einem kleineren Kaliber riskiere man nur, den Gegner erst recht aggressiv zu machen, da müsse man schon außergewöhnlich gut zielen und er vielleicht betrunken oder bekifft sein.

Marianne huschte erneut durchs Wohnzimmer; ich hörte sie bei Nina klopfen und fragen: »Weißt du, wer heute abend kommt?«

Ninas Stimme wurde von den dicken Teppichböden überall im Haus verschluckt, aber die von Marianne war zu schrill und aufgeregt, um nicht bis zu mir zu dringen. »Der Swami!« rief sie. »Er kommt zu uns. Gerade hat Kapurna, die Oberassistentin, angerufen!«

Schon war sie wieder im Wohnzimmer, sah mich und Jeff-Giuseppe an, während wir ihrem Blick auszuweichen suchten, musterte die Fenster und Tische und Regale und Bücher und Gegenstände im Zimmer, als habe ihre Wohnung so etwas wie die allerhöchste Tauglichkeitsprüfung zu bestehen.

»Hättest du Lust, mir zu helfen?« fragte sie Jeff-Giuseppe.

Jeff-Giuseppe sah zu mir, um sich irgendeine Anweisung zu holen, aber seine Mutter kam mir zuvor. Bevor ich auch nur eine Braue heben konnte, sagte sie: »Uto, kannst du bitte Vittorio Bescheid sagen? Und sag ihm, er soll schon mal jede Menge Kaminholz machen.«

Ich hob träge den Blick, reinste Nichtteilnahme, aber sie war viel zu flirrig und aufgekratzt, um derartige Feinheiten zu erkennen. Mit einem raschen, entschiedenen, durch ein flehentliches Flackern in ihren Augen nur teilweise gemilderten Ruck packte sie mich am Hemdstoff, sagte: »Der Swami darf sich nicht erkälten. Er ist gerade erst wieder gesund, da kann man gar nicht vorsichtig genug sein.«

Ich stand auf, während sie Jeff-Giuseppe mit Gewalt aus seinem Sessel zog und ihn so schnell durch das ganze Wohnzimmer zerrte, daß ihm für das seit Tagen unter meiner Anleitung eingeübte Verhalten keine Zeit blieb. Ich ging in den Windfang, derart von dumpfem Groll erfüllt, daß mir am ganzen Leib die Muskeln weh taten.

Als Vittorio hörte, daß der Guru zu Besuch kam, legte er wortlos den Pinsel weg, wischte sich die Hände an einem Lappen ab. Er machte ein so ernstes und feierliches und ergriffenes Gesicht, als hätte ich ihm einen Todesfall oder den Ausbruch eines Kriegs gemeldet, er schaute drein wie der Anführer eines Selbstmordkommandos. »Wie schön«, sagte er. »Na dann komm mit.« Er verließ das Atelier, ging mir mit noch einsatzfreudigerem und erdverhafteterem Schritt als sonst zum Holzschuppen voraus.

Er zeigte mir, wie ich ihm die Holzscheite reichen und auf den Klotz legen mußte. Er hob die Axt, ließ sie niedersausen und hackte das Scheit mit einem Schlag entzwei, teils um des Zwecks willen, teils, um mir wie bei jeder praktischen Arbeit, die er in Angriff nahm, vorzuführen und einprägsam zu zeigen, was für ein starkes und produktives Verhältnis er zur Welt hatte. Er spaltete Holz wie ein gelernter Holzhacker, mit roher, aber präziser Kraft und sparsamen, gezielten Bewegungen. In der Zeit zwischen einem Axthieb und dem nächsten redete er; er atmete tief, aber ohne zu keuchen, skandierte die Worte mit gleichmäßigen Zwerchfellstößen: »Das tut er nur ganz selten. Leute besuchen und bei ihnen essen. Normalerweise ißt er zu Hause.«

Er wischt sich mit der Hand über die Stirn: gefütterter Lederhandschuh über dem kräftigen Handgelenk des keine Zeit vergeudenden und nicht zaudernden Künstlers und Handwerkers, Baumeisters und bodenständigen Familienoberhaupts und devoten Gatten. »Auch weil man bei ihm sehr aufpassen muß mit dem Essen.«

Ich greife nach dem nächsten Stück Holz. Mühsam hebe ich es hoch und setze es vorsichtig, damit es nicht in den Schnee fällt, auf den Klotz vor seinen Füßen. Ich hasse körperliche Anstrengung, die Kälte in den Knochen und Handgelenken und Fingerspitzen; es kommt mir lächerlich vor, daß ich immer noch dastehe und ihm zu Diensten bin, ich frage mich, warum ich es tue. Erstarrte Wut, Rachegelüste,

Suche nach einem Muskelgleichgewicht, um nicht vor seinen Augen umzukippen.

Ich wollte aber auch herausfinden, was er, einmal abgesehen von seinen bewundernden Äußerungen, wirklich vom Guru hielt; denn hinter dem, was er sagte, schien mir ein kaum wahrnehmbarer Anflug von Ironie, eine minimale Distanziertheit durchzuschimmern. »Wieso aufpassen, was heißt das?«

»Er ißt einfach zu gern«, erklärte Vittorio, fest auf seine Beine gepflanzt, als könne er für immer so dastehen, durch die Jahreszeiten und alle Unbilden des Wetters hindurch. Er hob die Axt, ließ sie mit Schwung hinabsausen. »Das sagt er sogar selbst. Wenn seine Assistentinnen nicht ein Auge auf ihn hätten, würde er essen, bis ihm schlecht wird.«

Ich hoffte, er würde eine falsche Bewegung machen, jetzt, wo das Tageslicht rasch nachließ: beim Ausholen die Balance verlieren oder mit der Axt in einem Holzscheit steckenbleiben.

Aber sein Blick war zu konzentriert, seine Bewegungen waren zu gut koordiniert: Er hob die Axt, holte mit gestrecktem Arm aus; unbarmherzig gerade fuhr sie hinab, *zack*, der Klotz war in zwei tadellose Kaminscheite gespalten, die er mit der Linken aufhob und zur Seite warf, damit ich sie aufsammeln konnte. »Den nächsten«, sagte er und sah mich aufmunternd an, bis ich die Scheite weggeräumt und den nächsten Klotz vor ihn hingestellt hatte.

Ich dachte an die 44er Magnum in der Waffenzeitschrift und an ihre Treffsicherheit: Was für ein Gefühl es sein mußte, sie in der Hand zu halten und den Abzug zu drücken.

Uto Drodemberg, der mit einer ganz natürlichen Bewegung unter seine Jacke greift, ohne daß sein Blick irgend etwas verrät. Vittorio Foletti sagt: »Den nächsten«, dreht sich ungeduldig drängend, von Absichten strotzend um und erkennt mit rasch wachsender Verblüffung, daß Uto eine Pistole in der Hand hat. Glänzendes Metall, ein Trommelrevolver mit langem Lauf. Er richtet ihn auf ihn, mit gestrecktem Arm, den Finger am Abzug, und lächelt. Gute Haltung auch jetzt, die freie Hand in die Hüfte gestemmt, den Kopf zur Seite gedreht, aufrecht wie bei einem Duell im neunzehnten Jahrhundert, edler Gesichtsausdruck. Vittorio Foletti läßt die Axt und mit ihr seine Attitüden fallen, er steht im Schnee und starrt Uto wie durch einen Tunnel kondensierter Ungläubigkeit an, unfähig, eine passende Antwort zu finden. Uto Drodemberg drückt ab, pak, in der wattierten Stille der verschneiten Lichtung.

Vittorio kippte die zwei Holzscheite zur Seite, sah mich an und wartete auf den nächsten Klotz. »Merkwürdiger Mensch, der Guru. Ein Genießer. Durchaus kein Asket. Er mag schöne Stoffe, schöne Materialien. Schöne Menschen, schöne Gesten. Er hat einen ausgeprägten Sinn für Ästhetik. Diese Trennung zwischen Geistigem und Materiellem gibt es nur in unseren westlichen Religionen. Dabei hat das eine ohne das andere gar keinen Sinn.«

Ich reichte ihm das nächste Stück Holz, aber er blieb stehen, die Linke in die Hüfte gestemmt, und sah mich im Lichtschein aus dem Haus an, in dem es plötzlich hell geworden war. »Und du? Was denkst du eigentlich? Du bist immer still, hörst nur zu und sagst keinen Ton.«

Ich schaute auf den Klotz vor seinen Füßen, aber er fixierte mich weiter, ohne die Axt zu heben. Die Situation behagte mir überhaupt nicht, ich hatte keine Lust, ihm über meine Gedanken Auskunft zu geben, ich hatte keine Lust, mich mit ihm auseinanderzusetzen, geschützt wie er war hinter seinem mit Erfahrung und Erfolg und objektiven Bestätigungen verstärkten Panzer aus Werten und Fakten. »Wieso?« sagte ich. »Was sollte ich denn deiner Meinung nach sagen?«

»Was du denkst«, sagte er. »Was dir durch den Kopf geht.«

Mir war nicht klar, ob er sich mit Marianne abgesprochen hatte und wann; ob er mich zu entschlüsseln oder einzuschätzen suchte, ob in seinem Blick mehr Ärger oder Neugier oder Zweifel lag.

Neben dem Kamin ist genug Holz aufgeschichtet, um das Feuer eine Woche lang zu schüren, um in einem endlosen Schneesturm von der Welt abgeschnitten überleben zu können. Im Badezimmer der Kinder halte ich meine Hände unter das für meine überempfindlichen Finger zu heiße Wasser, lasse es laufen und reibe vorsichtig, um die winzigen Holzspreißel wegzuspülen. Man sollte Vittorio vor Gericht stellen, ihm wegen Beschädigung der Arbeitsinstrumente eines großen Pianisten zehn Millionen Dollar Schadenersatz abknöpfen. Ich trockne mich vorsichtig an Ninas rosafarbenem Handtuch ab, voller Groll auf die flauschige, nach hochwertiger Neutralseife duftende Weichheit, auf die Ordnung und Sauberkeit der Konsolen und Schränkchen mit ihren Fächern und Schubladen ohne den kleinsten vernachlässigten Winkel. Grimassen vor dem Spiegel, die bösesten, die ich zustande bringe, zornig verzerrt wie durch ein Weitwinkelobjektiv; simulierte Fausthiebe gegen mein Spiegelbild, simulierte Kopfstöße.

Wohnzimmer, Sofa, Waffenzeitschrift; mit gesenktem Kopf, um von allem wegzusein, zu verschwinden, auch wenn man mich noch sieht, aber jetzt bin ich nicht mehr da; ich kann mich auf die Seite legen und sie alle ungestört beobachten und ihnen zuhören: Ich bin nicht da.

Ringsumher Vorbereitungen, teils Überzeugung teils Zweck teils Demonstration teils Verzweiflung, Wirbel und Strudel und Strömungen von Gesten und Bewegungen; Kokos- und Mandel- und Nußplätzchen in Form von Sternen und Halbmonden und Teddybären kommen aus dem Ofen, alkoholfreier Cidre und falscher Wein aus dem Kühlschrank, frische und getrocknete Datteln und Äpfel und Orangen und Mandarinen und Clementinen in Körben und Schalen, Teller, Teller, Teller, Besteck, Gläser, in Scheiben geschnittenes Fünfkornbrot mit Soja, Alfalfasprossen, kandierte Ananas, Bananen, weiße Papierblumen, kleine weiße Papiergirlanden vom einen Ende der Eßecke im Wintergarten zum anderen, noch mehr Lampen, Rascheln von Stoff auf Stoff, Porzellan auf Stoff, Klirren von Porzellan auf Porzellan, Glas auf Glas.

Marianne läuft hin und her und hin und her, pausenlos und unentwegt, sie huscht und rennt und wirbelt, öffnet und schließt den Kühlschrank und öffnet und schließt den Backofen und hastet vom Eßtisch zur Küche ins Wohnzimmer zum Eßtisch in ihr Zimmer in die Küche ins Bad in die Küche. Stühle werden verschoben, die Zentralheizung hochgeschaltet, noch mehr Holz im Kamin nachgelegt, bis das ganze Haus eine Art Sauna ist, Reissalat zubereitet, Gemüse in Scheiben geschnitten, *zack, zack, zack*, ein Stengel Sellerie mit flinker und stummer Präzision in drei Sekunden zerschnipselt, Karotten, Kartoffeln, Auberginen in Streifen geschnitten und in den Ofen geschoben, Kohl feingeraspelt, Wirsing, Kopfsalat zerkleinert, Radieschen werden mit einem kleinen Spezialgerät geschält und geriffelt, zu Blüten geformt, in der Mitte von Platten arrangiert mit anderem Gemüse in Form von Schleifen, Streifen, Sternen, Würfeln, Kugeln. Gläser, Besteck, Teller werden zurechtgerückt, Schüsseln umgestellt, da wird hinzugefügt, dort ausgewechselt, neu geordnet mit kleinen raschen Bewegungen behutsamer, fiebriger, beseelter Finger.

Blicke, die abschließend prüfen, Blicke auf Armbanduhren, Blicke durch die Fenster, die vor der Nachtschwärze zu Spiegeln werden und das Innere des Hauses reflektieren, Schatten auf die Bewegungen derer werfen, die drinnen sind. Marianne und Nina huschen raschelnd vorbei, ohne sich anzusehen, und kehren mit nassen Haaren zurück und verschwinden erneut und kommen mit Handtüchern um den Kopf wieder und mit trockenen Haaren und neuen pfirsich- oder aprikosenfarbenen Kleidern, Röcken und Blusen und Pullis, gekauft in einem Laden, der eine breite Palette von Farben auf Lager haben muß, oder vielleicht nach Wunsch gefärbt. Nina in der Version braves Töchterchen, aber knochendürr unter den Kleidern, Marianne nur allzu berechtigterweise aufgeregt wie ein kleines Mädchen, was ihre Bewegungen auf einer noch höheren Frequenz vibrieren läßt. Jeff-Giuseppe zwangsfrisiert, adretter weißer Kragen unter weißem Pullover, weiße Strümpfe und zu lange weiße Jeans, die an den Beinen Ziehharmonikafalten schlagen. Er wird mit der restlichen Familie in die Mitte des Geschehens gezerrt, hält den Blick gesenkt, um meinem nicht zu begegnen; als seine Mutter sich um sich selbst dreht und ihn dabei fragend ansieht, sagt er in seinem Stimmbruchregister: »Prima siehst du aus.« Vittorio am Kamin schürt und reguliert und rückt Lampen und Stühle und Sessel zurecht, geht sich waschen und umziehen und kommt zurück in einem weinroten Jackett mit bequemer Schulterweite, in dem er aussieht wie ein spiritueller italo-amerikanischer Mafioso, blickt auf die Taucheruhr an seinem Handgelenk und sagt: »Sie müssen jeden Augenblick da sein.«

Ich möchte nur hinauslaufen und in die Luft aufsteigen und alles von oben beobachten, ohne daß man mich sieht oder auch nur vermutet, daß ich da bin: auf Marianne hinunterschauen, die auf mich zukommt, und nicht da sein.

Blicke-Blicke auf meine schwarzen Strümpfe mit den Löchern an den Spitzen und auf meine schwarze Lederhose und die Weste, das Hemd, den schmuddeligen schwarzen Pullover; auf die Waffenzeitschrift, die Waffenzeitschrift: die Waffenzeitschrift.

MARIANNE Uto? Hörst du, Uto?

Sie kommt durch den Raum auf mich zu wie ein Kriegsflugzeug, ein Doppeldecker, der im Gleitflug sein Ziel anpeilt. Ihr Ton klingt wie eine Stimmgabel, die mein Innenohr in unerträgliche Schwingungen versetzt und mir eine Gänsehaut verursacht, weil sie so voller Absichten und Gründe und universeller Erwägungen ist, so unausweichlich und unabwendbar, unaufhaltsam.

MARIANNE Uto? Diese Zeitschrift! Macht es dir was aus, sie in dein Zimmer zu bringen? Der Swami ist in solchen Dingen sehr empfindlich.

Draußen schneit es schon wieder, die Schneeflocken saugen sich voll mit dem gelben Licht aus dem Haus, sie fallen vom Himmel wie eine Lavabrockenkaskade aus einem Vulkan. Marianne zeigt ihr Lächeln, Lächeln, Lächeln, das nie aufhört und auch nie angefangen hat (ihre Augen sind nicht blau, sondern von einem mineralische Entschlossenheit ausstrahlenden harten Steingrau, und die Grübchen in den Wangen geben ihr etwas Kindliches und schrecklich Verbissenes).

Dann war es im Haus absolut still, nur im Kamin knackte und zischte es ab und zu. Jeder von uns saß bewegungslos irgendwo im Wohnzimmer, in dem es nach Neutralseife und gedünstetem Gemüse und frischgebackenen Nuß- und Kokoskeksen, nach Zimt und Ingwer und karamelisiertem Honig roch. Marianne stellte ein letztes Schälchen mit Pistazien auf den Eßzimmertisch, machte einen kleinen Luftsprung und eine Pirouette, schrie mit schriller Stimme: »Da sind sie!«

Draußen zogen vier horizontale gelbe Lichtkegel zwei Autoschatten hinter sich her bis auf den Platz vor dem Haus, auf dem der zugeschneite Range Rover geparkt war. Vittorio stürzte zur Tür, schaltete die Außenbeleuchtung ein: Die eben noch schwarzgelbe Fläche vor dem Haus trat weiß und hell hervor, bis zu den beiden Autos im dichten weißen Schneegestöber und zu Vittorio, der mit einem großen Schirm auf sie zulief.

Marianne und Jeff-Giuseppe rannten in den Windfang, um Willkommensgesten zu machen, Nina folgte ihnen auf den Fersen. Nur ich blieb sitzen und beobachtete durch das Fenster die kleine Prozession, die unter dem Regenschirm auf das Haus zukam, an der Spitze der Guru, geleitet von dem eifrig um den erlauchten Gast bemühten Vittorio.

Eine Minute später waren alle im Windfang und begrüßten Marianne und Jeff-Giuseppe und Nina und zogen sich Mäntel und Schuhe aus: der Guru und seine beiden Assistentinnen und ein kahlköpfiger Typ mit Bart und eine dicke Frau und ein hagerer Mann und eine ältere Dame und ein jüngeres, aber sehr blasses Paar; Gebärden und Stoffe und Farben und Bewegungen schoben sich übereinander wie in einem übervölkerten Aquarium.

Die innere Schiebetür öffnete sich, und die Geräusche und Worte schwappten ins Wohnzimmer, ein dichter, aber verhaltener Schwall von Höflichkeiten, Liebkosungen, Berührungen, Komplimenten, Schmeicheleien, kleinen Lachsalven. Der Guru in einer leuchtend purpurroten Tunika, die anderen in Pfirsich- und Aprikosen- und wäßrigen Mosttönen, die wie ein Absud der kräftigeren Originalfarbe wirkten.

Ich wich einen Schritt zurück, aber es war nichts zu machen, alle Köpfe drehten sich in meine Richtung, alle Blicke prallten auf mich.

MARIANNE Das ist Uto, Swami.

GURU Ja.

(Haare und Bart unglaublich weiß, durchdringende kleine schwarze Augen, entfernte Vertrautheit. Er hat diese Art, mit dem Kopf zu nicken und dabei Unterkiefer und

Lippen zu bewegen, als knabbere er irgend etwas: Vielleicht knabbert er Zustimmung, wägt Beziehungen mit dem Rest des Universums ab.)

MARIANNE Du hast ihn schon einmal gesehen, vor deinem Haus, als wir wegen dem Sonnenuntergang gekommen sind.

GURU Ja.

(Kleine Verbeugung mit einem wohlwollenden Lächeln auf den Lippen, Begrüßung mit aneinandergelegten Händen.)

Wie bei unserer ersten Begegnung antwortete ich mit meinem Aikidogruß; ich sah ein Blitzen in Vittorios Augen, mühsam bezähmten blanken Ärger.

»Gut, gut«, sagte der Guru mit seiner glucksenden und melodischen leisen Stimme und schaute, ohne sein Lächeln aufzugeben, schon woandershin und ging an mir vorbei weiter. Trotz seiner zierlichen Gestalt und der weißen Haare kam er mir weniger gebrechlich vor als beim ersten Mal, als ich ihn auf der Terrasse vor seinem Haus gesehen hatte: Er wirkte eigensinnig und vergnügt und machte nicht den Eindruck, als könne er von einem Augenblick auf den anderen den Geist aufgeben, wie alle befürchteten.

Seine Begleiter mit ihren in unterschiedlichen blassen Tönen gefärbten Kleidern begrüßten mich in seinem Kielwasser; ihnen antwortete ich nur mit einem weniger aufmerksamen Kopfnicken. Aber ich benahm mich sehr höflich und konnte trotz des allgemeinen Durcheinanders bemerken, wie überrascht Marianne und Vittorio und Jeff-Giuseppe und Nina darüber waren. Ich hatte sie so an mein totales Abblocken gewöhnt, es kam ihnen unglaublich vor, daß ich Grüße erwiderte, anstatt mich so schnell und so desinteressiert wie möglich zu verziehen. Ich hatte nicht einmal meine Sonnenbrille auf, wandte nicht einmal den Blick ab.

Aber natürlich galt die Aufmerksamkeit zu neunundneunzig Prozent dem Guru, sie verdichtete sich bei jeder kleinsten Bewegung, die er machte, bei jeder Andeutung einer Geste oder eines Worts und folgte ihm wie eine Schleppe aus Blicken und Atemzügen und Lächeln, kleinen, hingeworfenen Sätzen, gereckten Hälsen und geneigten Köpfen, um besser zu hören, interessierten Blicken und sich zu beipflichtenden Mienen spannenden Gesichtsmuskeln.

Der Guru blieb stehen und schaute ins Kaminfeuer, schaute auf die Deckenbalken, die Oberlichter und Fenster. »Sehr offen, dieses Haus. Es läßt viel Energie herein, nicht wahr?«

Die Wörter gehen ihm ganz ungezwungen über die Lippen, es kümmert ihn nicht, ob sie aufgenommen werden oder nicht; dazu kommen sein indischer Akzent und die ständigen kleinen Kaubewegungen, das eigenartige Summen wie von einer dicken weisen Biene, das den Hintergrund für die einzelnen Laute bildet oder sie miteinander verbindet. Ich beobachte ihn ganz genau, denn es ist klar, daß er jahrelang an sich gearbeitet hat, um diese Wirkung zu erzielen, es ist eine regelrechte Suggestionstechnik, die er aber so raffiniert einsetzt, daß die Hauptanstrengung den anderen überlassen bleibt. Das Gegenteil von dem, was Vittorio macht mit seinen eindringlichen, bis zur Belastungsgrenze mit Enthusiasmus aufgeladenen Sätzen, mit denen er beweisen will, daß er bis zum letzten daran glaubt.

Vielleicht ist das auch der Grund, warum Vittorio sich jetzt in seiner Haut nicht sehr wohl zu fühlen scheint, nachdem er sich so abgerackert hat, um das Feuer im Kamin anzumachen und nachzuschüren und Möbel umzustellen und alles in Ordnung zu bringen, was für den bevorstehenden Besuch in Ordnung zu bringen war. Jetzt sieht er aus, als wisse er nicht recht, was er mit sich anfangen soll, während seine Frau und die Kinder hinter dem Guru herlaufen wie hinter dem Rattenfänger von Hameln.

Marianne geht zu sehr in ihrer Rolle als Gastgeberin auf, als daß sie sich um Vittorio kümmern könnte, sie ist zu sehr damit beschäftigt, Lächeln und Fragen und zustimmende, bestätigende und bekräftigende Körpersignale hervorzubringen, dem Guru den besten Sessel anzubieten, die Zeitlupenbewegungen zu begleiten, mit denen er sich setzt. Auch Nina und Jeff-Giuseppe sind jetzt außerhalb seines Einflußbereichs, und noch weniger Chancen hat er bei mir, ob Geisel oder nicht, ich würde nicht mal einen Stuhl für ihn verschieben oder ein paar Worte mit ihm wechseln. So muß es ihm schon wer weiß wie oft gegangen sein, aber er ist noch nicht soweit, daß er es überspielen oder sich anpassen kann; seine ganze Zähigkeit und Geschicklichkeit als Holzfäller wirken jetzt lächerlich, als habe er sich im voraus für das entschädigen wollen, was ihn erwartete. Auch das Englischsprechen macht ihm Mühe. Angestrengt sucht er nach Worten, bleibt mitten im Satz stecken, gestikuliert, um sich verständlich zu machen, hebt die Stimme, wirkt plump, ungeschickt und komisch, ruft bei seinen Gesprächspartnern ein allumfassende Nachsicht ausdrückendes Lächeln hervor.

Dann plötzlich ein Vakuum im Stimmengewirr: eine Art Erwartungssog mit dem in seinem Sessel sitzenden Guru im Mittelpunkt. Alle schauen auf ihn, als stünde er im Begriff, eine grundlegende Offenbarung über das Leben zu verkünden, ein Wunder zu vollbringen oder wenigstens etwas völlig Überraschendes zu tun. Marianne ist blaß und fiebrig vor Spannung, mit geweiteten Pupillen, bleichen, bebenden Lippen, nervösen Händen. Auch Nina scheint wie gebannt, sie wirft mir einen kurzen Blick zu, als sie bemerkt, daß ich sie ansehe, und fixiert dann sofort wieder den Guru, Jeff-Giuseppe ist reglos und aufmerksam.

Der Guru schweigt noch einige Sekunden weiter, läßt die Spannung wachsen und macht dabei eine so unbefangene Miene, als merke er nicht, daß alle Blicke auf ihn geheftet sind, dann erzählt er in einem zwanglosen Plauderton von den Hirschen, die jetzt immer bis vor sein Haus kommen und das Gras unter dem Schnee fressen, weil sie dort vor den Jägern sicher sind. Er spricht ohne Nachdruck und ohne erkennbare Absichten, ohne zu gestikulieren oder lauter zu werden, umringt von Blicken und Atemzügen, wie ein kluger alter Großvater, der, halb belustigt, halb versunken in die Erinnerung an jene Begebenheit, eine Geschichte aus seinem Leben erzählt.

Alle hören zu, ohne auch nur für einen Moment den Blick von ihm abzuwenden, sie lächeln, beugen sich vor, um besser zu hören, weiten Pupillen und Nasenlöcher, nicken zustimmend.

Der Guru verstummt und hebt den Blick; die Aufmerksamkeit und Erwartung verdichtet sich noch mehr, saugt die Luft aus dem ganzen Wohnzimmer an. Doch es kommt keine überwältigende Wahrheit aus seinem Mund, es wird niemand erleuchtet: Er deutet auf den festlich gedeckten Tisch ein paar Meter weiter und sagt lächelnd: »Ich habe Hunger.«

Die beiden Assistentinnen und Marianne helfen ihm beim Aufstehen, auch wenn es vielleicht nicht nötig wäre, und die bärtigen Grauköpfigen und die Kahlköpfigen folgen ihm mit vielfachen Blicken und vielfachem Lächeln zum Tisch, mit ihren grauen Bärten und Haaren und kahlen Köpfen und unter pastellfarbenen Stoffen verborgenen Bäuchen und dicken Hintern und mageren Rücken; Nina wirkt unter ihnen wie das blühende Leben.

Mit zwei Fingern angelte sich der Guru ein Radieschen in Blumenform von einem Teller, schob es sich mit einer flinken Bewegung in den Mund, und eine Sekunde später herrschte am ganzen Tisch ein wildes Schieben und Drängen von Händen und Armen: bis an die Grenze ihres Fassungsvermögens vollgehäufte Teller, Löffel und Gabeln und Messer, die aufspießen und schaben und schneiden, gereckte Hälse, sich kreuzende Arme, Balanceakte, um einen guten Platz vor einer Speise nicht aufgeben zu müssen.

Ich fragte mich, ob diese Gefräßigkeit mit der fleischlosen Kost ohne Milchprodukte und Eier und Salz und Alkohol zusammenhing oder eher mit dem ständigen, anstrengenden Bemühen um Selbstbeherrschung, dem unablässig nach allen Richtungen ausgestrahlten Wohlwollen, der ungeheuren Energie, die sie allein für ihr Dauerlächeln verausgabten. Es war schon komisch, wie sich so viele hochspirituelle Wesen dermaßen unreflektiert vollstopften: Sie verschlangen alles, was sie vor sich sahen, umkreisten dabei den auf einem Stuhl sitzenden Guru, nickten bestätigend zu jeder seiner Kaubewegungen und hörten nicht einen Augenblick auf, zu kauen, zu schlucken und vom Tisch Nachschub zu holen.

Die einzigen, die nicht aßen, waren Nina und ich, sie auf die verstohlene Art der Magersüchtigen, indem sie den Teller, den ihr Vater ihr gefüllt hatte, hinter einem Vorhang versteckte, ich ganz offen, denn mir war mit der Lust am Dasein ganz allgemein auch der Hunger vergangen. Jeff-Giuseppe aß mit gesenktem Kopf; Vittorio beugte sich so tief über seinen Teller, als müsse er sich auf irgendeine Weise seiner Beziehung zur Welt versichern. Marianne naschte nur der Form halber da und dort ein bißchen, um auf der gleichen Ebene wie ihre Gäste zu sein und deren Begeisterung für jede gedünstete Rosine, jeden Löffel Sesamcreme zu teilen. Aber als Hausherrin fieberte sie vor Verantwortungsgefühl und Aufmerksamkeit: Unaufhörlich vergewisserte sie sich, ob der Guru auch bequem saß, ob er genug zu essen und zu trinken hatte, ob alle Speisen auf dem Tisch in seiner Reichweite standen, ob alle Gäste zufrieden waren und sich wohl fühlten. Sie wirbelte wie ein Kreisel, rannte pausenlos hierhin und dorthin, flüsterte Jeff-Giuseppe oder Vittorio Anweisungen ins Ohr, sobald von irgend etwas Nachschub benötigt wurde. Sie horchte auf das leiseste Gemurmel des Gurus und zugleich auf das, was die beiden Assistentinnen und die anderen Gäste sagten, füllte jede kleine Lücke in der Unterhaltung mit einer kleinen Familienanekdote oder einer schlichten, aber tiefgründigen Bemerkung, in einem Tonfall, der demütig und einfühlsam den des Gurus nachahmte.

Als der Tisch geplündert ist und nur da und dort ein Stück-chen Keks, eine Dattel, eine getrocknete Aprikose, ein Schluck von dem in Weinflaschen abgefüllten Traubensaft übrig ist, befreit sich der Guru sorgsam von den wenigen Krümeln, die ihm auf das Gewand gefallen sind, erhebt sich mit Mariannes und der Assistentinnen Hilfe von seinem Stuhl und kehrt zu dem bequemen Sessel zurück, zieht die Beine zum Lotussitz hoch. Er ist rundum zufrieden: mit dem Essen, dem freundlichen Empfang, dem Haus, der Zeit, den Stimmen und Blicken und mit sich selbst. Die an-deren setzen sich auf Sofas und Sessel, einige auf den Boden, um ihm noch näher zu sein, ohne ihn zu bedrängen. Doch der Guru hat anscheinend auch jetzt nicht vor, etwas zu sagen, er sieht sich um, als warte er auf Unterhaltung.

Marianne steht vom Teppich auf, kniet sich neben sei-nen Sessel und flüstert etwas in sein Ohr. Dann geht sie zu Jeff-Giuseppe, zieht ihn zum Klavier und verkündet: »Jeff spielt *Für Elise* von Beethoven.«

Jeff-Giuseppe ist verlegen, aber nach der jahrelangen Dressur zum artigen Jungen kann er nicht anders, als sich brav auf den Hocker zu setzen, die Hände zu lockern. Alle applaudieren lächelnd, um ihm Mut zu machen, auch der Guru, der ihm mit einer zierlichen Geste zuwinkt, und Ma-rianne, die mit jedem Blick Funken von Heiterkeit und Ver-ständnis und Kontrollbedürfnis versprüht.

Jeff-Giuseppe beginnt zu spielen, eine auswendig ge-lernte, holprige Schulversion, alle paar Töne läuft ihm der Takt davon, die Fingerkuppen gleiten an den Kanten der Tasten ab. Aber da ist das grenzenlose Wohlwollen der Zu-hörer: Jedes Urteil, jede Ironie, jeder Vergleich wird vermieden. Mucksmäuschenstill hören sie zu, andächtig und ergriffen und teilnehmend, als handle es sich um eine Darbietung ersten Ranges, um ein Geschenk, über das man zu Tränen gerührt ist.

Jeff-Giuseppe bringt das Stück zu Ende und steht auf, puterrot und ganz steif von der Konzentration, die es ihn gekostet hat. Der Guru strahlt vor Glückseligkeit, er lacht, sagt: »Gut, gut«, klatscht zusammen mit den anderen Beifall. Zustimmung-Ermutigung-Unterstützung-Wärme-Anteilnahme, zum Greifen nah und doch fern, kompliziert und doch beängstigend einfach, ein breiter Strom, der zum Klavier fließt und wieder zurück und mich mit einer seltsamen, süßlichen und bodenlosen Traurigkeit überschwemmt. Jeff-Giuseppe macht eine kleine verlegene Verbeugung, setzt sich wieder in seine Ecke, begleitet von lächelnden Blicken und freundlichen Worten.

Vittorio, der fünf, sechs Meter von mir entfernt sitzt, sieht mich immer wieder prüfend an; in seinen Augen bemerke ich eine Spur Unruhe, es macht ihn nervös, von diesem zähen Brei edler Gefühle umgeben zu sein, von Leuten, die so viel älter und magerer und naiver und andächtiger und überzeugter und weltabgewandter sind als er. Ich wechsle meinen Sitzplatz auf dem Teppich, so daß fünf oder sechs andere Gäste zwischen uns sind.

Inzwischen ist Marianne aufgestanden und geht zum Klavier: »Ich versuche, ein *Nocturne* von Chopin zu spielen. Wenigstens das, was ich davon noch im Kopf habe.« Sie hat eine kindliche Art, zu sprechen und die Hände zu bewegen, setzt sich mit kontrollierter Anmut, mit am Körper anliegenden Ellbogen und einer guten Fingerhaltung, die sie vor wer weiß wie vielen Jahren eingeübt hat, als sie noch ein ebenso mageres wie sensibles kleines Mädchen war.

Sie spielt hölzern und unsicher, wird langsamer, wenn sie sich an eine Passage nicht genau erinnert, beschleunigt, wenn ihr alles wieder einfällt. Aber sie bringt das Stück ohne Unterbrechung zu Ende, mit beseeltem Blick, so als erfülle sie eine Aufgabe, deren Bedeutung weit über die Art und Weise hinausgeht, in der sie ausgeführt wird. Als sie fertig ist, applaudieren alle mit der gleichen teilnehmenden und liebevollen Nachsicht, die sie schon für ihren Sohn gezeigt haben und vermutlich auch für jeden anderen zeigen würden. Das hier ist eine Art Paradies der Dilettanten; ich muß an ein paar meiner ehemaligen Kommilitonen am Konservatorium denken, Stümper, die vor einem solchen Publikum aufblühen würden.

Jetzt steht auch tatsächlich noch die Dicke auf und geht zum Klavier, grüßt mit aneinandergelegten Händen und klimpert ein Weihnachtsliedchen, jede dritte Note falsch, aber niemand versteift sich oder fängt wenigstens zu lachen an. Nichts als freundliches Lächeln, das sich unabhängig von jedem Verdienst und jeder individuellen Fähigkeit über alles und jeden breitet; genausogut könnten sie wegen dem Schnee draußen lächeln, wegen der Nacht oder der vergehenden Zeit, wegen der Langeweile oder weil sie einen Sitzplatz haben.

Die Dicke hat fertig gespielt und kehrt von Applaus begleitet im Watschelgang zu ihrem Platz auf dem Teppichboden zurück, als hätte sie soeben das erhebendste Unterfangen der Welt vollbracht. Dann gibt es erneut eine Pause; der Guru und die anderen Gäste blicken erwartungsvoll lächelnd in die Runde. Marianne steht auf, kommt auf mich zu, kniet sich neben mich und flüstert mir ins Ohr: »Hast du nicht Lust, etwas vorzuspielen, Uto?«

Ich lehnte sofort ab, den Blick auf den Fußboden gerichtet. Ich haßte solche Situationen seit meiner Kindheit, als meine Mutter mich ihren Freunden und denen ihres Mannes, die sie zum Abendessen eingeladen hatten, vorspielen ließ; und nach drei so lächerlichen Darbietungen zu spielen, fand ich sowieso erniedrigend. Ich hatte bei aller umfassenden Nachsicht nicht die geringste Lust, mich an ihr Klavier zu setzen.

Sie aber ließ nicht locker, lästig und aufdringlich wie ein kleines Mädchen kniete sie neben mir; die Lippen dicht an meinem rechten Ohr, flüsterte sie: »Bitte, bitte.« (Blicke ihres Mannes aus der Ferne, rasche, prüfende Blicke.) Sie war fast trunken vor Entzücken, den Guru im Haus zu haben und nach wer weiß wie langer Zeit Chopin gespielt zu haben: Ihre Augen glänzten, das Blut unter ihrer hellen Haut floß rasch und warm, sie war so dicht neben mir, daß ich es spüren konnte. »Bitte, Uto«, sagte sie. »Du sollst ja kein Konzert geben. Mach uns doch die Freude. Und wenn es nur zwei Minuten sind. Spiel, was du willst.«

»Ich will gar nichts spielen«, sagte ich. (Prüfender Blick von Vittorio, aber da gerade die Dicke auf ihn einredete, hatte er nicht viel Bewegungsfreiheit.)

Marianne drückte meinen Arm, hauchte mir erneut ins Ohr: »Ach komm. Der Guru würde sich so freuen. Bitte.«

Die Wärme ihrer Berührung, die klebrig-feuchte Sanftheit ihrer Worte brachten mich schließlich dazu, entgegen meinem Vorsatz aufzustehen und auf der gleichen Woge lächelnder und ermunternder Blicke und geflüsterter Worte, die auch die anderen begleitet hatte, zum Klavier zu gehen.

Marianne folgte mir und wandte sich zu den Gästen: »Uto spielt für uns...« Fragend sah sie mich an.

»Ich weiß noch nicht«, sage ich, während ich die Höhe des Hockers richtig einstelle. Sie setzt sich wieder auf den Boden, wenige Meter von mir entfernt. Ich versuche, meine Gedanken zu sammeln, aber ich habe keine Gedanken, ich habe nur ein System von Wahrnehmungen und Nervenreflexen und abrufbaren Erinnerungen, das Gefühl, in der Falle zu sitzen und einen alles umfassenden Groll, und diese Empfindungen pochen rasch in meiner Brust und stauen sich, bis ich geladen bin wie ein gereiztes Raubtier.

Übergangslos und ohne Ankündigung fing ich an zu spielen: Gerade noch saß ich mit den Händen auf der Sitzbank in nachdenklicher Haltung still da, und einen Augenblick später hatte ich schon das Thema des *Dritten Konzerts für Klavier und Orchester* von Tschaikowski angeschlagen. Am Anfang spielte ich nüchtern, präzise und trocken, setzte jeden Ton knapp und ohne jede Weitschweifigkeit oder Sanftheit oder Gefälligkeit, aber ganz allmählich stieg der weltumfassende Groll, der in mir steckte, im Sog der Musik bis in meine Fingerspitzen und ergoß sich in die Töne, die ich spielte. Note um Note löste sich aus meinem Gedächtnis, wo sie sich vor Jahren festgesetzt hatte, lud sich auf ihrem Weg vom Gehirn zu den Fingerspitzen mit Schlacken und Mißstimmungen auf, in einem teils gesteuerten, teils unaufhaltsamen Strom von Gewalt, der mich mit einer sich selbst nährenden und vervielfältigenden Wut auf die Tasten hämmern ließ, der Tschaikowski überrollte und hinter sich ließ und mich auf ein viel wilderes musikalisches Terrain ohne Formen und Regeln zerrte, wo meine Finger mit fast unerträglicher Arroganz die Tastatur auf und nieder rasten, als hätten sie es mit einem viel leichteren und viel gefährlicheren Instrument als einem Klavier zu tun, mit einer von der furiosen Reibung der Munition glühenden Maschinenpistolenmandoline. Die Füße traten die Pedale, die Knie drückten gegen die Holzverkleidung, um das größtmögliche Volumen aus dem Resonanzkasten zu pressen: Die Musik schwoll zwischen meinen Händen zu einem unkontrollierbaren und unaufhaltsamen Fluß von Tönen. Er machte mir angst und brachte mich zum Lachen, es war wie Surfen auf dem Dach eines mit zweihundert Sachen rasenden Autos oder als würde ich mich aus dem Fenster stürzen und mit einem Satz wieder hinaufspringen, als würde ich tausend Gläser auf einmal zerschmettern und mit einer einzigen Handbewegung wieder zusammensetzen, als würde ich Lichter und Farben hinter dem Fenster vorbeirauschen lassen, Tag-Nacht, Tag-Nacht, Sommer-Winter-Frühling-Herbst in der willkürlichsten Reihenfolge, die mir einfiel.

Uto Drodemberg, der Gott am Klavier, ein magerer Knabe, erfüllt von göttlichem Licht, wenn es ein göttliches Licht gibt. Seine Finger fegen unabhängig von seinem Willen und seiner Vorstellungskraft über die Tasten, entfesseln jähe Emotionen und Kaskaden, sprühen Funken, reißen den Zuhörer mit sich auf und nieder wie in einer Achterbahn, die nie stehenbleibt und durch nichts gesichert ist als durch die technische Beherrschung des Instruments.

Nur daß es auf diesem Musikterrain gar keine Möglich-keit mehr gibt, irgend etwas zu beherrschen, man kann nur alles hinauslassen, was drinnen ist, alles hineinlassen, was draußen ist.

So hatte ich noch nie gespielt, seit ich mit vier Jahren zu spielen begonnen hatte, auch wenn ich es mir manchmal vorgestellt hatte und manchmal nah dran gewesen war; noch nie hatte ich dieses Gefühl gehabt, völlig unbeherrscht zu sein und alles zu beherrschen, diese blinde und doch kana-lisierte Wut. Die Empfindungen wirbelten so schnell in mir herum wie die Noten, die ich erzeugte, und ließen noch mehr Adrenalin in mein Blut, noch mehr gefährliche Elek-trizität in meine Nerven strömen. Ich hatte kein Ziel und keinen Grund; ich ließ mich mitreißen und treiben von ei-nem Strom *vor* jedem Grund, einem Strom, der aus Rache-gelüsten und formloser Wut bestand, aus der Frustration, die sich in vielen Jahren unerträglicher Distanz zwischen mir und den Dingen angesammelt hatte.

Dieser Strom riß und trieb mich immer weiter von den geordneten Läufen weg, mit denen ich begonnen hatte, in eine Stimmung, die beherrscht war von tiefen und dunklen und schroff und schrill hämmernden, trillernden, strudeln-den Schwingungen, die ich dem Klavier entlockte. Ich hatte sogar Spaß daran, ich empfand eine zerstörerische Freude wie ein musikalischer Verbrecher, es war wie eine Rache für den ganzen Druck, den Vittorio und Marianne auf mich ausübten, für alle ihre gutgemeinten Absichten, für das Lä-cheln des Gurus und die ungeschriebenen Regeln und die Güte und Entsagung und Unterwerfung unter höhere Ziele, die Abkehr von materiellen Dingen und niederen Instinkten. Je länger ich spielte, desto mehr nahm meine Wut zu und die Hitze in meinem Blut und meinen Muskeln: Ich griff in die Tasten, als würde ich wirklich um mich schießen, auf meine Passivität, die schuld daran war, daß ich die Geisel der Familie Foletti und vorher der Familie meiner Mutter war, auf die Unsicherheit und Ziellosigkeit, die mich neunzehn Jahre lang auf Sparflamme blockiert hatten.

Meiner Kraft und Geschwindigkeit und Sensibilität schienen keine Grenzen gesetzt; ich hatte das Gefühl, allmächtig zu sein, aber dieses Gefühl war seltsamerweise außerhalb von mir, in einem optischen Kegel, der mich und das Klavier und das Wohnzimmer und alle, die darin waren, umschloß. Das Klavier spielte unter meinen Händen, mir schien, daß ich es mit nur wenig mehr Kraftaufwand hätte zerschlagen und mit den dumpf polternden tiefen Tönen, den wie Glöckchen oder zerspringendes Porzellan klingelnden und klirrenden hohen Tönen die Hebel und Hämmerchen und Saiten aus den Angeln hätte heben können. So wie Jimi Hendrix mit seiner Stratocaster in Woodstock, nur daß ich auf einem Klavier spielte und vor einem wohlwollenden spirituellen kleinen Publikum, vor Leuten, deren Stimme bei ihren Gesprächen nie weit über ein Flüstern hinauskam. Ich überrannte sie mit diesen Klangattacken, die auf sie einstürmten und sie bedrängten und rücksichtslos hin- und herschleuderten, und obwohl ich eigentlich nicht darauf achtete, nahm ein Randbezirk meines Gehirns doch ihre gespannte und aufgewühlte Aufmerksamkeit wahr, die von den Strudeln und Wirbeln und musikalischen Stromschnellen, die ich erzeugte, mitgerissen wurde. Mir war, als würde die Musik jetzt ganz unabhängig von mir hervorkommen und ohne Zeit und Maß von selbst weiterspielen, bis sie mich kaum noch atmen ließ, bis mich eine Art langanhaltendes kosmisches Gähnen befiel; bis sie zu Ende war.

Ich löse die Hände von der Tastatur und stehe abrupt auf, mache eine förmliche Konzertverbeugung. Meine Wangen glühen, meine Lungen verlangen nach Luft, mein Herz pocht wild, die Finger tun mir weh, in meinen Knochen summt es.

Der Guru und Marianne und Vittorio und Nina und Jeff-Giuseppe und alle anderen sitzen reglos auf ihren Plätzen und starren mich an, ohne eine Spur des aufmunternden Wohlwollens, das sie ausstrahlten, als ich anfing. Es herrscht eine Stille wie nach einer Explosion, wenn Rauch und Staub noch in der Luft hängen, aber die Schreie und das Sirenengeheul noch nicht zu hören sind.

Ich mache einen Schritt auf meinen Platz zu, aber die Blicke, die sich auf mich geheftet haben, sind keine begleitenden Blicke, es sind Sperrblicke, die mich mitten in der Bewegung erstarren lassen. Der Guru fixiert mich von seinem Sessel aus, klein und bleich und knochig; ich habe den Eindruck, daß ihm ein wenig die Lippen zittern. Wir fixieren uns gegenseitig über die Entfernung hinweg; es herrscht so tiefe Stille und Reglosigkeit, daß jeder Atemzug, jedes Stoffrascheln erschreckend laut erscheint. Alle meine Muskeln, meine Ohren und Stimmbänder sind angespannt, ich bin bereit, jeden Vorwurf, jede weise Ermahnung, jede belehrende erzieherische erläuternde Absicht grob abzuwehren. Ich warte nur auf ein Stichwort, auf ein Zeichen, um Schlag auf Schlag zu reagieren.

Doch der Guru steht auf, verfolgt von helfenden Gebärden seiner beiden Assistentinnen, er dreht sich zu den anderen um, hebt die Hände mit nach oben gekehrten Handflächen und sagt: »Dieser Junge war das Werkzeug einer großen göttlichen Offenbarung.«

Er lächelt, und die allgemeine Erstarrung löst sich in ein allgemeines Lächeln und einen Applaus auf, wie wenn man ein großes Blatt Papier der Länge nach durchreißt.

Ich mache meinen Aikidogruß, eine leichte Verbeugung, ohne den Blick zu senken, überwältigt von der allgemeinen Atmosphäre und der Luftleere in meinen Lungen. Meine theatralische Geste wirkt, als schütte man Benzin ins Feuer: Einer nach dem andern steht auf, und alle umringen mich unter neuerlichem Applaus und vielfachem Lächeln, berühren mich am Arm und an den Schultern und am Rükken, sagen: »Wundervoll« und »Phantastisch« und »Bravo«. Marianne drückt im Gedränge meinen Arm, sagt »Danke«, blaß und mit Tränen in den Augen. Auch die Dicke weint, sagt immer wieder: »Unglaublich, unglaublich.« Jeff-Giuseppe und Nina kommen gemeinsam auf mich zu; er versetzt mir einen vorsichtigen Knuff, sagt »Bravo«; sie fügt hinzu: »Wirklich«, und huscht mit einem langen Blick davon, ich schaue auf ihren Po, und vielleicht merkt sie es.

Vittorio hielt sich mit seltsam distanzierter Miene am Rande der Gruppe, er nickte mir zu, aber ohne zu lächeln und ohne sich zu nähern, und ging zum Kamin, um nach dem Feuer zu sehen, als sei das jetzt das dringendste.

Noch eine bedeutsame Tat

Um halb elf ging ich hinunter, um zu frühstücken, den Kopf noch vom Abend zuvor voll träger Gedanken. Im Wohnzimmer war keine Spur mehr vom Gurubesuch zu sehen: Die Papiergirlanden waren verschwunden, Sofas und Sessel glattgestrichen, der Klavierdeckel war zugeklappt, der Staubsauger, während ich schlief, wieder und wieder über den Teppich gefahren, bis auch der letzte Krümel beseitigt war. Draußen hatte es aufgehört zu schneien, Vittorio hatte die üblichen Pfade ums Haus und vom Haus zum Vorplatz freigeräumt; an einem der Fenster lehnte noch die Schaufel mit ihrem roten Griff. Der Range Rover war nicht da, von der ganzen Familie war niemand zu sehen, nicht einmal der Hund Geeno.

Ich ging zum Kühlschrank, nahm alles heraus, was ich fand, und stellte es auf die Küchentheke: Dosen und Pakkungen mit Salzigem und Süßem, um den Hunger zu stillen, der mir vom Abend geblieben war.

Geräusche am Eingang, eine der Türen wird aufgeschoben. Ich erstarrte, aber es war Nina mit dem Hund, sie zog sich im Windfang die Daunenjacke und die gefütterten Stiefel aus, winkte mir durch die Glasscheibe zu.

Sie trat ins Wohnzimmer, rotwangig wie ein frischer Apfel, fragte: »Wie geht's?«, ohne mich richtig anzusehen.

»Gut«, sagte ich. In ihrem verstohlenen Blick spürte ich

das Ansehen, das ich mir mit meinem Konzert erworben hatte: Es verursachte mir ein erregendes Prickeln und machte alle meine Bewegungen unglaublich besser. Ich deutete auf die Schachteln und Dosen auf der Theke und fragte: »Willst du auch was?«

Sie schüttelte verneinend den Kopf, als hätte ich ihr Heroin oder Rattengift angeboten. Aber diesmal huschte sie nicht wie sonst gleich davon, um sich in ihr Zimmer einzuschließen: Mit baumelnden Armen strich sie um mich herum und summte ein Lied vor sich hin.

Ich schlang, fast ohne zu kauen, eine Scheibe Roggenbrot mit Kiwimarmelade hinunter. »Und wie geht es dir?« fragte ich. So aus dem Stegreif ein Gespräch anzuknüpfen, zumal mit einem hübschen Mädchen, war noch nie meine Stärke gewesen, und Nina war hübsch, trotz ihrer Magerkeit.

Sie hob den Blick und sah mich an, wandte sich aber sofort wieder ab. Dann ging sie geradewegs zum Kühlschrank, goß sich ein halbes Glas Sojamilch ein, nippte daran; schaute im Wohnzimmer herum.

Ich guckte auf ihre weißen Jeans: auf das kleine Dreieck aus Baumwollstoff, wo der pfirsichfarbene Schafwollpullover aufhörte, und auf die Lücke zwischen ihren Schenkeln; es wäre mir lieber gewesen, wenn sie wenigstens ein bißchen mehr Fleisch auf den Knochen gehabt hätte. Ich betrachtete ihren weißen Hals, ihre Kehle; sie tat, als würde sie die Sojamilch trinken, während sie in Wirklichkeit gar nichts hinunterschluckte; sie befeuchtete sich bloß die Lippen, um so dicht vor mir nicht untätig dazustehen.

Auch ich bemühte mich vor dem inneren Spiegel, in dem ich jede meiner Bewegungen kontrollierte, um eine gute Haltung, um nicht gewöhnlich und vorhersehbar zu erscheinen und um meiner Vorstellung von mir selbst zu entsprechen. Nach dem Konzert am Abend zuvor fiel mir das viel leichter; ich brauchte fast nicht mehr daran zu denken.

Plötzlich drehte sie sich zu mir herum, das immer noch halbvolle Glas in der Hand und eine weiße Milchspur auf den Lippen. »Alle waren tief beeindruckt gestern abend. Du spielst ja höllisch gut.«

Ich lächelte so wenig ich konnte, versuchte ihr fest in die Augen zu sehen, ohne rot zu werden oder die Fassung zu verlieren. Auch sie mußte sich erheblich anstrengen, um ihre Selbstzweifel zu überwinden und so direkt mit mir zu sprechen: Sie schwankte zwischen Kühnheit und Fluchttrieb, Frechheit und Zurückhaltung, Empfindlichkeit und Überlegenheitsgefühl als Tochter des Hauses.

UTO Hat es dir gefallen?

NINA Ja. So was hat niemand erwartet.

UTO Und du?

NINA Hab ich dir doch schon gesagt. Bist du auf Komplimente aus?

(Diese Schroffheit hat sie von ihrem Vater; sie weicht abwehrend ein paar Schritte zurück.)

UTO Hör mal, was die anderen denken, interessiert mich überhaupt nicht. Ich spiele nur für mich.

(Was nicht stimmt; wenn keiner zuhören würde, nicht einmal das imaginäre Publikum, das ständig jede seiner Bewegungen verfolgt, würde ihm die Lust am Klavierspielen ganz sicher vergehen.)

NINA Weiß ich doch. Aber dich so zu hören war schon

eindrucksvoll. Mit diesen irre rasenden Fingern. Und die Musik, die du gespielt hast, mein Gott.«

Sie kippt das Glas Sojamilch in den Ausguß, spült sofort nach, damit man nichts sieht; er guckt erneut auf ihren Po in den weißen Jeans. Sie geht mit halb geschlossenen Augen die Küchentheke entlang, lehnt sich dagegen. Auch er hat die Augen halb geschlossen; steht mit aufgestütztem Ellbogen neben ihr; immer noch mit einem Meter Abstand.

UTO Und was für Hände hast du?

(Langgezogene Vokale wie Fische, die unter der Wasseroberfläche vorbeigleiten.)

NINA Nein, guck sie nicht an.

(Sie versteckt ihre Hände schnell hinter dem Rücken.)

UTO Wieso nicht? Zeig doch.

(Es gelingt ihm, seinen drängenden Ton mit einem Hauch von Lässigkeit zu versehen, aber es fällt ihm schwer, noch schwerer, als nicht mehr daran zu denken, wie er von außen gesehen wirkt. Er ist die ganze Zeit in sich drinnen und steht zugleich ein paar Meter neben sich, um sich zu beobachten.)

UTO Zeig sie mir, bitte.

NINA Nein, ich hasse sie. Sie sind scheußlich.

Aber sie gibt sich nicht viel Mühe, sie wirklich zu verstecken, sie wedelt damit sogar einen Augenblick lang vor ihrer Brust hin und her und verschränkt dann die Arme, um sie wieder zu verstecken, senkt abwehrend den Kopf, und die schulterlangen Haare fallen ihr ins Gesicht. Uto Drodemberg steht jetzt dreißig Zentimeter von ihr entfernt, das Magnetfeld seines Körpers ist so stark, daß man sich dagegenlehnen kann wie an eine feste und elastische große

242

Seifenblase: Er kann sich vorbeugen, ohne auf sie zu fallen, und in dieser Fastberührung verharren.

UTO Wie kannst du deine Hände hassen? Du haßt deine Wangenknochen, du haßt deine Hände, lieber Himmel. Was stimmt denn nicht damit?

(Seine Stimme verfällt in eine rauhere, leicht heisere Tonlage, obwohl sie stellenweise immer noch schrill klingt, sein Blick wird weich und drängend: Ein warmer elektrischer Strom fließt durch seine Adern.)

NINA Ach, sie sind so plump.

UTO Ist das der Grund, warum du nichts ißt? Warum du nur so tust als ob und die Teller hinter dem Vorhang versteckst und halbvolle Gläser wegschüttest?

NINA Tu ich gar nicht.

UTO Doch.

NINA Fang du jetzt bloß nicht auch noch wie mein Vater an. Einer reicht mir.

Natürlich besteht auch ein Zusammenhang zwischen ihrer Nahrungsverweigerung und der Art, wie sich mit mühseliger Langsamkeit ein Satz nach dem anderen von ihren Lippen löst; zwischen ihrem Alter und ihrer besonderen Intelligenz und der Tatsache, daß sie die Tochter eines berühmten Vaters ist, der nach Amerika gegangen ist und eine neue Familie gegründet hat. Zwischen ihrem Blick und ihren breiten Wangenknochen, zwischen ihren Wangenknochen und ihrem viel zu mageren Körper und dem vier Nummern zu großen Pullover, unter dem sie ihn versteckt. Wenn man sie so sieht, erweckt sie Zärtlichkeit, aber gleichzeitig wirkt sie auch komisch und bringt einen zum Lachen.

Ich lachte; Nina sah mich verdutzt an und senkte den Kopf, fing ebenfalls an zu lachen. Wir lachten wie die Blöden, schallend und glucksend, wir standen uns mit verschränkten Armen dicht gegenüber und warteten beide darauf, daß der andere einen Schritt nach vorn machte und einen Kuß wagte. Ich hatte aber auch Angst: Es überlief mich abwechselnd heiß und kalt, ich fühlte mich wie ein gefrorener Kabeljau, der aus der Tiefkühltruhe in den Mikrowellenherd und wieder in die Tiefkühltruhe gesteckt wird.

Ich lache kalt und heiß, beuge mich noch weiter vor und lehne mich an die feste, unsichtbare Membran unserer Magnetfelder, aber wir sind uns sehr nah, und die Widerstandskraft der Membran hat wohl ihre Grenzen, denn plötzlich falle ich vornüber und spüre Ninas Lippen auf meinen: die weiche warme Feuchtigkeit, die nach Sojamilch und Honig schmeckt und dann zerfließt in einer inneren Welt, in der man sich verlieren kann, wie sich ein Unterseeboot in der Meerestiefe verliert. Wollfasern auf Leder, Feuchtigkeit und innere Reibungswärme, Hin- und Hergleiten und -drücken und -schieben, Formen, die sich auflösen und als Tatsachen zurückkommen, und für selbstverständlich gehaltene, vergessen geglaubte, die in neuer Form, in Form von Staunen und Verblüffung wiederkehren.

Nina rutschte, mit dem Rücken gegen den Kühlschrank gelehnt, ein Stück zur Seite, und ich blieb, wo ich war; wir schnappten nach Luft und schauten uns an, alle beide mit glühendem Gesicht, ohne ein Wort im Kopf. Das Blut strömte mir warm in den Bauch und in den Magen und in die Mitte der Brust und in die Schläfen, ich wollte nichts als mich wieder an sie drücken, aber da war dieser kleine Zwischenraum zu überwinden. Ich legte ihr eine Hand auf die Hüfte und sagte: »Du kannst wirklich essen, was du willst. An dir ist nicht ein Gramm Fett, selbst wenn man es mit Gold bezahlen würde.«

Sie kühlte im Bruchteil einer Sekunde ab: Sie wurde so schwer und steif, daß ich sie nicht einen Millimeter wegschieben konnte, ihr Blick war völlig verändert. Mit harter Stimme sagte sie zu mir: »Sprich du nicht auch noch vom Essen. Okay?«

»Ist ja gut«, sagte ich und nahm meine Hand von ihrer Hüfte. »Mir ist das doch völlig egal.« Schnell zurückspulen, schnell zurückspulen. Ich dachte, daß es mir wirklich völlig egal war, daß sie machen konnte, was sie wollte; ich sagte: »Glaub bloß nicht, daß ausgerechnet ich dir Geschichten wegen dem Essen mache. Essen interessiert mich überhaupt nicht, ich kann jederzeit darauf verzichten.«

Ihr Blick veränderte sich erneut, sie sah mich verblüfft an.

»In Mailand hab ich einmal zehn Tage lang keinen Bissen gegessen. Nicht mal einen Keks. Meine Mutter dachte, ich wollte mich verhungern lassen«, sagte ich.

Ich kam wieder zu Atem, mein Herzklopfen wurde allmählich langsamer, das Kribbeln in mir ließ nach. Sinkende Temperatur, die Seifenblasenhülle hat sich rasch neu gebildet.

»Aber wieso?« fragte Nina unsicher und neugierig, und ihr Blick wurde wieder wärmer.

»Einfach so«, sagte ich. »Weil ich keine Lust mehr hatte. Manchmal bin ich es leid, ständig Dinge zu tun, die scheinbar unvermeidlich sind. Zu essen, trinken, atmen, dazusein.

Du brauchst es bloß mal auszuprobieren, dann merkst du, daß man auch darauf verzichten kann.«

(Jetzt durchströmt ihn etwas ganz anderes als das durch den Körperkontakt hervorgerufene Prickeln von vorhin; es ist tiefer und viel erhebender, er schwebt fast bis an die Deckenbalken hinauf. Zugleich ist er aber auch unten: in seinen Worten und in seinem Blick und seiner Stimme und den Bewegungen, die er macht.)

NINA Aber wie lang kann man darauf verzichten?

(Ihr Interesse richtet sich immer mehr auf ihn: es schießt aus ihren Augen hervor und kehrt mit dem Atem zu ihr zurück.)

UTO So lang man will. Damals habe ich zehn Tage lang nichts gegessen, aber ich hätte noch weitermachen können, wenn ich gewollt hätte. Ich hätte für immer aufhören können zu essen.

NINA Und was wäre dann passiert? Wärst du gestorben?

(Interessiert-elektrisiert, bebend vor Aufmerksamkeit.)

UTO Die Hauptsache ist, daß du nicht an die Folgen denkst, sondern nur an das, was du willst. Alles andere ist unwichtig.

(Die Strömung trägt ihn mit sich fort, so weit, daß Worte und Gesichtsausdrücke ihm nicht mehr genügen. Es würde ihm nicht einmal genügen, sich ans Klavier zu setzen und zu spielen wie gestern abend; er müßte jetzt etwas wirklich Bedeutsames tun.)

UTO Du zum Beispiel willst nicht essen, weil du Angst hast, dick zu werden, stimmt's? Inzwischen bist du fast nur noch Haut und Knochen, aber du glaubst, du bist zu dick. Und alle versuchen die ganze Zeit, dich zum Essen zu bewegen, und plagen dich, weil du es nicht tust; es ist wie ein Komplott der guten Absichten, nicht wahr?

NINA (mit gesenktem Blick) Ja.

UTO Und du ißt nichts, aber du tust es in deiner verstohlenen Art. Du versteckst den Teller, stocherst mit der Gabel im Essen herum, knabberst irgendwas. Du hast überhaupt keinen Mut, du schaffst es nicht, deinen Standpunkt entschieden zu vertreten.

NINA (schiefer Blick) Was soll ich denn sonst tun?

UTO Nicht mehr essen. Aber ganz offen. Ohne so zu tun als ob. Und ohne heimlich eine ganze Packung Sojaeis in dich hineinzustopfen, um es dann wieder auszukotzen.

NINA (flammender Blick) Das stimmt nicht! Das hab ich nie gemacht!

UTO Ich hab neulich die leere Packung gesehen und hab dich im Bad gehört. Laß es doch einfach ganz bleiben. Nichts ist unbedingt nötig. Nicht mal das, was dir am Unentbehrlichsten erscheint. Atmen zum Beispiel. Atmen kommt dir ziemlich unentbehrlich vor, stimmt's?

NINA (hin und her gehender Blick) Ja, doch.

UTO Aber wenn ich will, kann ich genausogut damit aufhören.

NINA (ungläubiger, unsicherer Blick) Mit dem Atmen?

UTO Guck doch.

Es geht wie von selbst: Ich stelle mich in einer Art Aikido-Grundstellung vor sie hin, wie ich es im Buch gesehen habe, breitbeinig, niedriger Schwerpunkt, schön gerader Rücken, Arme seitlich angelegt, und höre auf zu atmen. Ich hole vorher keine Luft, denn ich finde, dann hätte das Ganze keinen Sinn und keinen Wert. Ich höre einfach auf zu atmen, sobald ich ausgesprochen habe, mit einem schon halb verbrauchten Luftvorrat in den Lungen. Ich weiß nicht, warum ich es mache, ich weiß nicht, was wirklich hinter dieser Tat steckt; es ist auch zu spät, darüber nachzudenken, denn ich bin schon mittendrin, ich verbessere nur meine Haltung und kreuze die Hände über der Brust. Es ist kein Luftanhalten wie bei einem Taucher, es ist ein vorübergehender totaler Atemstillstand, der auch endgültig werden kann, wenn ich es schaffen würde, mich nicht ablenken zu lassen. Ich halte die Augen geschlossen, stehe still da, ohne zu schwanken, ohne die Sekunden zu zählen und ohne mich zu fragen, wie lang ich es aushalten kann.

Das Komische ist, daß ich gar keinen Drang spürte, Luft zu holen: Nichts. Ich war frei von jedem niederen Überlebensinstinkt, frei von Angst und Zögern. Ich hatte ein phantastisches Gleichgewicht, eine herrliche Unabhängigkeit von der Schwerkraft. Alle meine Empfindungen entfernten sich allmählich, und dabei war mir völlig bewußt, daß sie sich entfernten: die Leere in den Lungen und der verlangsamte Herzschlag mitten in der Brust, das in den Schläfen pulsierende Blut. Sie verschwammen und lösten sich auf in einen zähflüssigen Zustand, so als wäre ich in hundertfacher Vergrößerung auf einer Panoramaleinwand oder auf ein mikroskopisches Maß geschrumpft oder in der Atmosphäre eines Lichtjahre von der Erde entfernten anderen Planeten.

Da der unwillkürliche Atemrhythmus fehlte, setzten nach und nach auch alle meine anderen damit verbundenen inneren Rhythmen aus; das komplexe System, das mich, ohne daß ich daran zu denken brauchte, in Schwung hielt, wurde immer langsamer, bis es schließlich fast stillstand. Jetzt bin ich in einem nur halb materiellen Zustand, meine Empfindungen sinken von der unsicheren Oberfläche auf einen sicheren Grund und ziehen dabei lange Schlieren hinter sich her wie leuchtende Planktonwolken im warmen dunklen Wasser. Ich nehme Ninas Anwesenheit als ein wenn auch sehr kleines Publikum wahr, aber allmählich scheint sich dieses Publikum auszudehnen, ich glaube in der Ferne ein Licht zu sehen, das mich blendet und wärmt, ich glaube, daß in dem, was ich tue, ein tieferer Sinn liegt; dann wieder scheint mir, daß nichts auf der Welt je irgendeinen Sinn gehabt hat, daß alles nur ein System von Codes ist, die erfunden wurden, um den Dingen einen Namen zu geben.

Ich meinte alles unglaublich deutlich zu spüren und zugleich alle Empfindsamkeit verloren zu haben; unverrückbar fest im Raum zu stehen und zugleich nach hinten abzurutschen; oben und unten zu sein; unendliche Kraft zu besitzen und sie schon ganz verbraucht zu haben, in einem unterirdischen Strom davonzuschwimmen, immer mehr in die Tiefe und immer mehr ins Dunkel und dann wieder nach oben wie auf einem Achterbahngleis in einem Vergnügungspark, aber unendlich langsam, beängstigend und belanglos, in rasendem Lauf und reglos. Ich war da und war nicht mehr da, ich war wie ein Mikroskop auf die kleinste Empfindung des winzigen Augenblicks konzentriert und sah zugleich alles aus weiter Ferne und von hoch oben, mit einem komischen Gefühl der Schwerelosigkeit und der Losgelöstheit von den Dingen und den Menschen und den Gefühlen. Ich war formlos und grenzenlos, ich brauchte keine

Signale aufzunehmen und zu entschlüsseln, keine Kraft zu steuern, kein Gleichgewicht zu halten, nichts: die vollkommene Gelassenheit.

Ich war in absolutes Dunkel eingetaucht, tief versunken, ohne den leisesten Wunsch zurückzukehren, doch dann drang ein fahler Lichtschein durch meine Lider, und ich kehrte an die Oberfläche der Geräusche und Empfindungen zurück, wie ein Taucher, der an Tauen hinaufgezogen wird, auch wenn er gar keine Lust dazu hat.

Er schlägt die Augen auf und liegt auf dem Boden, Marianne ist über ihn gebeugt und sieht ihn mit vor Angst geweiteten Pupillen an. Auch Vittorio ist da, mit dem Ohr an seinem Mund.

»Natürlich atmet er«, sagt er, voll mit Wut durchsetzter Besorgnis. Er legt ihm eine Hand unter den Nacken, stützt seinen Kopf.

Nina lehnt weinend am Kühlschrank, sie schluchzt lautlos vor sich hin; Jeff-Giuseppe steht mit unglaublich bleichem Gesicht neben ihr.

»Ist ja gut«, sagte ich, aber es gelang mir nicht, meine Stimme zurückzuholen, ich brauchte Sekunden, bis ich mich verständlich machte.

»Was ist bloß passiert?« fragte Marianne, angespannt vor Sorge und blanker Angst, begierig zu verstehen. Sie hat sich ebenso wie Jeff-Giuseppe und Vittorio nicht einmal die Schuhe ausgezogen; der schmelzende Schnee in den Rillen der Sohlen bildete kleine Pfützen auf dem Teppichboden.

»Er hat aufgehört zu atmen«, sagte Nina vom Kühlschrank her mit hoher spitzer Stimme, sie zitterte und schniefte wie ein kleines Mädchen. »Er hat einfach aufgehört«, sagte sie. »Er hat gesagt, er hört auf zu atmen, und hat aufgehört zu atmen.«

Marianne sah mich an, blaß und aufgewühlt, als gelte es irgendeiner tiefen Wahrheit auf die Spur zu kommen.

Aber ich hatte nicht die geringste Lust, aus dem Ganzen ein Drama zu machen; ich setzte mich auf, obwohl sich mir noch der Kopf drehte, und sagte zu Vittorio: »Laß nur, es geht schon wieder.«

Er hielt immer noch meine Schultern umfaßt, sagte: »Warte doch. Ich verstehe das einfach nicht.«

Fester Griff seiner Maler-Handwerker-Holzfällerhände. Marianne atmet nervös, knorpelige Nasenlöcher, erweiterte Pupillen. Nina krumm und gebeugt, mit vor Verwunderung und Schuldgefühlen und Nichtverstehen glattem Gesicht.

Ich war schon wieder auf den Füßen, lächelte schon wieder. »Da gibt es nichts zu verstehen. Mir geht es ausgezeichnet, macht euch keine Sorgen. Es war nichts weiter.«

Ich schüttelte meine Beine aus, durchquerte das Wohnzimmer, ohne jemanden anzusehen, ich mußte meine ganze Aufmerksamkeit darauf verwenden, gerade zu gehen.

Die Folettis standen schweigend da, auch ohne sie anzusehen konnte ich ihre vierfache Bestürzung wahrnehmen.

Marianne prescht vor

Marianne fragt mich, ob ich Lust habe, sie zum Ashram zu begleiten. Während sie spricht, steckt sie gebügelte und ordentlich zusammengelegte Hemden und Hosen und Pullover in zwei Stoffbeutel. »Wir ziehen die Sachen kaum noch an, vielleicht kann sie jemand anders gebrauchen.«

Ihr behutsamer Ton, jeder Blick von ihr ist mir inzwischen lästig. Ich versuche, mich so neutral wie möglich zu geben, aber es gelingt mir offenbar nicht; es war ein Fehler, ins Wohnzimmer hinunterzugehen, anstatt mich in meinem Zimmer oben an der Treppe zu verkriechen.

Also folge ich ihr nach draußen, obwohl ich viel lieber auf dem Sofa sitzen geblieben wäre, um zu warten, bis Nina aus ihrem Zimmer kam, oder auch nur um in der Geschichte des Buddhismus weiterzulesen, die ich im Bücherregal gefunden habe: einzutauchen in die hypnotische Aufeinanderfolge von Namen und Daten und teleskopisch weit zurückliegenden Ereignissen.

Marianne fährt den Range Rover viel unsicherer durch den Tiefschnee als ihr Mann: Ihre Augen messen unentwegt die Fahrbahn, huschen zwischen Rückspiegel und Außenspiegel hin und her, als fürchte sie, jeden Augenblick von der Straße abzukommen und an einen Baum zu fahren. Sie schafft es nicht einmal, zusammenhängende Sätze zu sagen, unterbricht sich, blickt zur Seite, beginnt von neuem.

»Weißt du, daß Nina heute früh eine große Schale Granola gegessen hat? Und einen Apfel und Nudelsalat?«

»Ach ja?« frage ich.

Sie weiß nicht, was sie von meinem Ton halten soll, wirft mir einen raschen Blick zu, sagt: »Weißt du, daß Nina seit ungefähr drei Jahren nicht mehr gefrühstückt hatte?«

»Tja«, sage ich.

Marianne wirft immer wieder rasche Blicke zu mir herüber, nervös, als pulsiere ein Wechselstrom in ihr, sagt sie: »Weißt du, daß Magersucht eine furchtbar schwer zu heilende Krankheit ist? Nicht mal dem Swami ist es gelungen. Wir waren schon ganz verzweifelt. Und jetzt ißt sie plötzlich, von einem Tag auf den anderen. Unglaublich, wie du das geschafft hast. Wir sind alle fassungslos.«

»Ich habe doch gar nichts gemacht«, sage ich so natürlich und beiläufig, wie ich kann.

Marianne fixiert die Straße, will etwas sagen, beißt sich aber nur auf die Lippen.

Ich betrachte ihr Profil, und erst jetzt fällt mir auf, wie angeknackst ihre spirituelle Gelassenheit ist, ihr übersensibles Wesen darunter liegt fast schutzlos bloß. Ich frage mich, wann das passiert ist, ob ich allein daran schuld bin oder nicht; ob ich irgend etwas tun oder sagen müßte, um es wiedergutzumachen.

»Das hat doch nichts mit mir zu tun«, sage ich. »Sie wird eben Hunger gekriegt haben. Sie wird es leid gewesen sein, nichts zu essen, meinst du nicht?«

Marianne blickt prüfend auf die Fahrbahn, in die Rückspiegel. »Wie dem auch sei. Jedenfalls ist es fast ein Wunder, du kannst es drehen und wenden, wie du willst.« Sie sieht mich mit blaugrau blitzenden Augen an: »Uto, ich habe Angst. Ich weiß nicht mehr, wie ich mich verhalten soll. Ich komme mir so unzulänglich vor.«

Ich muß fast lachen über ihren Tonfall, ihre absolute Humorlosigkeit: Ich spüre, wie Verlegenheit in meiner Wirbelsäule aufsteigt, mein Herz und die Hinterseite meines Hirns kitzelt. Ich sage: »Sag so was nicht, *bitte*.«

Mittlerweile sind wir bei der Abzweigung zur Staatsstraße, sie bremst, das Auto schlingert ein paar Meter über den Schnee. Mit fahrigen Händen bringt sie es wieder unter Kontrolle, sieht mich an, mit dem fanatisch leuchtenden Blick, den sie manchmal hat. »Der Guru hat auch gesagt, daß du ein Werkzeug Gottes bist.«

»Aber nur wegen meinem Klavierspiel«, entgegne ich. »Und außerdem war das bloß so eine Redensart von ihm.« Die Situation gefällt mir überhaupt nicht, jetzt wo ich drinstecke; sie ist keineswegs so amüsant, wie ich es mir aus der Ferne vielleicht vorgestellt hätte. Ich sitze neben dieser hübschen, labilen Neununddreißigjährigen und wäre am liebsten in den Schnee hinausgesprungen und davongelaufen. Der plötzliche Verlust ihres Gleichgewichts und der Gedanke, selbst dazu beigetragen zu haben, ist mir höchst unangenehm, ebenso wie der erwartungsvolle Blick, mit dem sie mich ständig ansieht, und der Strom von Aufnahmebereitschaft, der von ihrer Gestalt ausgeht und an den Innenwänden des Autos abprallt wie die Schallwellen eines Sonargeräts.

Ich zeige zum Fenster hinaus: »Die Hirsche haben sich nicht mehr sehen lassen.«

Aber so leicht läßt sie sich nicht ablenken. Ich beobachte

ihre nervösen Hände auf dem Lenkrad, das Auf und Ab ihrer Ellenbogen, den geraden Rücken, die hellen Augen, die zu mir und zu den Rückspiegeln und den Straßenrand entlang huschen, wo die Räumfahrzeuge die kompakten Schneehaufen rechts und links noch höher aufgetürmt haben. Es schneit wieder, aber in spärlichen feinen Flocken, für ein richtiges Schneegestöber ist es zu kalt. Ich richte meinen Blick nach vorn, innerlich bebend vor Angst oder vielleicht vor Betroffenheit oder Unsicherheit; ich will nicht in diese Rolle gedrängt werden, ich habe keine Lust, für irgend etwas verantwortlich zu sein. Ich versuche, mich auf die Vibrationen des Motors zu konzentrieren, Mariannes übersensiblen Antennen null Anlaß für neuerliches Interesse zu geben; ich versuche, nichtssagend und unbedeutend zu sein, jede suggestive Ausstrahlung meines Profils zu vermeiden.

Zum Glück sind wir schon da und schon draußen in der eiskalten Luft, jeder mit einem Sack abgelegter Kleider in der Hand, wir gehen mit den Füßen stampfend den freigeschaufelten Pfad entlang. Ich beschleunige meinen Schritt, um wenigstens einen kleinen Abstand von Marianne zu gewinnen, die vereinzelt herabfallenden Schneekörnchen piksen mich ins Gesicht wie winzige Nadeln aus kristallisierter Kälte.

»Wie schnell du läufst«, sagt Marianne hinter mir, obwohl sie so lange Schritte macht, daß sie bestimmt nicht weit zurückbleibt. Ich verlangsame trotzdem, um die Aufmerksamkeit nicht noch mehr auf mich zu lenken, aber es nützt nicht viel, nun schnauft sie dicht neben mir und schießt von der Seite weiter ihre Blicke auf mich ab. Es ist lächerlich: Ich möchte vor ihr davonlaufen und gehe neben ihr her, ich will mich verstecken und bin dicht vor ihren Augen, und vielleicht habe ich ihr Interesse an mir und den Verlust ihres Gleichgewichts sogar gewünscht. Aber schließlich besteht ein Unterschied zwischen dem, was man sich vorstellt, und dem, was man wirklich will, zwischen der Oberfläche einer Idee und ihrer konkreten Substanz.

Wir kommen zu dem großen Holzbau gegenüber der Kundalini Hall auf der großen Lichtung. »Das Ashram«, erklärt mir Marianne. »In den oberen Stockwerken schlafen die Nonnen und Mönche und die Leute, die kein eigenes Haus haben. Jeff und ich haben auch hier gewohnt, bevor Vittorio gekommen ist.«

Ich blickte mit geheucheltem Interesse zu den Fenstern hinauf, in der Hoffnung, daß dadurch ihr Interesse von mir abgelenkt würde, aber es nützte nichts.

»Wir schliefen zu zweit in einer winzigen Kammer, und ich dachte, daß ich Vittorio nie wiedersehen würde, aber es ging mir ausgezeichnet.«

Das war wohl eine Art Botschaft, und sie atmete auch heftiger, als es durch das Gehen auf dem freigeschaufelten Weg gerechtfertigt gewesen wäre; sie sah dabei auf mich statt auf das Ashram.

Ich ging mit meinem Kleidersack schnurstracks auf den Eingang zu, trat in die warme Halle, in der man die Schuhe noch anbehalten durfte, aber drinnen hatte ich sofort den Eindruck, daß es nur noch schlimmer werden konnte. Weit und breit war niemand zu sehen, Marianne heftete sich sofort wieder an meine Seite, noch aufdringlicher und lästiger als im Auto, ganz Blicke und Atmen und Erwartungen und unausgesprochene Aufforderungen.

»Hier haben wir gewohnt, Jeff und ich«, sagte sie. »Wir hatten ein Bett, ein gemeinsames Bad über den Flur, und wir aßen in der Kundalini Hall. Mehr brauchten wir nicht.«

»Zum Glück ist dann Vittorio gekommen«, sagte ich.

»Ja.« Sie wandte den Blick ab, biß sich auf die Lippen.

Ein schwedischer Stuhl, ein kahler Tisch, eine Schuhablage mit zwei Etagen, an der Wand ein Guruporträt und eine große Anschlagtafel, an die mit Reißzwecken Dutzende von Ankündigungen gepinnt sind. Ich klammerte mich mit dem Blick an alles, was es zu sehen gab, an alles, was mich irgendwie auf andere Gedanken bringen konnte. Mir fiel kein einziger Satz ein, dabei waren wir schon durch die Tür und auf der Treppe, die nach unten führte.

Ich gehe in Mariannes kaum wahrnehmbarem Neutralseifengeruch die Stufen hinunter und würde am liebsten doppelt so schnell wieder zurücklaufen, weg von dieser Situation und der Rolle, auf die ich mich gleich am Abend meiner Ankunft eingelassen habe, flüchten vor den auf mich einstürmenden und mich erdrückenden Erwartungen und Ansprüchen, denen ich mich so schwer entziehen kann. Aber wir sind schon unten, und ich habe nicht einmal versucht stehenzubleiben.

Marianne knipst das Licht an: ein großer, niedriger, überheizter Raum, Wände und Fußboden weiß gekachelt. Sie macht eine unbestimmte Handbewegung, sagt: »Hier werden die Kleider und Stoffe in den richtigen Tönen eingefärbt.«

Auf langen Regalen sind gebrauchte Kleider aufgestapelt, Hemden und Jacken und Pullover in allen möglichen Schattierungen von weiß über sandfarben bis hellgrau, kein Ton so kräftig, um nicht umgefärbt werden zu können. Auf anderen Regalen liegen die bereits fertigen Sachen, pfirsich- oder aprikosenfarben oder blaßrot, je nachdem, was die ursprüngliche Farbe zusammen mit den Ashramtönen ergeben hat.

Marianne zeigt mir die Farbkessel, in welche die Kleider getaucht werden, daneben vier große Waschmaschinen für die Wäsche der Ashrambewohner. »Schön, nicht wahr?«

Aber es ist nicht schön, und ihr Interesse ist auch ganz woanders als ihr Blick. Wir stecken in einer luftdicht abgeschlossenen, vibrierenden Falle, es ist heiß wie in einer Sauna, denn an der Decke verlaufen die Heizungsrohre, die ins Herz des Ashram hinaufführen. Es gluckst und brodelt in den Leitungen, die Stromanlage summt, Magnetfelder bauen sich auf: Wir sind in der Mitte der Erde, im unsicheren und verborgenen Zentrum, dem möglichen Ausgangspunkt für jede Art Empfindung und jede Absicht.

»Warum müßt ihr ausgerechnet diese Farben tragen?« frage ich.

»Wir müssen nicht«, antwortet Marianne. »Der Swami sagt immer, jeder kann die Farben tragen, die er will. Aber helle Töne haben einen positiven Einfluß auf die Menschen. Und schön sind sie auch, findest du nicht?«

Ich nicke möglichst vage, froh, wenigstens mein solides Schwarz zu haben, das mich schützt, eine millimeterdicke Schutzschicht aus schwarzem Leder.

Marianne nimmt die Kleider aus ihrem Sack; die Luft ist so heiß, daß sie sich die Daunenjacke ausziehen muß. In ihrem vorn geknöpften Pullover wirkt sie noch nervöser und zerbrechlicher. Mit völlig unangebrachter Feierlichkeit faltet sie Ärmel um Ärmel die Hemden auseinander, breitet die abgetragenen Pullover ihres Mannes aus wie Flaggen, läßt das künstliche Licht auf die Gewebefasern scheinen, schiebt die Sachen hin und her, als könnten sie dadurch wer weiß was für eine symbolische Bedeutung erhalten oder ausstrahlen.

Uto Drodemberg beobachtet sie aus ein paar Metern Entfernung, erhitzt wie er ist in seiner Lederjacke, Klaustrophobie steigt in ihm auf. Er hat einen ganzen Katalog von Gesten im Kopf, einen Katalog von Tonfällen, Bildern von sich selbst, die ihn in diese Situation gebracht haben; er möchte nur zurückspulen und eins nach dem andern löschen, das Gleichgewicht der Familie Foletti wiederherstellen, wie es vor seiner Ankunft war, die makellose Fassade, die sie ihm präsentiert hatten, wieder heil machen.

Ein weißes Hemd von Vittorio in der Hand, sondiert Marianne ihn mit blitzenden Blicken; sie schiebt einen Kleiderbügel in das Hemd und hängt es zu den anderen, die gefärbt werden sollen. Sie zieht ein weißes T-Shirt von sich aus dem Sack, entfaltet es und bemüht sich dabei um einen völlig harmlosen Gesichtsausdruck, was ihr aber nicht gelingt, ihre Augen glänzen vor Verlegenheit, so als würde sie sich vor mir ausziehen, die Atmosphäre ist unerträglich gespannt.

Blicke in die Augen, Blicke auf die Lippen. Wörter, die kurz vor dem Aussprechen zurückgehalten werden. Zurückgehaltene Gesten. Kommunikation zäh wie Leim. Hemmungen-Ungehemmtheit. Gluthitze wie in einem Backofen der Gefühle; sie löst jeden Standpunkt auf, läßt ihn zerfließen.

MARIANNE Ist dir nicht warm?

UTO Nein.

MARIANNE Aber das ist doch die reinste Sauna hier.

UTO Mir ist nicht warm.

Sie geht mit ihrem weißen T-Shirt in der Hand an ihm vorbei und läßt es in einen der Farbkessel fallen. Es braucht zehn Sekunden, bis es hineinfällt: es schwebt in der Luft wie der langsamste Eindruck. Marianne wendet langsam den Kopf, ein Blick, der sich in der Hitze dehnt und wie warmer Honig schmilzt. Rascheln in der dichten Luft; kochendheißes Wasser, das durch die Rohre fließt, Seufzen und Atmen, dumpfes Getrommel von irgendeinem kosmischen Instrument. Marianne kommt auf mich zu mit blitzenden, allzu blau leuchtenden Augen, allzu drängend, besitzergreifend, beharrlich.

MARIANNE Woran denkst du?

UTO An nichts.

MARIANNE Doch, du denkst und denkst nicht, wie der Swami sagt. Du weißt alles, nicht wahr?

(Sie kommt noch näher, mit geweiteten Pupillen, bebenden Nasenlöchern wie bei einem intelligenten und beseelten Pferd.)

MARIANNE Doch, du weißt alles. Glaub nicht, ich hätte es nicht gemerkt.

(Sie senkt das Kinn und blickt mit einem zugleich frommen und sinnlichen Ausdruck nach oben. Sie steigert sich immer weiter in diese wirre Spiritualität hinein, wie jemand, der immer heftiger atmet.)

MARIANNE So was sehe ich. Ich habe ein Gefühl dafür. Du bist uns gesandt worden.

UTO Na klar, von meiner Mutter.

MARIANNE Deine Mutter war bloß ein Werkzeug. Du weißt genau, daß es einen höheren Plan gibt.

UTO Von wegen Plan. Fang jetzt nicht an zu phantasieren. Bitte.

(Er wendet sich zum Gehen: Er verlagert das Gewicht auf den rechten Stiefelabsatz, spürt, wie sich die Gummisohle biegt, damit er auch das andere Bein in Bewegung setzen und auf Distanz gehen, sich entziehen kann.)

Aber da ist dieses tiefe Summen wie von einem verzerrten, endlos lang ausgehaltenen E-Gitarrenton und der Gedanke, in den Eingeweiden des Ashram zu sein, die von hochgradig geläuterten und ritualisierten Aktivitäten erfüllt sind, ohne eine Spur von niederen Impulsen, die hier in der Tiefe doch ihren natürlichen Platz zu haben scheinen. Gedanken an Arme, Gedanken an Hände, Gedanken an Rücken, Hüften, Brüste, Gedanken an Berührungen und Aneinanderreiben von Stoff auf Stoff und Haut auf Haut; Gedanken an raschen Atem, sich anziehende und abstoßende Magnetfelder, kleiner und wieder größer werdender Zwischenraum.

Ich ging rückwärts bis zur Treppe und sagte: »Wollen wir nicht gehen?«

Marianne zwei, vier, sechs, acht Meter von mir entfernt, mitten im Raum, sehr blaß und unsicher und nervös; sie brauchte eine ganze Minute, bis sie zustimmend nickte.

Erfolge bei Jeff-Giuseppe

Ich stelze durch den Schnee, abseits vom Weg, den Vittorio wie jeden Tag mit der Schneeschaufel freigeräumt hat. Ich ziehe die Knie hoch, setze die Füße behutsam in die pulvrige weiße Masse, blase den Atem hinaus, beobachte die Kondenswolke, bis sie sich auflöst; ich denke nach. Wenn ich »nachdenken« sage, weiß ich selbst nicht genau, was ich damit meine, denn in Wirklichkeit stehen meine Gedanken still, ruhen auf sich selbst wie Möbel in einem Zimmer. Meine Aufmerksamkeit umkreist sie, gleitet darüber, ohne sie zu verrücken oder zu erhellen oder transparent zu machen. Ich weiß nicht einmal, ob es sich um richtige Gedanken handelt oder bloß um den Niederschlag von Empfindungen und Tatsachen, jede einzelne von Unbeweglichkeit durchdrungen. In Augenblicken wie diesem frage ich mich, ob mich meine Intelligenz in zu große Höhe und zu weite Ferne treibt oder ob ich nicht in Wirklichkeit vielleicht dumm bin. Meine Mutter hält mich für ein Genie, aber ihr Standpunkt ist natürlich zu voreingenommen; meine Klavierlehrer am Konservatorium behaupteten, ich sei außerordentlich begabt, aber sie meinten damit mehr mein technisches Können als meine geistigen Fähigkeiten. Die Lehrer in Musiktheorie und in den anderen Fächern hatten dagegen keine sehr hohe Meinung von mir, sie sahen in mir eher einen Tastentiger mit viel Instinkt, aber so gut wie keinem eigenständigen Denkvermögen. Sie hatten sofort erkannt, wie leicht es mir fiel, Notensequenzen aus einer Partitur aufzunehmen und beliebig zu variieren, und wie sehr es mir widerstrebte, jemandem in die vagen Gefilde der Abstraktion zu folgen. Ich selbst wußte nicht recht, was ich von mir halten sollte: Manchmal kam ich mir wahnsinnig begabt vor, und einen Augenblick später fand ich mich völlig unbegabt; ich glaubte, alles zu verstehen, was es zu verstehen gab, sogar das Unbegreifliche, und überhaupt nichts zu verstehen; ich glaubte glänzende Aussichten vor mir zu haben und zugleich in tiefster Vergeblichkeit zu versinken. Manchmal stieg in mir das unbestimmte, aber sehr starke Gefühl auf, daß ich irgendeine Mission in der Welt zu erfüllen hätte; dann wieder fühlte ich mich von meinen eigenen Grenzen und Mängeln am Erdboden festgenagelt. Ich hielt mich für einen Heiligen; ich hielt mich für einen Schweinehund. Ich hielt mich für einen Trottel; ich hielt mich für ein Genie. Oft meint man, ein Trottel oder Schweinehund sei sich nicht bewußt, ein solcher zu sein, aber das ist ein Gemeinplatz; ich kannte Trottel und Schweinehunde, die sich ihrer Grenzen sehr wohl bewußt waren und Genugtuung darüber empfanden und darunter litten. Mit Genies und Heiligen ist es, glaube ich, ungefähr dasselbe, nur daß echte Genies und echte Heilige meistens so tun, als wüßten sie es nicht, während viele, die es gar nicht sind, schamlos verkünden, daß sie sich dafür halten.

Mit meinem Aussehen ging es mir ganz ähnlich. An manchen Tagen kam ich mir vor wie in einem Videoclip oder einer Werbesendung, mit dem wirkungsvollsten Gesicht und Gang und untadelig schimmerndem Haar; und vielleicht schon fünf Minuten später fühlte ich mich wie ein lächerliches Bürschchen mit zu spitzer Nase und zu hell gebleichtem und zu geradem Haar und mit einem ruckhaften Gang wie dem einer Marionette. In manchen Augenblicken schien es mir völlig normal, daß Marianne eine göttliche Erscheinung in mir sah, gleich darauf schämte ich mich, daß ich mich dessen nicht mehr und nicht eher geschämt hatte, und hätte mich am liebsten unter dem Schnee versteckt.

Statt dessen gehe ich mit weitausholenden Schritten darüber und frage mich, wer ich bin und wo meine natürlichen Grenzen liegen und wie ich sie erweitern kann. Ich frage mich auch, wozu ich eigentlich hier bin, ob es eine unvermeidliche Übergangsphase in meinem Leben ist oder eine Sackgasse, in der ich aus Trägheit gelandet bin. Ich schwanke zwischen Selbstbewunderung und Abscheu vor mir, ich schaffe es nicht, mehr als fünf Schritte lang bei derselben Meinung zu bleiben, aber es sind weitausholende Schritte, und ich brauche für jeden zwei Sekunden.

Jeff-Giuseppe ist aus dem Haus gekommen und tritt neben mir unsicher von einem Bein auf das andere. »Was gibt's?« frage ich ihn.

Die Hände in den Taschen seiner Daunenjacke vergraben, schaut er auf den Schnee, guckt nur zwei-, dreimal fragend zu mir.

Ich kehre ihm den Rücken zu und tue, als hätte ich ihn vergessen; er tritt hinter mir weiter von einem Bein auf das andere, dann macht er einen Bogen und stellt sich wieder neben mich. »Bis wann bleibst du hier?« fragt er mich.

»Weiß ich nicht«, antworte ich. »Ich hab mich noch nicht entschieden.«

»Wie lange ungefähr?« Vor lauter Mitteilungsdrang bricht ihm wieder mal die Stimme weg, er klingt wie ein verzweifelter Rabe.

»Kommt drauf an«, sage ich. »Ich versuche gerade herauszufinden, wozu ich eigentlich hier bin.«

Jeff-Giuseppe senkt den Kopf und fragt: »Wie meinst du das?«

Mich freut sein Interesse für mich, die Bewunderung und Abhängigkeit, die in seinem Blick zu lesen sind. Ich fühle mich bedeutsam wie auf einer Bühne oder Kinoleinwand: Es kommt mir vor, als sei mein Blick auf einmal viel ausdrucksvoller, als knirschten meine Schritte viel schöner im Schnee. »Manchmal landest du irgendwo oder dir passiert irgendwas oder du triffst irgendwen, und es kommt dir völlig normal vor, du findest nichts Besonderes dabei, aber in Wirklichkeit gibt es doch einen ganz bestimmten Grund dafür, verstehst du? Nur findet man nicht so leicht heraus, was für einen.«

»Und wie willst du es herausfinden?« fragt Jeff-Giuseppe und ist sich keineswegs sicher, ob er richtig verstanden hat.

»Ich *fühle* es«, erkläre ich. »Es ist so ähnlich wie mit dem Klavierspielen. Da brauchst du ja auch nicht jedesmal, wenn du eine Taste anschlägst, eine haargenaue und rationale und distanzierte Übersicht über all die Tausende von Noten zu haben, die du spielen mußt, und über die Betonung und die Farbe und den Wert jeder einzelnen, so als würdest du sie in aller Ruhe und so lang du willst von oben betrachten. Du bist in der Musik drin und basta. Du stürzt dich einfach hinein, nicht wahr? Wie wenn du auf Skiern im Slalom zwischen den Bäumen im Wald hindurchfährst. Du mußt die Strecke beim Fahren erahnen, und zwar sehr schnell, du kannst ja nicht alle zwei Sekunden anhalten und überlegen.«

In Wirklichkeit war ich mir gar nicht so sicher, und ein guter Skifahrer war ich auch nicht; dicht hinter meinen Worten wimmelte es von Zweifeln und Ungewißheiten, ich kam mir unzulänglich und langsam und träge und nutzlos vor, unentschlossen und verletzlich. Aber ich hatte zum Glück auch keine große Lust, allzu tief unter der Oberfläche zu schürfen; ich konnte leicht über meine Mängel hinwegsehen. Es genügte, daß Jeff-Giuseppe mit der Miene eines gelehrigen Adepten hinter mir herlief und Erklärungen und Antworten von mir erwartete; ich glaubte ihm so viele geben zu können, wie er wollte.

»Weißt du«, fahre ich fort, »ich habe das Gefühl, daß ich hier irgendeine Verantwortung habe.« Meine Stimme klingt richtig verantwortungsvoll, während ich das sage, mein Blick ist von Verantwortungsbewußtsein durchdrungen.

»Wie meinst du das?« fragt Jeff-Giuseppe, rückwärts gehend, damit er mir ins Gesicht sehen kann.

»Ich weiß nicht«, sage ich und gebe mir überhaupt keine Mühe mehr, verständlich zu sein, genauso wie es der Guru immer so gut machte. »Vielleicht gegenüber eurer Familie oder den Leuten hier. Oder gegenüber der Welt, was weiß ich.«

Woanders oder zu einem anderen Zeitpunkt würde ich über so einen Satz von mir sofort in Gelächter ausbrechen, hier jedoch nimmt er einen sonderbaren Klang an, der mir heiße Tränen in die Augen treibt. Jeff-Giuseppe sieht mich verständnislos und starr vor rückhaltloser Bewunderung an.

Später in der behaglichen Wärme des Wohnzimmers bringe ich ihm am Klavier die Akkorde eines schlechten Rockstücks bei. Es ist nicht einfach, ihm begreiflich zu machen, daß er es nicht spielen darf wie die klassischen Stücke, die er so eifrig auswendig gelernt hat. Zehnmal nacheinander zeige ich ihm, wie er auf die Tasten hämmern soll: »Du mußt richtig draufhauen! Laß ein bißchen von der Wut raus, die in dir steckt!«

»Was für eine Wut?« fragt er und sieht mich von der Seite an wie ein unsicheres Kalb, drückt kraftlos auf die Tasten.

Ich schreie ihm ins Ohr: »Die Wut über all die Jahre, in denen du das brave Muttersöhnchen gewesen bist! Und alles geschluckt hast, was sie dir zugemutet haben, ohne daß du auch nur im Traum daran gedacht hast zu protestieren! Und zu allem immer ja gesagt hast, ohne dich zu wehren! Das Geschwätz von Vittorio und die Predigten von Marianne, die Pflichten und Aufgaben und guten Taten, den ganzen ewigen Scheiß!«

»Ich sage gar nicht immer ja!« wendet Jeff-Giuseppe ein, aber er spielt schon entschiedener und fängt an, seine gewohnte Sanftmütigkeit abzulegen.

»Laß die Wut bis in die Fingerspitzen kommen!« sporne ich ihn an. »Stell dir vor, daß du mit Vittorio streitest, oder mit deiner Mutter! Stell dir vor, daß sie dich um etwas bitten, wozu du überhaupt keine Lust hast! Daß sie vor dir stehen und dich lächelnd ansehen und sagen: ›Wärst du so lieb, Jeff? Ach, sei so nett, Giuseppe.‹«

Er spielt immer wieder die gleichen Akkorde, und mit der Zeit steigt ihm die Wut wirklich bis in die Fingerspitzen und läßt ihn zu meiner Überraschung immer energischer spielen. Ich brauche nichts mehr zu sagen, ich kann sogar ein paar Meter weggehen, ohne daß er nachläßt. Ich gehe bis zum Sofa am anderen Ende des Wohnzimmers, und seine Wut wächst immer weiter, er hämmert auf die tiefen Tasten wie ein junger Stier, der mit Hörnerstößen aus dem Stall ausbrechen will. »Jetzt stell dir vor, daß sie auf dich einreden, um dich zum Lächeln zu bewegen. Daß sie dir sagen, was du denken sollst!« rufe ich ihm zu. Aber es ist nicht mehr nötig: Er macht es jetzt von allein, haut jedesmal, wenn er mit der Passage von vorn anfängt, noch fester auf die Tasten.

Als er gute zwanzig Minuten lang gespielt hat, sehe ich den Range Rover auf seinen Platz vor dem Haus fahren, Vittorio aussteigen und die üblichen zahllosen Tüten mit Vorräten und Arbeitsmaterial ausladen und zum Haus schleppen, gefolgt von Geeno, dem Hund. Ich sage Jeff-Giuseppe nichts davon, lasse ihn mit all der Wut, die in ihm steckt, weiterspielen; ich lese ein paar Seiten in dem Buch über den Prozeß des Alterns, das ich aus dem Regal rechts neben mir genommen habe.

Zwei Minuten später steht Vittorio mit zwei, drei Tüten keuchend im Windfang, wie immer begierig, seine unterdrückten Spannungen auf die anderen abzuladen. Er klopft an die Glastür, ruft: »He! Wer hilft mir beim Ausladen?«

Ich tue, als ob nichts wäre, schaue nicht zu ihm hin, lege das Buch nicht weg. Jeff-Giuseppe hört ihn nicht einmal, so sehr ist er in seine hämmernden Akkorde vertieft, die ihm immer besser gelingen.

Also schiebt Vittorio die Tür auf, schreit Jeff-Giuseppe

an: »Kannst du mir bitte mal helfen, ich hab noch vier andere Tüten im Auto!«

Während er seinen Stiefsohn anschreit, streift er mich nur mit einem kurzen Blick, als sähe er in mir fast so etwas wie eine außerirdische Spezies, als wähle er sich lieber das leichtere Opfer aus. Er wundert sich auch über die Musik, die Jeff-Giuseppe aus dem Klavier herausholt; er bleibt stehen, um sich zu fassen, bevor er mit seiner Megaphonstimme ruft: »Giuseppe? Hast du gehört?«

Jeff-Giuseppe dreht sich um und sieht mich hilflos an, der Rhythmus löst sich unter seinen Händen auf wie Eiscreme auf einem Heizkörper; er scheint kurz davor aufzuhören, aber mein Gesichtsausdruck muß so hart sein, daß er ihn wieder bestärkt, denn binnen Sekunden kehrt die Kraft in seine Finger und seine Augen zurück, der Rhythmus der Akkorde wird erneut kraftvoll und böse.

»Hörst du nicht?« ruft Vittorio noch einmal, verwundert und ungläubig; er fragt sich, was in dem schönen Haus, das er eigenhändig erbaut hat, plötzlich vorgeht.

Ohne ihn anzusehen, spielt Jeff-Giuseppe weiter, hämmert noch viel wilder auf die Tastatur als vorher unter meinem anspornenden Zuspruch. Ich frage mich, wie lange er durchhält, welchen Druck Vittorio ausüben muß, um ihn wieder in seine alte Rolle zu verweisen.

»Giuseppe?!« schreit Vittorio, wütend und bestürzt, seine Stimme überschlägt sich.

Jeff-Giuseppe spielt und spielt, und jetzt macht er es wirklich gut, die Heftigkeit seiner Gefühle gleicht seine technischen Schwächen aus. Mit rotem Gesicht, tief über die Tasten gebeugt, seine klassische Sitzhaltung ist futsch, aber die Handgelenke halten durch, die Fingermuskeln arbeiten so gut wie noch nie.

Vittorio lehnt an der Schiebetür und starrt ihn an, mit vor Unsicherheit und Wut flackerndem Blick, durch seinen Körper geht ein unterdrücktes Beben. Aber wir sind in Peaceville, im Reich der Sanftmut und Toleranz: Er verharrt noch ein paar Sekunden am Rande eines Zornausbruchs und zieht sich dann kopfschüttelnd zurück, zwingt sich zu einem Lächeln, geht hinaus, um die restlichen Tüten aus dem Auto zu holen. Er gibt sich alle Mühe, gelassen und unbefangen und mit rein praktischen Problemen befaßt zu wirken, aber man sieht ihm die Wut und Ratlosigkeit an, die ihn über den festgetretenen Schnee stampfen lassen.

Erfolge bei Nina

Nina auf einem Hocker an der Küchentheke. Sie gießt sich ein Glas Karottensaft ein, fischt sich eins von Mariannes selbstgebackenen Plätzchen aus einer Dose. Sie streckt die Hand aus und nimmt sich Bananenchips, Rosinen, Mandeln und Nüsse, steht auf und kramt im Kühlschrank, schiebt sich ein Stück Tofu in den Mund, ein kaltes Sojawürstchen; zieht eine Scheibe Brot aus der Tüte. Sie ißt, als hätte sie gerade eine fürchterliche Hungersnot überstanden, als sei ihr plötzlich klargeworden, daß sie jahrelang nichts gegessen hat. Sie sieht schon voller aus als vor einer Woche, unter dem weiten Pullover beginnen sich ihre Formen abzuzeichnen. Sie bewegt sich auch energischer: Ihre Bewegungen sind raumgreifender, sie erinnern an die ihres Vaters, aber in einer viel angenehmeren Version.

Halb hinter einem Schrank verborgen, beobachte ich sie aus zehn Metern Entfernung und weiß nicht, ob ich Stolz empfinden oder nichts empfinden soll.

Sie entdeckt mich, fragt: »Was guckst du denn?«

»Nichts«, sage ich. Ich weiß nicht, ob ich zu ihr gehen soll oder bleiben soll, wo ich bin; ich trete hinter dem Schrank hervor. »Gibt es irgendwas Leckeres?«

»Nein«, antwortet sie, ißt aber trotzdem pausenlos weiter. »Bis auf den Süßkram.«

Ich trete noch näher, nehme mir eine getrocknete Aprikose, eine Handvoll Mandeln und sage: »Das haben wir Marianne zu verdanken.«

»Ja«, stimmt Nina mir mit einem ganz leicht boshaften Lächeln um die Mundwinkel zu. »Und meinem ihr ergebenen Vater.«

»Die heilige Reinigungskur. Engelsmehl und fettarme Sojamilch.« Ich schwinge die Arme auf und ab, als ob ich Flügel hätte, mache die Augen halb zu und schwanke hin und her.

Sie schaut mich an, halb schüchtern, halb verwegen, schwarz-weiß; der Kontrast ist jetzt, wo sie wieder zu Kräften kommt, noch viel stärker. »Weißt du, daß du mir am Anfang ganz unsympathisch warst?« fragt sie.

»Vielen Dank«, sage ich und stehe plötzlich vor einem kleinen Abgrund von Selbstungewißheit.

»Na ja, du hast ja nie den Mund aufgemacht«, fährt sie fort. »Man wußte nicht, was du denkst und wer du bist.«

»Findest du es besser, wenn einer gleich alles verrät?« frage ich betroffen und verärgert, aber auch erfreut, daß sie von mir spricht.

»Nein, aber wie du dich benommen hast«, sagt sie, »du warst dermaßen blasiert.«

»Und jetzt?« frage ich, teils kokett, teils ernst, teils neugierig, teils selbstsicher, teils Angst vor der Wahrheit.

Sie guckt auf meine Haare, guckt auf meine Lippen. »Jetzt bist du nach Mariannes Meinung so was wie ein Heiliger.«

»Und nach deiner Meinung?« frage ich, obwohl es mir vielleicht lieber gewesen wäre, das Thema fallenzulassen.

»Hm?« sagt sie, schaut zu Boden, schaut zur Seite, fängt an zu lachen.

Wir lachen alle beide, bewegen uns dabei abwechselnd aufeinander zu und voneinander weg wie auf einem schlingernden Boot. Blicke, die Blicke anziehen, Gesten, die Gesten anziehen, kleine Bewegungen der Lippenmuskeln und Augenbrauen, kleiner Aufruhr in der inneren Chemie; veränderter Atemrhythmus und Herzschlag. Pochen und Pulsieren, kreisende Flüssigkeiten, schwankende Temperaturen, Magnetfelder, die sich anziehen.

Sie musterte mich von oben bis unten, faßte mir an die Hüfte; zuerst ganz vorsichtig mit den Fingerspitzen, als hätte sie Angst, sich zu verbrennen, dann mit der ganzen Hand, und ihr Blick flammte auf, sie stürzte sich auf mich, Lippen auf Lippen, Körper an Körper, in einem zweifachen, ineinanderfließenden Atemsog.

Ich drückte meine Hand an ihren Rücken, und der Geschmack ihres Mundes und auch ihr Geruch kamen mir anders vor, seit sie wieder aß, auch die Konsistenz ihres Körpers war anders, obwohl sie sich immer noch mager anfühlte. Mit atemloser Verbissenheit preßte sie mich mit vollem Muskeleinsatz und hitzig wie ein junges Tier gegen die Wand, ihre Zunge war erstaunlich zudringlich. Ich schob meine Hand unter ihren Pullover, aber dann wußte ich nicht mehr weiter; wir waren in der Küche der Folettis und durch das fast nur aus Fenstern bestehende Wohnzimmer gut zu sehen; mir schien, daß die Tatsachen meinen Vorstellungen wieder einmal voraus waren und ihnen kaum eine Chance zum Aufholen ließen.

Uto Drodemberg, der Verführer, er braucht nur mit dem Finger zu schnippen, und schon schmelzen die Frauen da-

hin. Mütter und Töchter; es genügt, daß er seinen Gesichts-
ausdruck verändert oder irgend etwas sagt. Es genügt, daß
er da ist, er braucht gar nichts zu tun. Er ist da und braucht
nur etwas von seinem sanften und warmen Wesen in sei-
nen Blick zu legen. Er braucht keine Attitüde einzuneh-
men, in keine besondere Rolle zu schlüpfen. Ganz natürlich
und gelöst kann er die Arme einfach hängenlassen, stehen
oder sitzen, wie es ihm gefällt. Ein paar Worte oder ein
Blick genügen, Hauptsache, die Botschaft-Nichtbotschaft
kommt rüber, die Frauen schmelzen in Sekundenschnelle.
Es ist nicht nur sexuelle Anziehung, es ist ein stärkerer,
schwer zu erklärender Reiz, Frauen spüren es besser als
Männer, weil sie empfindsamer sind. Aber auch Jungen
wie Jeff-Giuseppe können es spüren, weil sie noch nicht
den Erwachsenenpanzer entwickelt haben, der sie hindert,
nichtrationale, nichtentzifferbare Signale aufzunehmen. Es
ist die durch die körperliche Botschaft offenbarte Atmo-
sphäre, sie ist der wahre Grund, auch wenn das nicht ein-
mal ihm selbst völlig klar ist, denn es ist etwas ganz Neues
und ganz Altes, früher hat er es sich manchmal vorgestellt,
aber er hat ja kaum Vergleichsmöglichkeiten, um wirklich
sicher zu sein, es war eher eine Intuition, ein Zweifel. (Es ist
auch keine rein geistige Anziehungskraft, jedenfalls nicht in
einem Moment wie diesem, die Empfindungen sind so kon-
fus, daß es lächerlich wäre, darüber zu reden.)

Irgendwo zwischen Ninas Haaren und ihrem Ohr flüsterte
ich: »Sollen wir nicht besser in irgendein Zimmer gehen?«
Wärme, Geruch nach Radiergummi, Mandelcreme, Sesamcreme, zähflüssigem klebrigwarmem Honig.

»Nein, bleiben wir hier«, sagte Nina atemlos, mit schweißfeuchten Handflächen. Sie drückte sich immer noch an mich, Stirn an Stirn, Hals an Hals, Schläfe an Schläfe, je nachdem, welche Bewegung wir gerade machten, ab und zu taten mir ihre spitzen kleinen Zähne ein bißchen an der Zunge weh. Aber auch sie war wohl nicht ganz sicher, wie wir weitermachen sollten: Sie sah aus, als wolle sie über das bloße Atem-in-Atem, das bloße Aneinanderreiben und Aneinanderdrücken nicht hinausgehen.

Ich faßte ihr an den Po und wunderte mich, wie prall und rund er schon geworden war; ich berührte ihre Hüften und ihre Taille unter dem Pullover und versuchte mich dabei von außen zu sehen, aber es gelang mir nicht. Wenn es sich gerade traf, schaute ich auf den Fußboden und überlegte, ob wir nicht wenigstens hinter die Küchentheke abtauchen sollten. Der Wunsch nach einem geschützten Raum, nach einer horizontalen Perspektive; verrutschende Ebenen, ein Kampf der Gesten, Vorwegnahme-Überlagerung, vorüberzuckende Bilder. Nina fing meinen Blick auf, legte die Hände um meinen Nacken und zog mich hinunter, ohne aufzuhören mich zu küssen; ich war erstaunt über ihr Gewicht und ihre trotzige Beharrlichkeit, über die feuchte Wärme ihres Atems, die Kraft ihrer Beine, die sie um mich schlang.

Aber als ich ihr gerade mit fahriger Hand unter den Pullover griff, ertönte wie ein Bombenalarm, der alle im ungünstigsten Augenblick überrascht und jede Bewegung mittendrin abschneidet, Mariannes Stimme: »Uto!«

Nina umklammerte mich nur noch fester, machte »Pssst« in mein Ohr.

Aber Mariannes raschelnde Schritte kamen geradewegs auf die Küche zu, und ich hatte keine Lust, mich auf dem Boden und in dieser unkontrollierten Körperhaltung überraschen zu lassen; ich befreite mich aus Ninas Armen und Beinen und sprang auf, hinter der schützenden Küchentheke hervor.

Marianne erstarrte: Ich sah, wie sich ihre Pupillen vor Überraschung weiteten und ihre hellen Augen dunkel werden ließen.

So unbefangen, wie ich konnte, stopfte ich mir das Hemd in die Hose und versuchte langsam zu atmen, aber das war nicht einfach.

Einen Augenblick später tauchte auch Nina hinter der Theke auf, zerstrubbelt und mit rotem Gesicht, sie sah Marianne mit einer Art herausforderndem Blick fest in die Augen.

Marianne wandte sich ab und versuchte zu lächeln, aber es gelang ihr nicht; sie kam mir plötzlich zerbrechlich und vom Leben geprüft vor, kaum geschützt durch die gute Qualität und die Farbe der Kleider, die sie trug.

Vittorio zweifelt

Vittorio an der inneren Schiebetür, die Lippen zu einem nicht sehr fröhlichen Lächeln gespannt. Er fragt: »Hast du Lust, mit mir in die Stadt zu fahren? Ich muß ein paar Sachen einkaufen.«

Ich stehe dicht vor ihm, ausdruckslos. Ich fahre mit einem Fuß über den dicken Teppichboden, mit der Reibung meiner Baumwollsocke auf der Wolle beschäftigt. Ich könnte einfach nein sagen oder ihm gar keine Antwort geben, mich umdrehen und die Treppe hinaufgehen, als ob ich ihn nicht gehört hätte, aber die Spannung in unseren Blicken ist wie eine Herausforderung; ich sage: »Einverstanden.«

»Schön«, sagt er und bemüht sich, nicht zu zeigen, wie überrascht er ist.

Im eiskalten Range Rover fuhren wir durch den tief verschneiten Wald. Mindestens die ersten zwanzig Minuten schwiegen wir, Gedachtes und Unausgesprochenes schwebte zwischen uns, und jeder tat, als lausche er versunken dem Summen und Rauschen des über die Fahrbahn gleitenden Autos, als betrachte er die Schneelandschaft.

Als wir durch ein Dorf fuhren, das aus drei Häusern und einer Zapfsäule bestand, sagte Vittorio: »Ich glaube, daß du für Giuseppe inzwischen so was wie ein Idol bist.« Verhaltener Ton, jedes Wort an der Leine, damit es nicht zubeißen konnte, wie es gern gewollt hätte.

Ich antwortete nicht, schaute geradeaus auf die weiße Straße. Eine offene Auseinandersetzung hätte mir jetzt nicht einmal mißfallen; ich war auf jede Art von Attacke gefaßt, Trommelfell und Muskeln angespannt.

Vittorio schwieg eine Minute lang, ich glaubte den Groll zu spüren, der in ihm brodelte und in seinem Blick funkelte, glaubte schon den Klang der Sätze zu hören, die er sich gerade überlegte. Doch nach und nach entspannte er die Muskeln an seinem Kinn und um die Augenbrauen, sein Gesicht glättete sich. Er lächelte, auch wenn es ihm nicht leichtfiel, und sagte: »Der Ärmste, er ist in einem so schwierigen Alter. Nicht Fisch und nicht Fleisch. Man hört es schon an seiner Stimme, nicht wahr? Er möchte selbständig sein und ist doch noch ein Kind. Gott sei Dank kann er an einem so ruhigen und friedlichen Ort leben. Ohne Zank und Hader zwischen den Leuten und ohne schlechte Vorbilder.«

Ich dachte an sein Gesicht, als Jeff-Giuseppe auf dem Klavier die Akkorde hämmerte, die ich ihm beigebracht hatte, und nicht auf Vittorios Verlangen nach Aufmerksamkeit reagiert hatte; ich mußte lachen.

»Wenn wir noch in Italien oder in New York wohnen würden, wäre er jetzt wahrscheinlich schon voller Besitzgier und Anpassungsdrang. Er hätte nichts im Kopf als Joggingschuhmarken und die Namen von irgendwelchen singenden oder auf ihren Instrumenten klimpernden Idioten, von irgendwelchen Models und blöden kleinen Fernsehstars mit Silikonbusen.«

Peacevillefremde Wörter, kaum entschärft durch seine betonte Gelassenheit. Ich lehnte die Schläfe ans Fenster, die

Trennwand zwischen Auto und Draußen, zwischen Vittorios Kontrollbedürfnis und dem Durcheinander in der Welt.

»Aber ich bin froh, daß er auch mit einem Jungen wie dir zusammen ist«, fuhr Vittorio fort. »Unter lauter Asketen und spirituellen Menschen ohne jeden Kontakt zum wirklichen Leben aufzuwachsen wäre nicht gut für ihn.«

Ich streifte ihn mit einem Blick; ich wußte nicht, ob ich etwas antworten oder ihn ins Leere reden lassen sollte. Ich holte tief Luft und sagte: »Wieso, glaubst du nicht, daß ich ein spiritueller Mensch bin?«

Mit merkwürdig verunsicherter Miene wandte er sich zu mir: »Hm. Vielleicht doch. Schwer zu sagen. Marianne behauptet es, und sie ist ja so unglaublich sensibel. Sie hat so ein reines, tiefempfindendes Herz.«

Ich hätte gern gewußt, inwieweit er wirklich an diese Propaganda für seine Frau glaubte und inwieweit er andere überzeugen mußte, um selbst überzeugt zu sein.

Er schwieg ein paar Kilometer lang; dann sagte er: »Auch Nina scheint ziemlich fasziniert von dir. Na ja, du hast es schließlich geschafft, sie zum Essen zu bewegen, was nicht mal dem Guru gelungen ist.«

Ich hatte den Eindruck, daß ihm eine magersüchtige Tochter lieber gewesen wäre, als mir etwas zu verdanken zu haben; sein Ton war so zwischen unterdrücktem Groll und Ratlosigkeit verfangen, daß mir die Lust verging, etwas zu entgegnen.

»Ihre Situation ist ja ganz ähnlich wie deine«, fing er wieder an. »Die Mütter getrennt und komplizierte Familienverhältnisse, nicht wahr? Dadurch haben sie das Gefühl, dir ziemlich nahezustehen, glaube ich.«

Ich kehrte nur die Handflächen nach oben, ohne meine Hände von den Knien wegzunehmen. Die Straße führte zwischen verschneiten Feldern leicht bergab, in der Landschaft war nichts Markantes zu sehen.

»Denn es ist trotz allem nicht ganz einfach«, sagte Vittorio. »Auch wenn man noch so behutsam ist. In einer Familie gibt es immer Probleme, irgend jemand wird immer benachteiligt und kommt zu kurz. Das Leben eines Heranwachsenden ist auf jeden Fall kompliziert.«

Ich war betroffen über den dringlichen Ton, der seine Stimme beherrschte und sie weit weniger gelassen klingen ließ, als er wollte. Er blickte nach vorn, bemühte sich um eine gute und entspannte Sitzhaltung, die ihm aber zunehmend schlechter gelang.

Dann und wann blickte er zu mir, um sich sofort wieder der weißen Straße zuzuwenden, die sich schnurgerade durch die etwas tiefer liegende Ebene zog. »Du zum Beispiel«, sagte er, »hast du eigentlich sehr unter deiner Situation gelitten?«

»Nein«, antwortete ich.

»Hast du dich nicht im Stich gelassen gefühlt?« fragte er immer eindringlicher. »Hast du dich nicht übergangen und vernachlässigt gefühlt, ohne genügend Zuwendung und Aufmerksamkeit?«

»Nein«, sagte ich. Es machte mich langsam wütend, daß er so auf dem Thema beharrte, nur um herauszufinden, was er bei seiner Tochter Nina alles falsch gemacht hatte; und obwohl ich im selben Auto saß wie er, hätte ich ihm am liebsten einen Stoß versetzt, damit er von der Fahrbahn geschleudert wurde.

Er schwieg, auch wenn er mich wahrscheinlich gern mit weiteren Fragen traktiert hätte; aus seinen Augen sprach eine Betroffenheit, wie ich sie an ihm noch nie gesehen hatte.

Die Stadt. Zäh durch die Hauptstraße fließender Verkehr. Ein seltsames Gefühl, nachdem ich so lange Zeit von der Welt abgeschnitten war: Der Raum scheint von Menschen überflutet, von zu vielen Bewegungen durchzogen. Ich sehe mir die Schilder der Banken und Imbißstuben und Supermärkte an, die rechts und links der vierspurigen Straße flimmernden und rotierenden Leuchtschriften; es erscheint mir fast wie eine Halluzination.

»Nach einer Weile fällt es einem schwer, sich wieder ins Getümmel zu stürzen. Dabei ist das hier noch lächerlich. New York oder Paris oder auch nur Mailand ist nach ein paar Monaten Peaceville ein regelrechter Schock.«

Ich blicke hinaus und frage mich, ob ich in dieser Zeit wirklich zumindest einen Teil meiner Abwehrkräfte eingebüßt habe, was für Schäden ich durch die Geiselhaft bei den Folettis davongetragen habe, wie dauerhaft sie sind.

Vittorio sagt: »Man muß sehen, daß man in Übung bleibt, damit man irgendwann in die normale Welt zurückkehren kann. So wie die Astronauten in ihren Raumkapseln Gymnastik machen müssen, damit ihre Muskeln durch die Schwerelosigkeit nicht verkümmern, bis sie auf die Erde zurückkehren. Hier mußt du dich zwingen, ab und zu in die Stadt zu fahren, auch wenn du keine Lust dazu hast. Sonst findest du dich nachher womöglich überhaupt nicht mehr zurecht und mußt dein Leben lang in Peaceville bleiben.«

»Wäre das schlimm?« frage ich ihn und denke an das Selbstverwirklichungstheater, das mir seine Frau und er seit meiner Ankunft ständig vorführen, an die Erfüllung, die sie angeblich gefunden haben.

»Ach ich weiß nicht«, antwortet er in vorsichtig abwehrendem Ton. »Jedenfalls muß man mit der Welt in Kontakt bleiben, wenn auch so wenig wie möglich, ob man will oder nicht. Marianne möchte gar nicht mehr von Peaceville weg, ich muß sie jedesmal mühsam überreden, wenn ich sie in die Stadt mitnehmen will. Ihr geht hier alles auf die Nerven, der Lärm und der Smog, die Blicke und Stimmen und die Vulgarität der Leute. Sie hat eine regelrechte körperliche Abneigung gegen die Stadt entwickelt, in den letzten beiden Jahren ist es immer schlimmer geworden. Aber ich habe schließlich auch noch meine Arbeit. Wenn ich mich nicht mehr überwinden könnte, eine Kunstgalerie zu betreten, wäre die Sache ein bißchen kompliziert.«

Wir waren auf die riesige Asphaltfläche vor einem Heimwerkermarkt gefahren; Vittorio hielt das Auto an, wir stiegen aus.

Der Raum drinnen war weitläufig wie ein Bahnhof, über die ganze Länge zogen sich Regale, in denen sich Dosen und Eimer mit Lacken und Farben und Leimen und Lösungsmitteln stapelten, Türgriffe und Schlösser und Badezimmerkonsolen und Schachteln mit Nägeln und Schrauben und Bolzen, Hämmer und Schraubenzieher und Sägen und alle möglichen anderen Werkzeuge und Geräte und Utensilien, die man für den Bau und die Instandhaltung eines Hauses benötigte.

Vittorio deutete hierhin und dorthin: »Ist das nicht irre?

Ist das nicht großartig?« Er ließ den Blick über die Regale wandern, von einer Seite zur anderen, von oben nach unten, als könnte die Vielzahl von Gegenständen seine Ratlosigkeit und seinen Groll und all die Zweifel aufwiegen, die ihn in der letzten Zeit befallen hatten.

Ich nickte nicht einmal bestätigend, abwehrbereit und verkrampft wie ich war.

Er dagegen schien gar nicht mehr an unser Gespräch von vorhin zu denken, mit noch raumgreifenderen Schritten als sonst ging er die Regale entlang, getrieben von einer noch extremeren Selbstverwirklichungseuphorie, als wenn er Bretter an die Rückwand seines Hauses nagelte. »Hier gibt es alles«, sagte er. »Einfach alles.«

Ich folgte ihm mit ein paar Schritten Abstand und beobachtete, wie er den Kopf in zehn verschiedene Richtungen drehte und sich auf die Zehenspitzen stellte und in die Knie ging und mit den Händen über die Werkzeuge und Materialien in seiner Reichweite strich, aufgeregt wie ein großes Kind, alle Sinne auf die visuellen und taktilen Botschaften von ringsumher ausgerichtet; er konnte keinen Augenblick stillstehen. Als ich ihn so sah, schien mir sein Verhalten nicht mehr bloßes Theater, sondern geradezu krankhaft zu sein: Er mußte unentwegt irgend etwas bauen oder basteln, um sich zu beruhigen, er mußte Spuren hinterlassen, das Terrain markieren, Nägel einschlagen, Schnee schaufeln, laut reden, Körperkontakt suchen, Fragen stellen, Antworten geben, tief atmen, die Arme bewegen, Ratschläge erteilen, auf sich aufmerksam machen, um der Angst oder den Zweifeln keinen Raum zu lassen.

Er nahm fünf, sechs Packungen mit Messinghaken in verschiedenen Größen, mindestens zehn Sorten Nägel und Schrauben, Dosen mit Holzschutzmitteln, Tuben mit Silikon und Epoxidklebern, er griff rechts und links in die Regale wie ein hungriger Bär, der gierig Beeren pflückt. »Sind diese Sachen nicht wunderschön?« fragte er mich. »Schöner als jedes Kunstobjekt?«

»Weiß nicht«, antwortete ich.

»Aber du brauchst das alles doch auch«, sagte er, während sein Blick begehrlich über die Regale strich. »Du brauchst Stühle, Treppen, Fenster, Betten, Tische und Türen, oder etwa nicht?«

»Ich kann darauf verzichten«, antwortete ich. Und das stimmte, mir war nie viel an Wohnungen oder an Gegenständen gelegen; ich hatte nie viel gebraucht. Vielleicht, weil ich mich dadurch freier fühlte, oder um die Enttäuschungen zu kompensieren, die mir die Welt immer wieder bereitete; vielleicht war es auch eine Art Rache oder Angst oder Unfähigkeit oder sonstwas. Wenn ich daran dachte, wurde ich wütend, zumal in diesem riesigen Supermarkt voller Werkzeuge und Baustoffe; auch auf Vittorio war ich wütend, weil er mich auf solche Gedanken gebracht hatte.

»Das glaubte ich auch lange Zeit«, sagte er und griff nach einem flachen Pinsel in einem Pinselregal; gleich darauf streckte er erneut die Hand aus und nahm noch zwei oder drei. Er riß die Zellophanhülle ab und prüfte auf der Handfläche die Konsistenz der Borsten, mit einer gierigen Sinnlichkeit, als handle es sich um etwas zum Essen. »Ich glaubte immer, ich könne von nichts leben, eine rein geistige Beziehung zum Leben haben. Wie ein Phantom schöpferisch von einem Ding zum nächsten schweben. Ich wollte mich an keinen Gegenstand klammern, an keinen Ort. Auch an keinen Menschen. Aber dann hab ich mich geändert.«

Er drehte sich zu mir um; ich erwiderte nichts, stellte keine Frage. Den schon halbvollen Wagen vor sich herschiebend, ging er zwischen den Regalen weiter.

»Dann bin ich darauf gekommen, daß nur zählt, was du *machst*. Worte lösen sich in nichts auf und hinterlassen keine Spuren, was bleibt, sind nur die *Dinge*, die du geschaffen hast. In diesem Punkt werde ich nie mit dem Guru einig sein.«

»Wieso, was sagt der Guru?« fragte ich. Ich dachte an den Guru, aber meine Erinnerung an ihn war nicht sehr klar, sie schwankte zwischen der flimmernden Gestalt, die auf dem Bildschirm in der Kundalini Hall nichtssagende Weisheiten von sich gab, und dem kopfnickenden, schmächtigen alten Inder, der im Wohnzimmer der Folettis zu Abend aß.

»Er behauptet, die materiellen Dinge seien nicht wichtig«, sagte Vittorio und streckte sich nach einer Schachtel Holzschrauben. »Von einem extremen Standpunkt aus stimmt das vielleicht auch. Wenn einmal alles aus ist. Aber solange wir auf der Erde sind, können wir nicht so tun, als existierten wir nicht. Auch wenn alles vergänglich ist und wir wissen, daß es so ist. Solange wir essen und atmen und körperliche Empfindungen haben. Solange wir die Welt kaputtmachen und die Dinge einfach laufen lassen können oder vielleicht versuchen können, sie zu verbessern, oder?«

Während er redete, grapschte er sich Packungen und Schachteln mit Scharnieren und Dichtungen aus den Regalen, Isolierband und Dübel und Haken und Bohrspitzen, ein Feilenset, Flaschen mit Terpentin und Leinöl, Ersatzscheiben für die Fräsmaschine, Schablonen, Sandpapier. »Außerdem macht der Guru zwar große Worte, aber er schätzt materielle Dinge genauso wie jeder andere. Er kann ein schönes Haus von einem häßlichen unterscheiden, und die Farben und das Material seiner Gewänder sind ihm sehr wichtig. Er mag auch schöne Autos. Und hast du gesehen, wie er sich auf Mariannes Kekse gestürzt hat?«

Ich schwieg, denn ich wollte ihm nicht recht geben, aber ich war betroffen von den widersprüchlichen Impulsen, die in ihm steckten.

Er machte auch sofort einen Rückzieher: »Aber seine Gedanken sind ja so tiefgründig. Er ist ein richtiger Heiliger. Bestimmt könnte er ohne weiteres auf alles verzichten.«

Dann mußte er aufhören, Sachen aus den Regalen zu nehmen, der Einkaufswagen war voll.

An der Kasse half ich ihm widerwillig, das ganze Zeug, das er gekauft hatte, in Pappkartons zu packen. Er schien immer noch nicht genug zu haben, denn er blickte sehnsüchtig auf all die Dinge zurück, die er nicht hatte mitnehmen können.

Im Auto redete er weiter, er ließ sich auch durch meine mangelnden Reaktionen nicht aufhalten. »Früher habe ich nirgends irgendwelche Spuren hinterlassen und hatte dadurch das Gefühl, frei zu sein. In den Wohnungen, in denen ich hauste, hängte ich nie auch nur einen Zettel an die Wand, meine Kleider hatte ich in Koffern. Wenn mich jemand besuchte und fragte, wie lange ich schon da wohne, und ich antwortete: ›Seit zwei Jahren‹, wollte es niemand glauben. Ich paßte immer auf, daß ich von niemandem abhängig war und niemand von mir abhängig war.«

Draußen war es bereits dunkel, ich sah auf die Auto-scheinwerfer und die Leuchtreklamen, die mir platt und flach vorkamen angesichts der Stimme von Vittorio, die mir mit an den Haaren herbeigezogenen Wahrheiten und Beweggründen in den Ohren hämmerte.

»Irgendwann war ich dermaßen paranoid, daß ich im Irrenhaus gelandet wäre oder mich umgebracht hätte, wenn es noch ein paar Jahre so weitergegangen wäre. Aber dann hab ich Marianne kennengelernt und mit ihr die Freude am Dasein entdeckt. Ich habe gelernt, mit Herz und Händen Spuren im Leben und in den Menschen zu hinterlassen.« Er sah mich an, in den Augen ein herausforderndes Funkeln, das etwas Verzweifeltes hatte. »Aber es hat lang gedauert, bis ich soweit war, Uto.«

Ich versuchte, mich gegen die Zudringlichkeit seines Blicks und seines Tons zu wehren, mit einer mentalen Aikidotechnik den Druck seiner Worte abzulenken und ihn mit seiner eigenen Schwungkraft über mich hinwegfliegen zu lassen.

Er verstummte, fuhr langsam die vierspurige Straße entlang und spähte dabei nach den Leuchtreklamen und Schildern und Namen und Symbolen an den breiten, flachen Klötzen der Geschäftsgebäude. Nach einer Weile fragte er: »Hast du keinen Hunger?«

Wie meistens hatte ich keinen, aber just in diesem Augenblick sah ich ein Stück weiter vorn an der rechten Straßenseite eine rotierende Leuchtreklame in Form eines riesigen Schnitzels. »Kriegst du nicht ab und zu Lust auf Fleisch?« fragte ich Vittorio.

Mit unsicher flackerndem Blick sieht er mich an.

»Manchmal schon. Aber ich fühle mich so viel besser, seit ich keins mehr esse. Reiner und klarer im Kopf, frei von körperlichen und geistigen Giftstoffen.«

»Ich dagegen fühle mich schwach«, sage ich, und mein Blut ist voll von physischem und geistigem Gift. »Ich bin wie ausgeblutet. Meine Kraft und Energie läßt immer mehr nach.« Das stimmt ganz und gar nicht, jedenfalls nicht in dieser dramatischen Form, aber mein Frust als Geisel der Folettis hat mir den Verstand getrübt und läßt mein Herz unregelmäßig schlagen.

Vittorio macht den Eindruck eines Anglers, der mit einem Fisch am Meeresgrund kämpft. »Wir essen doch genug Proteine und auch alle anderen Nährstoffe, die wir brauchen.«

»Ich weiß nicht«, antworte ich. »Vielleicht hängt es mit komplizierteren Vorgängen zusammen. Mit den Kraftzentren.«

»Findest du mich etwa kraftlos?« lacht er, aber in seiner Stimme schwingt leise Besorgnis; er fährt noch langsamer, hält sich dicht am rechten Straßenrand.

Jetzt fühle ich mich wie ein Raubtier, das Blut gerochen hat. »Das nicht, aber hast du nicht das Gefühl, ständig gegen einen Strom anzukämpfen? So als ob du mit deiner ganzen Kraft schwimmst und es kaum schaffst, die Strömung auszugleichen, die dich zurücktreibt?«

Vittorio scheint von meinen Worten betroffener, als ich erwartet hatte. Er hält an, fragt: »Mache ich diesen Eindruck auf dich?«

»Ich frage ja nur«, antworte ich.

»Fragst du, weil du diesen Eindruck hast?« bohrt er weiter, und es ist verblüffend, wie verwundbar er in diesem Punkt ist und wie dieser Riß in seinem Verhalten immer breiter wird.

»Es war bloß eine Frage«, wiederhole ich.

Er macht eine Gebärde mit der flachen Hand, als gelte es, ein breiteres Publikum zu überzeugen. »Nein«, sagt er. »Und wenn, dann liegt es nicht am Essen. Ich hab mich noch nie in meinem Leben besonders gut gefühlt. Aber jetzt mit dreiundfünfzig geht es mir besser als damals mit dreißig. Ich bin stärker und habe mehr Abwehrkräfte.«

Er läßt die Wörter aufeinanderfallen wie glatt entzweigehackte Holzscheite, aber das Auto steht immer noch am Straßenrand, und seine Gebärden haben etwas Ratloses.

»Ich habe immer geglaubt, daß jemand, der nicht daran denkt, daß er älter wird, wirklich nicht altert. Er kriegt vielleicht ein paar Falten mehr im Gesicht und wird ein bißchen dicker, vielleicht auch ein bißchen langsamer. Aber das ist nicht mein Problem. Mir liegt daran, mit der Zeit *besser* zu werden.«

»Ich rede nicht vom Altern«, sage ich. »Davon hast *du* angefangen.«

»Wovon redest du dann?« fragt er, jetzt schon ohne den Vorteil, den er durch seine pure Stimmkraft gewonnen hatte.

»Von *Blutleere*«, sage ich. »Das ist ein viel enger gefaßtes Phänomen. Sieh dir doch die Leute in Peaceville an. Hast du nicht gemerkt, daß sie alle kränklich oder alt und schwach aussehen? Und wie leise sie alle sprechen, sie haben fast keine Stimme.«

»Die meisten *sind* kränklich oder alt oder schwach«,

wendet er ein und versucht zu lachen. »Deshalb sind sie ja hergekommen. Es gibt nicht viele ganz normale Leute in Peaceville, das ist klar.«

(Letztes, krampfhaftes Bemühen um Gelassenheit, die wie ein kläglicher Schleier über die Betroffenheit gebreitet wird, aber einen Uto Drodemberg rührt das nicht, noch bremst es ihn oder hält ihn auf.)

UTO Im Grunde sind wir eben Raubtiere. Wir können uns zwingen, kein Fleisch zu essen, aber wir haben ein verzweifeltes Bedürfnis danach.

(Markanter, beharrlicher Fernsehton.)

VITTORIO Das ist nicht wahr. Ich habe kein verzweifeltes Bedürfnis danach. Mir geht es ausgezeichnet.

(Zumindest sein Ton ist jedoch verzweifelt, und die Art, wie er zur Seite schaut.)

UTO Wenn man fünfundachtzig ist und den ganzen Tag dasitzt und meditiert, mag es noch angehen. Aber wenn man hart arbeitet und Schnee schaufelt und seit Jahrhunderten die Anlage zum Fleischfresser im Erbgut hat, ist es was anderes.

VITTORIO Ich blute wirklich nicht aus. Ich hab soviel Blut im Leib, wie ich brauche.

UTO Hast du nicht vor zwei Minuten gesagt, daß du Hunger hast?

VITTORIO Schon, aber auf ein leckeres Nudelgericht mit Zucchini, zum Beispiel.

UTO Und dazu vielleicht ein saftiges Steak vom Grill, außen schön knusprig und innen noch blutig? Man beißt hinein, gräbt die Zähne in das schmackhafte Fleisch, Kaumuskeln und Zunge treten gemeinsam in Aktion, du kaust und schluckst und spürst auf den Geschmackspapillen und im Magen diese köstliche Befriedigung, die Kraft, die dir ins Blut und ins Gewebe strömt und in den Kopf steigt.

VITTORIO Hör mal, wenn du solche Lust auf Fleisch hast, komme ich mit. Ich nehme einen Salat.

(Er schaltete den Blinker an, bog rechts auf den Parkplatz vor dem Restaurant ein und hielt unter dem rotierenden Riesenschnitzel.)

Ich stieg aus und ging wie ein Mörder auf die Glastür zu; ich wartete nicht einmal auf Vittorio.

Gleich hinter der Tür prallt mir – verglichen mit der liebevoll gepflegten Ausgewogenheit der Innenräume in Peaceville – eine irrwitzige Flut von Hitze und Licht und Farben und penetranten Gerüchen entgegen. Durch die Umwälzanlage wird viel mehr glühendheiße Luft ins Lokal geblasen als nötig, auch die Herde und Grillöfen und Töpfe und Kessel in der offenen Küche strahlen Hitze aus, ebenso die unzähligen Lämpchen, die jeden Tisch grell beleuchten und das Rot der kunstledernen Bänke und Stühle noch knalliger machen und sich in den Fenstern zur Straße und auf den Gesichtern der wenigen Leute an den durch schwarzlackierte Holzgitter voneinander getrennten Tischen spiegeln.

Uto Drodemberg betritt das Lokal, wie man es aus Dutzenden von amerikanischen Abenteuerfilmen kennt: die gleiche langsame Woge der sich zu ihm wendenden Gesichter, die gleiche Aufmerksamkeit, mit der alle Blicke seiner mageren, in schwarzes Leder gekleideten Gestalt folgen, als er mit elastischem und leicht provokantem Gang den Raum durchquert. Von schräg oben betrachtet, im Halb-

profil. Aus der Perspektive einer Fernsehkamera, die ihm folgt, während eine andere ihn von vorn aufnimmt. Auch in Zeitlupe, seine Bewegungen sind unglaublich geschmeidig. Er blickt geradeaus, die Sonnenbrille ist so dunkel, daß sie seine Augen verbirgt. Aufmerksam-gleichgültige Blicke aus zusammengekniffenen Kellneraugen auf seine fast weiß gebleichten, mit Mariannes Spray steil hochgebürsteten Haare. Das Kinn eines pummeligen Mädchens, das sich nach ihm umdreht. Das Doppelkinn eines Fettsacks, der kurz den Blick vom Teller hebt. Verstohlene Blicke, lässig-neugierig-umnebelt, und doch erkennen sie in ihrer gleichgültigen, dumpfen, teilnahmslosen Art, daß er nicht einer der Motorradfahrer ist, der gerade von seiner Harley-Davidson abgestiegen ist, kein x-beliebiger Punkvagabund, der hereinkommt, weil er halb verhungert ist. Am Rande ihrer Wahrnehmung dringt zumindest der Schatten, der Schimmer einer Idee zu ihnen durch, vielleicht werden sie sich noch Jahre später an ihn erinnern, wenn sie daran denken. Auch die Szenerie ist perfekt: die Einrichtung, die Beleuchtung, die Fenster, die von Laternen und Autoscheinwerfern erhellte Straße draußen. Aus Lautsprechern an der Wand kommt Musik, die natürlich gegen jede andere ausgetauscht werden kann, Hauptsache, sie ist auf seine Bewegungen abgestimmt.

Vittorio kam fast eine Minute nach mir herein, sah sich mit den Händen in den Jackentaschen um, Unbehagen und Nichtzugehörigkeit bis in die letzte Faser.

An den Wänden große bunte Fotos von Schnitzeln und Braten und Schweinshaxen und Putenschenkeln mit Namensbezeichnungen und Preisen, darunter ein Angebot, für fünfzehn Dollar soviel Fleisch zu essen, wie man kann.

Ein mexikanischer Kellner führte uns zu einem Tisch, brachte uns mit absolut gleichgültiger Miene zwei Speisekarten.

Ohne auch nur einen Blick hineinzuwerfen, bestellte ich ein T-bone-Steak.

»Wie möchten Sie es?« fragte er, zu meinem Befremden ohne das leiseste Lächeln, ohne eine Spur von Freundlichkeit oder Interesse in seinem Verhalten. Ich dachte, daß ich vielleicht wirklich schon dauerhaft peacevillegeschädigt war; mein Vergeltungsdrang wurde noch größer.

»Blutig«, sagte ich, obwohl ich es lieber gut durchgebraten gehabt hätte.

Der Kellner nickte mit dem Kopf, Lichtjahre entfernt.

»Gibt es auch Gemüse?« fragte Vittorio.

»Nur Fleisch«, antwortete der Kellner.

»Nicht mal Kartoffeln?« fragte Vittorio mit einem angespannten Feindgebietlächeln; sein Englisch wurde mit jedem Wort schlechter.

»Pommes frites«, sagte der Kellner, ohne einen Gesichtsmuskel mehr als nötig zu bewegen.

»Na schön, eine kleine Portion«, sagte Vittorio, wobei ihm deutlich anzusehen war, daß ihm angesichts der barbarischen Atmosphäre im Lokal und der Gleichgültigkeit des Kellners eine heftige Antwort entfahren wäre, wenn er seine Instinkte nicht so gut gebändigt hätte.

»Zu trinken?« fragte der Kellner. Es herrschte ein Summen von Neonlampen und Ventilatoren, von außer Rand und Band geratenen elektrischen Feldern, man glaubte in einem außerirdischen Schlachthof oder Leichenhaus zu sein, in einer Fabrikanlage, in der alle edlen Gefühle zerstückelt werden.

Ich verlangte ein Bier, obwohl mir jedes alkoholfreie Getränk lieber gewesen wäre.

»Für mich Mineralwasser«, sagte Vittorio mit sichtbar angespannten Halsmuskeln. Er schluckte immer wieder, während er sich umsah.

Der Kellner kehrte mit einem Krug Bier für mich und einem dickwandigen Glas Wasser für Vittorio zurück. Ich steckte die Nase in den Bierschaum, als ob ich mich nach nichts in der Welt mehr gesehnt hätte, und kippte drei eiskalte, bittere Schlucke in mich hinein, ohne Luft zu holen und ohne etwas zu schmecken.

»Das hier ist die abstoßende Seite von Amerika«, sagte Vittorio. »Man hat das Gefühl, in einem Niemandsland zu sein. Ein purer Bedürfnisbefriedigungsbetrieb. Man wird abgefertigt wie von einer Maschine, findest du nicht?«

»Wieso lebt ihr dann in Amerika?« fragte ich, während meine Finger das kalte Bierglas umklammerten.

»Zum Glück gibt es auch noch was anderes«, sagte Vittorio, blaß wie ich ihn nie gesehen hatte.

Der Kellner kam mit einem Steak und den Pommes frites für Vittorio. Das Steak sah schrecklich aus, riesig und verkohlt und blutig und triefend von Fett; ich stürzte mich darauf wie in ein unangenehmes, aber notwendiges Unterfangen, teils aus echtem Hunger, teils aus Provokationsgeist, teils um mich für die ganze gesunde und schadstofffreie Vollwertkost bei den Folettis zu entschädigen. Als müßte ich mit einer einzigen Mahlzeit alles nachholen, was ich mir, schon bevor ich die Folettis kennenlernte, hatte entgehen lassen; ich hantierte wild entschlossen mit Messer und Gabel, als müßte ich das Blut wieder in Schwung bringen, das ich doch nie gehabt hatte, und würgte mit gesenktem Kopf die fast unzerkauten Bissen hinunter.

Vittorio fingerte an seinen Pommes frites, knabberte ohne jede Begeisterung ein paar davon; schaute auf meinen Teller, angewidert und zugleich angezogen. »Dieses Fleisch stammt von Tieren, die unter brutalen Bedingungen aufgezogen werden. Ich hab ein grausiges Buch darüber gelesen. Die Tiere werden in viel zu engen Boxen gehalten, in denen Tag und Nacht elektrisches Licht brennt, und mit gehäckseltem Unkraut und Schlachtabfällen und Knochenmehl gemästet. Damit sie nicht verrückt und krank werden, spritzt man ihnen Beruhigungsmittel und Antibiotika. Man stopft sie mit Hormonen und tausend anderen Chemikalien voll, damit sie schon in einem Viertel der Zeit schlachtreif sind, die sie unter natürlichen Bedingungen brauchen würden.«

»Das Buch hat dir sicher Marianne gegeben«, sage ich rasch mit vollem Mund, bevor ich ins Hintertreffen gerate.

Sofort geht ihm wieder die Luft aus; er sagt: »Ja. Du solltest es auch lesen.« Er blickt sich um, versucht wieder die Oberhand zu gewinnen: »Und dann werden sie auf grausame Art umgebracht, durch die Angst und den Schrecken gelangen noch mehr Giftstoffe in ihr Blut. Schon beim bloßen Gedanken daran vergeht einem für immer der Appetit auf Fleisch.«

Aber ohne Erfolg: Je mehr er mir das Steak auf meinem Teller madig zu machen versucht, desto kräftiger haue ich rein.

Er ißt noch ein Frittenstäbchen, betrachtet die Leute an den anderen Tischen, die Scheinwerfer der Autos draußen auf der Straße, die Fotos mit den Steaks und Kalbshaxen und Lammkoteletts und Schweinswürsten und Putenschenkeln oben an der Wand, schaut auf meinen Teller. »Was hast du eigentlich vor?« fragt er. »Willst du mich in Versuchung führen? Bist du hier, um mich auf die Probe zu stellen?«

»Es ist doch nur ein Steak«, antworte ich, tief über den Teller gebeugt, ohne jedoch sein Gesicht aus den Augen zu lassen, während sich meine Kinnbacken mit dem zähen Fleisch abmühen. Das Bier, das ich getrunken habe, ist mir bereits zu Kopf gestiegen, macht meine Bewegungen hastig und fahrig.

Vittorio schwankt immer noch zwischen Beherrschung und Verlust der Beherrschung; plötzlich gibt er sich eine Art Ruck und sagt: »Verdammte Scheiße, es ist doch kein Verbrechen. Ich hab schließlich kein Gelübde oder so was abgelegt.« Er winkt dem Ober, bestellt ein gebackenes Hähnchen, ruft ihn wieder zurück und verlangt auch noch einen Krug Bier.

Dann saß er vor seinem Teller und sah schaudernd auf sein in Fett schwimmendes Backhähnchen. Mit den Fingern nahm er ein Stück davon ab, näherte es in einem letzten Versuch, sich zu beherrschen, zögernd seinem Mund, nahm einen Bissen, und binnen einer Sekunde war es um seine ganze zur Schau gestellte Gelassenheit und Bedürfnislosigkeit geschehen: Er aß mit der verzweifelten Gier eines eben aus dem Wasser geretteten Schiffbrüchigen, eines Höhlenmenschen nach einem Kampf auf Leben und Tod. Mit wilden Bissen riß er das Hähnchenfleisch ab, ohne Gabel oder

Messer zu benutzen, faßte in den Teller, noch bevor er fertig gekaut hatte, trank nach jedem dritten Bissen einen hastigen Schluck Bier, mit aufgestützten Ellbogen und gesenktem Kopf, den breiten, gebückten Oberkörper einem einzigen Ziel zugeneigt.

Wir saßen uns gegenüber, den Blick auf den Teller gerichtet, und aßen und tranken schweigend, ich mein blutiges T-bone-Steak, er sein Backhähnchen, von dem ihm das verbrannte Fett zwischen die Finger troff, alle beide berauscht von der absoluten Nichtreinheit dieser Speisen. Wir achteten kaum auf den Geschmack, aber wir spürten, wie die tierischen Proteine in uns zu zirkulieren begannen. Vittorio hielt seine Hähnchenstücke so fest, als hätte er Angst, jemand könne sie ihm wegnehmen, er schüttete Salz und Pfeffer darüber, Senf und Ketchup und alles, was sich in den Plastikflaschen und Tütchen auf dem Tisch befand, er biß in die panierte Kruste, grub die Zähne in das feuchte Fleisch darunter, kaute mit einer animalischen, primitiven, blinden Gefräßigkeit, riß den nächsten Bissen ab, noch bevor er hinuntergeschluckt hatte. Ab und zu warf er ein Stück auf meinen Teller, forderte mich mit barbarischen Gebärden zum Probieren auf; dann ließ er den Kellner noch zwei Bier bringen und für jeden eine zweite Portion Backhähnchen. Er verbrauchte jede Minute eine Papierserviette, um sich das Fett von Fingern, Mund und Händen abzuwischen, nahm den nächsten Schluck Bier, sagte: »Verdammter Mist, da kommt dieser kleine deutsch-italienische Bengel und bringt mich dazu, dermaßen zu regredieren.«

Ich war nicht gekränkt, auch wenn ich mich natürlich nicht gern als kleinen Bengel bezeichnen ließ; mir genügte der Gedanke, sein Theater, mit dem er mich bis jetzt traktiert hatte, zum Platzen gebracht zu haben. Das Bier bewirkte in mir eine exaltierte und verdrehte Elastizität, die mich alles wie durch ein Fischauge sehen ließ, Bilder und Gedanken waren so dicht vor mir, daß sie verschwammen, und gleich darauf weit entfernt im Hintergrund: In einem Augenblick war ich mitten im Restaurant, bombardiert von den grellen Lichtern, ich hatte alles unter Kontrolle und hätte alles tun können, was mir gerade in den Sinn kam, und einen Augenblick später klebte ich an meiner Stuhllehne, unselbständig und stumm, ohne eine Möglichkeit, wirklich in mein Leben einzugreifen. Zum Ausgleich versuchte ich noch entschlossener zu essen, aber ich hatte Hunger und hatte doch keinen mehr, ich war vergnügt und war es doch nicht, ich war kalt und warm, langsam und schnell, eine süßliche Übelkeit hatte mich erfaßt, die meine Muskeln in einem Gefühl der universellen Enttäuschung erschlaffen ließ.

Vittorio hingegen schien noch energiegeladener als sonst, aber es war eine finstere, primitive Energie, verglichen mit der, die ich bisher an ihm gesehen hatte; in seinen Augen war ein verzweifelter, unduldsamer Glanz.

VITTORIO Wie findest du eigentlich den ganzen Laden? Was hältst du wirklich davon?

(Blick von unten herauf, dumpfes Beben in der Stimme.)

UTO Welchen Laden?

(Jedes Wort und jeder Gedanke und jede Wahrnehmung hüpft wie auf einem inneren Gummiteppich, hinterläßt einen Schatten wie auf einem schlechten Bildschirm.)

VITTORIO Peaceville. Marianne und mich und das Leben, das wir führen. Den Guru und alles.

UTO Weiß nicht. Seid ihr nicht dabei, das Glück aufzubauen?

VITTORIO Wieso? Hast du nicht den Eindruck?

UTO Kommt darauf an.

VITTORIO Worauf kommt es an?

UTO Was du unter Glück verstehst. Ich weiß nicht.

VITTORIO Ich bin nur wegen Marianne dort. Was dir
sicher absurd vorkommt, nicht? Etwas für einen anderen
zu tun?

UTO Kommt darauf an.

VITTORIO Für einen anderen auf etwas verzichten? Auf
beinahe alles verzichten?

(Deutlich erkennbare Verzweiflung in den Augen. Der
letzte Schluck Bier; er macht dem Kellner ein Zeichen, noch
zwei zu bringen.)

UTO Das ist eure Sache.

VITTORIO Einen Teil deines Lebens einfach wegschnei-
den, um jemanden glücklich zu machen und dadurch auch
selbst glücklich zu werden?

UTO Weiß nicht.

VITTORIO Dauerhafte, unanfechtbare Fundamente aufbauen? Feste Wände, die dich vor der Außenwelt schützen?

UTO Was weiß ich. Frag mich nicht.

Er ließ das letzte Stück Backhähnchen, das er in der Hand
hatte, wieder auf den Teller fallen; brach in Gelächter aus:
»Dir fehlen wohl Mariannes Getreidesuppen, was? Das
feingeschnipselte Gemüse, salzlos gedünstet?«

Ich lachte mit, aber unzufrieden und unlustig.

Vittorio lachte mit einer Art Grimm in den Augen, der
genauso heftig und wild war wie sein plötzlicher Hunger

auf Fleisch nach all seinen Entsagungserklärungen. Er beobachtete, wie der Kellner zwei neue Krüge Bier auf den Tisch stellte und die leeren wegnahm; sagte: »Himmel noch mal, es ist unglaublich, was Bier für eine Wirkung hat, wenn man drei Jahre lang nichts getrunken hat.«

»Drei Jahre?« fragte ich.

»Fast vier«, antwortete Vittorio. Er nahm einen Schluck und schaute sich um, mit einem Blick, in dem von der ostentativen Gelassenheit, mit der er das Lokal betreten hatte, kaum noch etwas übrig war. »Seit ich beschlossen habe, der perfekte Mann zu sein, den Marianne wollte.«

»Bist du es denn nicht?« fragte ich ihn. Es kam mir absurd vor, so direkt mit ihm zu sprechen, aber auch ich war voller Bier, wir waren in einer sonderbar ungehemmten Stimmung.

Er schlug mit der flachen Hand auf den Tisch, daß die abgenagten Knochen und Fettbrocken und Sehnen und Panadebrösel und Hühnerhautfetzen auf den fettigen und mit angetrocknetem Blut verschmierten Tellern zwischen uns in die Höhe flogen, und sagte: »In manchen Augenblicken war ich mir fast sicher. Es kam mir ganz unglaublich vor. So wie wenn man per Fernstudium ein Diplom erwirbt. Oder die Pilotenprüfung macht. Du bekommst den Flugschein per Post zugeschickt. Oder den Paß eines fremden Landes. Es ist alles fast perfekt, du kommst durch jede Kontrolle.«

»Wieso fast?« fragte ich ihn, ohne noch eine genaue Wahrnehmung meiner Stimme zu haben.

Er straffte sich, als versuche er, sich einer Strömung entgegenzustemmen, die ihn mitzureißen drohte. »Weil immer noch alles in dir drinsteckt, verdammt. Alle Fähigkeiten und alle Fehler, wie der Guru sagt. Wenn du auch nur einen Augenblick aufhörst, sie zu überwachen, bricht alles wieder durch, es ist unglaublich.«

»Man muß sie also ständig weiter überwachen?« frage ich. Ich habe das Empfindungsvermögen oder das Gefühl für Entfernungen verloren; ich nehme meine Sonnenbrille ab, aber es ändert nichts.

Vittorio zeigte mit ausladender Geste in die Runde: auf die bleichen Gesichter der anderen Gäste, die Fotos mit den diversen Fleischgerichten, die Lichter der Autos draußen auf der vierspurigen Straße. »Kommt darauf an, was du willst. Ob du dich von allem, was in dir steckt, und von allem, was um dich herum ist, überwältigen läßt oder nicht. Jedenfalls wenn man nicht so unerschütterlich ist wie du, der sich über solche Dinge nur lustig macht.«

»Ich bin nicht unerschütterlich«, sage ich in meinem unschönen rauhen Ton. »Ich mache mich nicht lustig.«

»Vielleicht hast du ja sogar recht, dich lustig zu machen«, fährt Vittorio fort. »Denn am Ende geht doch alles schief. Man kann sich noch soviel Mühe geben, es ist eben nicht so, wie wenn man ein Haus baut. Man findet nirgends eine feste Stelle, wo man Nägel einschlagen oder etwas festschrauben kann. Bei der ersten Gelegenheit bricht alles lautlos wieder zusammen, und man merkt es nicht einmal.«

Er sah mich fragend an, aber ich wußte nicht, was ich sagen sollte, ich hatte mich noch nie im Leben bemüht, eine Beziehung aufzubauen.

Er stand auf. »Gehen wir? Irgendwohin, wo mehr Leben ist?« Er klang verwirrt und überschwenglich, seine Stimmung wechselte jäh zwischen Wut und Traurigkeit. Er machte ausladende Gebärden, wackelte mit dem Kopf, sah umher, als wolle er alle Bedeutungen der Welt erfassen. Er bezahlte mitten im Lokal, gab dem Kellner ein Trinkgeld, der aber war verärgert, daß wir ihn nicht an den Tisch gerufen hatten, und lächelte nicht einmal im letzten Moment, als wir gingen.

»Die Herzlichkeit in Person, nicht wahr?« sagte Vittorio, als wir zum Parkplatz gingen. »Wie freundlich man miteinander umgeht, außerhalb von Peaceville. Ich hätte es beinahe vergessen, wenn du nicht gewesen wärst.«

Auch sein Verhalten mir gegenüber wechselte alle paar Sekunden, mal war er voller Groll, mal beinahe freundschaftlich. Ich mußte mich bei meinen Reaktionen und Antworten immer wieder umstellen, es kostete mich soviel Kraft wie ein Ringkampf mit immer neuen Attacken und trügerischen Pausen. Ich war müde und verunsichert und erschrocken, ich fürchtete, daß ich eine kaum noch kontrollierbare Kettenreaktion in Gang gebracht hatte.

Wir bogen wieder auf die Hauptstraße ein, Vittorio fuhr sehr langsam und schaute dabei nach rechts und links, ob nicht irgendein Zeichen von Betriebsamkeit und Vergnügung zu sehen war. »Wo ist das Leben, Uto?« fragte er. »Wo sind die Frauen? Jetzt, wo wir sowieso dabei sind, alles zu ruinieren?«

»Laß es bleiben«, sagte ich. Ich hatte keine Lust mehr, ihn weiter aufzustacheln, mir lag nichts mehr daran, und es machte mir keinen Spaß; mein Groll auf ihn war in eine niederdrückende, kalte Trostlosigkeit umgeschlagen.

»Auf keinen Fall«, sagte er. »Wir lassen gar nichts bleiben. Ich will das wilde, pulsierende Leben. Das perverse Treiben der Stadt, Uto.«

Bis auf vereinzelte Autos und ein paar Tankstellen und McDonald's und Pizza-Hut-Lokale schien es nicht viel zu geben, so angestrengt er auch Ausschau hielt. Wir glitten die Straße entlang wie auf einem Fluß wirrer Gedanken, zwei Feinde in vorgetäuschtem Waffenstillstand, mit gezückten Messern, in den Köpfen abwechselnd Angriffslust und Erschöpfung.

Dann erblickte Vittorio eine Neonpalme und das Leuchtschild eines Lokals, er fuhr auf den Parkplatz und trat so heftig auf die Bremse, daß ich vornüber flog, er sagte: »Da wären wir.«

Drinnen ein Gewirr von Gesichtern und Armen und Beinen vor einem Tresen und an kleinen Tischen, wie am Grund eines schlammigen, spärlich beleuchteten Aquariums, gelbes Schummerlicht und dunkle Ecken, monoton hämmernde Musik auf dumpfen Frequenzen, dazwischen Gläserklirren. Gurgelnde, verschlungene, spiralige Stimmen, gedehnt wie klingende Schleimspuren, kreischend, bohrend, spritzend, hüpfend. Gelächter, Namen, Wörter, die sich verfolgen und um die Wette laufen. Kurze Röcke, Beine, Hintern, lachende Münder, im Licht schimmernde Zähne, im Licht schimmerndes Weiß der Augen, Schultern, Stiefel, Schuhe mit Plateausohlen, zehn Zentimeter hohe Stöckelabsätze, Hände, die ausgestreckt werden, berühren, streicheln, Gruppen, die sich ausdehnen und wieder zusammenrücken. Gläser, die geleert und neu gefüllt werden, Münder, die trinken, Rauch inhalieren und hinausblasen, sich hochmütig verziehen, Augen, die durchdringend blikken, Augen, die gleichgültig blicken, Mauerblicke, Magnet-blicke, Leimblicke, Honigblicke, Giftblicke, Beine, die sich schlaff von der feuchten Wärme im Takt der dumpfen Mu-sik aus den Lautsprecherboxen bewegen, sich hin und her wiegen, Füße, die auf den rohen Holzboden stampfen, Ge-ruch nach Schweiß, Geruch nach Rauch und synthetischen Parfüms, synthetische Gewebe, synthetische Reibung, wäh-rend wir uns durchschlängeln.

Vittorio drängt sich bis zum Tresen vor, bestellt zwei doppelte Whisky mit Soda ohne Eis. Er sieht sich neugierig und indiskret um, wie einer, der weiß Gott wie lange nicht mehr ausgegangen ist, wendet sich zu mir, sagt: »Na?«

Er reicht mir eins der Gläser, nimmt aus seinem einen viel zu großen Schluck Whisky: Er legt den Kopf in den Nak-ken, und schon ist das Glas halb leer. »Trink, Uto«, sagt er zu mir. »Was ist, du wirst doch nicht kneifen?«

Ich nehme einen Schluck, aber ich habe den Eindruck, rauchgetränkten Samt zu trinken. Die Atmosphäre ist drückend, gedämpft und träge und zugleich hektisch, in sich geschlossen und am Rand vieler Abgründe, ich möchte nur so schnell wie möglich wieder hinaus.

Vittorio hat schon den zweiten doppelten Whisky be-stellt und streckt gierig die Hand aus, damit es schneller geht. Ich frage mich, was Marianne sagen würde, wenn sie ihn so sehen könnte; was Nina und Jeff-Giuseppe und der Guru oder die anderen Peacevillebewohner sagen würden. Andererseits hat sein Verhalten jetzt etwas ganz Natürli-ches, die Stabilität angeborener Neigungen; er gleicht einer Ente, die nach einer Trockenheitsperiode in ihren Weiher zurückgekehrt ist. Ich habe nicht den Eindruck, ihn auf ein

Territorium getrieben zu haben, in dem er nicht heimisch ist, ich glaube nicht, daß ich mir viel vorzuwerfen habe. Er wirkt ziemlich zufrieden, wie er sich so unter den dicht gedrängt sitzenden Leuten umsieht und im Schummerlicht die Gesichter und Blicke und Körper mustert.

Ein paar Tische weiter sitzen drei junge Mädchen, die miteinander plaudern und sich immer wieder kichernd zu uns umdrehen, schnell wieder wegschauen und tun, als ob nichts wäre, um gleich wieder weiterzukichern; mit ihren gefärbten Haaren und Lidschatten und geschminkten Lippen und knalligen Kleidern wirken sie im Vergleich zu den spirituellen Peacevillefrauen wie Dschungeltiere. Vittorio dreht sich um, sie drehen sich um, und ich drehe mich ebenfalls um: Da ist dieses Wechselspiel sich kreuzender, langer Blicke, die wegen dem vielen Alkohol und der Musik und der Hitze und dem Stimmengewirr und dem drangvollen, rhythmischen, schnaufenden Durcheinander beinahe zu schlüpfrig sind.

»Hast du gesehen, wie die dich angucken?« fragt Vittorio. »Du hast eine Eroberung gemacht.«

»Dich gucken sie genauso an«, erwidere ich. Durch das nahezu unverständliche Gewirr von Tönen hindurch müssen wir fast schreien.

»Ach was«, sagt er. »Wie alt sind die denn, deiner Meinung nach?«

Ich schaue erneut zu ihnen hinüber. »Vielleicht fünfundzwanzig.«

»Könnte hinkommen«, sagt er.

Mit einem Schlag bin ich wie elektrisiert und voll geballter Energie: Ich schaue erneut zu den drei Mädchen hinüber, richte mit ein paar raschen Handbewegungen meine Haare wieder auf, zeige mein reizvolles Profil, nehme einen großen Schluck Whisky, der mir in der Kehle brennt.

Vittorio streift mich am Ellenbogen: »Wollen wir sie ansprechen?« Noch bevor ich antworten kann, ist er schon unterwegs, nicht mehr ganz sicher auf seinen Beinen; er rempelt ein paar Leute an, zieht feindselige oder gleichgültige Blicke auf sich. Er tritt an den Tisch der Mädchen, fragt: »Wie geht's?«

Die drei sehen auf, sehen sich gegenseitig an, kichern. Aus der Nähe betrachtet sind sie eher häßlich, plump und gedrungen in ihren schrillen Kleidern, eine hat ein plattes, langes Gesicht.

»Dürfen wir uns zu euch setzen?« fragt Vittorio.

Die Mädchen nicken und zucken die Schultern, als ob sie das Ganze zwar amüsiere, aber nicht viel anginge.

Vittorio hält nach freien Stühlen im Gedränge Ausschau, gibt mir einen und holt sich einen zweiten. Wir setzen uns zu den drei Mädchen, trinken aus unseren Gläsern, während sie mit Strohhalmen aus ihren trinken.

So wie sie gekleidet und geschminkt sind, sehen sie ganz lustig, wenn auch ziemlich vulgär aus; eine hat am Handgelenk einen tätowierten Panther, eine andere trägt einen roten Lederminirock mit Trägern, schwarze Kniestrümpfe über dünneren Strumpfhosen.

Vittorio zeigt mit dem Finger auf mich: »Das ist Uto. Einer der größten Pianisten weit und breit.«

»Was?« schreit die eine durch das fremde Gewirr von Geräuschen hindurch.

»Er spielt Klavier!« schreit Vittorio.

Die drei glotzen mich an, werfen sich fragende Blicke zu, kichern von neuem los. Die mit den Kniestrümpfen streckt den Hals vor, schreit: »Mit wem?«

»Allein«, sage ich: teils verlegen, teils tausend Meter über der Szene.

»Einer der besten Klavierspieler der Welt«, schreit Vittorio dem Mädchen mit dem tätowierten Panther ins Ohr.

Sie reckt sich zu ihm hinüber, aber mit einem Rest Reserviertheit; ich glaube schon die Bewegung zu sehen, mit der sie sich, noch während sie sich vorbeugt, wieder zurückzieht. »Woher seid ihr?« fragt sie.

»Italien«, sagt Vittorio, und plötzlich kommt er mir wie ein armseliger Auswanderer vor, trotz seines Ruhms als Maler und trotz seines Geldes und seiner Familie, seiner soliden Beziehungen zur Welt.

Das Mädchen hat sich schon zurückgezogen, obwohl sie sich immer noch vorbeugt.

»Wir leben aber schon seit Jahren hier«, fügt Vittorio an, als könne er dadurch wieder Boden gewinnen. Auf mich deutend, sagt er: »Uto hat drei oder vier verschiedene Nationalitäten. Er hat einen deutschen Namen und spricht ich weiß nicht wie viele Sprachen.« Seine Stimme kämpft gegen die Strömung des Lärms, gegen die Strömung der fremden Sprache und der Verständnislosigkeit; er schnauft und müht sich ab, vergeudet sinnlos Kraft, schreit und schwitzt.

Die mit dem Panther zeigt auf mich, fragt ihn: »Bist du sein Vater?«

»Nein, wieso?« antwortet Vittorio mit panischem Lächeln. »Wir sind Freunde. Ich bin gar nicht so viel älter als er.«

Die drei kichern erneut. Auch sie sind beschwipst, wer weiß, was sie in ihren großen Gläsern mit Eiswürfeln und bunten Strohhalmen haben, aber dieses Gekicher scheint ihre eigentliche Kommunikationsweise zu sein: eine Sprache wie von Grillen oder großen, nicht sehr hoch entwikkelten, aber gut an das Leben angepaßten Nagetieren, die imstande sind, alles zu assimilieren, was sie brauchen.

»Und was machst du?« fragt die mit dem Panther Vittorio.

»Ich male.« Er macht eine Handbewegung, als ob er einen Pinsel in der Hand hätte oder mit Wilden auf einer Insel spräche. »Bilder.«

Die Plattgesichtige fragt: »Nackte Frauen?« Sie wendet sich zu ihren zwei Freundinnen, und alle drei brechen wieder in Gekicher aus; anscheinend wollen sie Vittorio mit ihrem geheuchelten Interesse und aus purer, gedankenloser Grausamkeit, aus purer erhitzter, klebriger, parfümgeschwängerter Dummheit und aus Starrsinn dazu bringen, sich noch mehr bloßzustellen.

»Nein. Landschaften«, schreit Vittorio gegen die Strömung, allzu offenherzig und mitteilungsbedürftig, allzu ausgesetzt und außerhalb der Schußlinie. »Aber keine Landschaften mit Bäumen und Häusern. Eine Art nach außen gestülpte innere Landschaften.«

Die Neugier der drei Frauen hat sich bereits erschöpft: Ihre Blicke sind von einer amphibienhaften Undurchdringlichkeit, sie machen den Eindruck, als könne sie nichts wirklich berühren. Ich frage mich, was sie von Vittorios Bildern denken würden; ich kann mir ihre gummiartigen Mienen vorstellen. Oder wenn ich ihnen etwas vorspielen würde. Ich müßte mit aller Kraft auf die Tasten schlagen, noch wilder hämmern, als ich es Jeff-Giuseppe beigebracht habe. Ich müßte akrobatische Kunststücke oder irgendwelche primitiven Effekte einsetzen, um ihre Aufmerksamkeit zu fesseln: mit dem Rücken zum Instrument spielen oder im Stehen, tief über die Tastatur gebeugt; oder vielleicht etwas singen. Aber ein schwieriges Publikum macht mir keine Angst, es reizt mich nur um so mehr.

Uto Drodemberg, der Rattenfänger. Keiner kann sich ihm entziehen. Er spielt für die ungehobeltsten und gleichgültigsten und unempfindsamsten und stumpfsinnigsten Menschen der Welt, er bricht ihre Undurchdringlichkeit auf. Sie wehren sich dagegen mit ihrer ganzen anmaßenden Interesselosigkeit, sie mauern, sie errichten eine Barriere aus schweinsäugigen Blicken, aus weidenden Kuhmäulern, aber das ist nicht genug. Er steht in einem Lichtkegel dort oben auf der Bühne, er braucht nichts zu erzwingen. Im Gegenteil, er schlägt die Tasten so leicht an wie irgend möglich, zaubert mit den zartesten Nuancen, rührt allen ans Herz. Das dickhäutigste, gleichgültigste der drei Mädchen sitzt in der ersten Reihe, alle ihre Wesenszüge haben sich über Generationen hinweg durch die natürliche Auslese so entwickelt, daß feinere Sinneseindrücke an ihr abgleiten, sie hat ein im Windkanal geprüftes geistiges Profil, und doch überläuft sie eine Gänsehaut, Tränen treten ihr in die Augen. Sie beginnt zu schluchzen, sie kann nichts dagegen tun, es ist einfach so.

Vittorio läßt vom Kellner neue Whiskys bringen, bestellt auch für die Mädchen Getränke, obwohl sie ablehnend den Kopf schütteln. Es ist eine fast unerträgliche Situation aus abgrundtiefer Distanz und zu großer Nähe und Alkohol, Blicken, die sich nicht festhalten lassen, Lächeln, das zu demjenigen zurückkehrt, der es hervorbringt. Vittorio sieht aufgelöst und erschöpft aus, jetzt wo er aus seinem Käfig der edlen Gefühle ausgebrochen ist; er gleicht einem Hund, der sich von der Leine losgerissen hat und davonrennt, um sich von den Autos überfahren zu lassen. Er schüttet mit hemmungslosen Schlucken den dritten doppelten Whisky in sich hinein, kaum daß der Ober ihn auf den Tisch gestellt hat, stützt die Ellenbogen auf und beugt sich vor, um dem plattgesichtigen Mädchen in die Augen zu schauen, fragt: »Wieso seid ihr allein hier?«

»Und ihr?« fragt das Mädchen zurück, die Augen zu so schmalen Schlitzen verengt wie die ihrer Vorfahren aus dem äußersten Norden Europas.

»Wir waren Fleisch essen«, erklärt Vittorio. »Dann haben wir ein bißchen Unterhaltung gesucht, aber wir haben nicht erwartet, drei so nette Mädchen wie euch zu finden.« Aufdringlich, voll nutzloser Energie, im falschen Ton, am falschen Ort, falsch gepolt. Sicher war er früher einmal ein geübter Anbändler, jetzt aber hat er Rost angesetzt und ist schlecht geeicht, er ruft nicht das geringste Antwortsignal hervor. Es ist ihm auch zumindest teilweise bewußt, denn er bewegt sich zu hastig, gestikuliert zuviel, schwitzt.

»Eßt ihr gern Hirschbraten?« fragt das Mädchen mit dem tätowierten Panther in boshaftem Ton.

»Nein«, sagt Vittorio, »Hirsche sind uns lebendig lieber.«

Die drei Mädchen kichern jetzt beinahe hysterisch, ohne erkennbare Gründe. Sie saugen den Alkohol durch ihre Trinkhalme, schmale Lippen, kräftige Hälse, dumpfe, glasige Augen, Blicke zur Tür durch die jetzt schon weniger dichtgedrängten, vibrierenden, durcheinanderredenden, gestikulierenden Leute.

»Und was macht ihr?« fragt Vittorio mit tiefer, schleppender Stimme, die vielleicht verführerisch klingen soll oder vielleicht nur vom Alkohol verursacht ist. Ich wüßte gern, ob er auch mit Marianne in diesem Ton gesprochen hat, als er sie kennenlernte und nur mit ihr ins Bett gehen wollte, ohne sich auch nur im entferntesten vorzustellen, daß sie ihn in eine spirituelle Gemeinschaft weitab von der Welt irgendwo im tief verschneiten Connecticut verschleppen würde.

»Friseuse«, sagt die mit dem Panther am Handgelenk und deutet dabei mit dem Daumen auf ihre Brust. Noch während sie es sagt, schaut sie erneut zum Eingang, und auch die beiden anderen drehen die Köpfe zur Tür, durch die ein großer kräftiger Bursche in karierter Jacke und Mütze hereingekommen ist und auf uns zusteuert.

Er mustert mich und Vittorio mit oberflächlicher, zerstreuter Feindseligkeit. »Ihr habt wohl Gesellschaft gefunden?« fragt er die Mädchen.

»Da ist noch Platz«, sagt Vittorio mit einer Art einladender Geste und klopft mit der Hand auf den Tisch.

Der Bursche nimmt es nicht einmal zur Kenntnis, er beugt sich hinunter und gibt dem Mädchen mit den roten Trägern einen freundschaftlichen Knuff. Gekreische, quäkendes Gelächter, sich überlagernde Gesten. Die beiden anderen Mädchen behandeln uns wie Luft, sie sind ganz dem Burschen zugewandt. »Wie ist es gelaufen?« fragt die mit dem platten Gesicht. »Großartig«, antwortet er, nach draußen deutend. »Wollt ihr ihn sehen?«

Die drei Mädchen standen sofort auf, griffen nach ihren Handtaschen und folgten ihm, ohne ein Wort zu uns zu sagen und ohne die kleinste Abschiedsgeste, zur Tür.

Vittorio machte ein ungläubiges Gesicht, sah ihnen nach, wie sie im Gedränge verschwanden. »Das hat ja prima geklappt, was?«

Ich hätte gern gelacht oder wenigstens gelächelt, aber ich war so wirr im Kopf und so traurig, daß ich es nicht schaffte.

Wir blieben noch ein paar Minuten grübelnd am Tisch sitzen, dann kippte Vittorio den Rest seines Whiskys hinunter und stand auf: »Gehen wir?«

Ich ging wie auf Gummi hinter ihm her durch das Gewimmel und auf den Parkplatz hinaus, den ein paar Laternen mit fahlem Licht erhellten.

Wenige Schritte vom Eingang standen die drei Mädchen mit dem Burschen und einem zweiten, ähnlich aussehenden Mann neben einem Kleinlaster, auf dessen Ladefläche ein toter Hirsch mit durchgeschnittener Kehle lag; sein Kopf mit dem schweren Geweih hing über die metallene Ladeklappe.

Ich sah ihn als erster, denn Vittorio schaute nur vage umher, aber als ich mit dem Finger hindeutete, blieb er mit einem Ruck stehen. »Was ist denn das?«

»Ein Hirsch«, sagte ich und wäre gern schon ein paar Kilometer weit weg von der Last all dieser kaputten Gefühle, vom Sog ihrer endgültigen Zerrüttung.

Wir sind etwa zehn Meter von dem Lieferwagen mit dem toten Hirsch entfernt, dann null Meter, und Vittorio deutet mit dem Finger darauf.

»Gute Arbeit«, sagt er mit starkem italienischem Akzent, er versucht schon gar nicht mehr, ihn zu verbergen.

»Danke«, sagt der Bursche mit einem selbstgefälligen und argwöhnischen und gleichgültigen Nicken.

Der zweite ist dicker, er stiert uns ausdruckslos an. Dünne Lippen, überentwickelte Kinnlade, Baseballmütze umgekehrt auf dem Kopf, zwei Finger hohe Stirn. Die Mädchen sehen uns an wie vom Ende eines langen mentalen Korridors, sie kichern nicht mehr.

Vittorio wendet sich zu mir, die Hände in den Jackentaschen vergraben, als würde er endlich einmal frieren. »Siehst du, welches Ende die Hirsche des Gurus nehmen?«

Ich nicke nur, und der tote Hirsch mit durchschnittener Kehle und schlaff hintenüberhängendem Geweih ist wirklich kein schöner Anblick, nachdem man seine Artgenossen munter und lebendig im Wald gesehen hat. Trotzdem finde ich, daß Vittorio die Sache zu sehr dramatisiert; daß noch viele andere Gründe hinzukommen und ihm die Stimme ersticken.

Er nimmt die Rechte aus der Jackentasche und zeigt erneut auf das Tier: »Sie kommen bis an unser Haus und fressen das Gras unter dem Schnee, wenn sie welches finden.« Seine Hand zittert ein wenig, auch seine Stimme zittert und läßt seinen Akzent noch fremdartiger klingen.

»Na so was«, sagt der dickere der zwei Burschen mit einer schwachen Kopfbewegung. Ein Zuchtschweinmensch, ein Fischmensch aus den Abgründen des Meers, ein rosiges

Gesicht, das im ruhig und unerbittlich pulsierenden Laternenlicht wie gehäutet aussieht.

»Wir füttern sie manchmal mit Brot«, sagt Vittorio in einer Art Trauerton. »Wenn wir sehr geduldig sind, fressen sie uns aus der Hand.«

Die beiden Burschen und die drei Mädchen starren uns an wie Telekameras, glatt und stumm, ohne erkennbare Gefühlsregung.

Vittorio geht noch dichter an den dünneren der beiden heran: »Der Guru sagt, daß sie eine Reinkarnation von uns sein können. Eine frühere oder eine zukünftige, je nachdem. Wie alle anderen Tiere auch, nicht wahr?«

Der Bursche wendet sich zu seinem Freund und den Mädchen um, verzieht die Lippen zu einem Nichtlächeln von eisiger Feindseligkeit und sagt: »Was ist denn das für ein Idiot?«

Und fast im selben Augenblick, auch wenn es mir scheint, als sei es einen Augenblick vorher, sehe ich ihn zu Boden sacken wie eine Stoffpuppe und höre, wie Vittorio schreit: »Schieß doch auf mich, wenn du den Mut hast!« und ihm noch einen Fußtritt gibt, als er mit angewinkelten Beinen und verdattertem Blick über den Asphalt rollt.

Schrilles Kreischen der drei Mädchen, Fußtritte und Schläge mit den Handtaschen auf Vittorios Rücken, aber er spürt es nicht einmal, denn der zweite, kräftigere Bursche hat die Wagentür aufgerissen und ein Gewehr herausgeholt, das aber nicht geladen ist, denn er klappt es auf und holt eine Patronentasche aus dem Auto und schreit: »Scheißausländer, ich knall dich ab!«, aber er ist immer noch so verdattert, daß er sich zu langsam bewegt, er fummelt an der Patronentasche und ruft erneut: »Ich knall dich ab!«, anstatt sich zu konzentrieren, und ich ziehe instinktiv den Kopf ein, aber bevor er das Gewehr laden kann, hat sich Vittorio schon auf ihn gestürzt und reißt ihm die Waffe scheinbar mühelos aus der Hand und schleudert sie weit weg. Der Bursche boxt ihn gegen die Schulter, Vittorio aber schnellt herum und rammt ihm die Stirn an die Nase, und der Kerl fällt auf den Hintern wie in einem Trickfilm. Er sitzt auf dem Boden und faßt sich an die Nase und starrt auf seine blutverschmierte Hand, auch sein Gesicht ist voller Blut, das Blut tropft auf den Asphalt, und unterdessen hat sich der andere wieder aufgerappelt und geht mit unverständlichem Geschrei wieder zum Angriff über, aber er ist immer noch verdutzt und langsam, trotz seiner Wut, und haut und tritt ins Leere, und Vittorio versetzt ihm einen Faustschlag mitten auf die Brust, der andere kippt erneut um und krümmt sich wie eine dicke kranke Raupe. Gebrüll und spitze Schreie der drei Mädchen, jemand erscheint in der Tür der Bar, blockierte und beschleunigte Bewegungen, fahles Licht, fahles Licht und immer mehr Gesichter unter der Neonpalme, vielleicht auch Sirenengeheul oder näherkommende Scheinwerfer oder andere Störungen in der bleichen, giftigen Luft.

Ich packte Vittorio am Arm, sagte: »Los, gehen wir lieber«; und ich hätte es nicht geschafft, ihn auch nur einen Millimeter wegzuziehen, wenn er sich nicht plötzlich mit verstörter Miene umgedreht und gesagt hätte: »Ja, gehen wir.«

Dann waren wir auf der dunklen, leeren, schneebedeckten Straße nach Peaceville, und Vittorio keuchte noch immer und hielt das Lenkrad umklammert. »Verdammte Scheiße, verdammte Scheiße. Von wegen Friedfertigkeit und allumfassende Ausgeglichenheit! Gott im Himmel, ich weiß nicht, was mit mir los war!«

»Die haben es aber auch nicht anders verdient«, sagte ich, denn ich fühlte mich wenigstens teilweise verantwortlich. »Der tote Hirsch war wirklich kein schöner Anblick.« Ab und zu schaute ich zurück, ob uns niemand verfolgte, aber da war nur die amerikanische Nacht, die uns umschloß wie schwarze Tinte.

»Es hätte trotzdem nicht passieren dürfen«, sagte Vittorio. »Ich hätte nicht so den Kopf verlieren dürfen. Das war ein Rückschritt um vier Jahre, verdammt. Ich hätte sie umbringen können.«

»Du hast sie aber nicht umgebracht«, beruhigte ich ihn; ich fürchtete, daß er die Kontrolle über das Auto verlor. »Könntest du nicht ein bißchen langsamer fahren?«

Er bremste vor der nächsten Kurve ab, beschleunigte aber gleich wieder. »Ich hätte es aber tun können. Plötzlich hat mich dieser schreckliche Mordinstinkt gepackt. Von einer Sekunde auf die andere, einfach so. Du glaubst, du hast dich für immer von allen deinen schlechten Seiten befreit, und plötzlich sind sie wieder da und sind die ganze Zeit dagewesen.«

»Wäre auch ein Wunder, wenn sie weggewesen wären«, sagte ich. »Sie gehören schließlich zu dir.«

Er sah mich an, aber er schien nicht viel auf meine Worte zu geben; wir fuhren durch ein kleines Dorf, das aus ein paar Häusern rechts und links der Straße und ein paar Lichtern und Laternenmasten und geparkten Autos bestand.

Vor dem Leuchtschild eines Spirituosenladens hielt er an, sagte: »Bin gleich wieder da.«

Ich blieb sitzen und sah zu dem Laden hinaus, der aus der Kulisse eines minderwertigen Fernsehfilms hätte stammen können: ein bunt angestrichener Bretterverschlag auf schiefen Holzpfosten. Ich fragte mich, ob das, was geschehen war, meine Schuld war, oder ob ich nur einen unvermeidlichen Prozeß ausgelöst hatte; ob ich Schuldgefühle haben oder nicht mehr daran denken sollte.

Vittorio kam mit einer Flasche in einer braunen Papiertüte zurück. Er ließ den Motor an und öffnete die Flasche, nahm einen tiefen Schluck. Er gab mir die Flasche und fuhr los, die Reifen quietschten und rutschten auf dem hartgefrorenen Schnee.

Ich versuchte zu trinken, aber es war amerikanischer Bourbon, stark und bitter wie Brennspiritus; ich befeuchtete nur meine Lippen und gab ihm die Flasche zurück.

Er trank noch einen Schluck und gab Gas, er streifte fast die Schneehaufen am Fahrbahnrand. »Weißt du, was das Schlimmste ist, Uto?« fragte er mich.

»Was?« sage ich, an den Haltegriff geklammert, denn ich sehe schon, wie wir uns überschlagen und umgekippt über die glatte Fahrbahn schlittern.

»Daß ich mich *gut* fühle«, sagt Vittorio, erschüttert wie ein Kriegsopfer. »Ich fühle mich lebendig, zum ersten Mal seit vier Jahren befreit vom Zuckerguß der spirituellen Verzückung!«

Ich rücke möglichst weit von der Tür ab, verlagere mein Gewicht so, daß ich den Aufprall abfangen kann, sobald wir umkippen. Ich höre schon die damit verbundenen Geräusche: Kratzen von Metall auf festgefahrenem Schnee, von Metall auf Asphalt, sich verbeulendes Blech.

Vittorio trinkt weiter, fährt noch dichter am Fahrbahnrand, der Abstand zur Schneemauer an der Seite ist jetzt gleich null. »Ohne Gedanken lesen zu müssen, bevor sie ausgesprochen werden, ohne gute Taten und edle Absichten, ohne das ewige Lächeln und die Umarmungen und Küsse, ohne all die fetten alten Weiber, die man behandeln muß, als wären sie die begehrenswertesten Frauen der Welt! Und ohne die ganze Zeit leise sprechen zu müssen, denn sobald ich normal spreche, macht mir Marianne Zeichen und schämt sich für mich und wünscht sich, ich wäre ein ganz anderer!«

Er reicht mir abermals die Flasche; ich wehre mit der flachen Hand ab, ohne den Blick von der Straße zu lösen. Wir rasen im tiefschwarzen Dunkel, das von den Scheinwerfern nur kurz erhellt wird, durch den grenzenlosen Raum.

Vittorio nimmt den nächsten Schluck, er brüllt: »Ich bin eben so, Uto! Ich bin für Peaceville nicht der richtige Mensch! Und vielleicht bin ich sowieso ein schlechter Mensch! Ich kann mir noch soviel Mühe geben, es nützt alles nichts! Ich bin gewalttätig und hänge an den materiellen Dingen wie kaum ein anderer, Uto! Ich esse gern und ich trinke gern und ich bumse gern, und wenn ich einem gottverdammten Wilderer begegne, dann schlage ich ihm die Fresse ein! Und ich finde mich gut so, wenn du es wissen willst! ICH FINDE MICH GUT!«

Es war mir unbegreiflich, wie er unter diesen Bedingungen den Kurs halten konnte, aber er schaffte es; die wirre

Wut, die ihn durchströmte, mußte eine merkwürdig präzise Struktur besitzen, zumindest den Orientierungssinn hatte er im allgemeinen Zusammenbruch seiner Gefühle und Empfindungen noch behalten.

Er brüllte: »Da bemühst du dich wie ein Idiot, dich zu ändern und zu bessern und immerzu die Erwartungen der anderen zu erfüllen, und erntest doch höchstens eine vorläufige kleine Zustimmung. Da und dort ein kleines Lob, bis zum nächsten Fehler, bis zum nächsten Tadel. So wie der dressierte Hund, dem man den Kopf tätschelt. Oder die Robbe, die zur Belohnung eine Sardine bekommt, wenn sie einen Ball auf der Nase balanciert, verstehst du?«

Ich hoffte, dieser Strom von Sarkasmus würde ihn dazu bringen, langsamer zu fahren, und er verlangsamte tatsächlich, fuhr dafür aber viel unsicherer und riskanter. Er trat auf die Bremse, wenn es gar nicht nötig war, drehte in den Kurven das Lenkrad um ein paar Sekundenbruchteile zu spät zurück, schaute auf einen toten Punkt im Scheinwerferlicht, der weder weit genug voraus noch nah genug war.

»Gott, was sind wir Männer doch schwach und feige, findest du nicht?« fing er wieder an. »Wir suchen unser Leben lang eine Frau, die stark genug ist, um an die Stelle unserer Mutter zu treten. Wie jammernde und bettelnde Kleinkinder, Uto. Und sie wissen ganz genau, daß sie uns in der Hand haben, sie nutzen mit sicherem Instinkt unsere Schuldgefühle und unsere Unzulänglichkeit und unsere Projektionssysteme aus. Sie warten nur darauf, daß wir uns eine Blöße geben. Sie sitzen in ihrem Sessel oder stehen auf der Türschwelle und schauen die ganze Zeit zu, was du zu-

wege bringst, um zu sehen, ob sie dich loben oder nieder-
machen sollen.«

Ich schaute nur noch geradeaus, ich klammerte mich
an den Haltegriff und fixierte die vereiste Straße, die aus
der Dunkelheit auf uns zukam und immer nur für wenige
schnell wieder verschluckte und zurückgelassene Meter
im Licht erschien, eine Kurve, ein Abhang, eine kompakte
Schneemauer am Fahrbahnrand zwei Zentimeter neben den
Reifen.

Vittorio trank weiter in großen Schlucken aus der Whis-
kyflasche und verlor immer mehr die Kontrolle über seine
Stimme, die Kontrolle über das Lenkrad. Bei der Schlägerei
vor der Bar hatte er sich an der Hand verletzt, immer wieder leckte er sich das Blut von den aufgeschürften Fingerknöcheln. »Vielleicht dauert es ein paar Jahre, bis sie uns
ganz in ihrer Gewalt haben, denn wir leisten ja passiven
Widerstand, wie stumpfsinnige Tiere, nicht wahr? Aber am
Ende schaffen sie es doch, und wenn sie es geschafft haben,
nützen sie es skrupellos aus, weil sie überzeugt sind, es für
einen guten Zweck zu tun. Für einen höheren Zweck. Für
einen beschissenen höheren Zweck, legitimiert durch den
Guru und die Natur und Gott und das Universum, verstehst du?«

»Das Leben ist ein Betrug, Uto!« brüllte er. »Ein *schrecklicher* Betrug, und es wird nur immer schlimmer. Je mehr du
dich abrackerst und versuchst, ein besserer Mensch zu werden, Uto!«

Dann riß er das Steuer zu schnell herum und bremste zu
stark, der Range Rover rutschte über die vereiste Straße und
wurde aus der Kurve geschleudert, die wir hätten nehmen

müssen, und durch die aufgetürmten Schneehaufen und das tintenschwarze Dunkel; ich hielt mir die Ohren zu, um wenigstens den endgültigen Aufprall nicht zu hören.

Die Flasche ist aus ihrer braunen Papiertüte geflogen, und der Whisky läuft auf den Boden über meine Füße, aber vielleicht ist es auch Blut, vielleicht sind wir schon kaputt und zerquetscht, denn wir hängen an einer schneebedeckten Böschung, und die Räder drehen leer, so wütend wie zuvor Vittorios Stimme, dann tut es einen letzten Schlag, und der Motor steht still, das Auto steht still, zur Seite gekippt in einer Wolke von Schnee, der in den beiden Scheinwerferkegeln sacht herabrieselt.

Vittorio öffnete seine Tür und schlüpfte hinaus, verschwand in der Finsternis.

Ich stieg auf seiner Seite aus, denn auf meiner ließ sich die Tür nicht öffnen. Ich hatte mir nichts getan, bis auf eine Prellung an der Schulter, zum Glück hatte ich meine Jacke aus dickem Leder an; ich konnte mich gut bewegen, in der reglosen kalten Luft sogar ein wenig leichter als sonst. Es war totenstill, bis auf die Geräusche von Vittorio, der ein paar Meter hinter dem Auto kotzte oder röchelte.

Ich hatte keine Lust, ihn mit dem Tod ringen zu sehen, und erst recht nicht, ihn irgendwohin zu schleppen und Hilfe zu suchen; trotzdem ging ich mit knirschenden, im Schnee einsinkenden Schritten und angehaltenem Atem zu ihm, im Kopf verschiedene in Frage kommende Bilder.

Aber er kotzte nur in den tiefen Schnee; zwischen einem Brechreiz und dem nächsten sagte er: »Verdammte Scheiße, verdammte *Scheiße*«, mit einem südlichen Akzent, den er bisher immer unterdrückt hatte.

Ich ging neben dem Range Rover auf und ab, um nicht zu erfrieren, und versuchte herauszufinden, ob wir es schaffen würden, wieder auf die Straße zurückzugelangen, versuchte herauszufinden, wie spät es war. Ich versuchte herauszufinden, ob auch das hier auf jeden Fall passiert wäre oder ob Vittorio, wenn ich nicht gewesen wäre, jetzt in seinem eigenhändig erbauten, schönen, warmen und gemütlichen Haus mit seiner Frau im Bett liegen würde. Ich versuchte herauszufinden, ob ich nur Gleichgewichte zerstörte oder ob ich Wahrheiten ans Licht brachte oder alles beides; und warum ich es tat, ob ich bloß einem miesen Instinkt folgte oder eine Art Mission erfüllte; ob es mir in irgendeiner Weise Spaß machte oder mich nur traurig stimmte.

Marianne will verstehen

Marianne klopft, sie steht mit einer Tasse Kräutertee an der Tür, fragt: »Möchtest du?«

Uto Drodemberg, der auf dem Bett liegt und in einem von Vittorios Handbüchern für den Saiteninstrumentenbau liest, setzt sich mit einem Ruck auf, springt vom Bett.

»Wie nervös du bist«, sagt Marianne, aber sie wirkt selbst unruhig, ihr Gesicht ist vor Anspannung schmal und lang.

»Ich wollte gerade herunterkommen«, sagt Uto Drodemberg zur Tür, nicht zu Marianne gerichtet. Seine Haare sind vom Kopfkissen teilweise plattgedrückt, sie müßten auch neu gefärbt werden, denn am Haaransatz sind sie schwarz nachgewachsen; er fährt mit der Hand hinein und schüttelt sie kräftig, schaut über Marianne hinweg zur Treppe.

»Warum willst du denn weglaufen?« fragt Marianne; bleich stellt sie sich ihm in den Weg. Geruch nach Neutralseife, Mikroschwingungen dicht unter der Haut, Luft zwischen den flauschigen Fasern ihres vorn geknöpften pfirsichfarbenen Wollpullovers.

UTO Ich will nicht weglaufen. Ich will nur runtergehen.

MARIANNE Trink doch wenigstens den Tee.

UTO Ich trinke ihn unten.

MARIANNE Was ist denn nur, hast du plötzlich Angst vor mir?

UTO Nein.

(Aber das stimmte nicht; er hatte Angst vor dem Flimmern in ihrem Blick, vor ihrer Art, flach und hastig zu atmen, vor ihren sensiblen Nasenlöchern mit fast durchsichtigem Knorpel.)

Er nahm ihr die Tasse ab; seine Finger streiften kurz die ihren, er spürte, wie warm und feucht sie waren. Sie hatte wieder ihren mineralischen Blick, aber wärmer als sonst; mit einem schwärmerischen Leuchten.

MARIANNE Kannst du mir erklären, was gestern nacht passiert ist?

UTO Hat Vittorio es dir nicht schon erzählt?

MARIANNE Doch, aber ich werde nicht daraus schlau. Ich möchte verstehen, warum es passiert ist.

(Sie ist auch unsicher: Zweifel und Ängste und Zögern unterschiedlichen Grades in dem leichten Beben, das durch ihre am Türpfosten lehnende Gestalt läuft.)

UTO Wenn ihr es nicht selber wißt. Ich kann euch doch euer Leben nicht erklären.

MARIANNE Du kannst uns aber gewisse Dinge zeigen. Das ist schon sehr viel.

(Sie schließt die Tür, lehnt sich mit dem Rücken daran. Sie sind sich zu nahe in dieser Sogwelle: Das Zimmer bietet zu wenig Raum zum Rückzug.)

UTO Ich kann euch gar nichts zeigen. Ihr müßt es schon selbst sehen.

(Sie nickt zustimmend, grübelnd; sie nimmt inzwischen alles, was er sagt, furchtbar ernst: auch das Banalste und Unsinnigste. Sie hält den Blick gesenkt, als müsse sie eine schwierige Lektion verdauen. Dann setzt sie sich auf den Boden, winkelt die Beine an, schaut zu ihm hoch.)

MARIANNE Du bist schon sonderbar.

UTO Wieso sonderbar?

MARIANNE So schwer zu durchschauen. Männer sind das im allgemeinen nicht.

UTO Ach ja? Ich kenne mich mit Männern nicht so gut aus.

MARIANNE Ich schon, aber einer wie du ist mir noch nie begegnet.

UTO Muß ich mir deshalb Sorgen machen?

(Eine Art unkontrollierbares Zucken der Seele, wie ein innerer Kälte- oder Freuden- oder Angstschauer. Er möchte aus dem Zimmer hinaus und doch darin sein; er möchte noch mehr Aufmerksamkeit, gar keine Aufmerksamkeit.)

MARIANNE Je nachdem. Vielleicht müßte eher ich mir Sorgen machen.

UTO Wieso denn?

(Angst-Angst, rasch und kurz.)

MARIANNE Ich weiß nie, was du denkst. Ich weiß nicht, wo du bist. Wer du bist.

UTO Ich denke gar nichts. Ich bin hier in diesem Zimmer. Ich bin nichts Besonderes. Projiziere bitte nichts auf mich, mach dir keine falschen Bilder.

(Schneller Rückzug-schneller Rückzug, je mehr sie mit ihrem Blick und ihrem Atem und ihrem Herzklopfen, ihrer Ausstrahlung von anbietender und fordernder Aufmerksamkeit auf ihn zukommt.)

MARIANNE Das ist nicht wahr. Du denkst *alles*. Der Guru hat es auch gleich gemerkt, schon als er dich zum ersten Mal gesehen hat. Auch die Kinder und sogar Vittorio. In dir stecken alle Fähigkeiten der Welt, du willst nur nicht, daß man es merkt, aber das gelingt dir nicht. Du machst es einem schwer, dir in der Seele zu lesen, aber verhindern kannst du es nicht.

(Sie auf dem Boden sitzend, und Uto neben ihr stehend; er hätte sich gern gesetzt, nur damit ihre Blicke auf der gleichen Ebene sind, aber er schaffte es nicht, sein Gleichgewicht war so unsicher, daß er nicht wagte, sich zu bewegen. Er lächelte, ein Lächeln, das alles nur noch schlimmer machen mußte, doch ein anderes gelang ihm nicht.)

UTO Hör mal, da irrst du wirklich. Du legst ein Foto über das andere.

MARIANNE Woher willst du das wissen? Du bist neunzehn und weißt alles, heiliger Himmel. Du siehst wie ein Straßengangster aus und bist in Wirklichkeit ein Engel.

UTO Von wegen Engel, jetzt mach aber einen Punkt.

Uto Drodemberg weicht zurück, blaß wie ein Held in vorderster Linie, wie ein schwindsüchtiger Dichter des neunzehnten Jahrhunderts, er lehnt sich an die schräge Wand. Sehr anziehend, er kann nichts dagegen tun, er sucht es sich nicht aus, strebt es nicht an. Er ist es ganz einfach, unvermeidlich. Er weiß nicht einmal genau, woran es eigentlich liegt, es ist wohl die seltsame Mischung aus Verletzlichkeit und Distanziertheit in ihm, seine Art, ganz dazusein und überhaupt nicht dazusein, jede Kleinigkeit zu hören und zu sehen und sich mit dem nächsten Wimpernschlag Lichtjahre zu entfernen. Ein grausames Spiel, aber es ist kein Spiel, es ist keine Berechnung, keine Effekthascherei; er ist eben so, wie ein Baum, dessen Äste in den erstaunlichsten Formen wachsen; es ist nutzlos festzustellen, ob es am Wind liegt oder am Gelände. Aber er spürt schon wieder den inneren Schauer zwischen Herz und Magen. Sein Blut wird kalt, er schwitzt an den Handflächen, er ist mitten im polarisierten Licht eines Scheinwerfers, er ist im Zentrum der Welt, im Zentrum des Universums, und es gefällt ihm nicht, vielleicht aber ist es das, was er sucht, aber es gefällt ihm nicht, aber er will es, aber es gefällt ihm nicht.

Marianne fährt sich mit der Hand durch die Haare und atmet ein; sie scheint gleich in Tränen auszubrechen. Die Situation ist im Begriff auseinanderzufallen wie ein drei Quadratmeter großer Spiegel, der alles, was sich darin spiegelt, in spitze kleine Scherben und Glasstaub zersplittert.

Vorbei mit den Weihnachtslichtern

Fast eine Stunde lang Chopin auf dem Klavier, im leer und verlassen wirkenden Haus. Ich wußte, daß es nicht leer war: Die Aufmerksamkeit von Marianne und Nina in ihren Zimmern gab den von meinen Fingern angetriebenen und gestreichelten und gestoßenen Tönen eine neue Bedeutung, ließ sie zwischen den Holzwänden wie in einem großen Resonanzkasten bis zu ihren Türen und ihren Trommelfellen und ihren Herzen hallen. In diesem Augenblick fühlte ich mich sicher; ich hätte die Arme ausbreiten, alles anfassen können, was ich wollte, meine Stimme kantig klingen lassen, Loopings auf einer Kondensspur von Blicken machen können. Jede Verzierung, jeder Lauf, jeder Triller spiegelte meine Möglichkeiten wider, die unglaublich leicht zu verwirklichen schienen.

Dann hörte ich jäh zu spielen auf, so wie ich es immer machte, federte in den Knien, schüttelte meine Beine aus, dehnte und streckte mich, ging in den Windfang, um Stiefel und Lederjacke anzuziehen. Gleich darauf kam Nina herein, und eine leichte Röte überzog ihren blassen Teint; ihr Körper hatte sich an den richtigen Stellen gerundet, sie war jetzt viel hübscher als bei meiner Ankunft. »Kann ich mitkommen?« fragte sie. »Sag ruhig, wenn es dir lästig ist.«

»Komm nur«, sagte ich: mit vielleicht noch siebzig Prozent der Selbstsicherheit, die ich beim Klavierspielen verspürt hatte.

Wir traten in die Kälte auf den schneebedeckten Platz vor dem Haus hinaus; alle beide voll und ganz unserer Schritte bewußt. Vittorio stand auf einer Teleskopleiter und war dabei, die weihnachtliche Lichterkette abzuhängen. Er würdigte uns mit keinem Blick; versteckte sich hinter den Handbewegungen, mit denen er die Kabel mit den bunten Lämpchen aufwickelte, hinter dem Gleichgewicht, das er brauchte, um nicht von der Leiter zu fallen.

Nina schaute zu ihm hinauf, blieb sekundenlang in der Schwebe vor einem Satz oder einer Geste, verzichtete darauf und folgte mir. Auch der Hund Geeno kam mit, in seinem plumpen Galopp rannte er hinter uns her.

Ich hatte kein bestimmtes Ziel, also schlug ich den Weg zum Wald links vom Haus ein, wo ich bis zu den Knien im Schnee versank. Mein Gefühl der Sicherheit war mittlerweile auf etwa fünfzig Prozent gesunken, ich drehte mich nicht nach Nina um, damit es nicht weiter schwand.

Nina folgte mir mit wenigen Schritten Abstand, blieb ab und zu stehen, um den Hund anzuspornen, der wie eine Robbe hüpfen mußte, um nicht in all dem Weiß unterzugehen. Dann sagte sie plötzlich: »Hast du meinen Vater gesehen?«

»Ja, wieso?« fragte ich und sah sie ziemlich deutlich vor mir, obwohl ich mich nicht umgedreht hatte.

»Himmel, wie nervös er ist«, sagte sie. »Er hat mir nicht mal guten Morgen gesagt.«

»Kommt vor, oder?« sagte ich.

»Nein, das ist noch nie vorgekommen, seit er hier ist.«

Sie blieb schnaufend stehen, beobachtete den Hund, sagte: »Und Marianne ebenso. Beide sind so geladen, man erkennt sie nicht wieder.«

Ich blieb ebenfalls stehen; sie sollte nicht denken, daß ich vor ihr davonlief. »Na und? Du bist auch kaum wiederzuerkennen.«

»Inwiefern?« fragte sie.

Ich hätte gern einen passenden Satz parat gehabt, aber ich hatte keinen; meine Selbstsicherheit war, ohne daß ich es gemerkt hatte, bei Null angelangt, ich stand nur da und atmete mühsam.

Vorbei mit dem Muttersöhnchen

Jeff-Giuseppe in der Küche, in Schuhen. Es sind zwar nicht die Schneeschuhe, die er draußen trägt, sondern fast neue schwarze Joggingschuhe, aber immerhin Schuhe. Er hat sich auch die Haare wachsen lassen und wäscht und kämmt sie nicht mehr ständig, er streicht sie nach hinten, um meine Frisur nachzuahmen.

Mit verschwörerischem Blick, das Kinn auf die Schulter gedrückt, kommt er auf mich zu, flüstert: »Willst du Gras rauchen?«

»Was bitte?« frage ich verdutzt.

»Gras«, sagt er, etwas deutlicher als vorher.

Im ehemaligen Gästezimmer, das seit meiner Ankunft sein Zimmer ist, nimmt er aus einer kleinen Schachtel einen dünnen, schon fertig gedrehten Joint. Er hat Schwierigkeiten, ihn anzuzünden, Schwierigkeiten, den Rauch zu inhalieren: Er kneift die Augen halb zu, bläht zu sehr die Lungen.

»Woher hast du das Zeug?« frage ich ihn.

»Aus der Schule«, antwortet er und versucht ein Husten zu unterdrücken, reicht mir den Joint.

Er schaltet eine Kompaktstereoanlage auf dem Tisch ein, er hat eine Deadbones-Kassette drin: E-Gitarren, so schrill und laut, daß sie fast die Lautsprechermembran zerreißen, rauhe, splissige, zerrissene Stimmen, die gegen die E-Gitarren ankämpfen.

»Wie geht's?« frage ich ihn.

»Gut«, antwortet er mit zusammengekniffenen Augen. »Besser.« Auch seine Stimme klingt tiefer, zumindest fester, er schafft es, die Tonlage zu halten, vor allem bei einzelnen Wörtern oder ganz kurzen Sätzen.

Ich hätte beinahe gelacht; es kam mir vor, als seien Jahre vergangen seit meiner Ankunft, als er mit seinem Vater vor der automatischen Tür im Flughafen auf mich wartete.

Jeff-Giuseppe umfing mit einer betont unbefangenen, betont lässigen Geste, die eine meiner lange eingeübten Gesten imitierte, den Rest des Hauses. »Schönes Schlamassel«, sagte er. Er konnte den Husten nicht länger unterdrücken, zum Ausgleich nahm er gleich noch einen Zug.

»Was?« fragte ich, obwohl ganz klar war, wovon er sprach.

»Vittorio und Marianne«, sagte er mit ausgestrecktem Arm, um mir noch einmal den Joint zu geben, der schon fast runtergebrannt war.

»Streiten sie?« fragte ich und hatte das Gefühl, bei hoher Geschwindigkeit stillzustehen.

Jeff-Giuseppe nickte, stand auf und spulte die Kassette in der Stereoanlage vor.

»Habt ihr nicht gesagt, daß in Peaceville nie jemand streitet? Daß man hier gar nicht streiten kann?«

Er drückte auf Play mitten in einer herzzerreißenden Schnulze, drehte den Ton noch lauter, sah mich unter den Augenbrauen hervor an.

Jetzt kam er mir wirklich wie eine stümperhafte Imitation von mir vor, die er auch schlecht beherrschte, aber immerhin war es eine Art Verhaltenshülle, ein Mittel, sich mit Anstand von einem Punkt des Raums zum anderen zu bewegen oder auch nur dazustehen, dazusein. Ich empfand eine Mischung aus Verlegenheit und Stolz und Mitgefühl und Anteilnahme; ich lachte los.

Jeff-Giuseppe sah mich noch schiefer an, versuchte zu erkennen, ob ich über seine Familie oder über ihn lachte, dann stimmte er ein.

Wir lachten und liefen im Kreis herum, die Musik aus der Stereoanlage glich einer Flut mit gefährlichen Strömungen und interessanten Strömungen und ruhigem Wasser.

Vorbei mit dem Eheglück

Marianne und Vittorio streiten, auf dem Flur zwischen ihrem Schlafzimmer und dem kleinen Büro. Es ist ein richtiger Streit, nicht der Austausch von fast unmerklich angespannten Sätzen, mit dem sie bisher ihre Unstimmigkeiten auszudrücken pflegten: Ihre Stimmen dringen auf schrillen, in den Ohren schmerzenden Frequenzen durch die Wohnzimmertür.

»Du bist so egozentrisch, du kannst die andern gar nicht verstehen«, sagt Marianne.

»Natürlich nicht. Die einzige Verständnisvolle bist du mit deiner außergewöhnlichen Sensibilität.«

Ich komme mir vor, als beobachte ich vom Rand der Landepiste aus ein Flugzeugunglück: mit genau diesem Gefühl von Ungläubigkeit und Spannung, dieser übersteigerten Angst und der Versuchung, alles noch genauer zu sehen. Ich möchte aus dem Zimmer laufen, um nichts mehr zu hören, und weiß doch genau, daß ich es nicht über mich bringe; ich möchte wenigstens nicht mehr verstehen, was sie sagen, und möchte jedes einzelne Wort verstehen.

»Merkst du nicht, wie roh und primitiv du bist? Wie aggressiv du wirst, sobald du dich im Unrecht fühlst?« Gehärtete, gezackte Stahlklingenstimme, jetzt, wo sie sich nicht mehr bemüht, sanft zu klingen; ihre Unbeugsamkeit kommt zum Vorschein.

»Ich fühle mich überhaupt nicht im Unrecht«, sagt Vittorio. »Aber du stehst ja so hoch über den Dingen, du hast den perfekten Überblick über die Empfindungen der anderen und kannst ganz genau erkennen, ob sie im Recht sind oder im Unrecht, was?« Wilder Groll, je mehr er das, was er fühlt, vom Zuckerguß seines jahrelangen Bemühens um Verständnis und Entgegenkommen befreit. »Du meinst immer, daß du das Recht *bist*.«

»Merkst du nicht, daß du nicht mal zuhören kannst?« sagt Marianne in noch schärferem Ton. »Merkst du nicht, wie gewalttätig du bist?«

»Gewalttätig bist du!« schreit Vittorio. »Mit deinem Geschwätz von Verständnis und von der Achtung vor den anderen, von Demut und von der richtigen Atmung und all dem Scheiß! Du bist im Grunde so schrecklich anmaßend! Mit deiner Kreuzzugsmentalität, das Schwert in der Hand, um allen Ungläubigen den Kopf abzuschlagen!«

Dann kommt eine kurze Pause; ich sehe sie vor mir, wie sie sich aus nächster Nähe mustern und sich dabei auf eine weitere Verschlechterung ihrer Beziehung einstellen. »Ist dir klar, was du da sagst? Ist dir klar, was für einen *Ton* du am Leib hast?« Aber auch ihr Ton ist nicht viel besser; sie laufen jetzt schnurstracks auf einen Abgrund zu.

»Und du, merkst du nicht, wie *gnadenlos* du bist?« sagt Vittorio. »Wie furchtbar anstrengend es ist, nur schon dir zuzuhören? Auf deine angebliche Sensibilität einzugehen, als bewege man sich die ganze Zeit auf einem Minenfeld, halb gelähmt vor Angst, den Fuß auf eine falsche Stelle zu setzen und in die *Luft* zu fliegen?«

»Du hast eben nie begriffen, worum es in Peaceville

geht«, sagt Marianne mit einer Stimme, die Befestigungslinien und Schützengräben zieht. »Du bist nur hergekommen, um mich bei Laune zu halten, weil du Angst hattest, mich zu verlieren. Du wärst genausogut in irgendein Touristendorf in Spanien oder Costa Rica gegangen. Der großmütige berühmte Künstler, der die Wünsche seiner ein bißchen übergeschnappten, aber inspirierten Frau erfüllt, solange sie ihm nicht allzusehr auf die Nerven geht. Das Haus und alles hast du nur gebaut, weil es dir *Spaß* gemacht hat, weiter hast du es nie gebracht.«

»Und das sagst du mir erst jetzt? Nachdem ich vier Jahre lang hier eingesperrt war, in dieser Friedhofsruhe weitab von der Welt? Nachdem ich vier Jahre meines Lebens vergeudet, für immer weggeworfen habe?«

»Siehst du?« sagt Marianne, wieder beherrschter, nur weil er sich nicht mehr beherrschen kann. »Wenn du ehrlich bist, gibst du selber zu, wie schwer es dir fällt, hier zu leben.«

»Und ob es mir schwerfällt!« brüllt Vittorio. »Du hast keine Ahnung, wie schwer! Immer alles unterdrücken und sich bremsen und sich beherrschen und leise sein, als wären wir ständig in irgendeiner bescheuerten Kirche! Vier Jahre erzwungene Lethargie, mein Gott, vier Jahre aus dem Fenster geworfen, nur um mit dir zusammenzusein, und da beklagst du dich noch, statt mir dankbar zu sein!«

»Siehst du?« wiederholt Marianne. »*Siehst* du?«

Vittorio schreit: »Dir ist wohl nicht klar, mit wieviel Aufmerksamkeit ich Trottel dich überschüttet habe, anstatt sie auf die tausend anderen Dinge zu verwenden, die ich hätte tun sollen.«

»Du bist gut!« sagt Marianne in einem Ton wie ein heruntergekommenes altes Violoncello: ein schriller und rauher, hölzerner und polierter Widerhall ihrer inneren Härte.

»Soll ich dir etwa auf den Knien dafür danken, daß du mir die Gnade deiner Aufmerksamkeit erwiesen hast? Statt dich nur um dich selbst zu kümmern und deinen Erfolg zu genießen, deine Freundinnen und deine widerlichen Freunde und die phantastischen Dinge, die dir alle sagen, die dich nicht kennen?«

»Keine Angst, ich weiß ja, daß der einzige phantastische Mensch auf der Welt *du* bist! Die Heilige, die das Evangelium zu den armen Wilden bringt und es ihnen notfalls mit Gewalt einhämmert!«

Etwas donnert gegen die Holzwand: splitterndes Glas – eine Vase oder Tischlampe. Ich glaubte die über den hellen Veloursteppich zerstreuten Scherben zu sehen; den lodernden Blick von Vittorio und Marianne, die sich wie bei einem Hahnenkampf umkreisten. Ich fragte mich, ob ich schlichtend eingreifen sollte, aber ich war mir fast sicher, daß ich alles nur noch schlimmer gemacht hätte. Ich fragte mich, ob ich für einen von beiden Partei ergreifen, ihren Streit weiter anheizen sollte, wenn ich schon hier war.

»Da siehst du, wer gewalttätig ist!« sagte Marianne.

»Du bist es, du!« brüllte Vittorio, völlig außer sich. »Du willst einfach nicht einsehen, daß ein Mensch so ist, wie er ist, und daß du ihn vergewaltigst, wenn du ihn zu ändern versuchst!«

»Soll ich mir vielleicht alles gefallen lassen und immer den Mund halten?« schrie Marianne in noch verzerrterem Ton. »So wie früher in Mailand?«

Durch die Tür und die Holzwände hörten sie sich tatsächlich wie zwei durch langes erzwungenes Zusammenleben aufs äußerste gereizte Gänse oder Enten an. Ich sah sie vor mir, wie sie mit lauernden Blicken und gereckten Hälsen und drohenden, abwehrenden, ausweichenden Gebärden umeinander herumtrippelten; wie jeder nach Lükken in der Verteidigung des anderen spähte, seine Stärken und Schwachstellen herauszufinden suchte.

»*Was* sollst du dir gefallen lassen?« schreit Vittorio, und seine Stimmbänder vibrieren zum Zerreißen in dem kräftigen Körper, seine Wut hallt im ganzen Haus wider. »Und ich, was muß *ich* mir alles gefallen lassen? Ich muß hier im Schnee versinken und Verbeugungen machen und Hare Om singen, ohne die lumpigste Inspiration, abgeschnitten vom wirklichen Leben, unter lauter jämmerlichen, schlaffen und blutleeren Zombies in dieser Scheißgegend am Ende der Welt?«

Jetzt bin ich auf seiner Seite, ich sporne ihn im stillen durch die Tür hindurch an und freue mich, daß ich ihm geholfen habe, zu erkennen, wie die Dinge stehen, und sich aus dem Gefängnis zu befreien, in das er eingesperrt war.

»Und die ganze Zeit dein erleuchtetes Lächeln, während du wie ein Panzer voll guter Absichten alle überrollst!«

»Und wann überrolle ich alle in dieser schrecklichen Weise?« fragt Marianne mit eckiger, brüchiger Stimme. »Kannst du mir das sagen?«

»*Immer!*« brüllt Vittorio. »Jetzt zum Beispiel. Um die heilige Erlöserin zu spielen, hast du uns diesen psychopathischen Punk ins Haus geholt, der unser Leben zerstört.«

»Was *sagst* du da?« sagt Marianne mit einer Mischung aus Abscheu und Empörung.

Auch ich bin empört und angewidert: Mein ganzes Verständnis für Vittorio verkehrt sich mit Lichtgeschwindigkeit ins Gegenteil.

»Uto ist ein äußerst sensibler und hochbegabter Junge, das sagt auch der Swami. Wie kannst du nur so über ihn sprechen?«

Jetzt bin ich natürlich auf ihrer Seite: Erfüllt von einem Gefühl der Dankbarkeit und Wärme, das mich innerlich schmelzen läßt. Ihre Gesten gehen mir durch den Kopf, vergrößert wie unter einer Lupe: Wie sie atmet, während sie mich ansieht, ihre halb geöffneten Lippen, ihre silberblau umschatteten Augen, die hohen, nordischen Wangenknochen. Letztlich wäre ich auf der Seite von jedem, der auf meiner Seite ist, so schwach und müde und bedrängt fühle ich mich; ich wäre lieber im Zimmer oben hinter der geschlossenen Tür, mit den Kopfhörern meines Walkman auf den Ohren, um nichts mehr zu hören.

Vittorio spricht jetzt leiser, vielleicht denkt er sich, daß ich ihn höre, er weiß selbst am besten, wie hellhörig das Haus ist, das er gebaut hat; aber auch bei der jetzigen Lautstärke steckt eine unglaubliche Menge Groll in seiner Stimme. »Ja«, sagt er, »ein hochsensibler Junge, der sich an meine sechzehnjährige Tochter heranmacht.«

»Er hat sie *gerettet*, Vittorio«, sagt Marianne in eindringlich gehauchtem Flüsterton. »Er hat sie geheilt, du weißt doch, wie schlecht es ihr ging.«

»Sie hätte ohnehin wieder gegessen«, widerspricht Vittorio. »Für dich ist er jetzt ein Heiliger, nicht wahr?«

»Er ist ein Werkzeug Gottes«, erklärt Marianne. »Das hat der Guru gesagt.«

Ich schmelze dahin, ich schmelze dahin; unglaublich, wie tröstlich eine heimlich durch eine Holzwand belauschte schlichte Aneinanderreihung von Tönen sein kann.

»Ist dir eigentlich klar, was du da sagst?« fragt Vittorio. »Ist dir klar, was für einen Unsinn du redest? Dieser größenwahnsinnige und psychopathische Bastard mit seiner bescheuerten Sonnenbrille! Ein Werkzeug Gottes, daß ich nicht lache! In den paar Wochen, seit er hier ist, hat er es geschafft, deinen Sohn zu verderben, der noch ein Kind ist. Aber das ist vermutlich auch nur zu seinem Besten, nicht wahr? Und glaubst du, ich hätte nicht gemerkt, wie er sich bei dir einschmeichelt? Du hast dir von ihm den Kopf verdrehen lassen wie ein dummes kleines Mädchen, lieber Himmel.«

An dieser Stelle stieß Marianne eine Art schrilles Kreischen aus wie ein verwundetes Tier, so als hätte er ihr auf den Fuß getreten oder sie mit einer Nadel in die Seite gestochen; sie schrie: »Was *erlaubst* du dir eigentlich?«

Die Situation verschlimmerte sich so rasend schnell, daß mich eine Gänsehaut überlief. Verantwortlichkeit-Unverantwortlichkeit, Vergnügen-Angst, null Distanz, meilenweite Distanz.

»Na wunderbar! Die Beschützerin des kleinen Heiligen! Mach nur so weiter! Mach, was du willst! Ich hab es satt, den dressierten Zirkusbären zu spielen! Ihr habt mich lang genug ausgenützt und euch noch beklagt, weil ich es doch nie recht machen konnte! Geht alle zum Teufel! Behaltet euren Heiligen, behaltet das Haus, ich *gehe*!«

Seine Stimme kam so rasch auf die Türe zu, daß ich nicht mehr weglaufen und über die Treppe verschwinden konnte;

einen Augenblick später war er im Wohnzimmer. Er blieb vor mir stehen und starrte mich mit einem unglaublich ag-gressionsgeladenen Blick an.

Uto Drodemberg, der es schafft, einem Faustschlag aus-zuweichen wie im Aikido-Handbuch, er schafft es, Vittorio Foletti mit dem Schwung seiner eigenen blinden Wut vorn-überfliegen zu lassen. Uto Drodemberg, der ihm gleich darauf mit einer galanten Gebärde die Hand gibt und ihm vom Boden aufhilft. Vittorio Foletti, der ihn ein zweites Mal hinterhältig anfällt, ohne jede Fairneß, voll dumpfem, mörderischem Neid, unaufhaltsam und unabwendbar wie ein Naturereignis. Uto Drodemberg schließt die Augen, bevor ihn der Faustschlag mitten ins Gesicht trifft, er fliegt rückwärts in die Finsternis des Nichtsehens und Nicht-denkens. Ihm wird flau im Magen, die Luft bleibt ihm weg. Uto Drodemberg am Boden, er versucht mit den Armen seinen Kopf zu schützen, aber ohne echten Über-lebensdrang, einer der größten Pianisten der Welt, ein hochsensibler junger Mann, verzichtet praktisch darauf, sich gegen einen so bestialischen Angriff zu wehren. Vitto-rio Foletti tritt ihm wie ein wildgewordener Eber oder ein wütendes Nashorn mit all seiner Kraft in die Seite, er hat jede Beherrschung verloren, weil man ihm sein Bild als Wildschwein oder Eber vorgehalten hat. Das Geräusch bre-chender Rippen, aber vielleicht hört man es nicht, wenn man das innere Ohr verschließt, vielleicht hört man gar nichts mehr, wenn man den Weg der akustischen Signale zum Hirn unterbricht. Blitze von weißem und schwarzem Licht, Echos in weiter Ferne. Uto reglos am Boden, ohne zu atmen, ohne etwas zu spüren, Geschrei von Marianne, die zu spät gekommen ist, Geschrei der Kinder, die von draußen hereinrennen oder aus ihren Zimmern stürzen und wissen wollen, was passiert ist, und davonlaufen, um die Nachbarn zu rufen. Vittorio Foletti zitternd wie ein echter Mörder, halb entsetzt, halb zufrieden, daß er es getan hat, blutunterlaufener Blick voll triftiger, tief verwurzelter und gerechtfertigter Gründe, voll wohlüberlegter, über den Haufen geworfener Erwägungen. Das Zimmer reglos daliegend, die Geräusche verklungen. Uto Drodembergs Körper auf dem hellen Teppichboden, in einer Pose, als würde er rennen, kein unschöner Anblick für alle, die kommen und ihn anschauen und von ihm beeindruckt waren, als er lebte, bevor Vittorio ihn totschlug.

Aber Vittorio starrte mich nur zwei Sekunden lang an, dann ging er wortlos zur Tür, öffnete sie und schob sie hinter sich wieder zu und war schon hinter der zweiten Schiebetür und mit seinen Schneeschuhen an den Füßen und der Daunenjacke über den Schultern draußen im Freien, lief mit zornigen Schritten über den schneebedeckten Vorplatz.

Vorbei mit dem guten Geist des Hauses

Motorengeräusch in der Kurve hinter mir, grelles weißes Licht auf der verschneiten Straße, das mich sogar durch die Sonnenbrille blendet. Ich gehe schneller, dicht am Fahrbahnrand, schaue zum Wald rechts von mir, aber der Schnee ist zu tief, ich habe keine Lust, darin zu versinken. Der Range Rover taucht aus der Kurve auf, frißt wie nichts den Abstand, den ich gewonnen habe, verfolgt mich wie ein Raubtier, dunkelgrün in all dem Weiß, mit seinen bösen Scheinwerferaugen, seinem mechanischen Knurren. Ich spüre einen starken Drang davonzurennen so schnell ich kann, aber natürlich würde es nichts nützen, ich würde nur meine Würde verlieren.

Also gehe ich langsamer, stecke die Hände in die Taschen und tue, als würde ich die Landschaft ringsum betrachten, wie erstarrt beim Gedanken an Vittorio hinter der Windschutzscheibe mit seinem geballten, wilden und dumpfen Groll. Die Schnauze des Raubtiers ist schon dicht hinter mir, es haucht mir seine Vibrationen in den Rücken, ich kann die Wärme des Motors spüren; ich wünsche mir nur, ich könnte eine Pistole aus der Tasche ziehen und sie mit beiden Händen auf die Windschutzscheibe richten.

Aber am Steuer war gar nicht Vittorio: Es war Marianne, noch blasser und angespannter als sonst. Sie öffnete das Seitenfenster und fragte: »Wohin gehst du?«

»Ich gehe spazieren«, sagte ich, und in meine Erleichterung mischte sich schon wieder neue Besorgnis.

»Willst du mit mir kommen?« fragte sie. »Ich fahre zu einem Haus fünf Minuten von hier. Ich muß einer Frau helfen, die sich nicht bewegen kann.«

Ich wäre am liebsten in die andere Richtung davongelaufen, ohne ihr auch nur zu antworten; statt dessen stieg ich ein, setzte mich neben sie.

Sie fuhr mit mechanischen Bewegungen, ab und zu warf sie einen hilfesuchenden Blick zu mir herüber.

»Wie geht's?« fragte ich schließlich, obwohl ich nicht die allergeringste Lust hatte, mich mit ihren Familiendramen zu befassen.

»Na ja«, sagte Marianne. »Es ist gerade alles ein bißchen schwierig. Ich müßte mit dem Swami sprechen. Ich habe ihn schon um eine Unterredung gebeten.«

Ich sagte nichts, obwohl klar war, daß sie auf weitere Fragen wartete; ich starrte mit ausdruckslosem Gesicht zum Fenster hinaus.

Sie hatte nicht die Absicht, das Thema fallenzulassen, ließ immer wieder ihre Seitenblicke zu mir herüberblitzen. »Ich habe Probleme mit Vittorio. Er ist so schwierig. Vier Jahre lang haben wir nie gestritten, und jetzt müssen wir anscheinend alles nachholen. Ich bin völlig erschüttert.«

Sie fuhr langsam, aber achtlos; ich hoffte nur, nicht zum zweiten Mal innerhalb so kurzer Zeit mit dem Auto im Tiefschnee zu landen. »Was meinst du mit nachholen?« fragte ich.

»Wir können nicht mal mehr miteinander reden«, sagte Marianne. »Wir haben uns dermaßen voneinander entfernt, das ist mir erst gestern klargeworden. Vittorio ist so voller *Groll* auf mich, so voller Unverständnis. Es ist entsetzlich. Ich kann es kaum fassen.«

»Unverständnis wofür?« fragt Uto und hofft nur, daß sie nicht von ihm spricht; hofft, daß sie es tut. Er ist wie immer in der Situation drin und zugleich außerhalb; nah-fern, warm-kalt.

»Wegen *allem*«, sagt Marianne. »Wir waren so überzeugt, daß unser Leben perfekt ist, und statt dessen liegt jetzt ein Abgrund zwischen uns. Ein Abgrund.«

»Ach weißt du, alle streiten mal«, sagt Uto. »Das ist ziemlich normal, außerhalb von Peaceville.« Er versucht sich nur seiner möglichen Verantwortung zu entziehen, das ist das einzige, was ihn interessiert; nein, es ist nicht das einzige.

MARIANNE Es ist ja nicht bloß der Streit. Es ist das, was dahintersteckt. Dieser unglaublich tiefe Haß.

UTO Das geht doch wieder vorbei, meinst du nicht? Heute abend ist alles wieder wie früher.

MARIANNE Eben nicht. Nach allem, was wir uns gesagt haben, gibt es keinen Weg zurück.

(So sicher, als handle es sich um eine eindeutig nachgewiesene Krankheit, eine kristallklare Diagnose. Unverhohlen, ohne Schutzschild.)

UTO Was habt ihr euch denn so Schreckliches gesagt?

(Jetzt spielt er mit dem Feuer. Ein kaltes Feuer; ein Schauer läuft ihm über den Rücken.)

MARIANNE Es sind nicht die Worte.

Sie bog in eine Seitenstraße ein und hielt vor einem Holzhaus ähnlich dem der Folettis, nur etwas kleiner. Sie machte die Autotür nicht auf, und auch ich öffnete meine nicht; im Haus war kein Zeichen von Leben zu sehen. Wir blieben reglos und schweigend auf unseren Plätzen sitzen, starrten vor uns hin.

Dann sagte Marianne unvermittelt: »Wußtest du, daß mein Vater auch Maler war?«

»Nein«, sagte ich.

»Aber er war ganz anders als Vittorio. Seine Bilder waren anders und auch sein Wesen. Er war die Unzuverlässigkeit in Person. Seine Laune änderte sich von einer Minute auf die andere. Er vermittelte meinem Bruder und mir ein schreckliches Gefühl von Unsicherheit. Er konnte morgens heiter und zärtlich sein, und wenn ich von der Schule nach Hause kam, war er in der schwärzesten Stimmung, so finster und deprimiert, daß einem angst wurde. Manchmal war er von irgend etwas oder irgendwem hell begeistert, aber innerhalb kürzester Zeit war alles wieder vorbei. Er begann Mineralien zu sammeln oder sonstwas und redete von nichts anderem mehr und kaufte sich alle Bücher zum Thema und fuhr durch ganz Europa, um neue Stücke aufzutreiben. Und wenn ich mich dann eines Tages nach seinen Mineralien erkundigte, konnte es sein, daß er fragte: ›Was für Mineralien?‹, als hätte ich ihm die blödeste Frage der Welt gestellt.«

Ich versuchte sie mir vorzustellen, wie sie ihrem Vater Fragen stellte: spitz und mager und nervös, irgendwo in Baden-Württemberg auf dem Land. Ich stellte mir ihre schon damals im Keim vorhandene Wesensart vor, ihren unsteten Blick; wie sie ständig alle bedrängte und sie antrieb, ihre Erwartungen zu erfüllen.

»Ich war so an seine jähen Stimmungsschwankungen gewöhnt, daß es mir fast normal vorkam, obwohl ich immer darunter litt. Erst als ich dreizehn war, kam es zu einer Art Bruch. Das ist dann Jahre später auch bei der Analyse rausgekommen.«

»Wieso, was ist passiert?« fragte ich, obwohl ich keine Lust hatte, auch noch den Analytiker zu spielen. Aber ich war neugierig: es zog mich hinter die äußere Fassade ihres Verhaltens, in die trüben Strömungen ihrer extremen Sensibilität.

Sie faßte sich mit der Hand an die Stirn, als schmerze sie die Erinnerung. »Wir waren im Urlaub in Ligurien, in einem kleinen Dorf in den Cinque Terre, wo wir ein Ferienhäuschen gemietet hatten. Wir waren dort im Juli und im August und manchmal auch noch im September. Mein Vater malte die ganze Zeit. Er sagte, das Licht dort inspiriere ihn, obwohl seine Bilder dann auch immer nur in schwarzen und weißen und grauen Farbtönen gemalt waren.«

Sie hatte keinerlei Zweifel, ob mich das alles überhaupt interessierte; sie war an diese niedrigen Schwellen gewöhnt, an die uneingeschränkte Bereitschaft aller, allen zuzuhören. Ich hätte am liebsten gesagt, sie solle aufhören, aber zugleich war ich in der Situation gefangen, im Auto eingeschlossen vor einem zugeschneiten fremden Haus.

»Wir hatten einen Hund, seit ich klein war«, begann Marianne. »Er gehörte zur Familie. Rudi hieß er. Ein mittelgroßer graumelierter Schnauzer. Ein sehr intelligentes Tier, es stimmt nicht, daß Schnauzer dumm sind. Mein Vater mochte ihn, er nahm ihn auf seine Spaziergänge in die

Hügel mit. Wenn er nicht malte, lief er kilometerweit mit ihm. Nur hatte Rudi in letzter Zeit Probleme mit den Nerven. Bei reinrassigen Hunden kann das vorkommen. Wenn wir spielten, schnappte er manchmal plötzlich nach einem, versuchte zuzubeißen. Aber er tat es nicht aus Bosheit, er war wirklich gutmütig.«

Es machte mich traurig, daß sie mit so peinlicher Genauigkeit von wer weiß wie viele Jahre zurückliegenden Begebenheiten erzählte, als seien sie immer noch von entscheidender Bedeutung, und sich bemühte, jedes kleinste Detail genau an die richtige Stelle zu setzen, damit nur ja der Gesamteindruck nicht verfälscht wurde. Ich sah sie vor mir, in der strengen, steifen Umgebung, in der sie aufgewachsen war, ich sah die grau in grau gehaltenen Gemälde ihres Vaters, die deutsche Familie beim Italienurlaub Anfang der sechziger Jahre; das verzerrte, mißverständliche Bild, das sie sich von den Mittelmeerländern machten.

»Meine Mutter hatte zu mir und meinem Bruder nur gesagt, wir sollten ein bißchen aufpassen, sie machte kein Drama daraus. Eines Tages jedoch wanderten wir alle zusammen auf einen Berg, von dessen Gipfel aus man die ganze Küste überblicken konnte. Es war ein herrlicher Tag, unter uns lag die wie Quecksilber schimmernde, vom Wind kaum gekräuselte Fläche des Meers. ›Phantastisch‹, sagte mein Vater, ›seht euch das an. Es ist wie eine Erleuchtung.‹ Und auch ich fühlte mich erleuchtet, obwohl ich kein Künstler war. Es war eine tiefere Inspiration, ich habe das erst viel später wiedererlebt, nachdem ich hierher gekommen war. Kennst du dieses Gefühl von Unendlichkeit, das dich bis ins Innerste erfüllt? Jenseits aller Worte und

Gründe? Die kosmische Durchdringung, wie der Swami sagt, wenn die Welt dir all ihre Wunder offenbart?«

Ich nickte zustimmend, aber mir wäre es lieber gewesen, wenn sie sich an die Hundegeschichte gehalten hätte. Mir wäre auch lieber gewesen, sie hätte statt italienisch deutsch oder englisch gesprochen, denn obwohl sie einen guten Wortschatz hatte und nie nach einem Wort oder einem Ausdruck suchen mußte, klang alles eckig und verkrampft und mitleiderregend hart.

»Wir waren also in dieser andächtigen, erleuchteten Stimmung dort oben auf dem Berggipfel, und mein Bruder und ich spielten ein bißchen mit dem Hund. Wir fingen uns gegenseitig, liefen im Kreis herum, wie man es mit Hunden eben so macht, du weißt schon. Dabei bin ich Rudi, ohne es zu merken, ein bißchen auf die Pfote getreten, er schnappte nach mir und biß mich ins Bein.«

Sie hielt inne und sah mir in die Augen. Mir war nicht ganz klar, weshalb sie mir das alles erzählte, weshalb ich ihr zuhörte; was für eine eigenartige Chemie zwischen uns herrschte.

Sie wirkte, als bräche sie jeden Augenblick in Tränen aus. »Ich griff mir ans Bein, ich blutete, wahrscheinlich hatte er eine Ader erwischt, und mein Vater sah es, er stürzte sich auf Rudi, packte ihn und schleuderte ihn in die Tiefe.«

»Um Gottes willen«, sagte ich, aber das Ganze kam mir eher wie ein Comic vor als wie ein schreckliches traumatisches Erlebnis; ich konnte sie nicht ernst nehmen.

Marianne sah mich an, mit dem ganzen melodramatischen Schmerz der Welt in ihrem blauen Blick. »Es war entsetzlich«, sagte sie. »Dieser übergangslose Wechsel von einem so tief spirituellen Zustand zu dieser unmenschlichen Brutalität. Diese primitive, gedankenlose, rohe Brutalität.«

»Und dein Vater?« fragte ich und zwang mich, ein ergriffenes Gesicht zu machen.

»Er war verzweifelt«, sagte sie. »Er hat mir hundertmal wiederholt, daß er es nur getan hat, um mich zu schützen. Er hat den Kopf verloren, als er mein blutendes Bein sah, es hat eine Art automatischen Reflex bei ihm ausgelöst. Als es passiert war, fing er an zu weinen wie ein kleines Kind. Aber ich war zutiefst erschüttert, daß mein Vater zu so etwas fähig war, ganz gleich, aus welchem Grund er es getan hatte.«

Ich bemühte mich immer noch, ernst zu bleiben, aber ich mußte einfach lachen: Ich spürte, wie das Gelächter in mir hochkam wie Wasser in einer Pumpe. Ich lachte völlig unbeherrscht los, ich bog mich vor Lachen. Ich sah das Bild vor meinem inneren Auge: die schöne, idyllische Ferienszene, jäh zerstört von einem durch das Panorama fliegenden mittelgroßen graumelierten Schnauzer, ich krümmte mich auf meinem Sitz.

Marianne sah mich an, aufgewühlt wie sie war, aber sie schien nicht gekränkt; ein paar Sekunden später lächelte sie, dann lachte sie mit. Es schien ihr schwerzufallen, aber sie lachte.

Das brachte mich dazu aufzuhören; ich sagte: »Tut mir leid.«

»Ach was«, sagte sie, »du hast ja recht. Es ist wirklich zum Lachen. Aber um drüber lachen zu können, muß man es aus der Distanz sehen, und das war mir jahrelang unmöglich. Für mich bedeutete es jahrelang das Schreckgespenst der Labilität. Ich wachte jede Nacht in Schweiß gebadet auf und sah meinen Vater dort oben am Rande des Abgrunds, und Rudi, der in die Tiefe flog.«

»Und deshalb hast du Vittorio geheiratet?« fragte ich, weder ernsthaft noch im Spaß.

»Ja«, sagte sie.

Wir saßen stumm auf unseren Autositzen; es war kein Laut zu hören. Ich fragte mich, ob die gelähmte Frau vielleicht gestorben war, ob sie schlief, ob sie uns kommen gehört hatte.

»Ja, wirklich«, sagte Marianne. »Ich hab ihn geheiratet als Ausgleich für die ganze Unsicherheit und Ungewißheit und all die Zweifel, mit denen ich aufgewachsen war. Vittorio kam mir stabil vor wie ein Fels, oder vielleicht war er für mich überhaupt so was wie ein Fels. Das einzige Problem bei ihm schien mir, sein Interesse zu wecken. Und seine Bilder waren so voller Licht und Farben. Er war so erdverbunden und südländisch, bei ihm war ich mir ganz sicher, daß er nie den Hund der Familie in den Abgrund werfen würde.«

»Aber er ist gar kein Fels?« fragte ich.

Sie sah hinaus, fuhr sich mit nervösen Fingern durchs Haar. »Doch, das ist er«, sagte sie. »Aber gerade da liegt das Problem. Was mich jetzt so auf die Palme bringt, ist gerade seine Unerschütterlichkeit. Seine Unfähigkeit, sich vom Erdboden zu lösen. Und seine südländische Mentalität. Diese innere Schlaffheit und das so körperliche Verhältnis zum Leben. Wenn wir über Spiritualität sprechen, habe ich das Gefühl, daß ich ihm alles erst übersetzen muß, aber nicht weil ich Deutsche bin und er Italiener, es ist kein sprachliches Problem. Es liegt daran, daß er ein so irdischer Mensch ist. Er kann sich zwar aus Liebe zu mir auch mal zu geistigen Dingen aufschwingen, aber es ist jedesmal ein Opfer für ihn. Er muß sich dazu zwingen, und das ist das genaue Gegenteil von dem, was der Swami meint. Und am Ende schafft er es dann doch nicht und ärgert sich furchtbar, daß er es überhaupt probiert hat.«

Ihre Lippen zittern, sie streckt die Hand aus, um meine Schultern zu berühren, zieht sie aber gleich wieder zurück: blaues Funkeln, beschleunigter Atem.

Ich lege die Hand auf den Türgriff. »Sollten wir nicht lieber gehen? Müssen wir nicht der Lahmen helfen?«

»Nenn sie nicht so«, sagt Marianne leise, als wir auf dem Pfad, von dem Vittorio oder irgendein anderer freiwilliger Helfer den Schnee weggeräumt hat, auf das Haus zugehen. »Sie hatte letztes Jahr einen Nervenzusammenbruch, als ihr Mann starb. Er war einer der Gründer von Peaceville, er hat damals den Swami aus Indien geholt.«

»Und *zack* war sie gelähmt, als er starb?« frage ich mit hocherhobenen Armen und aufgerissenen Augen wie ein ausgestopfter Bär.

Sie sieht mich schockiert, aber immer noch um Verständnis bemüht an, sagt: »Die Ärmste, sie hing so an ihm. Sie konnte von einem Tag auf den andern ihre Beine nicht mehr bewegen.« Sie flüstert, denn wir sind an der Haustür angelangt, über der noch von Weihnachten ein Mistelkranz hängt. »Der Swami hat sie eingeladen, im Ashram zu wohnen, weil sie dort mehr Hilfe hat, aber sie will hierbleiben. Sie kommt ganz gut zurecht, du wirst sehen.«

Sie klingelte, und vielleicht eine Minute später öffnete

eine rundliche, weißhaarige Dame in einem Rollstuhl die Tür und sagte: »Ist heute nicht ein wunderschöner Tag?«

»Saraswati!« rief Marianne und umarmte sie in ihrer überschwenglichen Art. Dann zeigte sie auf mich. »Kennst du Uto?«

»Ich hab ihn von weitem gesehen«, sagte die rundliche, weißhaarige Dame. »Und natürlich habe ich von ihm gehört. Der große Pianist.«

»Ja«, antwortete Marianne mit glänzenden Augen. Wir zogen unsere Schuhe aus und gingen ins Wohnzimmer, das fast so hell war wie das der Folettis, nur wirkte es viel niedriger, denn die Regale und alles andere war so angeordnet, daß die Dame es vom Rollstuhl aus erreichen konnte.

Sie fuhr ziemlich wendig umher, vorwärts und rückwärts, drehte sich sogar um sich selbst, die Hände immer an den Rollstuhlrädern. »Ihr habt schon eine ganze Weile draußen im Auto gesessen, stimmt's?« fragte sie.

»Wir haben uns unterhalten«, sagte Marianne und wurde rot; sie tat, als würde sie zum Fenster hinausschauen.

Es herrschte eine seltsame Stimmung, eine Mischung aus Verschwörergeist und spiritueller Reinheit, die mir gefiel und mich zugleich verlegen machte. Die Luft war ungewöhnlich leicht, noch geläuterter als in den anderen Häusern in Peaceville; mir war, als könne ich den leeren Raum zwischen den Möbelstücken hören.

»Was können wir für dich tun?« fragte Marianne die rundliche Dame im Rollstuhl.

»Nichts«, sagte die Dame. Sie mußte um die Achtzig sein, aber sie hatte flinke dunkle Augen; sicher entging ihr kaum ein Detail von uns in ihrem Wohnzimmer.

Marianne lief im Kreis herum, dann hob sie plötzlich die Arme hoch und ließ sie auf kindliche Weise wieder sinken. Immer wieder wanderte ihr Blick unwillkürlich zu mir. »Wirklich gar nichts?« fragte sie.

»Nein, vielen Dank«, sagte die rundliche Dame. »Shivananda ist heute morgen schon dagewesen.«

Ich hatte plötzlich ein unglaublich feines Gehör, denn während ich sie lächelnd und gelassen sprechen sah, glaubte ich die Anstrengung zu hören, die diese Haltung sie kostete: die Mühe, die sie aufwenden mußte, um mit uns zu reden und sich zu bewegen, trotz Rollstuhl auf der gleichen Höhe zu sein wie wir, nicht unter die Linie des Mitleids abzusinken. Ich glaubte auch den Klang von Mariannes Aufmerksamkeit zu hören, den Klang der stillen Landschaft draußen; den Klang der verstreichenden Zeit.

»Aber ich freue mich, euch zu sehen«, sagte Saraswati. »Setzt euch. Wollt ihr ein paar Kekse?«

Und ich weiß nicht, was plötzlich über mich kam, ich war in der Klemme zwischen Verlegenheit und Vergnügen und dem Gefühl des Eingesperrtseins, zwischen Bedauern und Gleichgültigkeit, mit dieser sonderbaren Wahrnehmung der Leere zwischen den Gegenständen und dieser übersteigerten akustischen Sensibilität; ohne mir etwas dabei zu denken, sagte ich zu der Frau im Rollstuhl: »Nein, wir möchten bloß, daß du aufstehst.«

Uto Drodemberg, der Heilige. Um ihn herum ein Lichtkranz, der seinen Haaren einen unglaublichen Glanz verleiht, wenn er sich im Zimmer bewegt. Er bedeutet der Frau im Rollstuhl aufzustehen. Er drückt ihr den Zeige-

finger gegen die Stirn, sie lehnt sich einen Augenblick
zurück, gegen die Rollstuhllehne, und erhebt sich. Sie steht
auf ihren Beinen, geht mit staunenden und unsicheren
Schritten durch das Wohnzimmer. Natürlich ist ihr Gleich-
gewicht nicht eben überragend, nachdem sie sich ein Jahr
lang nicht bewegt hat, aber sie kann laufen. Noch vor zwei
Minuten wäre es unmöglich erschienen, und jetzt läuft sie.
Marianne hat Tränen in den Augen, die Frau hat Tränen in
den Augen, sie umarmen sich mitten im Zimmer. Die Frau
beginnt ungeschickt herumzuhüpfen, sie kann es immer
noch nicht glauben, sie weiß nicht mehr recht, wie man die
Beine benutzt. Auch Marianne kann es kaum fassen, sie
sieht Uto an und weint. Grenzenlose Bewunderung, Be-
wunderung-Anziehung, eine so konzentrierte Aufmerk-
samkeit, daß niemand zu sprechen wagt, aber das ist auch
gar nicht nötig, ein Augenblick wie dieser läßt sich nicht
mit Worten ausdrücken.

Die Frau im Rollstuhl starrt mich völlig perplex an, als verstünde sie nicht, was ich meine.

Es scheint mir zu spät, einen Rückzieher zu machen,
nachdem ich so vorgeprescht bin; mir bleibt nur die Offen-
sive. Ich gehe auf sie zu und lege ihr behutsam die Hand auf
die Stirn. Ich lege meine Hand auf ihre glatte und ziemlich
kühle Stirn und sage: »Steh auf.«

Sie steht nicht auf; sie schüttelt nur ganz leicht den Kopf,
mit einem verlegenen oder ungläubigen oder mitleidigen
Lächeln. »Ich weiß nicht, was das soll«, sagt sie und schaut
umher.

Und da steht auch schon Marianne zwischen uns. »Uto,

bitte.« Zu Saraswati sagt sie: »Entschuldige, Saraswati, Uto ist ziemlich erschöpft. Es ist für uns alle eine schwierige Zeit. Ich bin sicher, du hast Verständnis. Entschuldige, bitte.«

»Du brauchst dich nicht zu entschuldigen«, sagt die Frau im Rollstuhl mit der grenzenlosen Nachsicht, derer sie sich hier alle befleißigen, jedenfalls solange sie nicht explodieren wie Vittorio. »Er hat es sicher gut gemeint.«

»Ja, aber er ist wirklich müde«, sagt Marianne, während sie mich am Ärmel zur Tür zieht. »Er muß sich jetzt ausruhen.«

Als wir etwa einen Kilometer vom Haus der Gelähmten entfernt waren, sagte sie zu mir: »Was hast du dir bloß dabei gedacht?« Unsicher, mit unstetem, elektrisiertem Flackern im Blick.

»Nichts weiter«, sagte ich, von zäher Enttäuschung erfüllt, die mich völlig empfindungslos machte. »Vielleicht hab ich es aus Langeweile getan.«

Marianne sah mich an, ohne jede feste Überzeugung, gab mit der Fußspitze Gas.

Vorbei mit dem Arm

Schwere Schritte auf der Treppe, durch die Musik hindurch, die ich in meinen Kopfhörern habe; Vittorio steht an der Tür, bevor ich in Verteidigungsposition gehen kann. »Könntest du mir beim Holzsägen helfen, drüben bei einer Nachbarin?« Herausfordernder Blick, hinter dem Feindseligkeit und bittere Ironie stecken.

Ich antworte mit einem Spiegelglasblick, der nicht erkennen läßt, was ich denke. Sage »Okay«, schalte den Walkman aus und klappe das Astronomiebuch zu, das ich in der Hand habe, stehe auf, setze meine Sonnenbrille auf, als koste es mich nicht die geringste Überwindung. Geschmeidig, mit tiefem Schwerpunkt und fließenden Bewegungen, um beim geringsten Stoß auszuweichen. Aus meinen kreisenden Vorstellungsbildern, aus meinem schützenden Bau, aus der Wärme herausgerissen und in die Kälte hinausgetrieben, ins grelle Licht, das von der weißen Landschaft reflektiert wird.

Obendrein schneit es wieder: kleine, rasche Flocken, schwer wie Eisregentropfen. Die Luft tut mir an den Nasenlöchern weh, an Stirn und Ohren und am Bauch, während wir zum Auto gehen; mein Groll ist nicht minder kalt und scharf als die Luft; kalter Zorn eines aufgescheuchten Tiers. Beunruhigung beim Gedanken an den Groll, der sich auch in ihm angestaut haben muß, an die Rachegelüste, die wie zusammengedrückte Sprungfedern in ihm stecken.

Wir fahren auf der gleichen Straße wie ich vor kurzem mit Marianne, aber die Räder drehen sich viel mühsamer, vielleicht ist irgend etwas mit der Antriebswelle nicht in Ordnung. Auch der Motor klingt anders als sonst, er dröhnt dumpf und tief wie unser Groll gegeneinander. Vittorio spitzt die Ohren, sagt aber nichts, bemüht sich nur, den Kurs zu halten. Wir rollen dröhnend durch die Schneewüste, die dichten, schweren Schneeflocken trommeln aufs Autodach und gegen die Fenster, machen den Scheibenwischern die Arbeit schwer.

Ich erwarte jeden Augenblick, daß er mich anschreit, ich hätte sein Leben kaputtgemacht und das Gleichgewicht seiner Familie zerstört, aber nichts dergleichen. Ich warte darauf, daß er heftig auf die Bremse tritt und das Auto ein paar Meter über die Fahrbahn schlittern läßt und mich mit mörderischer Kraft an der Jacke packt; nichts dergleichen.

Statt dessen sagte er unvermittelt: »Ist dir an Marianne nichts aufgefallen?«

»Inwiefern?« frage ich, zu schnell.

»Na ja, findest du nicht, daß sie sich ziemlich verändert hat?«

»Seit wann?« frage ich, zu langsam.

Ohne mich anzusehen, sagt er: »Seitdem du bei uns bist.«

Ich versuchte mich auf die Landschaft zu konzentrieren, aber ich konnte nur nach vorn schauen, die Seitenfenster waren schon zugeschneit. »Weiß nicht«, sagte ich. »Ich hab keine Ahnung, wie sie vorher war.«

»Klar«, sagte Vittorio. »Aber wie ist sie jetzt, deiner Meinung nach?«

»Weiß nicht«, wiederholte ich. Ich fand nicht den richtigen Angriffspunkt, um ihn mit meiner Aikidotechnik mit seinem eigenen Schwung vornüberfliegen zu lassen. »Vielleicht ein bißchen nervös?« sagte ich.

Er lächelte: der pure Groll in Form eines Lächelns. »Wirklich sagenhaft, wie weltfremd du bist, Uto. Als wärst du sternenweit weg von allem. Das gehört auch zu deiner außergewöhnlichen Begabung, nehme ich an.«

»Ich weiß nicht, wovon du redest«, sagte ich. Der Innenraum des Autos war giftgeschwängert wie die Atmosphäre auf einem unbewohnbaren Planeten.

»Übrigens ist es ja gerade das, was sie so umgeworfen hat. Daß du so meilenweit von der Erde entfernt bist.«

Ich rückte mir die Sonnenbrille auf der Nase zurecht, ich versuchte, auch in dieser peinlichen Situation wenigstens ein Minimum an Stil zu bewahren.

»Nina ist genauso hingerissen von dir«, fuhr Vittorio fort. »Und Giuseppe auch. Du hast es wirklich geschafft, die ganze Familie zu erobern. Alle Achtung.«

»Ich weiß nicht, wovon du redest«, wiederholte ich. Ich schaute ins Weiß hinaus, wenn der Scheibenwischer meine Seite der Windschutzscheibe freigemacht hatte, aber diese nachgiebige Verteidigung befriedigte mich überhaupt nicht: Ich hätte ihm gern ins Gesicht geschrien, ebenfalls den Groll herausgelassen, den ich auf ihn hatte.

»Von nichts«, sagte er und schien jetzt eher grüblerisch als wütend: von einem Unwillen getragen, der weit über mich, weit über den Horizont hinausging. Er bog nach rechts in eine Nebenstraße ein; er fuhr nachlässig, von der Zen-Eleganz, mit der er das Auto steuerte, als er mich vom Flughafen abholte, war kaum mehr etwas zu spüren.

Wir blickten beide auf den Schnee, unter dem die Wiesen und Bäume und Zäune und Hecken rechts und links der Straße versunken waren; die Heizung blies uns warme Luft ins Gesicht. Ich dachte an Ninas Po, an Mariannes Blick, an Jeff-Giuseppe, wie er mit den Händen in den Taschen dastand; Gebärden und Worte rieselten in meine Gedanken wie der Schnee auf die Landschaft.

»Mach dir keine Sorgen, Uto. Aber das braucht man dir ja nicht zu sagen, du machst dir sowieso keine. Für dich ist das Leben wie ein Supermarkt, nicht wahr? Du nimmst dir, was du willst, auch wenn du nichts damit anfangen kannst, aber es steht ja zur Verfügung. Und du hast ja unbegrenzten Kredit, jedenfalls jetzt noch.«

Er bemühte sich um einen gelassenen Ton, aber es gelang ihm nicht: Die Wut ließ seine Worte zusammenkleben, trübte seinen Blick.

»Genieße es, lieber Uto. Alles, was für dich selbstverständlich ist, muß ich mir mühsam erkämpfen. Du hast es, und basta. Du weißt es nicht mal zu schätzen.«

»Woher willst du das wissen?« fragte ich ihn, und meine Stimme klang jetzt rauh wie Sandpapier und fühlte sich im Hals auch so an.

»Na ich sehe es doch«, sagte er. »Deine unbekümmerte Art, Talent zu haben, mühelos und ohne darüber nachzudenken, sogar ohne es zu wollen.«

»Du hast doch selber ziemlich viel Talent, oder?« sagte ich. »Und es wird auch ziemlich anerkannt. Ich finde, du kannst dich wirklich nicht beklagen.«

»Doch«, erwiderte er. »Der Unterschied ist nämlich, daß ich mich schier *umbringe*, wenn ich ein Bild male. Du setzt dich einfach ans Klavier. Du atmest einfach, mit dieser Lustlosigkeit, die du sogar beim Atmen hast. Du hast diese Scheißbegabung und machst *nichts* daraus.« Jetzt wurde er von seinem Haß überwältigt, von seinem vertikalen Haß wegen des Altersunterschieds zwischen uns und dem horizontalen Haß wegen unserer gegensätzlichen Lebensauffassungen, dem Haß, der sich an mir entzündet hatte und der sich mittlerweile auch gegen seine Frau richtete. Der Haß lief durch seinen ganzen Körper und floß in seine Gebärden und in seine Stimme, verbog die Konturen der Wörter, bis sie eine Art Stichwaffe waren, die mich aus nächster Nähe bedrohte.

»Als Kind mußte ich mich auch abmühen«, sagte ich. »Ich mußte jeden Tag stundenlang Klavier üben, obwohl ich nicht die geringste Lust dazu hatte. Ich hatte ständig irgendwelche Klavierlehrer am Hals.«

»Ach du Ärmster«, spottete Vittorio. »Du armer Märtyrer, du hast mein ganzes Mitleid.«

»So einfach, wie es aussieht, ist es auch wieder nicht«, sagte ich. »Ich glaube, da steckt schon ein bißchen mehr dahinter.«

»Und was? *Was* denn?« rief er mit rauflustiger Stimme, mit der er mich immer offener attackierte und provozierte. »Wenn ich ein Bild male, muß ich alle meine Kräfte aufbieten, bis zur *Verzweiflung*. Es ist jedesmal eine schreckliche Schinderei, ich schwitze und weine vor Wut und Frust, ich reibe mich auf, bis mir schlecht wird. Du machst dir gar keine Vorstellung. Du hast ja keine Ahnung. Der junge Gott, der nur die Hände auf die Tasten legt, die Musik kommt dann von selbst heraus. Je weniger er sich anstrengt, um so göttlicher klingt es. Ganz im Sinne des Zen, kein Wunder, daß der Guru so hingerissen war.«

Ich versuchte, seinem Blick möglichst auszuweichen, die Herausforderung nicht anzunehmen, obwohl zumindest ein Teil von mir es gern getan hätte; innerlich brannte ich darauf, auf der gleichen Ebene zu kontern. Ein kräftiger Schlag in den Nacken, ein Ellbogenstoß in die Rippen, damit er die Kontrolle über den Wagen verliert, ein Fußtritt an den Kopf, sobald er am Boden liegt, in dem Überraschungsmoment, bevor seine Abwehrinstinkte in Gang gesetzt werden.

Uto Drodemberg, der Killer. Mager, dünn und blaß tritt er an gegen den Sicherheit und Bodenständigkeit ausstrahlenden Vittorio Foletti: von der frischen Luft gerötetes Gesicht, muskulös, breite Handgelenke, kräftige Beine und große Füße, die fest auf dem Boden stehen, tiefe Atmung, beängstigend, unerträglich. Vittorio Foletti geht zum Angriff über wie ein aufgebrachter Bär, wie ein von verletzten Rechten, beschädigten und umgestürzten guten Absichten überquellendes lebendiges Gefäß. Uto Drodemberg duckt sich und weicht aus, schnellt herum und ist für die nächste Attacke bereit. Seine Gelenke sind unglaublich beweglich, seine Arme und Beine unglaublich flink, er hat keine Eile, ihm den entscheidenden Schlag zu versetzen. Er hüpft, er weicht zurück, gleitet zur Seite, wendet sich um, er versteht es, jeden frontalen Zusammenprall zu vermeiden, er springt in die Luft und fliegt, hoch über dem Auto und über der Straße und über dem Schnee, er kreist mit reinster und heiterster Gelassenheit dicht unter den Wolken, mühelos und entspannt, frei von allen Fesseln der Naturgesetze.

»Ich kann doch nichts dafür, wenn dich das Malen anstrengt«, sage ich zu ihm.

Vittorio sieht mich an, bis in die letzte Faser durchdrungen von Ärger über alles, was er in seinem Leben gegeben hat und was das Leben ihm nicht gegeben hat.

»Ich kann auch nichts dafür, wenn dich das Leben anstrengt«, sage ich.

Er scheint kurz davor, auf mich loszugehen, aber er hält sich zurück; er sagt nichts, lächelt nur giftig, beißt sich auf die Unterlippe.

Wir sind auch schon da; wir halten vor dem Zugangsweg zu einem niedrigen kleinen Fertighaus, wo bereits jemand den Schnee weggeschaufelt hat, bevor es wieder zu schneien begann.

Wir stiegen schweigend aus und gingen auf die Haustür zu. Eine hagere und bleiche Frau im Gewand der Gurujüngerinnen beobachtete uns hinter der Verandatür, winkte uns zu.

»Guten Tag, Hawabani«, rief Vittorio. »Wo ist das Holz?« Er war so voll unterdrückter Wut, daß ihm der gedämpfte Peacevilleton nicht mehr gelang, er brüllte wie ein mittelitalienischer Fuhrknecht.

Hawabani machte eins der Fenster einen Spaltbreit auf und streckte einen krummen dünnen Finger heraus, mit dem sie auf einen ordentlich aufgestapelten Holzstoß deutete. »Aber sägt es mir schön kurz«, sagte sie, »sonst paßt es nicht in den Ofen.«

»So kurz wir können, keine Angst«, sagte Vittorio in beinahe beleidigendem Ton. Sein Haß erstreckte sich jetzt auch auf sie und auf die ganze spirituelle Gemeinschaft, auf die Gesten und das Lächeln und den Austausch von Höflichkeiten; er vermochte ihn nicht mehr zu verbergen.

Hawabani schloß sorgsam das Fenster und verschwand im Haus.

Vittorio holte die Motorsäge aus dem Auto und zog sich Arbeitshandschuhe an, riß am Anlasserkabel: ohrenbetäubender Lärm in der Stille der Landschaft, Geruch nach verbranntem Treibstoff, der die Schneeflocken vergiftete und sie in der Luft schmelzen ließ.

Ich muß mich zusammennehmen, daß ich nicht kehrtmache und über das verschneite Feld, das uns von der Hauptstraße trennt, davonlaufe. Ich muß alle meine inneren Triebfedern blockieren, um mit den Händen in den Taschen stehenzubleiben und den Kondenswölkchen meines Atems nachzuschauen, obwohl meine ganze Aufmerksamkeit auf den rechten Rand meines Gesichtsfeldes gerichtet ist.

Uto Drodemberg, leicht zur Seite geneigt, mit einem gewissen Gleichmut, der edel und romantisch wirkt. Ein schöner Kontrast zu Vittorio Foletti, der mit der Motorsäge in der Hand auf ihn zukommt. Hört nur, was für unerträgliche Schallschwingungen er erzeugt, verglichen mit denen, die Uto Drodemberg aus dem Klavier herausholt. Vergleicht die Blicke der beiden, während Vittorio Foletti immer näher auf Uto Drodemberg zukommt, der ruhig dasteht und darauf wartet, daß ihm jeden Augenblick die Kettensäge in die Seite fährt.

Vittorio ging an mir vorbei; sagte: »Wenn du Arbeitshandschuhe willst, im Auto sind welche.«

Ich tat, als hörte ich ihn nicht, ich folgte ihm zu den einen Meter langen Holzscheiten. Er nahm eins davon und legte es über den Sägebock, senkte das Blatt der Motorsäge, erzeugte noch gräßlicheren Lärm; eine Wolke von Sägespänen stob durch die Luft und beschmutzte den Schnee. Vittorio nahm die beiden Stücke und sägte jedes noch einmal durch; »Kurz will sie's haben, nicht wahr? Schön kurz«, sagte er und stieß die Stücke mit einem Fußtritt zur Seite. Er sah mich an und bedeutete mir mit einer ungeduldigen Geste, ihm den nächsten Stamm zu reichen.

Mir ist nicht klar, ob ich es unerträglich finde, bei all dem Groll zwischen uns seinen Handlanger zu machen, oder ob man es auch von der komischen Seite sehen kann, oder ob es sogar eine Gelegenheit zu einer noblen Geste ist, wenn ich mich zu einer so stumpfsinnigen und monotonen Arbeit erniedrige. Aus dieser Sicht ist die Situation noch annehmbar; ich muß nur bei jedem Handgriff eine gewisse Distanz zeigen, einen Anflug von Melancholie, der meinen Blick umschattet und meine Bewegungen kaum wahrnehmbar dehnt, sie der Woge einer möglichen Tonspur folgen läßt.

Ich hob die kurzen Holzstämme auf und legte sie vor Vittorio auf den Sägebock; ohne auch nur einen Augenblick zu warten, setzte er die Säge an, schnitt, noch während ich die Hand wegzog, den Stamm mittendurch, setzte erneut die Säge an, während ich zurücktrat. Er wartete nicht ab, machte nicht mal langsamer: er sägte drauflos, als wollte er außer mir auch die Hausherrin und ganz Peaceville in

Stücke sägen. »Echte Dankbarkeit gibt es hier gar nicht«, sagte er. »Nur dieses oberflächliche Lächeln.«

Die rauhe, eisige Rinde der Holzstämme riß mir die Hände auf, aber jetzt war es zu spät, um die Arbeitshandschuhe aus dem Auto zu holen, ich hätte sofort den Vorteil meines Gleichmuts eingebüßt, den ich immer noch bewahrte.

»Nicht mal bei deiner Frau. Du kannst nach jedem Essen das Geschirr waschen, du kannst dich überschlagen vor Aufmerksamkeit. Große und kleine und mittlere Gesten, am Ende zählt das alles nicht. Am Ende kommt es auf ganz andere Erwägungen an.«

Seine Worte erreichten mich fetzenweise durch das schrille Kreischen der Säge, zusammen mit den Holzspänen, die uns in die Haare und in die Augen und mit dem Öl- und Benzingeruch in die Lunge drangen. Ich hatte den Eindruck, daß sich Vittorio gar nicht speziell an mich wandte, sondern an ein breiteres Auditorium, an die Zuhörer und Beobachter der Welt, die irgendwo in der tiefverschneiten Landschaft verborgen waren.

»Du kannst alles für sie tun. Alles vergessen. Vergessen, wer du bist. Dich selbst in den Hintergrund stellen wie einen Statisten. Sie in den Vordergrund stellen. Rund um die Uhr ihr Zuschauer sein. Ihr Assistent und Bewunderer. Es ist doch *nie* genug.«

Von Ärger und Wut getrieben, arbeitete er wie ein Besessener; mir schien, daß er sich mit immer größerer Wut auf jeden neuen Stamm stürzte, den ich ihm hinlegte, und immer mehr Krach und Rauch und Sägespäne erzeugte.

»Es besteht eine Art automatisches Verhältnis zwischen

dem, was du gibst, und dem, was man von dir nimmt. Ganz egal, wieviel du gibst, das, was genommen wird, überwiegt immer. Oder das, was verlangt wird. Und was verlangt wird, hast du nicht. Du verbringst dein Leben damit, dein Lager zu füllen. Mit Dingen, die du dem Menschen, den du gern hast, anbieten möchtest. Eßbares und anderes. Alle Formen und Farben. Es kommt dir fast zuviel vor. Du meinst, du solltest vielleicht sogar etwas davon abschaffen. Damit es Platz gibt. Sie aber guckt sich um und merkt, daß ausgerechnet das, was sie haben will, nicht dabei ist. Vielleicht sagt sie es dir gar nicht. Aber sie denkt es. Sie denkt es. Und macht die ganze Zeit so ein *enttäuschtes* Gesicht, Himmel noch mal.«

Er dreht sich zu mir um und sieht mich mit so wuterfülltem Blick an, daß ich mir fast wünsche, die Lage würde sich weiter zuspitzen und vollends entgleisen. Wüstes Geschrei, zornige Gesten, verzerrte Gesichtszüge, die Hausherrin am Fenster, unbeherrschte Anwürfe und Beschimpfungen. Ich habe keine Angst, mir ist es recht. Nur zu.

Vittorio sägt weiter, seine kräftigen Arme vibrieren mit dem Motor, er kneift die Lider zusammen, damit ihm das Sägemehl nicht in die Augen fliegt, manchmal ist er nah daran, das Gleichgewicht zu verlieren. Aber er verlangsamt sein Tempo nicht, er scheint im Gegenteil jedesmal ein bißchen schneller zu werden, um mich in Schwierigkeiten zu bringen und weil sich seine Wut unaufhaltsam steigert.

»Am Ende hast du also vielleicht sogar recht, lieber Uto, auf alles zu pfeifen. Und auf alle. So wenig wie möglich zu geben. Und dir alles zu nehmen, was du brauchst. Du machst es richtig. Genau richtig!«

Nach zwanzig Minuten hatte er schon einen solchen Berg Holz gesägt, daß er die Hausherrin darunter hätte begraben, ihr die Wege hätte versperren können – schlimmer als der Schnee. Aber er hörte nicht auf, er sägte weiter, als wolle er allen Anforderungen des Lebens auf einmal gerecht werden, alle Schulden mit Zins und Zinseszins begleichen und noch etwas drauflegen.

»Du kannst dich auspressen lassen bis aufs Mark. Die Unterwürfigkeit selbst sein. Auf alles andere verzichten, was du im Leben machen könntest. Und das Leben ist kurz, Uto. Aber du kannst es wegwerfen, nur für sie. Dich aufopfern wie ein Idiot. Zum Asketen werden. Kein Salz, nichts. Dann kommt so ein kleiner Bengel, kalt und zynisch. Als Rowdy verkleidet. Als Engel verkleidet. Und sie verliert den Kopf. Total. Er hat so einen Blick. Sie wittert, daß er der Richtige ist. *Er* ist derjenige, den sie immer gesucht hat!«

Währenddessen legte ich ihm weiter Holzstämme hin; die Hände taten mir weh, und die Ohren dröhnten mir von seinen Worten und vom Kreischen der Säge, die Augen und die Lunge brannten mir von den Sägespänen und den Abgasen des Treibstoffs, ich hätte ihm gern etwas geantwortet, aber ich tat es nicht. Ich arbeitete, so schnell ich konnte, um ihm nicht die Genugtuung zu geben, daß ich zurückblieb: Wie eine Furie hob ich das Holz auf und schob es ihm hin und nahm das nächste, manchmal schaffte ich es, ihm zuvorzukommen, und zwang ihn, die rotierende Kette noch rasanter aufzusetzen. Es war wie ein wilder Wettkampf, bei dem keiner dem anderen den Sieg überlassen wollte; ab und zu stießen unsere Schultern zusammen, wir bliesen uns mit allem Groll der Welt gegenseitig Dampf ins Gesicht und beschleunigten unser Tempo immer mehr.

Irgendwann hatte ich mich so in dieses Spiel hineingesteigert, daß ich Vittorio durch den Lärm zurief: »Jetzt säge ich!«

Vittorio fuhr herum, mit unsicher flackerndem Blick und einem kleinen spöttischen Lächeln über meine Fähigkeiten als Holzsäger und meine Beziehungen zur materiellen Welt.

Jetzt beharrte ich erst recht darauf, ich streckte die Hand nach der Motorsäge aus und schrie: »Gib her!«

Schweißüberströmt und voller Sägespäne, wie er war, starrte er mich an; er gab mir die Motorsäge.

Er gibt sie mir auch deshalb, weil er trotz seiner scheinbar unerschöpflichen Energie müde ist, er hat im Zwangsarbeiterrhythmus schon zwei Zentner Holz gesägt; aber er fixiert mich weiter mit herausforderndem Blick, während ich den Griff umfasse und die kreischende, rasant rotierende Kette auf den ersten Stamm aufsetze und sie mit ihren durch die furiose Bewegung unsichtbar gewordenen kleinen Metallzähnen zubeißen lasse, sie sich mit einem raschen Schnitt in die Zellulosemasse fressen lasse, die mit Rauch vermischt unter ohrenbetäubendem Lärm ringsum aufspritzt.

»Prima«, schreit Vittorio. »Du kannst eben einfach alles, du mußt es nur probieren. Ein echtes Allroundgenie. Marianne hat recht. Und so hilfsbereit. Immer für die anderen da. Seht ihn euch nur an!«

Ich mache trotzdem weiter, während meine Füße auf dem geschmolzenen und wieder gefrorenen Schnee rutschen, während mir unter der Jacke und über die Stirn der Schweiß herunterströmt und trotz der Anstrengung, trotz der Wut und dem Frust, die in mir brennen, sofort eiskalt wird. Es ist längst nicht so einfach, wie es bei Vittorio ausgesehen hat, ich brauche viel länger als er und bin viel weniger sicher und genau als er, seine unablässigen hämischen Blicke machen mich rasend, treiben mich zur Eile und bringen mich fürchterlich aus dem Gleichgewicht.

»Aber ich sollte dir natürlich dankbar sein, wie der Guru sagt. Dankbar wie ein Hund, der vor dem Ertrinken gerettet worden ist, nicht wahr?«

Und während er mit dieser hemmungslosen Wut in der Stimme auf mich einredet und ich in dem Rauch und dröhnenden Lärm ebenso rasend weiterarbeite, fällt ein Stamm schneller hinunter als erwartet oder rutscht auf dem eisglatten Sägebock ab, jedenfalls ist er plötzlich nicht mehr da, und ich stehe über das Nichts gebeugt und verliere mit der laufenden Säge in der Hand, die mich mit ihrem Gewicht hinabzieht, die Balance und komme langsam und unaufhaltsam ins Rutschen:

Mein linker Fuß

Die Schnallen meines linken Stiefels

Mein linker Arm

Unkontrollierbares Schütteln in meinem rechten Arm

Vittorios Blick von oben (überrascht-erschrocken)

Mein Blick von unten herauf (neutral-neugierig)

Nach vorn ziehendes Gewicht (nichts gibt Halt)

Mein Atem, regelmäßig

Beschleunigter Herzschlag (weit weg)

Linke Hand am Boden (haltsuchende Berührung)

Die Motorsäge in der rechten Hand (die Finger immer noch am Gashebel).

Die kreischenden, heulenden, schabenden Zähne der rotierenden Kette, so schnell, daß man sie nicht mehr sieht auf
dem dicken schwarzen Leder meines Jackenärmels, der sich
wie ein unsichtbarer Reißverschluß öffnet.

Ein rasender Schmerz, gedacht, vorweggenommen, erst
später empfunden, kalt und heiß, weit entfernt und zu nah,
Vittorio stürzt sich mit einem Schrei auf mich, langsamer
als sein Gesichtsausdruck und schneller als seine rauhe
Stimme, Rauch, Geruch nach verbranntem Öl, nach Backhähnchen, nach angekohltem blutigem Steak.

Ich kippe vornüber auf den verklingenden Lärm und
Rauch und Gestank, auf meine letzte Bemühung, das
Gleichgewicht zu halten.

Wenn es nicht so banal wäre, könnte man vorüberzie-
hende Wolken als Hintergrund projizieren. Besser viel-
leicht wechselnde Landschaften, Wolken und von oben
gesehene Bäume, ein aus einem tieffliegenden Hubschrau-
ber aufgenommener See, über den man Uto Drodemberg,
den nichts mehr kümmert, schwerelos hinwegschweben las-
sen kann. Aber auch der ganze Schnee ringsum ist nicht
schlecht, an szenographischem Material herrscht gewiß kein
Mangel. Das sehr rote Rot des Bluts, das in das sehr weiße
Weiß fließt, in einer Luftaufnahme mit allmählich auf-
steigender Kamera, die am Ende das Haus und den Wald
und die anderen Häuser und den pilzförmigen Tempel und
die Kundalini Hall und die ganze stille, gedämpfte, dem
Lärm der Welt endlos weit entrückte Gegend im Bild hat.

Die Geisel wird zum Helden

Licht. Wärme. Weichheit. Glätte. Rascheln von Schritten. Rascheln von Stoff. Rascheln von Atem. Rascheln von Blicken.

Ich bin nicht in meinem Zimmer oben an der Treppe, ich liege in einem Krankenhausbett, mit zwei Kissen unter dem Nacken und einem komplizierten Verband, der meinen linken Arm unbeweglich macht. Raschelnder Blick von Marianne. Raschelnder Blick von Nina, von Jeff-Giuseppe dicht hinter ihr. Rascheln einer Krankenschwester am Waschbecken. Vittorio reglos am Fenster. Ich bin mir nicht mal sicher, ob mein linker Arm noch da ist. Ich spüre einen begrenzten, ziehenden Schmerz unterhalb des Ellenbogens an der Stelle, wo ich mich mit der Motorsäge geschnitten habe, aber es könnte auch nur die Erinnerung an Empfindungen sein, wie bei Kriegsversehrten; in einem Buch über den Ersten Weltkrieg habe ich einmal so etwas gelesen. Ich versuche den Arm zu bewegen, aber es geht nicht; ich verstehe gar nichts mehr. Unvertraute Empfindungen, und doch glaube ich alles schon mal erlebt zu haben: Ich habe diese Szene schon gesehen, von innen und von außen, bis ins kleinste Detail. Rascheln der sich nähernden Krankenschwester. Ich schließe die Lider, der Arm ist mir gleich. Rascheln von Marianne, die auf mich zukommt und in ihrem sanftesten Ton sagt: »Uto? Bist du wach?« Ihre Stimme ist unsicher, schwankend vor Besorgnis. Ich lasse mich wieder nach hinten sinken, schalte ab; es ist mir alles egal. Vollkommener Gleichmut, wolkenhafte Leichtigkeit.

Uto Drodemberg, der im Raum seine Kreise zieht. Er macht Kapriolen und Pirouetten in der Luft, vorwärts und rückwärts. Den Kopf zwischen den Armen wie ein Kunstspringer schießt er im Sturzflug durch die Wolken, bremst ab und steigt im Bogen wieder auf, fliegt mit dem Gesicht nach unten weiter. Er zieht Arme und Beine an, schnalzt wie eine Sprungfeder durch den Raum. Er streckt sich und rollt sich ein, er kennt keine Grenze. Über die Formen hinaus, jenseits aller Linien und erkennbaren Bilder. Er nimmt alles nur noch als Licht wahr, als wechselnde Dichte, als Temperaturschwankungen. Gebündelte und wellenförmige Energie. Rote, weiße, blaue Wärme. Er kann im Lichtstrahl im Tempel senkrecht aufsteigen, durch den Schlitz oben in der Kuppel flutschen und hoch über der Landschaft kreisen, Energie von den Zehenspitzen in die vorgestreckten Arme bis in die Fingerkuppen, in denen alle Kraft des Universums vibriert. Er kann im Sturzflug zurückkehren in die Niederung der Empfindungen und Gefühle, der Anziehung, des kribbelnden Verlangens, des Hungers, des Dursts, der Formen, der heftigen Sehnsucht nach einem Gesicht, des Wunschs nach Berührung Zärtlichkeit Gesten Blicken Taten.

Kopfschmerzen. Durst. Trockene Lippen. Der Schnitt an meinem Arm stach und juckte unerträglich unter dem Verband. Ich streckte so vorsichtig wie möglich die taube rechte

Hand aus, eine Schnecke mit der Geschwindigkeit von einem Millimeter pro Sekunde. Der linke Arm war noch da, aber vom Ellenbogen abwärts spürte ich nichts. Ich versuchte ihn hochzuheben: nichts.

Näher kommender Blick. Näher kommender Arm und Atem. Marianne, die auf der sanften Welle ihres Atems näher kommt. Ein Glas frisch gepreßter Orangensaft, sie hält es mir an die Lippen. Sie lächelt. Lächeln-Atmen. Stoffraschel. Kleine Schlucke, die kalte süße Flüssigkeit rinnt mir durch die Kehle und auf einem endlos langen Weg in den Magen, beginnt zusammen mit ihrer gelben Farbe in mir zu kreisen.

»Wie geht's?« fragte Marianne. Sie sah mich aus einem Meter Entfernung an, sie war im weißen Licht, das durch die weißen Vorhänge an den Fenstern drang, viel heller als die weiße Krankenschwester, die ihr das leere Glas abnahm.

»Mein Arm?« fragte ich; meine Stimme klang viel rauher, als sie gewesen wäre, wenn ich mich nur ein bißchen geräuspert hätte, aber mir war es so lieber.

»Du bist schlimm verletzt«, sagte Marianne im Ton vollkommener Sanftheit. »Man hat alles wieder zusammennähen müssen. Ich weiß nicht, mit wie vielen Stichen.«

Derart von Spiritualität durchdrungen – sie strahlte eine Art Stolz des stellvertretenden Märtyrers aus.

»Und?« fragte ich, mehr an die Krankenschwester als an sie gewandt, Angst und alles umfassende Gelassenheit wechselten sich in mir ab.

»Nachher kommt der Arzt, er wird Ihnen alles erklären«, sagte die Krankenschwester.

Marianne lächelte strahlend, mit Himalajagletscherblick;

sie sagte: »Du mußt jetzt stark und gefaßt sein. Hauptsache, du lebst.«

»Ja«, sagte ich, erstaunt über meine Gelassenheit, aber mit dem verzweifelten Herzklopfen eines fliehenden Hasen dicht darunter, ich dachte, das kann nicht sein, das kann nicht sein. Ich dachte: schnell zurückspulen, schnell zurückspulen, aber es half nichts, ich blieb auf Pause.

Leerer Raum. Gedanken-Nichtgedanken, die sich um sich selbst drehen wie Planeten im All. Durst. Gedämpfte Stimmen. Rascheln. Näherkommende Atemzüge.

»Uto?« sagt Marianne. »Doktor Samuelson ist da.«

Der Doktor fixiert mich aus nächster Nähe. Grauhaarig, aber noch jung. Zu jung vielleicht; zum Ausgleich ist die ganze Art, wie er dasteht und sich bewegt, sorgsam einstudiert. Das Lächeln eines Copiloten vor dem nächsten Schritt auf der Karriereleiter. Zur Schau gestellte Sicherheit auf schwankender Basis. Auch Vittorio ist da, neben der Tür, er sieht mich ausdruckslos an.

»Also?« frage ich mit Sandpapierstimme.

»Sind wir aufgewacht?« fragt Doktor Samuelson. Die Blicke von Marianne und der Krankenschwester begegnen sich. Es gibt keine Tasten, die ich drücken könnte, ich stecke hoffnungslos fest.

Ich versuche, den linken Arm zu bewegen, aber ich schaffe es nicht. Pause, phantastisch klares Standbild, nicht das geringste Flimmern. Ich spüre den Unterarm nicht, ich spüre das Handgelenk nicht, weder die Finger noch die Fingerspitzen: nichts.

Doktor Samuelson lächelt immer noch, ich würde mit

der gesunden Hand am liebsten das Kissen auf ihn schleudern. Ein Schlechte-Nachrichten-Lächeln, zurückhaltend und mit genau bemessener Wirkung. Ein Lächeln, wie man es ihm in der Ausbildung beigebracht hat, glaube ich. »Du hast gute Arbeit geleistet, Uto, der Muskel war durchgetrennt, der Nerv auch und ebenso ein Stück vom Knochen. Zum Glück hat sich die Säge ausgeschaltet, bevor du alles abgesäbelt hättest.«

»Und jetzt?« frage ich, noch ärgerlicher, weil er mich beim Namen genannt hat.

»Jetzt mußt du dich ausruhen«, sagt Samuelson. »Und dankbar sein, daß dein Arm noch dran ist, Uto.«

»Aber kann ich ihn benutzen?« frage ich, und das verzweifelte Herzklopfen kommt an die Oberfläche, obwohl ich es zurückzudrängen versuche.

»Wir werden sehen«, sagt Samuelson. »Es ist noch zu früh, um etwas zu sagen.«

»Aber?« frage ich in härterem Ton.

»Du wirst eine lange Rehabilitation brauchen«, sagt er. »Gymnastik, Physiotherapie, Iontophorese.« Politikerton, der Ton des professionellen Lügenerzählers; er bewegt sich gemessen, spricht gemessen, um die Bedenken abzuwiegeln, daß er zu jung sein könnte. Vielleicht färbt er sich sogar die Haare, Grau bringt da sehr viel.

»Und dann?« frage ich.

»Es werden recht gute Resultate erzielt«, sagt Samuelson. »Aber nur mit viel Geduld. Und man darf sich nicht zuviel erhoffen. Ich glaube nicht, daß du je wieder Klavier spielen kannst, jedenfalls nicht mit der Linken.« Er blickt zu Marianne, die ihm vermutlich alles über mich erzählt hat; fährt fort: »Dein Empfindungsvermögen im Unterarm und in der Hand wird nicht mehr sehr groß sein, aber mit der Zeit wirst du sie wohl ein bißchen bewegen können.«

»Null Empfindungsvermögen?« frage ich und habe meinen Ton jetzt schon besser im Griff.

Samuelson sieht mich an, nicht ganz sicher, welchen Brutalitätsgrad er anwenden soll; dann nickt er. »Ich fürchte, ja.«

»Wunderbar«, sage ich. Ausgeglichene Stimme, entspanntes Gesicht, langer Abstand zwischen jedem Wimpernschlag. Ich frage mich, ob es normal ist, daß man in einer Situation wie dieser, wenn man auf die idiotischste Art und Weise der Welt einen Arm verloren hat und vor Angst und Wut und Ungläubigkeit eigentlich nur schreien möchte, noch so gut schauspielern kann.

Marianne und die Krankenschwester scheinen mich jedenfalls sehr zu bewundern. Vittorio lehnt an der Wand und bewegt keinen Muskel. Doktor Samuelson ist perplex, er weiß nicht recht, mit wem er es zu tun hat. »Versuch dich auszuruhen, Uto«, sagt er. »Wir sehen uns morgen.« Er verabschiedet sich und geht hinaus, gefolgt von seinem Assistenten, der an der Tür stehengeblieben war.

Marianne schüttelt mir die Kopfkissen auf. Vittorio sieht mich aus ein paar Metern Entfernung an, dann entschließt er sich näher zu kommen, berührt meinen gesunden Arm, sagt: »Tut mir leid.« Mir scheint, daß er dicht unter seinen Worten immer noch vor Wut kocht; wenn er könnte, würde er mich wahrscheinlich verprügeln.

Seine Frau würdigt ihn keines Blicks, sie hat nur Augen für mich.

Auf Zehenspitzen kommen Nina und Jeff-Giuseppe herein, bleich und verstört. Sie bleiben mitten im Zimmer stehen, winken mir schüchtern zu, fragen: »Wie geht's?«

Ich mache eine müde Geste mit der übriggebliebenen Hand, bewege nur leicht die Lippen, obwohl ich sprechen könnte. Ich betrachte Nina, die endlich die richtigen Rundungen hat, und denke daran, wie ich sie im Wald und in der Küche in meinen Armen gehalten habe: an die Empfindungen meiner Hand auf ihrem Rücken.

Sie späht aus ein paar Metern Entfernung zu mir hinüber wie ein erschrockenes junges Tier, sie bringt kein Wort heraus. Sie dreht sich zu Jeff-Giuseppe um, alle beide haben Tränen in den Augen.

»Nehmt es nicht so tragisch, bitte«, sage ich, auch wenn mein Ton eher nach Fernsehmelodram klingt als nach dem Film, den ich mir vorgestellt habe. Ich lächle, zeige mein Profil, von der schöneren Seite. So eine Scheiße, denke ich, so eine unglaubliche Scheiße, den Arm verloren, nur damit diese bleiche Gurujüngerin ihren Ofen mit Holz vollstopfen kann, bis sie umkommt vor Hitze, als sei sie in den Tropen.

Gleichzeitig mißfällt es mir gar nicht so sehr und macht mir schon nicht mehr viel aus; und wenn ich mich von außen betrachte, gebe ich kein schlechtes Bild ab. Vermutlich hat man mich auch mit Beruhigungs- und Schmerzmitteln vollgepumpt, das trägt natürlich zu meinem Gleichmut bei.

Durch die Tür

MARIANNE Warum hast du ihn sägen lassen?

VITTORIO Er wollte es.

MARIANNE Du hättest es nicht erlauben dürfen.

VITTORIO Wenn er doch unbedingt wollte. Er hat mir die Säge aus der Hand gerissen.

MARIANNE Du hättest sie ihm wegnehmen müssen.

VITTORIO Jetzt soll ich wohl schuld sein?

MARIANNE Du *bist* schuld.

VITTORIO Ich hab ihn nur gefragt, ob er mitkommt und mir hilft.

MARIANNE Ein so außergewöhnlicher Pianist. Jetzt kann er nicht mehr spielen.

VITTORIO Hör auf, mich anzuschauen, als ob es meine Schuld wäre.

MARIANNE Es *ist* deine Schuld.

VITTORIO Ach ja? Und vielleicht hab ich es sogar absichtlich getan, was?

MARIANNE Du hast einen solchen Groll auf ihn.

VITTORIO Warum sollte ich?

MARIANNE Weil er so jung und rein und sensibel ist.

VITTORIO Das arme Kind.

MARIANNE Und so begabt.

VITTORIO Wohingegen ich alt und unrein und unsensibel und unbegabt bin, nicht wahr?

MARIANNE Er war dir vom ersten Augenblick an lästig.

VITTORIO Woher willst du das wissen?

MARIANNE Ich hab es doch gesehen. Da gehört nicht viel dazu.

VITTORIO Aha. Und woran hast du es gesehen?

MARIANNE An deinem Verhalten.

VITTORIO Wann?

MARIANNE Ständig.

VITTORIO Zum Beispiel?

MARIANNE Immer. Nina und Jeff haben es auch gemerkt.

VITTORIO Das stimmt nicht.

MARIANNE Doch. Du hattest von Anfang an diese instinktive Feindseligkeit gegen ihn.

VITTORIO Na hör mal, *er* war von Anfang an schrecklich feindselig mir gegenüber.

MARIANNE Das war bloß Schüchternheit. Und statt ein bißchen Verständnis für ihn aufzubringen, hast du derart negativ reagiert.

VITTORIO Negativ ist nur er, siehst du das nicht? Er ist ein Aas.

MARIANNE Das ist nicht wahr.

VITTORIO Er ist voll purem Groll.

MARIANNE Das ist doch nur verständlich, nach dem schrecklichen Unglück in Mailand und den ganzen familiären Problemen vorher. Hast du nie darüber nachgedacht?

VITTORIO Doch, hab ich, und ich halte es für sehr gut möglich, daß er daran schuld ist, wenn sich der arme Antonio in die Luft gesprengt hat.

MARIANNE Du bist ungeheuerlich, Vittorio. Wie kannst du so was behaupten?

VITTORIO Hast du ihn dir mal genau angeguckt, deinen Engel? Hast du gesehen, wie er sich aufführt?

MARIANNE Sprich leiser, sonst hört er dich.

VITTORIO Er ist ein Virus, dein Engel.

MARIANNE Wie kannst du so was sagen?

VITTORIO Ein tödlicher Virus, und er hat uns alle angesteckt, verdammt.

MARIANNE Hör auf.

VITTORIO Seit er bei uns ist, hat er Tag für Tag nur daran gearbeitet, unser Glück zu zerstören. Er hat alles kaputtgemacht, was wir uns aufgebaut haben.

MARIANNE Das stimmt nicht. Es wäre sowieso passiert, das weißt du genau. Er hat bloß dafür gesorgt, daß wir klarer sehen.

VITTORIO Er hat nur Schaden angerichtet und alles vergiftet. Er hat nach und nach alles kaputtgemacht und seinen perversen Spaß dran gehabt.

MARIANNE Das ist nicht wahr. Er ist ein hochsensibler und spiritueller Mensch und ein großer Künstler, obwohl er noch so jung ist.

VITTORIO Von wegen spirituell. Und ein Künstler ist er auch nicht. Nur ein Virtuose, das ist etwas ganz anderes.

MARIANNE Er hat eine göttliche Begabung, das sagt auch der Swami.

VITTORIO Der Swami hat sich täuschen lassen, wie alle anderen auch.

MARIANNE Den Swami kann niemand täuschen.

VITTORIO Natürlich kann man ihn täuschen. Da gehört nicht mal viel dazu. Den Swami kannst du einwickeln, wie es dir gefällt.

MARIANNE Wie kannst du so was sagen? Merkst du eigentlich, was du da redest?

VITTORIO Und merkst du eigentlich, daß du überhaupt nichts merkst? Der Swami kann ja nichts dafür, daß dein Uto ein Virus ist.

MARIANNE Hast du schon vergessen, wie er Nina geheilt hat?

VITTORIO Ach fang doch nicht wieder mit dieser Geschichte an. Früher oder später wäre sie sowieso gesund geworden. Siehst du nicht, wie er sich heimlich und hinterlistig an sie ranmacht?

MARIANNE Das ist doch alles ganz harmlos.

VITTORIO Ach, so unschuldig und zärtlich. Siehst du nicht, wie er sie anschaut und sich andauernd bei ihr einschmeichelt, mit seinem blöden psychopathischen Getue?

MARIANNE Hör auf, Vittorio.

VITTORIO Wieso? Ist es dir etwa unangenehm? Vielleicht war er schon mit ihr im Bett.

MARIANNE Jetzt mach aber einen Punkt.

VITTORIO Und mit dir? Ist das auch alles ganz harmlos? Unser armes kleines Engelchen.

MARIANNE Was sagst du da? Du spinnst wohl.

VITTORIO War er schon mit dir im Bett oder noch nicht?

MARIANNE Du bist völlig verrückt geworden!

VITTORIO Aber du bist normal, was? Ihn so zu hofieren! Ohne Sinn und Verstand! Wie eine exaltierte Schwärmerin. Die Jüngerin eines kriminellen kleinen Punks, der wie ein Virus in das Leben der Gesunden eindringt.

MARIANNE Du tust mir leid.

VITTORIO Du tust mir auch leid. Du bist dieser Flut von

leeren Worten zum Opfer gefallen. Dieser Flut von leerem Lächeln und leeren Gesten. Diesem grenzenlosen Verständnis für alles und jeden.

MARIANNE Brüll doch nicht so.

VITTORIO Ich brülle, weil ich diese gottverdammte sanfte Gewalt nicht mehr aushalte! Ich halte es nicht mehr aus, mir das Hirn und die Nerven zerquetschen zu lassen, um nur ja nicht das zu tun, was ich gern tun würde! Ich halte es nicht mehr aus, immer leise zu sprechen!

MARIANNE Du weckst ihn auf.

VITTORIO Ist mir doch egal! Er hat unser Leben kaputtgemacht, da ist es mir doch egal, wenn er aufwacht!

MARIANNE *Er* hat unser Leben nicht kaputtgemacht.

VITTORIO Wer dann?

MARIANNE Du selber. Du hast es immer noch nicht geschafft, dich von all den niederen Gefühlen zu befreien, die du hattest, bevor du hierher gekommen bist.

VITTORIO Ach ja?

MARIANNE Du bist roh und unsensibel. Du hängst so sehr an den irdischen Dingen, daß du gar nichts anderes sehen kannst.

VITTORIO Ach ja?

MARIANNE Du paßt überhaupt nicht hierher.

VITTORIO Auch nicht in dieses Haus?

MARIANNE Auch nicht in dieses Haus.

VITTORIO Obwohl ich es selbst gebaut habe? Obwohl ich über ein Jahr lang alles hineingesteckt habe, was ich hatte?

MARIANNE Es genügt nicht, ein Haus zu bauen. Wichtig ist nur, wie du innerlich bist.

VITTORIO Und wie bin ich innerlich?

MARIANNE Du bist voll von niederen Gefühlen, Vittorio. Du hast dich gezwungen, dich zu ändern, aber du schaffst es nicht.

VITTORIO Hast du mir in den letzten Jahren nicht hundertmal gesagt, daß ich ein anderer geworden bin? Daß es dir wie ein Wunder vorkommt und alles?

MARIANNE Das war Wunschdenken, nicht die Wirklichkeit.

VITTORIO Und wie ist die Wirklichkeit?

MARIANNE Daß du nichts verstehst. Daß du mit deiner Verständnislosigkeit und deinem Argwohn und deiner Eifersucht und deiner miesen Art auch die schönsten und reinsten Dinge schlechtmachst.

VITTORIO Was für einen Ton du am Leib hast.

MARIANNE Und du, was für einen Ton hast du?

VITTORIO Hör doch, wie feindselig du bist!

MARIANNE Ich bin nicht feindselig. Ich versuche nur zu sagen, was ich denke.

VITTORIO Und was denkst du?

MARIANNE Daß dieser schreckliche Unfall die Folge deiner negativen Gefühle gegenüber Uto ist.

VITTORIO Ach wirklich? Ich hab ihn sich also in den Arm sägen lassen, weil ich ihn hasse?

MARIANNE Ich weiß nicht, warum du es getan hast, aber du hast es getan.

VITTORIO Ich hab ihm den Arm unter die Säge gestoßen, ja? Ich hab ihn in die Falle gelockt, um ihn zu zerstückeln! Du hast das Licht der Wahrheit, gegen dich kommt man einfach nicht an. Da ist es besser, man gesteht gleich.

MARIANNE Hör auf, ich finde das gar nicht lustig.

VITTORIO Was für einen angewiderten Ton du hast.

MARIANNE Du weißt genau, wie es mit uns steht.

VITTORIO Wie steht es mit uns? Sag's mir.

MARIANNE Du weißt es so gut wie ich. Und schrei nicht so, du weckst ihn auf.

VITTORIO Sag es mir, damit ich weiß, woran ich bin.

MARIANNE Nicht so laut, gehen wir rüber.

VITTORIO Ich bin nicht laut.

MARIANNE Laß uns rübergehen, bitte.

VITTORIO Na los, jetzt sag's schon.

MARIANNE Nimm wenigstens ein bißchen Rücksicht auf seinen Zustand.

VITTORIO Sag's mir.

MARIANNE Gehen wir rüber.

Der Held empfängt die Weihe

Das ehemalige Zimmer von Vittorio und Marianne. Licht durch die Fenster, Wärme, Duft nach Sauberkeit. Ein großes Holzbett, vollkommene Ausgewogenheit zwischen Festigkeit und Weichheit. Ein leichtes, warmes Federbett, es ist ein Vergnügen, einen Fuß zu bewegen und zu spüren, wie es raschelnd atmet. Uto Drodemberg mit seinem verbundenen gelähmten linken Arm liegt im Bett, die säuberlich aufgeschüttelten Kissen stützen und trösten ihn. Um ihn herum die halbe Bibliothek der Folettis, aufgeschlagene und geschlossene Bücher mit und ohne Schutzumschlag. Es gibt keinen physischen Grund, warum er nicht aufsteht und herumläuft oder wenigstens wieder in sein altes Zimmer oben an der Treppe umzieht, und eigentlich juckt es ihn auch schon in den Beinen; aber nach einem so tragischen Unfall braucht man keine Gründe und Rechtfertigungen, man kann sich auf den Tatsachen ausruhen, darin versinken, solange es einem gefällt.

Marianne kam wie ein Windstoß herein, noch blasser als sonst. »Uto, der Guru ist da und will dich besuchen. Fühlst du dich imstande, ihn zu empfangen?«

»Ja«, sagte ich in distanziertem Ton; ich kehrte aus weiter Ferne zurück. Mein linker Arm schmerzte dumpf an der Stelle der Wunde, weiter unten spürte ich ihn überhaupt nicht: nichts.

Marianne klopfte mir mit größter Behutsamkeit die Kissen zurecht, fragte: »Ganz sicher? Bist du nicht zu müde?« Heller Blick aus geweiteten Pupillen, widersprüchliche Impulse.

»Keine Angst, es wird schon gehen«, sagte ich, als gelte es, ohne jede Vorwarnung auf einer Bühne aufzutreten.

Sie zog die Vorhänge auf, ließ noch mehr Licht ins Zimmer fluten. »Dann sag ich ihm jetzt Bescheid«, erklärte sie und verließ mit einem gedehnten Blick das Zimmer.

Ich verbesserte noch ein wenig meine Sitzposition im Bett: Kopf ganz leicht zur Seite geneigt, linker Arm gut sichtbar in seinem Verband.

Klopfen an der Tür, ein leises *tok, tok* wie in einer mindestens einige Stunden, Monate, Jahre alten Erinnerung. Der Guru kommt mit kleinen Schritten ins Zimmer, Marianne und nur eine einzige Assistentin einen Schritt hinter ihm. »Darf man eintreten?« fragt er in seinem netten, genuschelten und doch klaren Englisch, wie ein in schöne Stoffe gekleideter adliger alter Gnom.

Marianne führt ihn ans Bett, noch strahlender als damals, als sie ihn zum Abendessen empfing, und mittlerweile sind auch die zweite Assistentin und Jeff-Giuseppe und Nina und die blasse Hawabani und als letzter Vittorio hereingekommen. Das Zimmer ist erfüllt von Kleiderrascheln und Atemrascheln und Lächeln.

Ich lächle ebenfalls, aber nur ganz leicht, damit meine Lage noch tragisch genug wirkt.

Der Guru tritt dicht an das niedrige Bett, er muß sich hinabbeugen, um mir ins Gesicht zu sehen. Er betrachtet mich, ohne etwas zu sagen, bewegt nur in seiner üblichen

Weise die Lippen, legt mir eine Hand auf die Stirn. Ich spüre seine Finger am Haaransatz, sie sind kräftiger und wärmer, als ich erwartet hätte, er drückt sie mir kurz an die Stirn und nimmt sie wieder weg. Ich spüre die edle weiche Wolle seines Ärmels und darunter sein sehr dünnes Handgelenk; die Luft, die zwischen Stoff und Haut zirkuliert. Geruch nach Kräutern; Moschusgeruch des zivilisierten Wilden. »Bravo, bravo, bravo, junger Uto«, sagt er.

Er richtet sich wieder auf und dreht sich um, pustet über seine geöffnete Hand, lächelt vorbehaltlos.

Die anderen verhielten sich mucksmäuschenstill, nickten nur zustimmend. Auch Nina, rotwangig wie ein Apfel, auch die bleiche Hawabani, die hemmungslos weinte, auch Vittorio, dem wilder Groll im Gesicht geschrieben stand.

Der Guru trippelte zur Tür, gefolgt von seinen Assistentinnen und der Schar der anderen, die teilweise noch einmal zu mir zurückschauten.

Der Held erholt sich

Nina kommt herein und bringt mir eine in Stückchen geschnittene Ananas, sie stellt sie neben mich auf das niedrige Tischchen, das ihr Vater gemacht hat. Sie hat sich die Haare abgeschnitten, kurz und ungleichmäßig, nur eine einzelne Strähne ist lang geblieben und hängt ihr hell gebleicht ins Gesicht. Mit der neuen Frisur wirkt sie erwachsener und kindlicher und unabhängiger und zerbrechlicher; teils tut es mir leid, teils freut es mich.

Sie zieht sich gleich wieder ein Stück zurück, sieht mich aber unverwandt an. Schüchternheit, Beharrlichkeit, Sehnsucht nach Berührung.

»Wann hast du sie dir abgeschnitten?« frage ich.

»Heute morgen«, antwortet sie und streicht sich mit der Hand über den Nacken. Ihr Körper wirkt jetzt noch wohlgeformter und kräftiger.

»Steht dir prima«, sage ich. Ich versuche mich mit ihren Augen zu sehen: blaß, auf den gesunden Ellenbogen gestützt, mit wirrem Haar und vornehm leidendem Blick.

Nina geht rückwärts zur Tür, ohne die Augen von mir abzuwenden; die Hand schon an der Klinke fragt sie: »Willst du sonst noch was?«

»Könntest du mir nicht etwas vorlesen?« frage ich. Mein Zustand als Halbinvalider mit eingeschränkter Bewegungsfreiheit hat zur Folge, daß meine Reflexe eigenartig beschleunigt sind: Eine Empfindung verwandelt sich in Worte, noch bevor ich überhaupt darüber nachdenken kann.

Nina wird blaß und gleich darauf rot, sie guckt weg, fixiert mich von neuem. »Was soll ich dir denn vorlesen?«

»Was du willst«, sage ich. Intensiver kurzer Atem. Dichte, zerdehnte Stimmung. Rasches Herzklopfen.

Sie läßt ihren Blick über die auf dem Tisch und auf dem Bett und am Boden verstreuten Bücher, die Bücher auf den Regalen schweifen; ihre ganze Aufmerksamkeit war auf ihre Gesten konzentriert.

»Such du was aus. Irgendwas«, sage ich. Samtige Stimme wie alter Wein, dunkel und schwer; in dieser Position gelingt sie mir gut.

Sie zögert noch immer, dann nimmt sie eins der Bücher mit den Gurureden, zeigt mir mit fragender Miene die Titelseite.

»Okay, okay«, sage ich, auch wenn mich das Buch überhaupt nicht interessiert, mich interessiert nur, daß sie mir vorliest.

Sie setzt sich mit gekreuzten Beinen auf den Boden; ich schaue auf ihre Fersen in den weißen Strümpfen, auf ihre Hose, deren Stoff so schön ihre Oberschenkel umspannt. »Also«, sagt sie und beginnt die erste Seite zu lesen wie bei einer Schullektüre mit ruhiger, artiger Stimme, die in sonderbarem Widerspruch zu ihrer neuen Frisur steht.

»Kannst du nicht ein bißchen näher zu mir kommen?« frage ich. Ich wollte ganz einfach den Abstand zwischen uns verringern, meine Empfindungen kamen mir über die Lippen, ohne auf Widerstand zu stoßen.

Sie drehte sich zur offenen Tür um und sagte leise: »Drüben ist Marianne.«

»Na und?« sagte ich. Möglicherweise hatte ich jetzt ein Mittel gegen meine lähmende Unsicherheit gefunden, auch wenn ich teuer dafür hatte bezahlen müssen.

Nina machte die Tür zu, blieb unschlüssig stehen, die Hand auf der Klinke, dann drehte sie lautlos den Schlüssel im Schloß herum.

Ihr Atem, als sie zum Bett kommt: die Luftbewegung, während sie sich setzt und die Beine anwinkelt. Sie liest weiter, Betrachtungen des Gurus über die Zeit, aber ich höre nur den Klang und die Farbe ihrer Stimme, ein Schauer überläuft mich.

»Komm noch ein bißchen näher«, sagte ich. Klageton, Honigsaugerton, rauh und einschmeichelnd, zu ihr vorgebeugt wie ein Angelhaken oder ein Fragezeichen.

Ohne mich anzusehen, rückte sie noch ein Stück näher, indem sie die Beine streckte und wieder anzog; sie machte erst halt, als ihr Knie mein Knie berührte. Dann ließ sie ihre Stimme wieder über die verschnörkelten Wörter des Gurus gleiten, über die in kurzen Wellen wiederkehrenden und immer von neuem aufgegriffenen Bilder und Klänge.

Ich strecke auf dem Bettbezug die gesunde Hand aus, schiebe sie mit der Geschwindigkeit von einem Millimeter pro Sekunde über den seidigen Stoff, bis ich an ihrem Knöchel angelangt bin. Nina wirft mir nur einen kurzen Blick zu und liest weiter, aber mit tieferer und wärmerer und unregelmäßigerer Stimme, die kaum noch auszuhalten ist.

Ich fuhr mit der Hand langsam ihr Bein hinauf, obwohl meine Bewegungen durch meine Lage sehr eingeschränkt waren. Ich ließ meine Finger über den straffen Baumwollstoff ihrer Hose streichen, als würde ich in den klaren Strom ihrer Stimme hineingleiten, in diesen monotonen, schulmäßigen Rhythmus, der von meinen streichelnden Fingern nur ganz leicht aufgerauht wird. Mein Herz schlug deutlicher, Dehnung-Kontraktion in der Mitte der Brust. Ich war seitlich zurückgelehnt, während mich der unbewegliche Arm drückte; und aus irgendeinem Grund machte dieses Hindernis das Ganze noch intensiver und subtiler und unwiderstehlicher.

Nina las weiter, Schilderungen von Seelenlagen und Wetterlagen, und je länger ich sie innen am Schenkel streichelte, um so mehr hatte ich den Eindruck, daß auch sie gar nicht mehr dem Sinn des Gelesenen folgte, aber sie las weiter, und bei jeder neuen Berührung meiner Hand wurde ihre Stimme etwas schneller, die Wörter drängelten und schubsten sich wie halb ängstliche, halb aufgeregte Schulmädchen auf einem Korridor.

Ich rutschte noch näher zu ihr, Märtyrer-Schnecke-Engel-Süchtiger, noch mehr zu ihr hingezogen, noch langsamer und verwirrter und krankhafter und hilfloser und zielgerichteter. Ich schob meine Hand immer weiter hinauf; ich folgte der Naht an der Innenseite des Hosenbeins, den festen Muskeln darunter, und nahm die Wärme in mich auf, das leichte Beben, das sie bei jeder meiner leichten drängenden nachdrücklichen Berührung überlief. Und obwohl ich jetzt schon ganz schief auf der Seite lag, um mit den Fingern das Zentrum zu erreichen, wo sich ihre Schenkel vereinigten, kam mir meine Position keineswegs unnatürlich oder plump vor. Ich sah mich von außen, blaß und mager und leidend, mit dem Verband am Arm und zerstrubbeltem Haar, auf den Wellen der Steppdecke nach Nina ausgestreckt, die immer noch das Buch in ihren nicht mehr ruhigen Händen hielt, und es kam mir wie ein romantisches Gemälde aus dem neunzehnten Jahrhundert vor. Es kam mir wie ein ziemlich poetisches und dekadentes Bild vor: Meine Genugtuung darüber war fast ebenso erregend wie die Empfindungen meiner Fingerkuppen und Ninas Atem und die Art, wie sie über die Worte hastete und die Lippen leicht öffnete und alle naselang zur Tür schaute, während sich ihre Wangen noch mehr röteten.

Auch ich schaute zur Tür, ich glaubte ein diskretes Klopfen von besonnenen Fingerknöcheln zu hören. Auch Nina hörte es, sie stockte mitten im Satz: Ich spürte, wie sich binnen einer Sekunde ihr spezifisches Gewicht erhöhte; ihr Blick prallte mir entgegen.

»Lies weiter«, flüsterte ich. Ich versuchte, meinen Herzschlag zu verlangsamen, um besser zu hören, aber es war nichts mehr zu hören; ich überließ mich wieder meiner wohligen Mattigkeit, meinen Streichelbewegungen. Nina rutschte ein Stück zur Seite, um für meine rechte Hand noch besser erreichbar zu sein. Ich knöpfte ihr die Hose auf, öffnete den Reißverschluß und fuhr mit den Fingern über die weiße Baumwolle ihres Höschens.

Sie versuchte weiterzulesen, aber der Rhythmus ihrer Stimme wurde immer unregelmäßiger, ihr Schulton immer holpriger und abgehackter, unterbrochen und wieder aufgenommen, bis er fast unverständlich war. Keiner von uns vermochte noch dem Sinn der Worte zu folgen; wir wurden in den Wellen des Federbetts hin und her geworfen, wir gaben uns der schmachtenden beharrlichen hemmungslosen Reibung unserer Körper hin, die immer hitziger und zuckender zueinanderdrängten. Ich versuchte, die romantische und dekadente oder perverse Eleganz der Situation nicht zu zerstören, trotz des gelähmten, verbundenen Arms und trotz der Schwierigkeit, nur auf eine einzige, wenn auch sehr aktive und auf Empfindungen versessene Hand zählen zu können; ich strebte ein Gleichgewicht zwischen Beherrschung und Unbeherrschtheit an, zwischen sein und verfolgen und suchen und haben und genießen und keuchen und schauen und spüren.

Dann schlang Nina plötzlich ihre Beine fest um mich und schnappte nach Luft, bog mit der raschen, geschmeidigen Bewegung einer Schwimmerin den Rücken durch; und ich wurde zu ihr hingeschleudert wie von einem aufs äußerste angespannten inneren Trampolin.

Dann lagen wir aufgelöst und verwirrt in den Wellen des Federbetts, ich konnte meine Empfindungen nicht mehr voneinander unterscheiden. Ich streifte Nina mit einem Blick, ohne sie anzusehen und ohne zu denken; ich war nicht sicher dazusein und war nicht sicher, nicht dazusein.

Da klopfte es erneut an der Tür; ich rollte, so schnell ich konnte, in die Mitte des Betts, zog das Federbett über mich, während Nina so hastig wie in einem Videoclip mit Zeitraffer in ihre Kleider schlüpfte.

Sie war schon mitten im Zimmer, hatte die Hand schon am Schlüssel, doch ihr Blick hing noch an mir.

Ich lehnte den Kopf ins Kissen zurück; im nächsten Augenblick stand Marianne in der offenen Tür, fragte: »Wie geht es unserem Verwundeten?«

Nina machte zwei Schritte an der Wand entlang, sagte: »Ich hab ihm etwas vorgelesen.« Aber die Farbe ihrer Wangen war noch zu intensiv, sie konnte sie nicht verbergen, und ihr Blick noch zu glühend; sie versuchte auch gar nicht wirklich, sich zu rechtfertigen, in ihren Augen war eine Art kämpferisches Funkeln.

»Sie hat mir die Gedanken des Gurus vorgelesen«, erklärte ich, erhitzt und puterrot, mit immer noch rasend schnell schlagendem Herzen. Aber ich hatte es schon geschafft, mir die graue Frotteehose hochzuziehen, die Jeff-Giuseppe mir geliehen hatte; ich bemühte mich, wieder so bleich und schlapp und leidend wie vorher auszusehen.

Nina winkt mir zu und geht hinaus, mit einem Blick, in dem noch ein Nachhall von dem liegt, was wir gerade gemacht hatten. Euphorie und Sehnsucht, Beherrschtheit, Unbeherrschtheit; das Gefühl, alles tun zu können, was ich will, das Gefühl, nur das tun zu können, was zu tun ist.

Marianne steht immer noch an der Tür; sie fragt: »Brauchst du noch irgendwas?«

»Nein danke«, sage ich und schließe halb die Augen, um ihr Bild wegzuwischen.

Aber sie kann sich nicht zum Gehen entschließen, mir scheint sogar, daß es sie immer mehr in meine Richtung drängt, je weiter sich Ninas Schritte völlig lautlos auf dem Flur entfernen.

Ich hatte keine Lust mehr, im Bett zu liegen und den Invaliden zu spielen; ich stieß mit den Füßen das Federbett weg und stand mit wackligen Beinen auf. Ich mußte mich an die Wand stützen, mir drehte sich der Kopf, mein Kreislauf spielte verrückt.

Marianne fing mich auf, sie sagte: »Halt dich an mir fest, atme ganz ruhig.« Ich legte meine gesunde Hand auf ihre Hüfte: die Wölbung unter der leichten Wolle, die Spannung der Haut, Wärme. Wir sahen uns tief in die Augen, ich war verblüfft, wie die Farbe der ihren immer wieder wechselte. Ich küßte sie auf den Mund, ohne Verlangen und ohne Absichten, nur weil ich dachte, daß sie darauf wartete, nur weil ich mich von einem so starken und glühenden Gefühl von Heiligkeit durchdrungen fühlte, daß ich es nicht für mich behalten konnte.

Sie drückte ihre geschlossenen Lippen auf mich, drückte ihre Schläfe an meine Schläfe, drückte mir die Hand auf den Rücken, wir preßten uns aneinander. Ich dachte, daß ich alle Frauen der Welt so umarmen könnte, ohne Verlangen und ohne Absicht, getrieben allein von dem trüben Lichtstrom, den ich in mir fühlte. Ich hätte jeden Knoten öffnen und jede Spannung lösen, Schmerz und Streit und heftige Widerstände beseitigen, das Dunkel erhellen können. Und obwohl die Situation niemandem irgendwie mystisch erschienen wäre, hatte ich mich sonderbarerweise noch nie im Leben so mystisch gefühlt, ich war ein Kräftekatalysator, pure Wärme durchströmte mich, bis meine Hände ganz heiß wurden.

Und plötzlich merkte ich, daß meine vom Verband umwickelte und ruhiggestellte Linke genauso heiß war wie die Rechte. Ich war daran gewöhnt, daß sie gefühllos war, als ob ich vom Ellenbogen abwärts statt des Arms ein unbewegliches und sperriges Stück Holz hätte, das nur mein Gleichgewicht störte, jetzt aber spürte ich erneut Blut und Wärme und Kraft oder Licht oder was auch immer es war durch meine Nerven und Sehnen und Muskeln und Blutgefäße und feinen Äderchen strömen. Es gelang mir sogar, die Finger zu bewegen, jedenfalls kam es mir so vor: Ich konnte sie unter dem Verband krümmen und aneinanderdrücken und wieder lockerlassen.

Ich hätte am liebsten laut geschrien und ein großes Theater um die Sache gemacht, aber Marianne preßte sich immer noch an mich, auch wenn sie dabei auf den kranken Arm achtete, und innerhalb von Sekunden kam ich zu dem Schluß, daß es besser wäre, noch abzuwarten. Ich war erschütterter und ungläubiger, als wenn ich bis zur Decke hinaufgeschwebt wäre: Ich dachte an die vorsichtigen und realistischen Sätze von Doktor Samuelson im Krankenhaus, an seinen Schlechte-Nachrichten-Blick; ich dachte an das Verhalten des Gurus bei seinem Besuch, an die Art, wie er mir die Hand auf die Stirn gelegt hatte.

Ich machte mich von Marianne los, sagte: »Auah! Mein Ellenbogen tut weh.«

»Entschuldige«, sagte sie mit einem Blick wie ein tiefer Alpensee, unglaublich viel ruhiger als vorher. »Entschuldige vielmals.«

»Mach dir keine Gedanken«, sagte ich, schon wieder auf dem Bett.

Sie schob mir das Kopfkissen unter, sagte: »Entschuldige bitte, Uto. Ich weiß nicht, was mit mir los war.« Mit größter Behutsamkeit ging sie zur Tür, wandte sich noch einmal zu mir um und ging hinaus.

Kaum war sie draußen, zog ich den Arm aus der Schlaufe und wickelte den Verband ab. Der Schnitt sah schwarz und verkrustet aus, er juckte mehr, als daß er schmerzte; ich hatte wieder Gefühl im Unterarm und im Handgelenk und in der Hand und konnte sie bewegen. Ich versuchte erneut, die Finger zu krümmen und zu strecken: es funktionierte, wenn auch um einen Sekundenbruchteil verzögert. Ich trommelte mit den Fingerkuppen auf die gesunde Hand, strich damit über den Bezug des Federbetts, über den dichten Veloursteppich, fuhr mir durch die Haare und über die Nase: Meine Finger waren wieder lebendig und empfindsam, vielleicht sogar empfindsamer als zuvor. Ich strich damit über alle Gegenstände im Zimmer, mir schien, daß ich weit mehr Feinheiten wahrnahm als früher, auf einer viel feineren und deutlicheren und vielfältigeren Skala; es fiel mir nur schwer, den Arm zu heben, weil ich die Muskeln so lang nicht bewegt hatte.

Ich setzte mich wieder aufs Federbett, dem noch der Geruch von Nina anhaftete, und fragte mich, ob mir ein Wunder widerfahren war, oder als was man es sonst bezeichnen sollte. Ich überlegte, ob ich es publik machen sollte: wann und wo, auf welche Weise. Ich bedauerte, daß ich nicht beide Hände benutzt hatte, als Nina bei mir war, stellte mir vor, wie es gewesen wäre. Ich umwickelte Arm und Hand wieder sorgfältig mit der Binde und schob das Ganze in die Schlaufe zurück.

Vittorio am Ende

Vittorio zerrt eine große Holzkiste durch den Tiefschnee; ich beobachte ihn dabei von der Schiebetür zum Wohnzimmer aus, die rechte Hand in der Hosentasche, die linke in der Schlaufe um meinen Hals. Von den Wegen rings ums Haus, die er jeden Tag so sorgfältig freigeschaufelt hatte, ist nichts mehr zu sehen: Man versinkt überall bis zu den Knien.

Er tut so, als sähe er mich nicht, dann bleibt er doch stehen, sagt: »Wie geht es unserem jungen Märtyrer?«

»Danke, gut«, sage ich, hinter meinem verbundenen Arm verschanzt wie hinter dem wehrhaftesten, unangreifbarsten Schutzschild. »Und dir?«

»Bestens«, sagt er. »Ich breche meine Zelte ab.« Er zog die Holzkiste weiter; sie hinterließ eine breite Spur im Schnee.

Ich folge ihm mit etwas Abstand und vorsichtigen Schritten, denn ich fühle mich noch nicht ganz sicher auf den Beinen. »Was heißt das, du brichst deine Zelte ab?« frage ich, angezogen von dem Haß, der aus jeder seiner Bewegungen spricht, halb Schrecken, halb kitzelndes Erfolgsgefühl. Trotzgefühl, Antwort auf ein Sonarsignal, Rachegelüste, der Wunsch, auch ihn zu heilen – ich weiß selbst nicht genau, was.

»Ich gehe«, sagte Vittorio mit vor Anstrengung rauher

Stimme. »Ich war sowieso noch nie ein besonders spiritueller Mensch. Ich verschwinde.«

»Aber wieso denn?« fragte ich, plötzlich von echter Traurigkeit, purem Verständnis überwältigt.

»Ich räume das Feld«, sagt er wie ein großer Hund, der laut bellt, wie ein verwundeter Bär, der einen Scheinangriff versucht. »Ist doch besser so, oder?«

Ich überlegte, ob ich mich verabschieden und weggehen sollte, aber ich brachte es nicht über mich; ich verspürte einen inneren Zwang, ihm zu folgen, ein verzweifeltes Bedürfnis, ihn wieder lächeln zu sehen.

Er zerrte seine Kiste am Haus entlang, wo er bis vor einer Woche so fleißig Schnee geräumt hatte. Es schien mir sonderbar, daß sich jetzt niemand mehr darum kümmerte, daß so viele Stunden Aufmerksamkeit und Sorgfalt und Muskeleinsatz nicht die geringste Spur hinterlassen hatten. Der Gedanke beunruhigte mich; ich dachte, daß ein Mensch, der keinen inneren Halt hat, sehr viel äußeren Halt braucht, um sein Gleichgewicht zu bewahren; daß es etwas ganz anderes ist, eine Abneigung gegen das Wohlgeordnete zu haben, als sich zu freuen, wenn das Wohlgeordnete verlorengeht.

Wir waren bei seiner Werkstatt angelangt; ich ging mit ihm hinein, schaute zu, wie er die mit Stoff ausgekleidete Kiste aufklappte und eine seiner Gitarren vom Haken an der Wand nahm.

Er schickte sich an, sie in die Kiste zu packen, doch dann überlegte er es sich anders und schlug sie gegen die Kante seines Arbeitstisches: *boinggg*, wie ein überlauter Akkord im heißesten Rockkonzert, man hätte es aufnehmen sollen. Sie zerbrach nicht sofort, er hatte trotz allem ein leichtes und zugleich stabiles Instrument zustande gebracht; er mußte damit noch ein paarmal wütend gegen den Tisch schlagen, um die Gitarre zu zertrümmern, mit Gewalt am Griffbrett reißen, bevor es von dem zersprungenen Korpus abbrach und die Resonanzdecke aus Engelmannfichte, die Zargen und der Boden aus indischem Palisander unter der akkuraten Lackierung zu länglichen Fasern zersplittert waren.

»Was machst du da?« fragte ich, zu verdutzt, um ihn aufzuhalten.

Er fuhr herum und sah mich mit einem irren Lächeln an. »Da, siehst du!« Er riß die Saiten ab, brach an der Ecke des Tischs das Griffbrett durch und warf alles in die Kiste. »Viel haben sie sowieso nicht getaugt. Ich glaube kaum, daß außer in Peaceville irgend jemand darauf spielen würde.«

Er nahm die nächste Gitarre, die erst halb fertig war, und zertrümmerte auch diese: *boingg boingg*, wütende Schläge, splitterndes Holz, das in nicht wiederzuerkennenden kleinen Stücken auf den Boden fiel.

Ich versuchte ihn zu bremsen, sagte: »Nicht, bitte.«

Aber er war nicht aufzuhalten, er stieß mich weg, er hätte mich viel gröber weggestoßen, wenn nicht mein verbundener Arm gewesen wäre. »*Du* sei still! Du kannst wirklich still sein, verdammt!« schrie er mich an.

Ich stand neben ihm und sah ihm aus nächster Nähe zu, im Getöse des krachenden Holzes, und es tat mir leid, als wären es Stradivarigeigen.

»Gutes Kaminholz«, sagte Vittorio. »Schön trocken und abgelagert.«

Ich dachte an die Besessenheit, mit der er mir die Unterschiede zwischen den Holzarten und ihre besonderen

Klangeigenschaften erläutert hatte, an den Wert, den er seinen selbstgemachten Sachen beigemessen hatte. Ich hätte ihn gern aufgehalten, aber es war ganz klar, daß ich es nicht einmal mit beiden Armen geschafft hätte, also blieb ich ans Werkzeugregal gelehnt stehen, während er eine Gitarre nach der anderen aus ihren Halterungen nahm und sie mit einer sonderbaren Mischung aus blinder Wut und handwerklicher Präzision zerschmetterte. Er hieb und riß und schlug in Trümmer, warf die polierten, lackierten und verleimten Edelholzstücke in die Kiste, als sei diese Tat sein endgültiges Meisterwerk.

Als er fertig war, sagte er: »Siehst du, wie leicht es ist, etwas kaputtzumachen? Es kann noch so gut verleimt und mit Schwalbenschwanzverbindungen zusammengesetzt sein. Etwas kaputtzumachen geht so viel schneller und leichter, als etwas aufzubauen. Aber es ist auch wie eine Befreiung. Hinterher fühlt man sich viel leichter. Ein bißchen verloren vielleicht, aber viel viel leichter.«

Ohne mich anzusehen, ging er aus der Werkstatt, und mir schien, daß er ein unerträgliches Gefühl der Leere zurückließ.

Jedes Wunder braucht ein Publikum

Marianne kam herein und fragte: »Hast du Lust, mit zur Kundalini Hall zu kommen? Der Guru hält nach langer Zeit wieder einmal eine Ansprache.«

Sie sah mir in die Augen, sah auf meinen in der Schlinge hängenden Arm, schaute ins Wohnzimmer, wo schon Nina und Jeff-Giuseppe warteten. Auch Vittorio war benachrichtigt worden, er zog sich im Windfang den Anorak an, weit weg vom Rest seiner Familie.

»Warum nicht?« sagte ich und stapfte mit ihnen durch den tiefen Schnee über den nicht mehr freigeräumten Platz vorm Haus.

Während der Fahrt sagte keiner ein Wort. Ich dachte an all die Gesten und Informationen und Schilderungen und Erläuterungen, an das Lächeln, die das Auto sonst immer erfüllt hatten, wenn wir auf derselben Straße durch denselben verschneiten Wald gefahren waren. Vittorio sah starr nach vorn, als säße er schon im Flugzeug, neuntausend Meter über dem Ozean, Nina neben ihm war von ruhiger, aber beharrlicher Erwartung durchpulst, Marianne und Jeff-Giuseppe saßen stumm und bewegungslos mit mir im Fond. Ungesagte Worte, gedachte Worte, nicht ausgeführte Bewegungen, gedachte Bewegungen, die, wie damals die Hirsche, in zehn verschiedene Richtungen auseinanderstoben. Universelle Erwägungen, Verharmlosungen und Verallgemeinerungen; Vorwürfe, Anschuldigungen, Eifersucht, Trachten nach Vergeltung; Erinnerungen an Gemeinheiten und Erinnerungen an Zärtlichkeiten, an gemeinsame Gefühle und gemeinsame Empfindungen, an gemeinsame Pläne, die im grellen Licht, das alle Gedanken verblassen läßt, schon wieder verworfen und vergessen waren.

Ich fragte mich, wann das Gleichgewicht eigentlich ins Wanken gekommen war, welchen Anteil ich wirklich daran hatte.

»Wie geht's deinem Arm?« fragte Marianne mich leise, ohne mich anzusehen, ohne ihrer Stimme irgendeine Färbung zu geben.

Vittorio versteifte sich trotzdem: Ich sah, wie die Spannung erneut seine kräftige Gestalt durchlief, ihn das Steuer noch fester umklammern ließ.

»Wie immer«, sagte ich, so rasch und unbekümmert ich konnte. Unter dem Verband spannte ich, wie ich es schon seit Tagen tat, die Muskeln der linken Hand an, ohne daß man es von außen sah.

Dann waren wir da, gingen jeder für sich auf die Kundalini Hall zu, traten in den mystischen Bau, in die Wärme und den Geruch nach Gewürzen und Weihrauch und menschlichen Ausdünstungen.

Blicke auf mich, Lächeln von allen Seiten, Grußgebärden, Kopfnicken und Verbeugungen, wenn ich an den Leuten vorbeiging. Marianne ging dicht hinter mir, auch Nina war in meiner Nähe, sie saugten die Aufmerksamkeit und das auf mich gerichtete Wohlwollen auf und gaben es zurück. So voller Zweifel und Ratlosigkeit und Schuldgefühle, wie ich war, hatte das alles eine seltsame Wirkung auf mich: Es wärmte und verwirrte mich, machte meinen Gesichtsausdruck und meinen Gang matt und schlaff.

Wir setzten uns an einen der niedrigen Tische, die im großen Saal in langen Reihen aufgestellt waren, und knabberten Ingwerkekse, während ein kahlköpfiger Typ auf der Bühne Akkordeon spielte und in der üblichen monotonen Weise »Hare Om« sang.

Dann erschien eine der Guruassistentinnen; der Kahlköpfige hörte sofort auf zu spielen und verließ mit dem Akkordeon unterm Arm das Podium. Die Gurujüngerin sagte: »Heute abend sind wir alle sehr glücklich. Endlich wird der Swami wieder einmal zu uns sprechen, wenn auch nur kurz, denn wir wollen nicht, daß er sich überanstrengt, nachdem er sich gerade erholt hat. Aber er will sprechen, und das ist ein großes Geschenk für uns.« Sie legte die Hände aneinander und grüßte wie immer mit einer kleinen Verbeugung, die von den Leuten an den Tischen mit ähnlichen Gebärden erwidert wurde.

Dann stieg sie vom Podium und ging durch eine Seitentür hinaus. Der ganze große Saal blieb stumm und reglos; es herrschte eine so dichte Atmosphäre purer Erwartung, daß sogar das Atmen schwerzufallen schien.

Die Seitentür öffnete sich, und der Guru erschien in einer kobaltblauen Tunika, gefolgt von seinen beiden Assistentinnen. Eine Woge ging durch den Saal, eine Art tiefer kollektiver Atemzug, als würden alle gleichzeitig die Luft hinausstoßen und wieder einatmen. Der Guru lächelte, sehr adrett mit seinem weißen Bart und den sorgfältig gekämmten schlohweißen Haaren. Mit kleinen Schritten stieg er die Stufen zur Bühne hinauf, während die beiden Assistentinnen jede seiner Bewegungen verfolgten, um ihn sofort stützen zu können, falls er stolperte oder einen Schwächeanfall erlitt. Etwas mühsam erklomm er mit Hilfe der Assistentinnen seinen Sessel, zog die Beine zum Lotussitz hoch, setzte sich zurecht und schloß die Augen.

Erneuter tiefer Atemzug im Saal: Eine Woge von Aufmerksamkeit flutet durch den ganzen Raum von der Rückwand bis zur Bühne.

Der Guru schlägt die Augen wieder auf, lächelt, grüßt mit über dem Kopf aneinandergelegten Händen. Alle antworten mit dem gleichen Gruß, bis auf mich mit meinem verbundenen Arm, und Vittorio, der mit hoffnungslos distanziertem Blick dasitzt und nur leicht mit dem Kopf nickt.

Eine der Helferinnen schiebt das Mikrophon vor den Guru, stellt es auf die richtige Höhe ein. Der Guru räuspert sich, lächelt erneut. »Nun, da wären wir also wieder einmal versammelt. Unglaublich, nicht wahr? Hättet ihr das gedacht?«

Gelächter-kollektives Atmen, hin und her wogende Aufmerksamkeit-Zuneigung-Erwartung.

Der Guru sagt: »Es gäbe so viel zu sagen. Genausogut könnten wir aber auch einfach ganz still sein.«

Gelächter-kollektives Atmen.

Der Guru nickt und lächelt. »Was ist euch lieber?« Seine Worte schweben über dem Summen, das er irgendwo zwischen Nase und Gaumen und Kehle erzeugt, und breiten sich, von den Lautsprechern an den Wänden verstärkt, im Saal aus.

»Sprich!« rufen alle. Kollektive Stimme und Atmung, die

über die Köpfe aufsteigt, sich auf die Bühne ergießt und zurückkehrt.

»Na schön«, sagte der Guru in einem Ton, der von jeder Geste und jedem Wort genau gleich weit entfernt war. »Fangen wir also an. Wie viele von euch haben sich an ihre guten Vorsätze für das neue Jahr gehalten?«

Erneut Gelächter und kollektives Atmen, aber jetzt mit einer guten Dosis Betroffenheit. Ich drehe ganz leicht den Kopf nach rechts, um Marianne zu sehen, die vor Aufmerksamkeit vibriert, und nach links zu Nina, die mich ansieht und den Blick gleich wieder abwendet, zu Jeff-Giuseppe, der angespannt und unsicher wirkt, zu Vittorio, der sich seinen Gefühlen überläßt.

»Wie viele?« fragt der Guru noch einmal.

Ein junges Mädchen und ein kleiner Junge mitten im großen Saal heben die Hand; auch ein sehr dünner Mann meldet sich.

»*Alle* guten Vorsätze?« fragt der Guru.

Der kleine Junge bejaht. Gelächter-kollektives Atmen. Der Mann läßt die Hand sinken, das Mädchen denkt eine Weile nach, nickt dann mit dem Kopf.

»Gut«, sagt der Guru. »Ihr wart wirklich schnell!«

Gelächter-Atmen. Gelächter-Atmen.

Der Guru schaut mit seinen üblichen nickenden Kopfbewegungen um sich. »Und die anderen? Was ist mit euch? Habt ihr noch keine Zeit gehabt? Oder habt ihr es vergessen? Oder denkt ihr, daß ihr bis zum Jahresende ja noch so viele Tage und Monate habt?«

Er macht eine Pause zwischen jedem Satz, wartet, bis der Nachhall aus den Lautsprecherboxen verklungen ist, wartet, bis sich die Stille so verdichtet hat, daß sie die beste Grundlage für seine Worte bietet. Ich mache mir im Geist die ganze Zeit Notizen, frage mich, wie lange man braucht, bis man diese charismatische Ausstrahlung erlangt, diese natürliche Autorität, mit der man die Aufmerksamkeit fesseln und vibrieren lassen kann, ohne auch nur ein einziges Mal die Stimme zu heben. Ich frage mich, ob es eine angeborene oder eine erlernbare Fähigkeit ist; ob ich sie vielleicht auch habe, wie ich sie weiterentwickeln kann.

»Und wenn ihr zufällig vorher sterbt?« fährt der Guru fort. »Bevor das Jahr zu Ende ist und ihr eure guten Vorsätze verwirklicht habt? Was dann?«

Bei jeder Pause schnalzt er ganz leicht mit der Zunge, das Mikrophon verstärkt seinen ein wenig keuchenden und mühsamen Atem, aber im ganzen sieht er nicht aus, als mache ihm das Sprechen Mühe.

»Das ist genau der Punkt. Wir glauben immer, wir könnten über die Zeit verfügen. Wir sind überzeugt, daß wir soviel Zeit haben können, wie wir wollen, nicht wahr? Genauso wie den elektrischen Strom, den wir im Haus haben. Wenn es dunkel wird, knipsen wir das Licht an, ohne darüber nachzudenken. Wir können uns gar nicht vorstellen, daß das Licht nicht angeht. Wir drücken auf den Schalter, und es wird hell. Der elektrische Strom ist einfach da. Aber wenn wir einmal auf den Schalter drücken, und es geht nichts an? Wenn einmal kein Strom mehr da ist?«

Vittorio links neben mir hustet; Marianne fährt herum, mit einem Blick voll blanker physischer Abneigung. Er sieht sie nicht einmal an, er sieht mit halb gesenktem Kopf zum Guru, als folge er einer unendlich fernen Vorführung.

»Jedesmal, wenn wir auf den Lichtschalter drücken, sollten wir eigentlich denken: ›Ob das Licht wohl angeht?‹ Und wenn es angeht, sollten wir denken: ›Meine Güte, was für ein Wunder!‹«

Gelächter-kollektives Atmen, das die sofort wieder eintretende Stille noch dichter scheinen läßt.

Die Verstärkeranlage ist nicht ganz in Ordnung: Da ist ein Hintergrundgeräusch, das auf der gleichen Frequenz liegt wie das tiefe Summen, das der Guru hervorbringt, und es noch lauter klingen läßt.

»Jetzt sind schon viele Tage des neuen Jahres vergangen«, spricht der Guru weiter, »und die meisten von uns haben ihre guten Vorsätze noch immer nicht verwirklicht. Bis auf drei, die sehr schnell waren. Oder waren es nur zwei?«

Der magere Mann, der die Hand gehoben und wieder gesenkt hatte, nickte. Gelächter-kollektives Atmen. Vittorio verändert seine Sitzposition, es sieht beinahe so aus, als wolle er gehen, er setzt sich noch unbequemer hin. Nina duftet zart und fruchtig, wenn ich auch nur aus dem Augenwinkel zu ihr hinsehe, schlägt mein Herz schneller. Marianne ist ganz auf den Guru konzentriert.

»Aber alle anderen? Sie sagen: ›Das hat noch Zeit. Sehen wir mal. Warten wir ab. Morgen.‹ Aber die Welt hat keine Zeit, es ist schon fast zu spät.« Er schweigt: zwei Sekunden, zehn Sekunden, eine halbe Minute. Er wackelt nur ein bißchen mit dem Kopf und bewegt die Kinnlade, schaut sich um, sagt nichts.

Die Spannung im Saal steigt; je länger der Guru schweigt, um so mehr steigt sie, wie der von den fernen und langsamen, aber unaufhaltbaren Bewegungen des Mondes beeinflußte Wasserstand des Meeres.

Dann spricht er weiter: »Denn unsere Zivilisation hat sich verirrt. Unsere sogenannte westliche Zivilisation, nicht wahr? Manche von euch denken jetzt vielleicht, es ist ja sowieso keine große Zivilisation. Es ist eure Zivilisation, also glaubt ihr sie ganz genau zu kennen, nicht wahr? Ihr glaubt alle ihre Mängel zu kennen. Ihr seht sogar nur noch ihre Mängel. Ihr betrachtet sie und seht nur ihre Mängel. Und sie hat viele, da gibt es keinen Zweifel. Aber wie ist sie hinter diesen Mängeln? Wie wäre sie ohne diese Mängel? Versucht sie euch doch mal ohne Mängel vorzustellen. Könnt ihr das?«

Er dreht langsam den Kopf und läßt den Blick über die Leute im Saal wandern; die Leute beobachten ihn, atmen, keiner antwortet.

»Leicht ist es sicher nicht, das ist wahr«, sagt der Guru. »Einige ihrer Mängel sind vielleicht naturbedingt, man kann sie sich gar nicht wegdenken. Aber es hat in der Menschheitsgeschichte so viele verschiedene Zivilisationen gegeben. Und jede hatte ihre Fehler. Genau wie die Menschen, nicht wahr? Und so hat auch die sogenannte westliche Zivilisation ihre Fehler. So weit, so gut. Aber sie ist trotz allem eine Zivilisation, oder nicht? Nur hat sie sich in letzter Zeit verirrt. Sie hat sich verlaufen und ist umhergeirrt, und am Ende hat sie sich aufgegeben und niederwerfen lassen. Sie hat sich von den Gesetzen des Kaufens und Verkaufens überwältigen lassen, nicht wahr? Sie hat zugelassen, daß die Regeln von den Geschäftemachern aufgestellt werden. Bevor es aber so weit kam, hat sie ihre Aufgabe als Zivilisation nicht schlecht erfüllt. Sie hat versucht, alles in Ordnung zu halten, die einzelnen Lebensbereiche voneinander abzugrenzen und zu schützen. Und so ist sie ihren Weg durch die Zeiten gegangen. Hin zum Guten. Sie ist sehr langsam vorangeschritten, ab und zu ist sie stehengeblieben oder hat den falschen Weg eingeschlagen, aber ihr Ziel war immer das Gute. Weg von Krieg und Hunger und Gewalt. Weg vom Dunkel, weg vom Aberglauben, nicht wahr?«

Marianne sah sich nach mir um, dann sofort wieder zur Bühne, angespannt und aufmerksam wie ein Schulmädchen. Nina beobachtete mich, als ich zu Marianne schaute. Jeff-Giuseppe schaute zu Vittorio, der zu Nina schaute.

»Aber seit einiger Zeit beklagen wir uns über sie. Wir sehen nur noch ihre Mängel. Alle sagen: ›Diese Zivilisation ist die schlechteste, die es je gab.‹ Und die Zivilisation hat vergessen, wohin ihr Weg gehen sollte. Sie hat vergessen, daß er zum Guten führen sollte. Aber erst, seitdem die Leute nicht mehr an sie glauben, nicht wahr? Seitdem die Leute sich nicht mehr um sie kümmern. Es ist das gleiche, wie wenn jemand sich ein Haus baut. Er braucht lange dazu, er steckt alles hinein, was er im Lauf seines Lebens gelernt hat und was vor ihm seine Eltern und vor diesen seine Großeltern gelernt haben. Jetzt hat er dieses Haus, das gut gebaut und schön hell und warm ist. Vielleicht ist es nicht das beste Haus, das er sich auf der Welt vorstellen kann, aber es ist seins. Er hat es selbst gebaut und lebt darin auf jeden Fall besser, als wenn er draußen im Wald oder in einer Höhle übernachten müßte. Aber anstatt sich zu sagen, es ist mein Haus und es läßt sich noch verbessern, statt sich zu überlegen, was er dafür tun kann, sagt er auf einmal: ›Es ist das schlechteste Haus der Welt, es widert mich an. Es hat keinen Zweck, sich weiter darum zu kümmern. Es interessiert mich nicht mehr.‹«

Ich spähe zu Vittorio, aber in seinem Blick sehe ich nur Kälte und Ärger: auf mich und Marianne und seine Familie und den Guru und den großen mystischen Saal und alle Leute um ihn herum.

»Und so beginnt dieser Mensch sein Haus zu verachten und zu vernachlässigen. Er hält es nicht mehr instand. Und nach einiger Zeit ist das Haus wirklich nicht mehr schön. Durch das Dach tropft Wasser. Die Fensterscheiben gehen kaputt, die Heizung funktioniert nicht mehr. Die Türen klemmen. Jetzt ist es wirklich kein schönes Haus mehr, nicht wahr? Am Ende ist es ganz und gar verkommen und stürzt ein. Und der Mensch, der es sich gebaut hat, muß im Freien schlafen, im Wald oder in einer Höhle. Denn er hat auf einmal kein Haus mehr. Eine Art umgekehrtes Wunder. Alles, was er sich aufgebaut hat, ist plötzlich weg. Und es ist ja auch kein anderes, besseres Haus da. Er hat sich ja kein neues, schöneres gebaut, während er das alte verfallen ließ. Ihm bleiben nur die Trümmer des alten Hauses oder der Wald voller Wölfe und Tiger, die Kälte und der Regen.«

Ich fragte mich, ob er mit dieser Geschichte recht hatte, ich war mir nicht sicher. Ich hatte nie ein gutes Verhältnis zu Häusern gehabt, ich hatte mich darin immer unwohl gefühlt, unwohler als in einer Höhle oder im Wald.

»Einige werden sagen: ›Aber diese Zivilisation war unnatürlich.‹ Das stimmt. Alle Zivilisationen sind in gewissem Maß unnatürlich. Auch die sanfteste. In jeder Zivilisation wird die Natur ein bißchen eingedämmt und eingezäunt, wenn auch vielleicht nur ganz wenig. Die Flüsse werden eingedämmt und die Vegetation um die Häuser herum gerodet und Pfade geschlagen. Und die Natur ist ja auch nicht immer und in jeder Form so wunderbar, nicht wahr? Auch Viren gehören zur Natur, zum Beispiel. Auch der Hunger. Auch die natürliche Auslese. Die Ausmerzung des Schwächeren. Auch die Raublust ist natürlich. Auch der Instinkt des Mannes, der sich eine Frau nimmt und sie verschleppt. Auch der Mordinstinkt ist natürlich, oder?«

Ich schaute zu Vittorio, es war einfach stärker als ich; er sah mich scharf an, die Augen von den schlimmsten natürlichen Instinken erfüllt, aber wie aus weiter Ferne.

»So versuchen die Zivilisationen immer, diese Dinge ein bißchen unter Kontrolle zu halten. Jede auf ihre Art und Weise, aber sie versuchen es. Das ist ihre Aufgabe. Sie sind alle ein bißchen unnatürlich. Der eine oder andere jedoch wird sagen, daß unsere sogenannte westliche Zivilisation zutiefst unnatürlich ist. Das ist wahr. Aber gerade deshalb könnte sie die Natur aufwerten. Gerade weil sie nicht von der Natur unterjocht ist. Sie wird nicht die ganze Zeit von der Natur bedroht und bedrängt. Sie muß nicht ständig gegen Hunger und Kälte kämpfen. Ich erinnere mich noch gut an das kleine Dorf in Indien, wo ich geboren bin und als Kind gelebt habe. Ich erinnere mich gut an die Barbarei, die dort herrschte, die Angst. Aber auf Fotos sah es sehr malerisch aus. Die sogenannte westliche Zivilisation hat andere Mängel. Aber sie hätte auch die Möglichkeit zum Nachdenken. Die Möglichkeit, über die in Jahrhunderten gewachsenen Gleichgewichte nachzudenken.«

Vittorio hustete erneut. Es mußte eine Art nervöser Tick

sein, er schien kurz davor, sich zu erbrechen. Marianne sah aus dem äußersten Augenwinkel zu ihm hinüber, aber selbst so war zu erkennen, daß sie ihn am liebsten verschwinden sähe. Sie hätte sich gern umgedreht und seinen Platz leer gesehen.

Der Guru sagte: »In der letzten Zeit haben wir die Richtung verloren. Und wir haben auch den Kompaß verloren. Wir haben aufgegeben und alles den Geschäftemachern überlassen. Jetzt bestimmen sie. Ganz gleich, ob sie Heroin verkaufen oder Getränke oder Pornographie oder Gewalt oder Dummheit oder Gleichgültigkeit. Sie verkaufen und wir kaufen. Niemand wollte sich mehr um unsere Zivilisation kümmern, und jetzt haben die Geschäftemacher sie in der Hand. Sie gehört jetzt ihnen. Sie verkaufen sie in den Läden und Supermärkten. Im Fernsehen und im Kino. Und sie werden so weitermachen. Bald verkaufen sie uns auch noch die Luft. Das klingt übertrieben, nicht wahr? Aber verkaufen sie uns nicht schon Wasser? Und verkaufen sie uns nicht schon Liebe und Sex? Verkaufen sie uns nicht schon Familien und Hunde und Katzen? Verkaufen sie uns nicht schon Phantasie? Und Ferien? Und die Wiesen? Und den Schlaf?«

Seine Stimme wurde immer schwächer, je länger er sprach, so als würden die Wörter seine Stimmbänder Faser um Faser mit sich forttragen. Kein Wunder, daß er in letzter Zeit keine Reden mehr gehalten hatte, es ging über seine Kräfte, es kostete ihn äußerste Anstrengung. Seine Oberassistentin brachte ihm ein Glas Wasser; er nahm einen winzigen Schluck und wischte sich mit einem Taschentuch die Lippen ab.

»Aber die Geschäftemacher kümmern sich nur ums Verkaufen. Andere Ziele, andere Beweggründe haben sie nicht. Und so kümmert sich niemand darum, etwas aufzubauen, was sich nicht zum Verkauf eignet. Niemand entwirft mehr andere Pläne. Die sogenannte westliche Gesellschaft geht ihrem Ruin entgegen, und die einzigen, die etwas tun, denken nur ans Geschäft. Die einzigen, die aktiv sind. Alles bricht zusammen, aber ihnen macht das gar nichts aus. Im Gegenteil. Überall, wo etwas zusammenbricht, gibt es neue Verkaufsmöglichkeiten. Eine neue Marktlücke, nicht wahr? Jeder Zusammenbruch ein neuer Markt, nicht wahr? Und so wird es weitergehen. Da könnt ihr sicher sein.«

Obwohl seine Stimme erschöpft und zerfasert war, sprach er immer noch sanft; jemand, der kein Englisch verstand, hätte auch denken können, daß er über etwas Angenehmes und Heiteres sprach oder irgendeine alte Fabel erzählte. Aber gerade dieser seltsame Kontrast zwischen dem sanften Ton und dem beängstigenden Inhalt schien die Aufmerksamkeit der Leute im Saal so zu fesseln.

»Jedenfalls, wenn wir uns nicht schnell wieder um diese Zivilisation kümmern. Wenn wir nicht wieder an sie glauben. Oder vielleicht sogar eine neue aufbauen, die uns besser gefällt, statt zwischen den Trümmern der alten weiterzuleben. Anstatt immer nur zu kaufen und zu kaufen, ohne uns darum zu kümmern, daß uns bereits die Trümmer auf den Kopf fallen. Anstatt uns beinahe darüber zu freuen, daß unser Haus einstürzt. Anstatt noch Gefallen daran zu finden.«

Erneut hielt er inne; die Oberassistentin reichte ihm wieder das Wasserglas, er benetzte sich die Lippen, wischte sie mit dem Taschentuch ab.

»Die Leute haben immer große Ideen gesucht, an die sie sich halten konnten. Sie haben immer irgendeine wunderbare Gesamtvision besessen, nicht wahr? Es gab diese Reiche des Geistes, weite Gärten voller Herrlichkeiten. Diese Seelenreiche. Man führte vielleicht ein armseliges Leben, aber man glaubte, eine wichtige Aufgabe in der Welt zu haben. Dann wurden die Ideen immer kleiner. Sie schrumpften wie zu heiß gewaschene Wollpullover. Jetzt sind sie gerade noch groß genug, um uns von einem Tag auf den anderen zu wärmen. Sie sind gerade noch so groß, daß wir die Kälte und Feuchtigkeit, die durch das kaputte Dach eindringen, nicht allzusehr spüren.«

Gelächter-Atmen, aber es herrscht eine dramatische Spannung in dieser großen mystischen Halle, die gespannte Aufmerksamkeit hat etwas schrecklich Mühsames.

»Die Leute haben immer nach Unterscheidungen gesucht. Trennlinien zwischen Gut und Böse, zwischen Recht und Unrecht, zwischen schön und häßlich. Immer hat es diese Trennlinien gegeben, nicht wahr? Wie Kalkfarbe auf Stein. Aber in unserer sogenannten westlichen Kultur sind diese Trennlinien verwischt worden, keiner sieht sie mehr. Manche waren ja vielleicht falsch. Einige vielleicht sogar schrecklich falsch. Aber jetzt ist gar nichts mehr davon zu sehen. Jeder geht von einer Seite auf die andere, es gibt keine Grenzlinie mehr. Am Anfang war das ja ganz lustig. Alle freuten sich, daß sie von einer Seite auf die andere gehen konnten. Niemand sagte mehr, du hast die Grenze überschritten, mach, daß du wieder auf die andere Seite kommst. Niemand sagte mehr irgend etwas. Es war alles erlaubt.«

Vittorio kratzt sich am Kopf, wie ein Affe sich im Käfig laust, vielleicht, um Marianne zu ärgern, oder weil er nicht mehr stillsitzen kann. Auch mir wäre es lieber, wenn er verschwinden würde, und zugleich möchte ich, daß er bleibt; er ist der einzige Störfaktor in dieser Einheitsfront geballter Aufmerksamkeit.

Der Guru läßt sich abermals das Wasserglas reichen, trinkt einen kleinen Schluck, wischt sich den Mund ab. »Jetzt sagen die Leute nur noch: ›Lassen wir die Dinge eben laufen.‹ Sie sagen: ›Es gibt nichts mehr, woran man glauben kann. Es gibt keine Alternative. Es gibt keine Werte mehr. Die Welt ist nur noch ein großer Müllhaufen, da können wir unseren Müll auch noch draufwerfen. Die Welt ist nur noch eine große Goldgrube, nehmen wir uns doch, was wir brauchen. Machen wir auch unseren Profit.‹ Und je mehr Leute das sagen, um so mehr wird die Erde zur Müllkippe. Um so mehr wird sie zur Goldgrube. Um so weniger Platz bleibt für diejenigen, die noch an etwas glauben wollen. Die eine Trennlinie zwischen Gut und Böse brauchen. Zwischen schön und häßlich. Zwischen richtig und falsch. Zwischen höflich und grob. Zwischen sauber und schmutzig. Zwischen fair und unfair. Zwischen Anteilnahme und Gleichgültigkeit. Zwischen dem Weisen und dem Unwissenden, nicht wahr?«

Jetzt schwingt sich seine schwache, zerfaserte Stimme plötzlich auf wie ein Vogel, der im Segelflug durch die Stille des großen Saals schwebt, in dem reglos Hunderte von Menschen sitzen und zu ihm hinaufschauen. Seine schwache, nuschelnde Stimme schwebt auf den Köpfen, getragen vom Strom seiner Worte.

»Aber es gibt noch ein paar Menschen, die auf der Suche nach Höherem sind. Die sich vielleicht enttäuscht und verloren fühlen. Sie sehen sich um und suchen, aber sie tun es mit der Mentalität des Käufers. Sie sagen: ›Sehen wir mal, was der Markt anbietet.‹ Sie lesen Zeitschriften und sehen fern und sagen: ›Ah, vielleicht wäre das die richtige Religion für mich.‹ Sie schauen sich Filme dazu an und lesen Bücher darüber und sagen: ›Vielleicht ist es besser als das, was ich vorher hatte.‹ So wie wenn man sich ein neues Auto kauft. Ein neues Modell mit einem größeren Motor, eins, das schneller fährt, nicht wahr? Oder sie sagen: ›Dieser Politiker ist besser als jener. Vielleicht hat er ein besseres Programm, und wenn er gewählt wird, geht es mir und meiner Familie besser.‹ Aber genau da liegt das Problem. Wir können die Welt nicht verbessern, weil wir sie weiter denen überlassen, die verkaufen, und selbst nichts anderes tun, als zu kaufen.«

Wieder hielt er inne, trank einen Schluck Wasser, wischte sich die Lippen ab, dankte der Assistentin mit einer Geste.

»Deshalb habe ich vorhin auch von den guten Vorsätzen gesprochen. Weil sich alles so schnell zum Schlimmen wendet. Seht euch doch um, es ist leicht zu erkennen. Uns bleibt nicht mehr viel Zeit. Wir können nicht sagen: ›Wir haben noch ein Jahr, um alles wieder in Ordnung zu bringen.‹ Das Fehlen von Werten? Von Bezugspunkten? Sinnleere? Übervölkerung der Erde? Millionen Menschen, die geboren werden, und es gibt keinen Platz mehr? Das Ozonloch? Die Erwärmung der Erdatmosphäre? Bürgerkriege und Gewalt? Die Geschäftemacher an der Macht, die immer nur verkaufen und verkaufen? Alles wendet sich zu rasch zum Schlechten, als daß man sagen könnte: ›Darum kümmern wir uns später.‹ Es ist wie eine Lawine, die immer schneller wird und alles mit sich reißt. Je weiter sie rollt, um so schneller wird sie und um so schwerer ist sie aufzuhalten. Habt ihr schon einmal versucht, eine Lawine aufzuhalten?«

Kollektives Atemanhalten, alle Köpfe in dem großen mystischen Saal machen nein nein nein. Ich frage mich, ob man unbedingt alt sein muß, um einen solchen Einfluß auf die Leute zu haben, oder ob man es auch schon früher soweit bringen kann.

»Ich auch nicht«, sagt der Guru.

Gelächter-kollektives Atmen, Gelächter-Atmen.

»Ich glaube, das ist sehr, sehr schwer. Deshalb muß man darauf achten, daß die Lawine nicht zu groß wird. Man muß Schutzzäune am Bergrand bauen, Bäume pflanzen, Barrieren errichten, um die Lawine aufzuhalten. Es bleibt nicht mehr viel Zeit. Wir müssen schnell handeln. Grenzlinien zwischen Gut und Böse ziehen. Möglichst starke Barrieren errichten, die dem Aufprall standhalten.«

Die Assistentin hält ihm das Glas hin; er schüttelt mit schwachem Lächeln den Kopf. Er schweigt, wackelt mit dem Kopf, dreht ihn hin und her, um all die reglos dasitzenden Menschen zu betrachten. Er wirkt jetzt sehr erschöpft, aber vielleicht gehört auch das zu seiner Methode, die Aufmerksamkeit zu fesseln, ich bin mir da nicht sicher. Jedenfalls wartet er, bis sich in dieser erwartungsvollen, kollektiven Spannung die Stille noch weiter ausdehnt und verdichtet.

Dann sagt er: »Aber zum Glück ist jemand da, der das tut. Der nicht bis zum Jahresende wartet. Der jetzt Gutes tut. Für alle sichtbar. Auch wenn es ihn teuer zu stehen kommt. Auch wenn es nicht gratis ist, das Gute.«

Die Leute sind ganz still, sie atmen alle im gleichen Rhythmus und blicken auf ihn; die Erwartung steigt wie der Meeresspiegel bei Flut. Vittorio verändert erneut seine Sitzposition; Marianne atmet nervös mit geblähten Nasenflügeln.

Der Guru winkt seine Assistentin herbei, flüstert ihr etwas ins Ohr, die Lautsprecher verstärken nur unverständliches Gemurmel. Die Assistentin richtet sich wieder auf und blickt suchend über die Gesichter Gesichter Gesichter im großen Saal, deutet schließlich mit dem Finger auf mich, sie zeigt mich dem Guru.

Der Guru sagt: »Jawohl. Da ist ein Junge, der erst seit kurzem bei uns ist. Er hat eine außergewöhnliche, wunderbare Begabung für die Musik. Er brauchte seine Hände, um dieser Begabung Ausdruck zu verleihen. Um Klavier zu spielen. Trotzdem hat er ohne Zögern eine seiner Hände geopfert, um jemandem zu helfen, der Hilfe brauchte. Um das Territorium des Guten abzustecken, nicht wahr?«

Und jetzt geht die Woge von seinem Blick aus und gewinnt durch all die Blicke im Saal, die sich auf mich richten, hundertfache Kraft, sie prallt mir entgegen und wirft mich fast um, obwohl ich glaube, ziemlich fest und sicher dazusitzen. Der Guru macht mit beiden Händen ein leichtes Zeichen zu mir hin, und alle Leute rings um mich lächeln lächeln lächeln und schauen schauen schauen. Marianne schaut mich mit Tränen in den Augen an, Nina mit einem tiefen und warmen Schauer wie in einem erotischen Traum, Jeff-Giuseppe bewundernd und begierig, mir nachzueifern;

nur Vittorio starrt mit gesenktem Kopf kalt und wütend zu mir herüber, murmelt irgend etwas zwischen zusammengepreßten Lippen, so daß ich es nicht hören kann.

Die zweite Guruassistentin hat sich zwischen den langen niedrigen Tischen und den vielen zu mir gewandten Köpfen durchgeschlängelt und macht mir ein Zeichen mitzukommen. Auch Marianne macht mir Zeichen, sagt: »Geh nur, geh«, während ihr die Tränen über die Wangen rinnen. Also gehe ich hinter der Assistentin her zur Bühne, im Slalom durch die Leute, die mich anschauen und mir zulächeln, in einer Woge reinster Zustimmung und Anteilnahme. Ich schlängle mich mit dem verbundenen und in der Schlinge hängenden Arm durch die Menge und habe weder den passenden Blick noch den passenden Gang, denn es ist eine ungewöhnliche Situation, und ich weiß nicht recht, wie ich ihr begegnen soll.

Ich stieg auf die Bühne und ging zum Sessel des Gurus. Er strich mir vorsichtig über den Verband, ich roch wieder seinen Duft nach exotischen Kräutern und Staub. Er sagte: »Gut so, Uto, braver Junge«, nickte lächelnd.

Ins Mikrophon sagte er: »Hier steht jemand, der Gutes getan hat. Auf ganz einfache Weise. Auf ganz klare Weise. Er wird seine Hand nie wieder bewegen können, und er war ein großartiger Pianist. Eine große Begabung. Aber er hätte auch ein Bein verlieren können. Vielleicht sogar das Leben. Wenn einer sich für das Gute entscheidet, weiß er nie genau, was es ihn kostet. Es kann ihn alles kosten. Oder was wir für alles halten und was in Wirklichkeit nichts ist. Denn am Ende ist das Gute das Wichtigste. Es gibt keine größere Kraft als das Gute.«

Und ich hatte es mir wirklich nicht vorher überlegt, obwohl es möglich und sogar wahrscheinlich ist, daß ich schon vage daran gedacht hatte, aber jetzt kam es mir vor, als ginge alles wie von selbst, ich mußte nur mitmachen bei dem, was ohnehin geschah.

Der Guru hört auf zu sprechen, in der hochkonzentrierten Stille, der Aufmerksamkeit von Hunderten, auf einen einzigen Punkt gerichteten Blicken ist nichts zu hören als das Summen der Verstärkeranlage, und auch das trägt nur dazu bei, die Spannung noch zu steigern, ich schlüpfe aus der Schlinge um meinen Hals, die meinen linken Arm hält, lasse sie fallen. Auch mein linker Arm fällt hinunter, aber mit etwas Mühe kann ich ihn wieder heben, ich hebe ihn seitlich hoch. Ich versuche, mich so geschmeidig wie möglich zu bewegen, nicht ruckweise oder angestrengt, aber ich will auch nicht, daß es wie eine Gymnastikübung aussieht oder wie ein Striptease oder Tanz. Der Arm ist im übrigen ganz steif und tut weh, ich muß mich gar nicht groß verstellen; ich brauche nur ein bißchen auf Ausgewogenheit zu achten.

Die Leute verfolgen gebannt jede meiner Bewegungen, erschreckend synchron, wie eine einzige Person. Ich schaue niemand Bestimmten an: Ich nehme nur die unzähligen Augen wahr, die mich aus dem ganzen Saal mit unglaublicher Eindringlichkeit fixieren und die Luft zwischen uns so verdichten, daß ich zu schweben glaube. Ich bin nicht verlegen; mein Herz klopft kaum rascher als sonst, ich atme kaum mühsamer. Ich habe auch nicht das Gefühl, jemanden zu täuschen oder eine Schau abzuziehen: Ich glaube, das zu tun, was zu tun ist, ohne mir Gedanken über die Gründe oder die Art und Weise oder den Zweck zu machen. *Ich bin*, an diesem und keinem anderen Ort der Welt, in diesem und keinem anderen Augenblick; ich denke nicht.

Ich ziehe die Sicherheitsnadel heraus, mit der die Binde befestigt ist, und wickle sie ganz langsam ab, lege nach und nach den Unterarm vom Ellenbogen bis zum Handgelenk bis zu den Fingerspitzen bloß. Ich lasse die Binde fallen; bewege kreisend die Hand, betrachte sie, als sähe ich sie zum ersten Mal. Aus dem großen Saal voller Augen kommt ein simultaner Blick-Atemzug zu mir herauf, als hätte noch keiner im Leben eine linke Hand gesehen, und je länger ich sie bewege, desto mehr wachsen Staunen und Verwunderung, desto suggestiver werden meine Bewegungen. Es ist jetzt wie eine Art balinesischer Tanz, abstrakt und konkret, zu einem Spiel von Muskeln und Gelenken stilisiert. Ich sehe dabei niemanden an, ich sehe nichts Besonderes. Ich spüre den Blick des Gurus auf seinem Sessel rechts von mir, er mischt sich unter all die anderen Blicke, so daß in einer Art Panoramaeffekt der Halbkreis meines Wahrnehmungsfelds von Blicken ausgefüllt ist.

Ich biege die Finger: krümme sie langsam, bis sie die Handfläche berühren, richte sie wieder auf.

Die Leute scheinen den Atem anzuhalten; die Atmosphäre in dem großen mystischen Bau gleicht jetzt der in einer Raumstation, die Schwerkraft und alle anderen Kräfte sind gleichsam aufgehoben.

Ich lasse die Finger flattern wie bei einer Lockerungs- und Aufwärmübung vor einem Konzert: Sie bewegen sich leicht, wenn auch etwas langsamer als sonst; sie sind gelenkig und nur an den Spitzen ein wenig taub.

Ich halte inne, stehe reglos in der luftleeren Stille des kollektiven Blicks; die Spannung ist so groß, daß ich selbst kaum noch atmen kann, meine Augen füllen sich mit Tränen. Ich hebe die offene linke Hand, mache meinen Aikidogruß, Faust gegen Handfläche.

Diese Geste hallte in den Blicken und Blicken und Blicken der wie erstarrt im Saal sitzenden Menschenmenge wider wie ein Klang, und schlagartig löste sich die Spannung, alle begannen so kräftig sie konnten zu klatschen. Sie klatschten mit einer Begeisterung und einem Schwung und einer Anteilnahme, wie ich sie mir nicht einmal in meinen Träumen und meinen kühnsten Bildern je vorgestellt hatte: als reiße eine Wolkenwand jäh zu einem heftigen Regenguß auf, zu einem tosenden, prasselnden, trommelnden Hagelschauer. Alle standen auf und schauten auf mich und den Guru und klatschten in die Hände und bewegten die Lippen, ohne daß ich die Worte verstehen konnte, alle weinten.

Jetzt konnte ich Nina erkennen, die wie nach einem Konzert applaudierte, Marianne mit vor Rührung verlangsamten Bewegungen, Jeff-Giuseppe mit einer Energie wie in einem amerikanischen Footballmatch, Vittorio, der mit der skeptischsten Miene unter all den anderen Applaudierenden stand. Ich sah die bleiche Hawabani, die in die Hände klatschte, als hätte sie ein besonderes Verdienst, und Saraswati, die in ihrem Rollstuhl dicht vor der Bühne klatschte. Ich sah den Guru rechts von mir lächeln und mit dem Kopf nicken, ich sah seine Assistentinnen weinen und zittern, eine hielt den Verband in der Hand, den ich hatte fallen lassen.

Dann sah ich, wie alle Blicke nach unten glitten, und sah

Saraswati, die sich von ihrem Rollstuhl erhob: Sie stützte sich mit den Händen auf die Armlehnen und stemmte sich hoch, machte ein paar Schritte auf mich zu und lehnte sich an den Bühnenrand, wo sie schnaufend und mit völlig ungläubiger Miene stehenblieb.

Zwei oder drei oder zehn Leute liefen herbei, um sie zu stützen, sie starrte keuchend auf ihre Füße, drehte sich um und zeigte mit dem Finger auf mich. Ich glaubte so etwas zu hören wie: »Das war er«, aber ich konnte es nicht richtig verstehen, denn der Applaus war jetzt entsetzlich laut, es klang nicht mehr wie ein Applaus, sondern wie ein mächtiges Feuer oder ein in einem Zimmer eingeschlossener Wirbelsturm, wie das Meer, das sich in dicht aufeinanderfolgenden furiosen Wellen an der Mauer einer zu niedrigen Mole bricht.

Alter Guru – neuer Guru

Ich laufe mit raschen Schritten die verlassene Straße entlang, und es ist trotz der Kälte und der Anstrengung keineswegs unangenehm. Unter meinen Füßen knirscht der Schnee, ich blicke über die kältestarre Landschaft ringsum: auf die Äste der Bäume, die welligen Hügel, die im Weiß versunkenen Holzhäuser. Das grelle Licht wird von der ganzen Landschaft reflektiert und setzt meinen Bewegungen einen eigenartigen Widerstand entgegen. Ich atme durch die Nase ein und spüre die eisige Luft in den Nasenlöchern, in der Lunge, in der Seele, sie macht mich schwindlig wie eine leichte Droge. Ich kann sogar rennen, es kostet mich genau die gleiche Mühe, ich kann dabei mit beiden Armen Schwung holen. Der linke tut noch etwas weh und ist teilweise gefühllos; ich spüre das Spiel der Gelenke, das Gewicht der Knochen, die Kontraktion der Muskelfasern, die noch nicht ganz so gut ist, wie sie sein soll. Ich renne trotzdem, die Straße führt bergab, und ich rutsche ein paarmal aus und wäre beinahe gestürzt, aber ich renne trotzdem weiter. Ich bin wie elektrisiert, so als befände ich mich in einem Traum, in dem ich mich bewegen kann, wie ich will. Ich mache einen Sprung, drehe mich um mich selbst; renne weiter und schlittere zwischendurch immer wieder ein Stück. Ich denke an Ninas Po, an ihren langen Blick, als ich aus dem Haus ging, an ihre Lippen, an die Blicke der Leute in der Kundalini Hall, an die erregte Stimmung dort. Ich habe das Gefühl, daß ich nach neunzehn Jahren nutzloser Aufwärmübungen in meiner Garderobe jetzt endlich meinen Auftritt gehabt habe; ich kann es noch kaum glauben und fürchte, daß alles ohne Vorwarnung plötzlich wieder zu Ende ist.

Ich war beim Haus des Gurus angekommen, das mit seinen nur dem Schmuck dienenden roten Ziegelsteinen auf das Talpanorama blickt, und klingelte an der Tür. Die erste Assistentin machte mir auf, mager und bebrillt, in einem ihrer pfirsichfarbenen Gewänder. Sie machte die übliche kleine Verbeugung und führte mich auf Zehenspitzen in einen Salon mit großen Fenstern, die auf eine Wiese gingen. »Warte bitte einen Augenblick«, flüsterte sie und verschwand wieder so leise, wie sie gesprochen hatte. Alle ihre Bewegungen, jeder Gesichtsausdruck war verhalten und gedämpft, um nur ja nicht das allergeringste Geräusch zu erzeugen.

Die Einrichtung war in hellen Tönen gehalten, der Teppich dick und weich wie im Haus der Folettis. Man glaubte auf einer Wolke zu gehen, ohne Reibung, ohne eine Möglichkeit, irgendwelche Schallwellen auszulösen. Ich setzte mich auf ein rosafarbenes Sofa. Jetzt mißfiel es mir, daß ich ganz in schwarzes Leder gekleidet war; es kam mir wie eine Grobheit, eine Art Entweihung vor, ich hatte keinen Spaß mehr daran. Die zweite Guruassistentin ging mit einem kaum wahrnehmbaren Luftzug durchs Zimmer, winkte mir zu und verschwand wieder.

Ich saß wartend auf dem Sofa in dem hellen, weichen Wohnzimmer. Um mir die Zeit zu vertreiben, trat ich an eins der Fenster, von denen man das ganze Tal überblicken konnte. Das Haus mußte früher die Villa irgendeines reichen Amerikaners gewesen sein, der hier seine Wochenenden verbrachte, vielleicht auf Hirschjagd ging oder auch genau in dem Zimmer, in dem ich mich jetzt so schwerelos bewegte, kleine Orgien feierte. Ich stellte mir halbnackte Blondinen auf den Sofas vor, Kokain und Marihuana, das herumgereicht wurde, Musik auf voller Lautstärke; ich versuchte mir brüske Bewegungen vorzustellen, Geschrei, Obszönitäten und Gewalttaten, die das perfekte Gleichgewicht im Haus zerstörten.

Die erste Assistentin erschien erneut an der Tür, sie zwinkerte mir hinter ihren Brillengläsern zu, und einen Augenblick später kam der Guru herein, begleitet von der zweiten Assistentin.

Er trug eine seiner hellgrauen Tuniken, er begrüßte mich wie jemanden, dem großer Respekt gebührt. Ich antwortete ihm mit einem Gruß, obwohl ich meinen linken Arm nur schwer heben konnte; sekundenlang standen wir uns in der Stille des Zimmers gegenüber und sahen uns an.

Dann halfen die beiden Assistentinnen dem Guru, sich in einen großen Sessel zu setzen. Er rutschte hin und her, bis er bequem saß, zog die Beine an und entließ mit einem Lächeln die beiden Assistentinnen, die hinaushuschten.

»Setz dich«, sagte er zu mir.

Ich setze mich auf die Sofakante, ihm zugewandt.

Tiefe Stille, nicht einmal das Brummen eines Kühlschranks ist zu hören, nicht einmal ferner Motorenlärm durch die Fenster. Nur dieses Geräusch der Stille, wie ein Rauschen im Kopf, das den Ablauf der Zeit aufhebt und sie schließlich stillstehen läßt. Wir stehen in einem Strom, und auch der Strom steht still, wir sehen uns an, in der Schwebe vor unausgesprochenen Worten.

»Du konntest den Arm schon bewegen, nicht wahr?« sagt der Guru.

»Ja«, antwortete ich sofort, mit heißer Stirn und brennenden Wangen, von dem plötzlichen Blutandrang taten mir die Haarwurzeln weh. »Aber erst seit zwei, drei Tagen. Vorher war er wie ein Stück Holz, das schwöre ich dir.«

»Ich weiß«, antwortete er, als nähme er das Ganze nicht weiter wichtig.

»Es ist trotzdem so was wie ein Wunder«, sagte ich. Wir sahen uns so eindringlich an, daß mich eine Art Schwindel erfaßte: Ich starrte in seine dunklen, funkelnden kleinen Augen, und er starrte mich an, ich kam mir vor wie vor einem Abgrund der absoluten Wahrheit, so rein und unmittelbar und ohne Ende, daß sie sich nicht beschreiben ließ, es sei denn als körperliche Empfindung. »Wirklich«, bekräftigte ich. »Vom Ellenbogen abwärts hab ich gar nichts mehr gespürt. Ich konnte den Arm und die Finger nicht mehr bewegen. Auch der Arzt im Krankenhaus hat gesagt, daß es Jahre dauern würde, bis sie wieder einigermaßen beweglich sind, aber null Empfindsamkeit.«

Der Guru nickte. »Dasselbe hat er zu mir auch gesagt«, erklärte er mit verschmitztem Blick.

Mich jedoch hatte der Rausch der reinen Wahrheit erfaßt. »Ich weiß, daß ich diese Show in der Kundalini nicht hätte machen dürfen. Tut mir leid. Es war Schwindel. Ich bin auch bereit, in aller Öffentlichkeit alles zu erklären. Meinetwegen noch heute.«

»Warum?« fragte der Guru mit leicht zur Seite geneigtem Kopf und echter Neugier in der Stimme.

»Wie bitte?« sagte ich; ich kam mir schwerfällig und auf dem falschen Weg vor, ohne das Gelände richtig zu kennen.

»Warum?« wiederholte der Guru. »Warum solltest du etwas so Schönes kaputtmachen? Hast du nicht gesehen, wie ergriffen alle waren? Zu Tränen gerührt, hast du sie nicht gesehen? Und Saraswati, die von ihrem Rollstuhl aufgestanden ist? Sie kann jetzt wieder laufen.«

»Schon«, sagte ich. »Aber bei ihr war es nur nervlich bedingt. Und ich hatte schon seit Tagen gemerkt, daß ich die Hand wieder bewegen konnte und wieder Gefühl darin hatte. Ich hab es nur nicht gleich gesagt, weil ich mehr Publikum wollte.«

Er sah mich an, kleine Augen wie leuchtende dunkle Lichtpünktchen, und jetzt wurde mir ganz klar, welche Mühe ihm das Atmen machte, viel mehr als die letzten Male, die ich ihn gesehen hatte: Ich hörte, wie er unter großer Anstrengung die Luft durch die Nasenlöcher bis in die Lunge einsog, das leichte Röcheln, das er dabei von sich gab. Er sagte: »Na und? Glaubst du, das macht einen Unterschied? Glaubst du, es kommt auf zwei, drei Tage an? Bei einem Wunder?«

»Aber ich weiß nicht, ob es überhaupt ein Wunder ist«, sagte ich, verwirrt, daß er keine weiteren Einwände erhob. Ich sprach vielleicht zum ersten Mal in meinem Leben ganz offen, ohne Filter und Ausflüchte, ich erwartete zumindest, daß ich auf irgendeine unverrückbare Wahrheit stieß oder irgendeine gewichtige Wahrheit auf den Kopf oder den

Rücken bekam, oder daß eine sehr zerbrechliche Wahrheit an mir zerschellte.

Doch der Guru schaute mir weiter aus nächster Nähe in die Augen, er lächelte kaum merklich mit einer Art zähem und raschem und nahem und unendlich fernem Erstaunen, er machte mich sprachlos. »Es ist nur recht und billig, daß ein Wunder öffentlich vorgeführt wird. Gerade heute, wo es nicht mehr genügt, davon zu hören. Auch ich mußte manchmal abwarten. Wunder geschehen nicht immer im passenden Augenblick, nicht wahr?«

Ich hätte ihm gern irgend etwas geantwortet, aber ich war völlig durcheinander; schon seinen Blick und sein Lächeln zu deuten, während er mit mir sprach, erschien mir als eine ziemlich anspruchsvolle Aufgabe.

In einer eigenartigen Haltung, die komisch aussah, es aber nicht war, zeigte er auf mich und sagte in verändertem Ton: »Ich habe schon auf dich gewartet.«

»Wann?« fragte ich; ich kam nicht mehr recht mit.

»Seit einiger Zeit«, antwortete der Guru. »Ich habe nur nicht gedacht, daß du so aussiehst. Das zeigt, daß ich auch nur ein Mensch bin, nicht wahr?«

Ich nickte zustimmend, auch wenn ich weniger als ein Zehntel von allem begriff.

Er fing an zu lachen, heiser und leicht röchelnd; es klang wie kleine, rasche Hustenstöße; er schwankte dabei hin und her, nickte mit dem Kopf und stieß dieses Hüsteln aus.

Ich lachte mit, ich bewegte genauso wie er den Kopf auf und ab und lachte, mir schien, daß ich mich dabei ein paar Zentimeter über den Boden erhob, ich schaute auf den Teppich, um zu sehen, ob es nur eine Täuschung war.

Dann erschien wieder die erste Assistentin im Zimmer, und ich bin in diesem Zustand der Schwerelosigkeit, den ich noch niemals erlebt hatte, außer vielleicht im Traum, und das Gesicht der Assistentin verzerrt sich in völligem Widerspruch zur Stimmung des Augenblicks, ich sehe, wie sie auf den Guru zustürzt und ihm mit dem besorgtesten Blick der Welt an die Schulter faßt.

Der Guru wird weiter von seinem hüstelnden Lachen geschüttelt, aber der Blick und das Verhalten der Assistentin sagen mir, daß der Husten und die Zuckungen zu heftig und zu langanhaltend sind; plötzlich wird mir klar, daß er gar nicht lacht.

Die Assistentin hält ihn an der Schulter und klopft ihm auf den Rücken, sagt: »Swami? Swami? Wie geht es dir?« Sie versucht ihn aufzurichten, versucht ihn zu einer normalen Atmung zu bringen, aber der Guru reagiert nicht, er hustet immer stärker und in immer rascherer Folge und zuckt immer heftiger, er ist jetzt fast dunkelblau, aber im spärlichen Abendlicht bin ich mir dessen nicht sicher, er krümmt sich nach vorn, obwohl ihn die Assistentin hält, die immer wieder sagt: »Swami? Swami?«, mit weicher Stimme, aus der jetzt Angst im Reinzustand spricht.

Auch ich versuche jetzt, ihn aufzurichten, obwohl die Assistentin sagt: »Paß auf, paß auf«, als hätten wir es mit einem fürchterlich alten und zerbrechlichen Porzellanoder Glasgefäß zu tun, aber der Guru hustet nach vorn gekrümmt weiter. Er ist dabei sonderbar schwer, drei-, viermal so schwer wie sonst, wie ein großer, erzhaltiger Stein, der zu Boden sinkt; er läßt sich nicht aufhalten, unsere Bemühungen sind vergeblich.

Er krümmt sich immer weiter vor, bis er mit der Stirn den Teppich berührt, als mache er trotz seines Hustenanfalls eine Yogaübung, oder als sei er von einer geheimnisvollen Kraft durchströmt, die ihn unglaublich gelenkig und zugleich unglaublich schwer macht, und im nächsten Augenblick hört er auf zu husten und wird unglaublich leicht; die Assistentin und ich können ihn plötzlich mühelos aufrichten. Aber er atmet nicht, er bewegt sich nicht, er ist auf einmal steif und leicht wie ein dürres Blatt. Seine Augen sind geschlossen, als schliefe er, aber er schläft nicht, er ist tot.

»Swami? Swami?« ruft die Assistentin. Ihre Stimme steigt in dem mit dickem Teppichboden ausgelegten Zimmer auf, bis sie zerfasert und rauh und schrill wie ein Urschrei wird. Die andere Assistentin kommt gelaufen und kniet sich neben den Guru, schüttelt ihn an der Schulter, ruft: »Swami? Hörst du mich? Swami?«

»Er ist tot«, sage ich.

Sie starren mich beide mit genau gleichem Gesichtsausdruck an: Ungläubigkeit, die aus weiter Ferne kommt wie ein Zug durch den Nebel.

Ich stehe auf und gehe ans Fenster. Mir zittern die Hände, alle beide in der gleichen Weise, mir zittern die Beine, als ob ich gerade aus einem Zug gestiegen oder gerade eingestiegen wäre. Ich schaue hinaus und atme ganz langsam, ich versuche, mein Herzklopfen zu verlangsamen. Draußen ist ein unglaublicher Sonnenuntergang, orange und dunkelviolett und purpurrot, zehnmal leuchtender als damals, als wir mit der Familie Foletti hiergewesen waren.

Liebste Lidia,

wieder einmal schreibe ich Dir, weil mir das Telefon dem, was ich Dir zu sagen habe, nicht angemessen scheint. Die Wochen nach Utos Unfall waren für mich die intensivste und aufwühlendste Zeit meines Lebens. Ich frage mich immer noch manchmal, ob das alles wahr ist oder ob ich es nur geträumt habe, und warum gerade ich alles so hautnah miterleben durfte. Es gibt so viel Verschiedenes zu berichten, und doch hängt alles so eng zusammen, ich weiß gar nicht, wo ich anfangen soll.

Der Swami ist tot. Es war ein schrecklicher Schlag für alle hier in Peaceville und wohl auch für all die anderen Menschen in der Welt, die ihn kannten und seine Bücher lasen und sich mit seiner Lehre befaßten. Er war ein Führer und Vater und eine Leitfigur für uns alle, und obwohl wir genau wußten, daß er alt und krank war, schien es uns doch unmöglich, daß er so von einem Augenblick auf den anderen aus unserer Mitte gerissen würde. Jeder von uns fühlte sich plötzlich wie eine Waise, allein gelassen in der Welt, das Gefühl der Leere war so groß, daß sich alle am spirituellen Zentrum oder am Tempel oder vor den Häusern versammelten, es herrschte die gleiche fassungslose Stille wie nach einem Bombenattentat.

Dabei hatte uns der Swami in seiner unendlichen Weisheit immer gesagt, daß das Universum auf einem Gleichgewicht ruht, das viel stabiler und zugleich viel simpler als jedes von Menschenhand geschaffene Gleichgewicht ist, und er wußte auch, daß er uns nicht allein und ohne Führer zurücklassen würde. Wenn wir an seine Worte gedacht hätten, wären wir trotz des unvermeidlichen und völlig berechtigten Verlustgefühls, nachdem er von uns gegangen war, nicht so erschüttert gewesen. Der Swami wußte, daß Uto an seine Stelle treten sollte, deshalb hat er ihn zu sich gerufen und die letzten Minuten seines Lebens mit ihm verbracht. Es war gewissermaßen die Amtsübergabe des alten Swamis an den jungen Swami, die Heiligkeit und Weisheit des einen sind in den anderen geflossen, denn sie lösen sich ja nicht auf, sie verschwinden nicht mit dem Leib dessen, dem sie angehörten.

Uto hatte es schon früher erkannt, obwohl er sich nichts anmerken lassen wollte und sich weiter so widerspenstig und ironisch gab wie immer und sich in Schweigen hüllte. Aber das Wunder mit seinem Arm und die Geschichte mit Saraswati, die von ihrer Lähmung geheilt wurde, waren zwei so deutliche Zeichen, daß keiner sie mehr verkennen konnte. Wir hatten Dir am Telefon gar nicht gesagt, wie schlimm Utos Verletzung war, damit Du Dir keine unnötigen Sorgen machst, aber nach Meinung der Ärzte im Krankenhaus bestand nicht die geringste Hoffnung, daß sein Arm wieder empfindsam und beweglich wie früher werden könnte. Und doch kehrten während der Ansprache des Gurus plötzlich die Empfindsamkeit und Beweglichkeit in Utos Arm zurück. Es war für mich das Unglaublichste, was ich im Leben gesehen habe. Man liest ja öfters von Wundern und glaubt nie wirklich daran. Dieses aber ist vor meinen Augen und vor den Augen von dreihundert Leuten geschehen, darunter auch Jeff und Nina und Vittorio, der trotz all seiner Bemühungen, zur Spiritualität zu gelangen, immer skeptisch und materialistisch geblieben ist. Aber nicht einmal er konnte es abstreiten.

Uto hatte schon gewußt, was mit ihm geschah. Man konnte sehen, wie Weisheit und Tiefsinn und Güte in ihn einzogen, auch wenn er so tat, als ob nichts wäre. Dabei war von Anfang an klar, was für ein außergewöhnlicher Mensch er ist, ich habe es sofort erkannt, als ich ihn sah, und der Guru hatte es natürlich schon vorher gewußt. Du hättest seinen Blick sehen sollen, als sie sich zum ersten Mal begegneten: Sie erkannten sich sofort, man konnte sehen, wie sie sich verstanden, ohne daß es eines Wortes bedurfte.

Der einzige, der für all das keinen Sinn hat, ist leider Vittorio. Schon gleich nach Utos Ankunft wurde er von einer Art unbezwingbarer Eifersucht auf ihn gepackt, und deshalb lehnte er ihn ab und ließ kein gutes Haar an ihm. Ich glaube, daß er sich insgeheim mit ihm verglich, und das verunsicherte ihn zutiefst, machte ihn kleinlich und uneinsichtig. Er beklagte sich die ganze Zeit über Uto und spottete bei jeder Gelegenheit über ihn oder versuchte ihn schlechtzumachen. Er behauptete, Uto sei ein Faulpelz, dabei war doch ganz klar, daß er nachdachte und an seiner Veränderung arbeitete. Auch das Verhältnis zwischen Vittorio und mir war in letzter Zeit immer schwieriger geworden, wir redeten kaum noch miteinander. Ich glaube, daß Vittorio es im Grunde bereut hat, sein altes Leben aufgegeben zu haben und mit mir hierher gekommen zu sein. Er hatte sich gezwungen, ein spiritueller Mensch zu werden und sich wirklich zu ändern, aber im Grunde war ihm klar, daß er es nicht schaffen würde. Sein innerer Widerstand war zu groß, man kann sich nicht ändern, nur um einen anderen zufriedenzustellen, auch wenn man ihn liebt, so wie er mich angeblich geliebt hat. In letzter Zeit war er immer unduldsamer geworden, und so habe ich ihm gesagt, daß ich ihn nicht gegen seinen Willen hier festhalten will. Letzte Woche ist er nach New York geflogen und von dort aus nach Paris, glaube ich. Ich denke, daß er so letztlich glücklicher sein wird, denn jeder muß seinen Weg gehen, wie der Swami sagte, es hilft nichts, mit bloßer Willenskraft einen anderen zu suchen.

Uto hat sich unglaublich verändert, du solltest ihn sehen. Er bleicht sich nicht mehr die Haare, sie sind jetzt wieder dunkel, und er kämmt sie auch nicht mehr hoch. Er trägt keine schwarze Lederkleidung mehr, sondern helle bunte Wolltuniken wie der Swami, nur kürzer, darunter allerdings Hosen und Joggingschuhe, aber das ist nur recht und billig, denn er ist ja noch so jung, und auch der Swami sagte immer, jeder dürfe seinen eigenen Stil haben. Aber der größte Unterschied zu früher ist, daß er jetzt mit allen gern spricht und allen in die Augen sieht, er trägt keine Sonnenbrille mehr. Gestern hat er in der Kundalini Hall vor versammelter Gemeinde gesprochen, und auch diejenigen, die vorher von der Idee eines so jungen Swamis nicht recht überzeugt waren, erkannten, wie tiefsinnig und erleuchtet er ist, und mußten ihre Meinung ändern.

Am Ende seiner Rede waren alle zutiefst ergriffen, er hat

dann auf dem Klavier noch ein Divertimento und ein Notturno von Mozart gespielt, und fast alle waren zu Tränen gerührt. Vor kurzem ist er ins Haus des Swamis umgezogen, die beiden Assistentinnen des Swamis bleiben dort bei ihm, aber er hat mich gebeten, auch mitzukommen, denn bei seinen zahlreichen Verpflichtungen braucht er viel Hilfe. Er und Nina sind oft zusammen, sie ist sehr in ihn verliebt, und sie ist zwar noch ein Kind, aber ich glaube, ihr ist trotzdem klar, daß Uto ein ganz besonderer Mensch ist und daß er jetzt große spirituelle Verpflichtungen gegenüber der Gemeinschaft hat, auch wenn der Swami nie gesagt hat, daß ein geistiger Führer unbedingt im Zölibat leben muß.

Du siehst also, daß sich hier alles geändert hat, und auch wir haben uns geändert, aber das Gute geht weiter seinen Weg, es ist durch nichts lange aufzuhalten, es stößt höchstens ab und zu auf ein paar Hindernisse.

Ich umarme Dich mit der ganzen Wärme und Heiterkeit dieses Orts, auch im Namen von Uto (er hat beschlossen, seinen Namen zu behalten), der Dir selbst schreiben wird, sobald er Zeit hat.

Om Shanti Om
Kaliani (Marianne)

*Bitte beachten Sie auch
die folgenden Seiten*

Andrea De Carlo
im Diogenes Verlag

Creamtrain
Roman. Aus dem Italienischen von
Burkhart Kroeber

»Kritisch äußert sich Andrea De Carlo über seine Erfahrungen in Amerika, die er sich in seinem ersten Roman *Creamtrain* vom Leibe geschrieben hat. Mit diesem Buch, dessen Manuskript sein Sponsor und Lektor Italo Calvino betreute, wurde Andrea De Carlo auf Anhieb zum meistversprechenden literarischen Debütanten.« *Sender Freies Berlin*

Vögel in Käfigen und Volieren
Roman. Deutsch von Burkhart Kroeber

»Eines Tages wird Fjodor Barna, der Held des Romans, aus seiner Ich-Befangenheit herausgerissen, in seinem scheinbaren Stoizismus irritiert durch die Liebe zu dem ebenso schönen wie unberechenbaren Mädchen Malaidina, dessen Anblick ihm das ›Blut verkehrt herum kreisen‹ läßt; und wenn man in Fjodor einen späten Nachfahren von J. D. Salingers Holden Caulfield sehen zu können meint, könnte Malaidina eine Nachfahrin von Holly Golightly aus Truman Capotes *Frühstück bei Tiffany* sein.« *Frankfurter Allgemeine Zeitung*

Macno
Roman. Deutsch von Renate Heimbucher

»Macno, einst Talkmaster im staatlichen Fernsehen, hat sich über Einschaltquoten zum Diktator befördert. Ausgehend von einer konventionellen Kritik an der Allmacht des Fernsehens nimmt der Autor die Idee auf und überdreht sie ohne Hemmungen, bis am Ende eine schrille Geschichte steht, die dennoch verblüffend wirklich klingt. Die gedankliche Abenteuerlust De Carlos hat eine Geschichte hervorgebracht, an die sich deutsche Autoren selbst in zehn Jahren noch nicht herangetraut hätten.« *Tempo, Hamburg*

Yucatan

Roman. Deutsch von Jürgen Bauer

»Der Roman spielt auf mehreren Ebenen: der topographischen Ebene einer Reise nach Mexiko, der psychologischen einer Selbstfindung des Helden, der ideologischen einer Gegenüberstellung verschiedener Lebenshaltungen. Obwohl das Magische immer wieder in die Geschichte hineinspielt, dominiert es sie nicht. Man kann *Yucatan* auch als Reisebericht lesen. Dies um so mehr, als sich der gleichsam photographische Blick, mit dem der Verfasser gewisse Aspekte des amerikanischen Lebens wahrnimmt, seit der Veröffentlichung seiner Erzählungen *Creamtrain* (1985) und *Macno* (1987) womöglich noch geschärft hat. Bemerkenswert ist nicht nur die Präzision, sondern auch die Wertfreiheit seiner Beschreibungen. Der Verzicht auf die Attitüden eines schöngeistigen Antiamerikanismus versetzt De Carlo in die Lage, ohne Zorn und Eifer bestimmte zeitgenössische Phänomene zu registrieren, die ihren Ursprung auf der anderen Seite des Atlantik gehabt haben mögen, aber nicht auf Amerika beschränkt geblieben sind. Dank seiner Fähigkeit zur Nuancierung erkennt man jedenfalls in *Yucatan* überall die Wirklichkeit wieder, in der wir leben.« *Frankfurter Allgemeine Zeitung*

Zwei von zwei

Roman. Deutsch von Renate Heimbucher

Ich dachte, wie verschieden und zugleich wie ähnlich doch im Grunde unsere beiden Lebensläufe in diesen Jahren gewesen waren, zwei von zwei möglichen Wegen, die an der gleichen Gabelung begonnen hatten.

Mario und Guido, beide aus mehr oder weniger klein-bürgerlichen Verhältnissen, lernen sich in der Schule kennen, 1968 in Mailand. Guido ist der aggressivere, frühreif, voller Ideen und Utopien. Mario ist von ihm fasziniert, hängt sich an ihn an. Sie erleben zusammen die politische Revolte jener Jahre, aber auch die erste Liebe. Dann trennen sich ihre Wege...

»Der ironische Blick, der den Kern einer Situation er-faßt, ist De Carlos herausragende Qualität, und war es seit je. Ohne tiefschürfende Introspektion rückt er psychologisch äußerst komplexe Zusammenhänge ins Licht, indem er sie an ihren sichtbaren Zeichen er-kennt.« *Neue Zürcher Zeitung*

Techniken der Verführung
Roman. Deutsch von Renate Heimbucher

Ein junger Autor zwischen einer Frau, die er liebt, und einem Literaten, den er bewundert und der ihn fördert: In diesem modernen Künstlerroman wird das Schriftstellerdasein zum Abenteuer. Unter De Carlos Feder entsteht ein ebenso spannendes wie scharfes Bild des heutigen – korrupten – Italiens: Der Leser blickt hinter die Kulissen und erfährt nicht zuletzt Auf-schlußreiches über das Innenleben von Redaktions-stuben und Literaturbetrieb...

»Ein hervorragendes Buch.« *Der Spiegel, Hamburg*

»Eine zeitgenössische Version von Balzacs *Verlorene Illusionen* oder Heinrich Manns *Schlaraffenland*.« *Frankfurter Allgemeine Zeitung*

Arcodamore
Roman. Deutsch von Renate Heimbucher

Freiwillig allein nach einer gescheiterten Ehe, vergißt der erfolgreiche Fotograf Leo Cernitori für immer sei-nen Vorsatz, sich nie wieder von Gefühlen mitreißen zu lassen – beim Anblick einer rätselhaften Schönen. Die dreißigjährige Harfenistin Manuela Duini ist ebenso ruhelos wie wandelbar: Bald rowdyhaft männlich, bald von sanfter Weiblichkeit, schlägt sie den vierzigjährigen Leo in ihren Bann. Eine amour-passion entwickelt sich zwischen beiden, geprägt von heftiger Verzückung und ebenso heftigen Wutanfällen. Dem Spannungsbogen der Liebe – Arcodamore – folgend, droht aus dem Verhältnis amour fatal zu werden.

De Carlo schildert die Entwicklung einer Leidenschaft mit einem ebenso einfühlsamen wie analytischen Blick, der Stendhals berühmten Essay *Über die Liebe* der heutigen Zeit anzuverwandeln vermag.

»Ein Roman über die Malaise in den Beziehungen zwischen Mann und Frau heute; über die unüberbrückbare Kluft, sogar noch in der Leidenschaft.«
L'Espresso, Rom

»Andrea De Carlo besitzt einen Stil, der auf wunderbare Art und Weise unsere Gegenwart einfängt.«
Corriere della Sera, Mailand

Philippe Djian
im Diogenes Verlag

»Djians Sprache und Rhythmus verschlagen einem den Atem und ziehen einen in die Geschichten, als wäre Literatur nicht Folge, sondern Strudel.«
Göttinger Woche

»Djian schreibt glasklar und in einem Tempo, dem ältere Herren wie Grass und Walser schon längst durch Herzinfarkt erlegen wären.« *Plärrer, Nürnberg*

Philippe Djian, geboren 1949, lebt in Bordeaux und Lausanne. Pierre Le Pape über Djians Stil: »Die Puristen mögen getrost grinsen; morgen werden die Schulkinder, sofern sie dann noch lesen, bei Djian lernen, was viele der besten jungen Autoren längst von ihm erhalten haben: eine Lektion in Stilkunde.«

Betty Blue
37,2° am Morgen
Roman. Aus dem Französischen
von Michael Mosblech

Erogene Zone
Roman. Deutsch von Michael Mosblech

Verraten und verkauft
Roman. Deutsch von Michael Mosblech

Blau wie die Hölle
Roman. Deutsch von Michael Mosblech

Rückgrat
Roman. Deutsch von Michael Mosblech

Krokodile
Sechs Geschichten
Deutsch von Michael Mosblech

Pas de deux
Roman. Deutsch von Michael Mosblech

Matador
Roman. Deutsch von Ulrich Hartmann

Ich arbeitete für einen Mörder
Roman. Deutsch von Ulrich Hartmann

Ian McEwan
im Diogenes Verlag

»Ian McEwan ist das, was man so einen geborenen Erzähler nennt. Man liest ihn mit Spannung, mit Genuß, mit Vergnügen, mit Gelächter, man kann sich auf sein neues Buch freuen. McEwans Literatur verwandelt die Qualen der verworrenen Beziehungsgespräche in Unterhaltung, er setzt sie literarisch auf einer Ebene fort, wo man über sie lachen kann. Wie sollte man sich einen zivilisatorischen Fortschritt bei diesem Thema sonst vorstellen?«
Michael Rutschky/Der Spiegel, Hamburg

»Er hat einen eigenwilligen, reinen Stil, der mich manchmal an Borges und García Márquez erinnert.«
The Standard, London

»McEwan ist zweifelsohne eines der brillantesten Talente der neuen angelsächsischen Generation.«
L'Express, Paris

Jakob Arjouni
im Diogenes Verlag

»Ein großer, phantastischer Schriftsteller, der genau und planvoll und lesbar schreibt.«
Maxim Biller / Tempo, Hamburg

»Seine Virtuosität, sein Humor, sein Gespür für Spannung sind ein Lichtblick in der Literatur jenseits des Rheins, die seit langem in den eisigen Sphären von Peter Handke gefangen ist.« *Actuel, Paris*

»Seine Texte haben Qualität. Sie sind ambitioniert, unaufdringlich-provokativ, höchst politisch.«
Barbara Müller-Vahl / Bonner General Anzeiger

»Arjouni weiß als Dramatiker genauso wie als Krimiautor, wie er Spannung erzielt, ohne platt zu wirken.«
Christian Peiseler / Rheinische Post, Düsseldorf

Magic Hoffmann
Ein Roman

Edelmanns Tochter
Theaterstück

Die Kayankaya-Romane:

Happy birthday, Türke!
Ein Kayankaya-Roman

Mehr Bier
Ein Kayankaya-Roman

Ein Mann, ein Mord
Ein Kayankaya-Roman

Matthias Matussek
im Diogenes Verlag

Matthias Matussek, geboren 1954, studierte Literaturwissenschaft und Amerikanistik in Berlin, arbeitete als Redakteur beim *Berliner Abend* und beim *Tip-Magazin*. 1982 ging er zum *Stern*, für den er fünf Jahre lang Reportagen aus aller Welt schrieb, meist aus dem Kulturbereich. Seit 1987 arbeitet Matussek für den *Spiegel*. Seit Anfang 1992 leitet er das Büro des Spiegel in New York. Er ist Autor zahlreicher Funk- und Fernseh-Features. 1991 erhielt Matussek den Egon-Erwin-Kisch-Preis für eine Reportage aus der ehemaligen DDR.

»›Reportagen sind Liebesaffären und Haßgeschichten. Sie lohnen sich nur dann, wenn außer dem Kopf auch Bauch und Poren beteiligt sind.‹ Unter diesem Credo teilt Matussek Schläge aus, daß es eine Freude ist.«
Der Standard, Wien

»Matussek versucht sich an einem Genre, das es in Deutschland so nicht gibt: Gesellschaftsliteratur der Media-Society. Ein stimulierendes Vorausbild dessen, was eine metropolitane Literatur werden könnte.«
Erhard Schütz in Text und Kritik

»In seiner elektrisierten Sprache lebt etwas fort vom Leuchten des Broadway an einem Premierenabend. Frech, provokant, brillant.« *Die Presse, Wien*

Showdown
Geschichten aus Amerika

Fifth Avenue
Zehn Stories und ein Dramolett

Rupert
oder die Kunst des Verlierens

Connie Palmen
Die Gesetze
Roman. Aus dem Niederländischen von
Barbara Heller

In sieben Jahren begegnet die Ich-Erzählerin, eine
junge Studentin, sieben Männern: dem Astrologen,
dem Epileptiker, dem Philosophen, dem Priester, dem
Physiker, dem Künstler und dem Psychiater. Sie be-
gehrt an diesen Männern vor allem das Wissen, das sie
befähigt, die Welt zu verstehen und zu beurteilen. Sie
versucht die Gesetze, die sie sich für ihr Leben gewählt haben, zu ergründen, sucht nach dem, was Halt
in einer unsicheren Welt geben kann.

»Sehr lebendig und ebenso philosophisch erzählt. Ein
Bestseller der Extraklasse.«
Rolf Grimminger/Süddeutsche Zeitung, München

Die Freundschaft
Deutsch von Hanni Ehlers

Die Freundschaft ist ein Roman über Gegensätze und
deren Anziehungskraft: Über die uralte und rätsel-
hafte Verbindung von Körper und Geist; über die
Angst vor Bindungen und die Sehnsucht nach Zu-
gehörigkeit; über Süchte und Obsessionen und die
freie Verfügung über sich selbst.
Ein aufregend wildes und zugleich zartes Buch voller
Selbstironie, das Erkenntnis schenkt und einfach jeden
angeht.

»Connie Palmen ist nicht nur eine gebildete, sondern
auch eine höchst witzige Erzählerin.«
Hajo Steinert/Tempo, Hamburg

Der Roman wurde mit dem renommierten niederländischen AKO-Literaturpreis 1995 ausgezeichnet